二〇一七年國家社會科學基金一般項目（批准號17BZW131）
二〇一九年國家古籍整理出版專項經費資助項目

〔唐〕杜甫　著
〔宋〕魯訔　編次
〔宋〕蔡夢弼　會箋
曾祥波　新定斠證

新定杜工部草堂詩箋斠証

一

上海古籍出版社

圖書在版編目(CIP)數據

新定杜工部草堂詩箋斠證 /（唐）杜甫著;（宋）魯訔編次;（宋）蔡夢弼會箋;曾祥波新定斠證.—上海：上海古籍出版社，2022.9

（中國古典文學叢書）

ISBN 978－7－5732－0417－2

Ⅰ.①新…　Ⅱ.①杜… ②魯… ③蔡… ④曾…　Ⅲ.①杜詩—詩集　Ⅳ.①I222.742

中國版本圖書館 CIP 數據核字(2022)第 148830 號

中國古典文學叢書

新定杜工部草堂詩箋斠證

（全五册）

〔唐〕杜　甫　著

〔宋〕魯　訔　編次

〔宋〕蔡夢弼　會箋

曾祥波　新定斠證

上海古籍出版社出版發行

（上海市閔行區號景路 159 弄 1－5 號 A 座 5F　郵政編碼 201101）

（1）網址：www.guji.com.cn

（2）E-mail：guji1@guji.com.cn

（3）易文網網址：www.ewen.co

上海展强印刷有限公司印刷

開本 850×1168　1/32　印張 69.75　插頁 27　字數 1,420,000

2022 年 9 月第 1 版　2022 年 9 月第 1 次印刷

印數：1—1,100

ISBN 978－7－5732－0417－2

I·3643　精裝定價：380.00 元

如有質量問題，請與承印公司聯繫

電話：021-66366565

杜甫像（南薰殿舊藏《唐名臣像》）

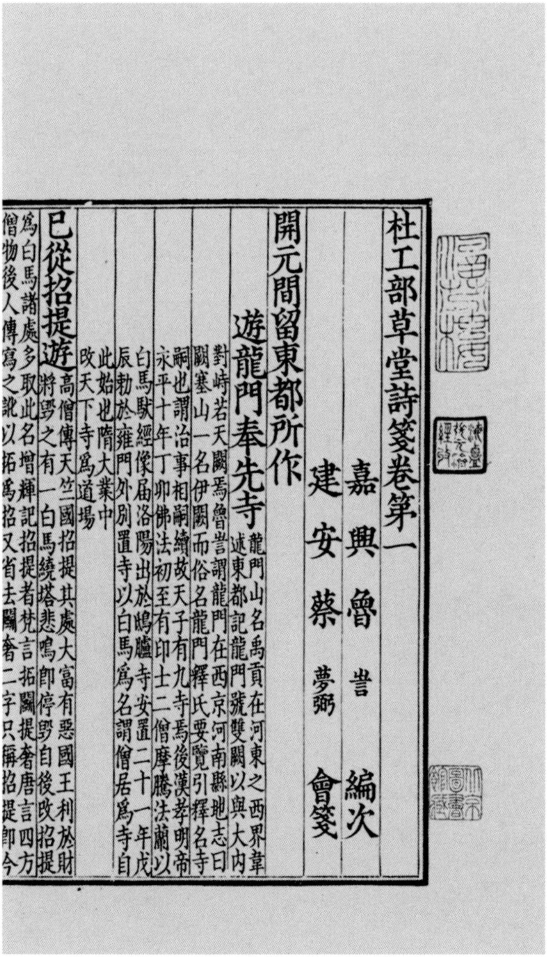
杜工部草堂詩箋卷第一
嘉興魯　訔　編次
建安蔡　夢弼　會箋
開元間留東都所作
遊龍門奉先寺　龍門山名禹貢在河東之西界韋述東都記龍門號雙闕以與大內對峙若天闕焉魯訔謂龍門在西京河南縣地志曰闕塞山一名伊闕而俗名龍門釋氏要覽引釋名寺嗣也謂治事相嗣續故天子有九寺焉後漢孝明帝永平十年丁卯佛法初至有印士二僧摩騰法蘭以白馬馱經像届洛陽出於鴻臚寺安置二十一年戊辰勑於雍門外別置寺以白馬爲名謂僧居爲寺自此始也隋大業中改天下寺爲道場
已從招提遊　高僧傳天竺國招提其處大富有惡國王利於財將毀之有一白馬繞塔悲鳴即停毀自後改招提爲白馬諸處多取此名增輝記招提者梵言拓鬭提奢唐言四方僧物後人傳寫之訛以拓爲招又省去鬭奢二字只稱招提即今

《杜工部草堂詩箋》宋刻本

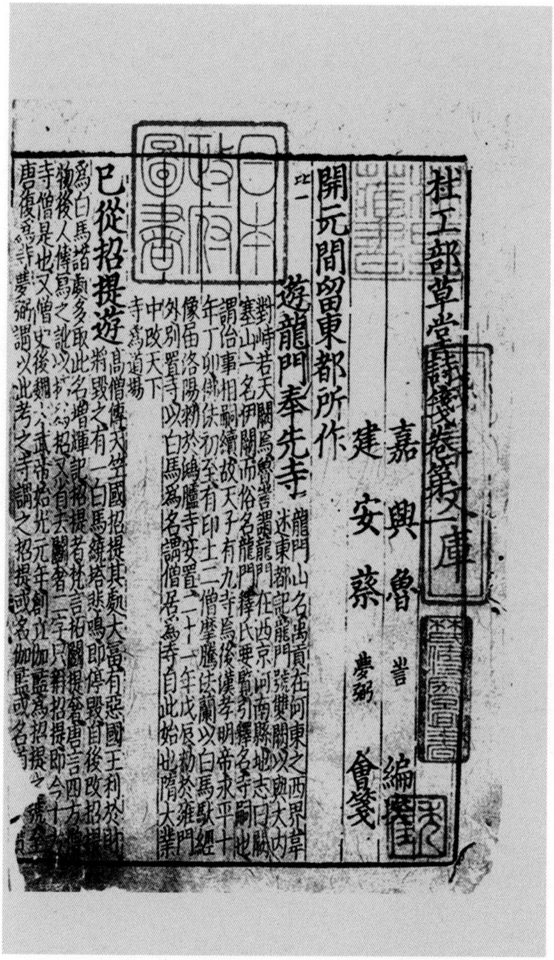
杜工部草堂詩箋卷第一

嘉興魯訔 編次

建安蔡夢弼 會箋

開元間留東都所作

遊龍門奉先寺

已從招提遊

《杜工部草堂詩箋》元大德刻本

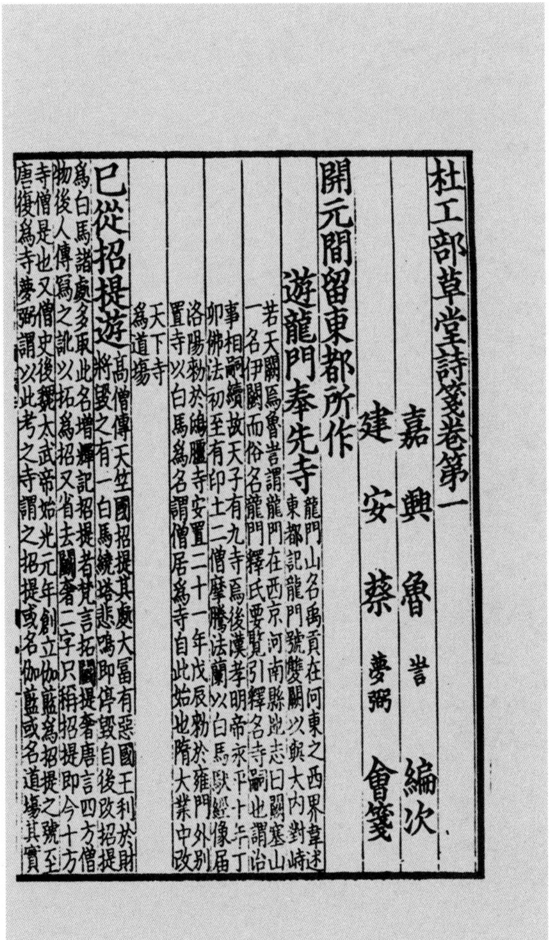

杜工部草堂詩箋卷第一

嘉興魯訔編次

建安蔡夢弼會箋

開元間留東都所作

遊龍門奉先寺 龍門山名禹貢在河東之西界韋述東都記龍門號雙闕以與大內對峙若天闕焉魯訔謂龍門在西京河南縣毗志曰闕塞山一名伊闕而俗名龍門釋氏要覽引釋名寺嗣也謂治事相嗣續故天子有九寺焉後漢孝明帝永平十年丁卯佛法初至有印土二僧摩騰法蘭以白馬馱經像届洛陽勅於鴻臚寺安置二十一年戊辰勅於雍門外别置寺以白馬爲名謂僧居爲寺自此始也隋大業中改天下寺爲道場

已從招提遊 高僧傳天竺國招提其處大富有惡國王利於財將毀之有一白馬繞塔悲鳴即停毀自後改招提爲白馬諸處多取此名增輝記招提者梵言拓鬬提奢唐言四方僧物後人傳寫之訛以拓爲招又省去鬬奢二字只稱招提即今十方寺僧是也又僧史後魏太武帝始光元年創立伽藍爲招提之號至唐復爲寺夢弼謂以此考之寺謂之招提或名伽藍或名道場其實

《古逸叢書》本《杜工部草堂詩箋》

序言

一、杜集宋注本的價值與研究現狀

中國文學以詩歌爲主流，中國詩歌以杜甫爲詩聖。杜詩淵深廣大，注者向夥，各取一瓢，滋味萬端。杜集注釋有兩次高潮，第一次是宋人「千家注杜」，第二次是清代「集大成」杜集注本（如錢、朱、仇、楊）出現。目前學界對杜注的文本整理與研究，以杜甫全集校注（蕭滌非主編，張忠綱統審，人民文學出版社二〇一四年）、杜甫集校注（謝思煒校注，上海古籍出版社二〇一六年）爲代表，是在清代「集大成」基礎上的進一步推進。雖也注意對宋注的利用，但直接針對杜集宋注本的整理研究仍嫌不足。杜集宋注本之存世者，有趙次公杜詩趙次公先後解（編年單注本），門類增廣十注杜詩殘卷（分類集注本），門類增廣集注杜詩殘卷（分類集注本），王狀元集百家注編年杜陵詩史（編年集注本），分門集注杜工部詩（分類集注本），郭知達新刊校定集注杜詩（分體集注本），蔡夢弼杜工部草堂詩箋，黄希、黄鶴補千家集注紀年杜工部詩史（分體集注本），草堂先生杜工部詩集（分體之下再分體本），宋、元之際署名劉辰翁評點、高崇蘭編次集千家注批點杜工部詩集（編年集注本）。目前，杜集宋注整理本僅有林繼中杜詩趙次公先後解輯校（上海古籍出版社一九九四年版，二〇一二年新一版）一種，研究空間還很大。

杜集宋注本的整理宜以何種爲入手之先？此有待説明者。一方面，杜詩向號「詩史」，其中之義既指杜詩真實反映了安史之亂前後唐王朝由盛及衰的歷史進程，也指杜詩完整、細緻地表現了杜甫一生出處行實。故前人有讀杜詩「編年本第一，分體本次之，分類本最下」之説，如浦起龍讀杜心解發凡稱：「編杜者，編年爲上，古近分體次之，分門爲類者乃最劣。蓋杜詩非循年貫串，以地繫年，以事繫地，其解不的也。」〔一〕王國維宋刊分類集注杜工部詩跋亦言：「杜詩須讀編年本，分類本最可恨。」〔二〕洪業杜甫：中國最偉大的詩人也有類似説法：「杜詩應該儘可能以正確的編年順序閱讀，這一點極其重要。」〔三〕另一方面，杜詩自宋以降，研習者夥矣，注杜號稱千家，而見解各有優劣。讀杜應以薈萃衆説、便於參互之集注本爲優。因是之故，整理杜詩應首先注意「編年集注」本。

杜集宋人編年集注本，今存者惟兩種，曰：舊題王十朋撰王狀元集百家注編年杜陵詩史、蔡夢弼杜工部草堂詩箋。然則董理二書，應以何者爲先？此又有待説明者。

二、杜工部草堂詩箋與杜陵詩史之比較

舊題王十朋撰王狀元集百家注編年杜陵詩史與蔡夢弼杜工部草堂詩箋，是現存最早的兩種杜集編年集注本。郭知達九家集注杜詩雖爲品質頗佳的現存最早集注本，然屬分體而非編年；杜詩趙次公先後解雖爲現存最早編年本，然爲宋人趙彦材一家之注，並非集注；元、明兩代流傳最廣、影響最大的署名劉辰翁評點、高崇蘭編次編年集注本集千家注批點杜工部詩集，出現于宋、元之際，時間上遠遠落後於二書。故杜陵詩史與草堂詩箋二書在宋代杜詩學中佔據了極爲重要的位置。

（一）成書時間

學界一般視杜陵詩史的撰述時間在草堂詩箋之前，代表性的説法有兩家。第一，洪業杜詩引得序稱：「疑其（草堂詩箋）多所取于僞王集注以成書者也。」〔四〕第二，周采泉杜集書録卷二「（郭知達）新刊校正集注杜詩三十六卷」條通過推斷郭知達九家集注杜詩成書情況間接暗示説：「郭知達雖無籍籍名，但決非一般書賈，其輯此書全爲針對東坡老杜事實以及王狀元集百家注等僞書而作。」〔五〕按，郭知達此書的撰述時間，其序明言爲淳熙八年（一一八一）。四庫全書總目論黄希、黄鶴父子補注杜詩，對杜集各注本成書時間加以比較：「至嘉定丙子，

（補注杜詩）始克成編……郭知達九家注、蔡夢弼草堂詩箋視鶴本成書稍前（案，知達本成於淳熙辛丑，在鶴本前三十餘年；夢弼成於嘉泰甲子，在鶴本前十有二年）。」〔六〕按四庫館臣的意見，三書的成書次序爲：郭知達九家集注杜詩（淳熙八年，一一八一）—蔡夢弼草堂詩箋（嘉泰四年，一二〇四）—黄氏補注杜詩（嘉定九年，一二一六）。余嘉錫四庫提要辨證、李裕民四庫提要訂誤、楊武泉四庫全書總目辯誤以及洪業杜詩引得序、萬曼唐集叙録「杜工部集」條對此説皆無異議。胡玉縉四庫全書總目提要補正引陸氏儀顧堂續跋元槧二十五卷本黄鶴注杜詩跋云：「建安蔡氏夢弼亦在姓氏中，集注曾采及，惟郭知達注不及一字耳。」胡玉縉作案語云：「二十五卷，爲徐居仁就黄本爲之分門編類，乃別一本。」〔七〕指出陸心源所説采及蔡夢弼草堂詩箋之黄氏補注杜詩本實爲署名徐居仁據黄氏補注杜詩所編之分類本，而非黄氏原本，進一步加强了四庫全書總目的説法。回過頭來看，周采泉既然認爲郭知達九家集注杜詩帶有糾正杜陵詩史僞託撰人之訛謬的意圖，而草堂詩箋成書又在九家集注杜詩之後，那麼杜陵詩史自然成書於草堂詩箋之前了，即：杜陵詩史—郭知達九家集注杜詩（淳熙八年，一一八一）—蔡夢弼草堂詩箋（嘉泰四年，一二〇四）。杜陵詩史不但被學界普遍認爲纂述年代早於草堂詩箋，而且在篇目編次上與草堂詩箋基本一致，又有標明注家主名、可供覆核來源的文獻綫索，所以儘管「王狀元（十朋）」之名顯係僞託，此書仍獲得了現代杜詩研究者的格外重視。如洪業稽考杜集各本，所撰之杜詩引得序是杜集版本流傳之第一篇全面專史，對杜集版本極爲熟悉，他撰寫杜甫：中國最偉大的詩人一書，臚列所用版本，即將杜陵詩史置於草堂詩箋之上。〔八〕又如，林繼中整理恢復杜詩趙次公先後解輯校，前三卷因無鈔本傳世，故考證趙彦材所用蔡興宗年譜實則爲魯訔年譜之源頭，遂用魯訔年譜系統的杜陵詩史之編次爲前三卷篇目次序，而未取同屬魯訔年譜系統的草堂詩箋，可見對杜陵詩史的重視超過草堂詩箋。

不過，論者雖普遍認爲杜陵詩史成書於草堂詩箋之前，但皆未舉出確鑿直接證據。欲坐實二書撰述次序之先後，核其引用之跡爲最佳方法。換言之，如果不同意傳統説法，則須找出杜陵詩史引用草堂詩箋的證據。然蔡書引注，一般掩去注家主名，草堂詩箋所謂「夢弼謂」、「夢弼案」、「夢弼考」之類，亦往往爲蔡氏攫取他人注釋爲之。〔九〕即使杜陵詩史引之，亦難以判明杜陵詩史是從草堂詩箋所引，或是引自原注者之書。故退而求其次，當尋繹二書引用他書之跡，以他書爲座標，衡量二書撰述先後。按，黄氏補注杜詩「集注杜詩姓氏」載有「永嘉王氏，名十朋，字龜齡，集注編年詩史三十二卷」一種，從其書名卷數來看，即杜陵詩史，則杜陵詩史成書早於補注杜詩。然而尋繹今本杜陵詩史，卷五哀王孫「夜飛延秋門上呼」注引黄氏補注杜詩黄希注（題作「希曰」）云：「通鑑云：上御勤政樓，下制，云欲親征，皆莫之信。移仗北内，命陳玄禮整比六軍，上獨與貴妃姊妹、皇子、妃、王、皇孫及親近宦官宮人出延秋門。妃、王、皇孫之在外者皆委之而去。是日百官猶有入朝者，至宮門猶聞漏聲，三衛立仗儼然，門既啓，則宮人亂出，中外擾攘，王公士民四出逃竄。」又，同詩「朔方健兒好身手」注引黄希注

(題作「希曰」)云：「詩云：好人服之。注云：好人，好女手之人。」以上兩例爲洪業杜詩引得所揭櫫。洪業所未及者，尚有如杜陵詩史卷五沙苑行「王有虎臣司苑門，入門天厩皆雲屯」注，曰：「希曰：列子言北人之居，望之若雲屯然。」此句是補注杜詩黃希注文。再如卷五三川觀水漲二十韻題下注作「王洙曰」的大段文字，實際上都是補注杜詩的「黃鶴補注」。再如卷八九日藍田崔氏莊「笑倩傍人爲正冠」注引「希曰」：「正其衣冠，語自有之，何必借此。魏陳思王植十歲善屬文，太祖嘗視其文，曰：『汝倩人耶？』跪進曰：『云云奈何倩人。』」同詩「玉山高並兩峰寒」注引「希曰」：「藍水指南山水，而云武德三年嘗(祈)〔析〕藍田置玉山縣，貞觀三年省。則自有玉山也。以後詩論之，則自有東山。」再如卷五喜晴「漢陰有鹿門」注引「希曰」：「漢陰郡爲金州，而鹿門在襄陽。今云『漢陰有鹿門』何也？公第以鹿門在漢水之陰，非指漢陰郡而言也。」再如卷八陳陶斜「血作陳陶澤中水」注引「希曰」：「陳陶斜在咸陽縣，而公詩只云陳陶，蓋斜者山澤之名，故又曰陳陶澤。」據以上例證，則補注杜詩成書又應在杜陵詩史之前。對這一矛盾，洪業杜詩引得序推測説：「唯詩注中或冠『希曰』二字，皆是黃希之言；希書成於嘉定(一二〇八—一二二四)，其子鶴補注成書，序於寶慶二年(一二二六)；故疑劉氏舊藏之本乃寶慶後僞王之本又經翻刻，偶有闕葉，遂盜取黃鶴補注本，删減其注，以爲補足者也。」〔一〇〕洪業之説有理。然而這樣一來，我們至少要説，今存杜陵詩史唯一刊本(貴池劉世珩玉海堂藏宋刻本〔一一〕)刊刻時間應在黃氏補注杜詩成書之後。按，黃氏補注杜詩之成書時間，黄鶴補注杜詩工部年譜辨疑後序有「嘉定丙子(一二一六)三月望日」識語。草堂詩箋之成書於嘉泰四年(甲子,一二〇四),因其書有「大宋嘉泰天開甲子正月穀旦建安三峰東塾蔡夢弼傅卿謹識」識語,皆無可疑。既然今存杜陵詩史引用了黄氏補注杜詩,那麽三者順序應該是:蔡夢弼草堂詩箋(一二〇四)—黄氏補注杜詩(一二一六)—今存杜陵詩史劉世珩玉海堂藏宋刻本。〔三〕另外,我們還可以從今存杜陵詩史與草堂詩箋二書的進一步比對中找到若干旁證。如收京三首「仙杖離丹極」,草堂詩箋繫於「八月還鄜州及扈從還京所作」,置於喜聞官軍已臨賊境與洗兵馬之間。今存杜陵詩史所載爲收京四首(編次基本一致,在喜聞官軍已臨賊境、九日楊奉先會白水崔明府與洗兵馬之間),前三首與草堂詩箋同,增加的第四首爲「復道收京邑」,題下注「新添」二字,此點正可視爲今存杜陵詩史唯一刊本(貴池劉世珩玉海堂藏宋刻本)刊刻時間晚於草堂詩箋的旁證。試想,只有今本杜陵詩史成書晚於草堂詩箋,才可能有「新添」之語。

(二) 詩篇編次

既然有確鑿證據表明草堂詩箋成書早於今本杜陵詩史,那麽有没有必要將草堂詩箋的重要性置於今存杜陵詩史之上呢?就流行於世的黎庶昌刻古逸叢書本草堂詩箋看來,答案是否定的。原因在於古逸叢書本草堂詩箋詩篇編次極爲混亂,幾不可爲用,而編次是詩篇繫年的最直接體現。這點前人多有指出。如繆荃孫藝風堂文續集草堂詩箋跋曰:「草堂詩箋以編年得名……黎本卷二〇爲廣德元年（七六三），卷二一爲廣德二年（七六四），卷二二、二三不紀年，卷二四爲永泰元年（七六五），已到雲安，不應卷二五又載上元元年（七六〇）在成都所作，後半卷又載雲安所作，未免雜糅。」〔一三〕又如傅增湘亦稱：「（黎氏翻本）……卷第淩亂，注文脱失，不可勝記。……宋刻與黎刻自卷一至十九，次第相符，下此則顛倒混淆。……憶昔年遇楊惺吾（守敬）於海上，語及古逸叢書，謂其中惟草堂詩箋原本最劣，當時力阻星使，竟不見納，異日必爲通人之詬。余叩其故，笑而不言。由今觀之，乃知其謬至於此極也。」〔一四〕洪業杜詩引得序推考草堂詩箋刊刻源流，曾做推測如下：「推求其故，殆由刻丁本（黎氏舊藏十二行本姑稱丁本）者所用之乙本（光緒中巴陵方功惠舊藏之本姑稱乙本）已非完帙，遂坦然偷工減料，縮五十卷本爲四十卷，以欺讀者。後又恐其計不售，遂更尋全本，補刻十卷，然已次序顛倒，且又有闕略矣。……蔡氏之書一翻於乙，而注文有偷換頂替者矣；再翻于丁，而卷第錯亂，詩篇以闕矣。」〔一五〕通行於世的古逸叢書本詩篇編次淆亂，是近代以來學者輕視杜工部草堂詩箋的主要原因。

（三）集注性質

杜陵詩史、草堂詩箋兩書皆係採集諸家之集注性質，然蔡夢弼將注家主名統統刪去，雖爲集注，却不明注文出自孰家，難以瞭解諸家注釋之承襲演變及優長。杜陵詩史則將諸注家主名一一標明，雖或有虛造之妄，然剔除僞注後，猶可見諸家注釋之承襲演變及各自優長也。故就集注性質而言，杜陵詩史優於草堂詩箋。

（四）對後世杜集注本的影響

從文獻傳承看，草堂詩箋是杜集宋注影響最大的總結性注本。杜陵詩史作爲僞托坊本，對宋代之後杜集注本的影響遠遜於草堂詩箋。從署名劉辰翁評點、高崇蘭編次集千家注批點杜工部詩集到朱鶴齡杜工部集輯注等一系列元、明、清重要注本，直接或間接承襲利用的都是草堂詩箋，〔一六〕如較之草堂詩箋晚出的劉辰翁評點、高崇蘭編次集千家注批點杜工部詩集已入宋、元之際，並且其注文除去引用黄氏補注杜詩的條目之外，基本出自草堂詩箋範圍，而且集千家注批點杜工部詩集大量删除注文，注文的豐富性、完整性遠遠不如草堂詩箋。但由於蔡夢弼删去注家主名，加上通行的古逸叢書本編次淆亂，使得通行本草堂詩箋完全無法體現「編年」、「集注」兩大價值。近代以來，學界一度認爲其重要性甚至不如作者顯係僞託的杜陵詩史，不得不説是一個遺憾。〔一七〕要扭轉這一局面，必須對杜工部草堂詩箋進行修復，以重現此書的「編年」、「集注」價值。

三、恢復杜工部草堂詩箋宋本五十卷「編次」

幸運的是，杜工部草堂詩箋在流行的黎庶昌古逸叢書本之外，猶有目次無胖合羼亂的佳本存世，可資整理利用。經筆者考證，草堂詩箋可分爲宋本五十卷與元本四十卷加補遺十卷兩大系統（黎庶昌翻刻之古逸叢書本即屬元本系統）。〔一八〕中華再造善本據國家圖書館、北京大學圖書館藏宋刻本影印之杜工部草堂詩箋（十七册二函）正屬五十卷宋本系統。〔一九〕而此本最大之遺憾，在闕卷二〇、卷二一（其中卷二〇按照中國古籍善本書目的記載應不闕）。卷二〇、卷二一可用上海圖書館未編古籍書庫中發現的季振宜藏本所存卷二〇、卷二一補齊。又，成都杜甫草堂博物館亦藏宋本草堂詩箋殘卷（存卷一至卷二二）〔二〇〕，筆者於二〇一七年暑期曾赴成都，承杜甫草堂博物館協助，得以目驗該館所藏的宋本草堂詩箋卷二〇、卷二一兩殘卷。〔二一〕另外還可指出，筆者發現美國哈佛大學哈佛燕京圖書館藏明正德八年（一五一三）古歙鮑松李杜合集中的杜工部集五十卷、文集二卷、外集一卷，在編次上價值極高。〔二二〕此本將杜集與李白集合刻，是明代刻書習氣，兼之杜集白文無注，故向不爲讀杜者重視。然而筆者覆核此書，其底本正採用了未經竄亂的蔡夢弼草堂詩箋宋本五十卷原編次，只是删去了全部注文，成爲一種白文本，〔二三〕故讀者往往忽略它將宋本草堂詩箋五十卷做爲底本這一十分重要的事實。該書完備無缺，恰可以作爲補充宋本闕卷編次的重要依據。筆者據以訂補之後，新增編次與宋本原編次吻合無間、渾然一體！

爲方便讀者了解宋本五十卷與元本（以及完全承襲元本的古逸叢書本）四十卷「正編」加十卷「補遺」的編次差異，將各卷具體對應情況列表如下〔二四〕：

宋本(五十卷)	元本、古逸叢書本(四十卷加補遺十卷)
卷一—卷一九	卷一—卷一九
卷二〇第一—九首、第十一首—卷末	卷二五第一—九首、補遺卷一
卷二一	補遺卷二
卷二二	補遺卷三
卷二三	補遺卷四
卷二四	補遺卷五
卷二五	卷二〇
卷二六	卷二一
卷二七	卷二二
卷二八	卷二三
卷二九	卷二四
卷三〇第一—十首、十一首—二十四首、二十五首—二十八首、至卷末	補遺卷六第一—十首、卷二五第十—二十三首、補遺卷六第十一—十四首
卷三一	卷二六

（續表）

宋本（五十卷）	元本、古逸叢書本（四十卷加補遺十卷）
卷三二第一—十五首、第十六首—卷末	卷二七第一—十五首、補遺卷六第十六首—卷末
卷三三	補遺卷七
卷三四第一—十一首、第十二—卷末	補遺卷八第一—十一首、卷二五末尾七首
卷三五	卷二八
卷三六	卷二九
卷三七	卷三〇
卷三八	卷三一
卷三九	卷三二
卷四〇	卷三三
卷四一	卷三四
卷四二	卷三五
卷四三	補遺卷八第十二首—卷末
卷四四	補遺卷九

（續表）

宋本（五十卷）	元本、古逸叢書本（四十卷加補遺十卷）
卷四五	卷三六
卷四六	卷三七
卷四七	卷三八（除去末尾六首）、補遺卷一〇末尾四首
卷四八	補遺卷一〇第一—一一首、卷三八末尾六首
卷四九	卷三九
卷五〇（逸詩補遺）	卷四〇（逸詩補遺）

四、重現杜工部草堂詩箋「集注會箋」面貌

（一）杜工部草堂詩箋在杜集宋注譜系中的位置

對草堂詩箋注文還原工作有一個邏輯前提，如果判定草堂詩箋採用其他注家注文而刪去注家名，那就意味着諸家注本注文產生於草堂詩箋成書之前，否則將意味着是其他注家採納了蔡夢弼注。爲了明確這一前提，在具有明確成書刊刻年代的杜集宋注本基礎上，參考前人論述，證以筆者全面比對全部杜集宋注本注文的結果，略述現存全部杜集宋注本成書時序

如下：

一、紹興四年（一一三四）至十七年（一一四七），趙彦材杜詩趙次公先後解。〔二五〕

二、門類增廣十注杜工部詩（存卷一至六），門類增廣集注杜工部詩（存卷八）。兩書爲孤本，僅藏於國家圖書館善本部。據筆者比對，門類增廣集注杜工部詩卷八與門類增廣十注杜工部詩卷四内容完全相同，可知兩書屬於全書内容相同而卷帙劃分有别的不同坊本。兩書最顯著特點爲皆包含大量僞蘇注。按，郭知達九家集注杜詩主要優點之一爲删去僞蘇注，則此兩種當早於九家集注杜詩。〔二六〕

三、托名王十朋王狀元集百家注編年杜陵詩史。周采泉杜集書録判斷此書早於郭知達九家集注杜詩：「郭知達雖無籍籍名，但決非一般書賈，其輯此書全爲針對東坡老杜事實以及王狀元集百家注等僞書而作。」〔二七〕又按，杜陵詩史既包含僞蘇注，其僞蘇注的數量比例又明顯低於門類增廣十注杜工部詩、門類增廣集注杜工部詩，故置於兩書之後、郭知達九家集注杜詩之前。

四、分門集注杜工部詩。按，洪業杜詩引得序指出分門集注與補注杜詩爲杜陵詩史發展出來的兩條支流。〔二八〕筆者比對杜陵詩史與分門集注兩書全部注文，分門集注注文一方面全不出杜陵詩史範圍，另一方面又有删削減省，可證洪業之説確鑿。

五、淳熙八年（一一八一），郭知達九家集注杜詩。

六、嘉泰四年(一二〇四),蔡夢弼杜工部草堂詩箋。

七、嘉定九年(一二一六),黄希、黄鶴補千家集注杜工部詩史。補注杜詩刊刻時間有明確記載,然需補充説明兩點:第一,洪業認爲補注杜詩與分門集注是杜陵詩史發展出來的兩條支流。筆者比對補注杜詩與分門集注兩書注文,幾乎完全一致,這説明補注杜詩直接參考的是分門集注而非杜陵詩史。故應在洪業説上再進一步,「兩條支流」説應修訂爲「一條支流、上游下游」説。第二,補注杜詩成書時間與草堂詩箋頗爲接近,但從兩書「原創性」注文内容(就草堂詩箋而言指所謂「(蔡)夢弼曰」,就黄氏補注杜詩而言指「(黄)希曰」、「(黄)鶴曰」)不相交涉來看,屬於互不知情,未相引用。

八、草堂先生杜工部詩集(存卷一四—二〇)。按,據筆者考證此書實際上是以黄氏補注杜詩爲底本,既保留每詩「題下繫年」,又進一步以「體下再分體」方式編纂而成。〔二九〕

九、宋末元初,署名劉辰翁評點、高崇蘭編次集千家注批點杜工部詩集。按,此書注文主要採納了蔡夢弼草堂詩箋、黄氏補注杜詩,編次以蔡夢弼本爲主幹,同時又遵從黄鶴繫年辨證作了較大規模調整。〔三〇〕

綜上所述,排在草堂詩箋之前的五種杜集宋注本中注文,皆爲蔡夢弼注之來源。在草堂詩箋之後的黄氏補注杜詩、署名劉辰翁評點、高崇蘭編次集千家注批點杜工部詩集的注文,前者大量承襲草堂詩箋之前的注本(主要是分門集注),後者大量承襲草堂詩箋之前的注本與草堂詩箋注文，兩書的「原創性」注文只有黄希、黄鶴補注與署名劉辰翁評點。因此，考慮草堂詩箋注文淵源可以現存全部杜集宋注本爲基礎，只要排除黄希、黄鶴補注與署名劉辰翁評點即可。

還可以從另一角度看待注家時間先後問題。通讀全部杜集宋注，可以發現從「十家注」、「九家注」到「百家注」、「千家注」，注家及注文數量尚有增加，但「百家注」與「千家注」之間的注家及注文數量基本没有變化（第一個稱「千家注」的是黄希、黄鶴黄氏補千家集注紀年杜工部詩史，此書較之王狀元集百家注編年杜陵詩史，注文僅多出黄希、黄鶴補注内容）。換言之，「百家注」之後的各種杜集宋注本多爲因襲傳承，注本成書時間的先後實際上不影響注文内容的增加與否，而「百家注」成書公認在草堂詩箋之前。從這個角度審視杜集宋注本，「百家注」之後真正增加的原創性内容，也就只有蔡夢弼注（包括蔡氏自注與蔡氏對其他注家注文的改寫兩種情況）、黄希黄鶴補注與署名劉辰翁批點三種而已，〔三二〕後兩種成書時間確鑿無疑在草堂詩箋之後。也就是説，考察草堂詩箋注文來源只需排除黄希、黄鶴補注與署名劉辰翁批點，即可以現存全部杜集宋注本爲參照系，這與通過各本成書時間推測得到的結論一致。

（二）杜工部草堂詩箋對其他注家注文的改寫

以杜工部草堂詩箋宋刻五十卷爲底本，按照上述原則將其書全部注文與現存全部杜集宋注進行比對，可以復原草堂詩箋超過百分之九十五以上注文的相應歸屬，並據此注明注文來源與改動情況。現在可以判定，草堂詩箋全部注文的來源與改動有三種基本規律：

第一，蔡夢弼完全照搬其他注家注文，僅將注家主名删去。草堂詩箋有一半的注文屬於此類，只需補出被蔡夢弼删去的注家名即可。此種情況簡單明確，不必贅言。

第二，蔡夢弼以其他注家注文爲材料，按照不同體例進行剪裁拼合，形成内容上與原注基本一致、外部形態不同的新注文。

第三，專門標明爲「夢弼曰」（或「夢弼謂」、「夢弼按」、「夢弼詳考」、「余謂」、「余按」、「余詳味」）的注文。這類注文經過核驗之後呈現兩種結果，或爲其他注家注文而爲蔡夢弼攘爲己有，或確爲蔡夢弼原創。

下面先闡述第二種情況。具體而言，蔡夢弼草堂詩箋以其他注家注文爲材料，按照不同體例進行剪裁拼合，形成内容上與原注相近、外部形態不同的新注文，有六種類型：

（甲）統一體例。

杜集宋注各家注本往往自有注釋體例，草堂詩箋爲了自成一家之言，當然要對所引用的各家注文按照本書體例加以統一。

如僞王洙注、趙次公注往往在一聯兩句之後出注文，而草堂詩箋則每句之下出注文，若要使用僞王洙注、趙次公注，則不得不將原注割裂，分屬兩句之下。如送韋十六評事充同谷郡防禦判官「鑾輿駐鳳翔，同谷爲咽喉」一聯，僞王洙注：「地理志：鳳翔府扶風郡，隋置鳳棲，尋改爲麟遊郡。同谷郡，今成州。晉仇池郡，漢下辨縣，舊名武街城。」草堂詩箋將原注分爲兩截，關於「鳳翔府」的第一句注文列在「鑾輿駐鳳翔」下，關於「同谷郡」的第二句注文列在「同谷爲咽喉」下。又如暮春題瀼西新賃草堂五首其二「畏人江北草，旅食瀼西雲」一聯，趙次公注：「畏人在於江北之草間，旅食在於瀼西之雲裏，此公之自歎也。」草堂詩箋分别繫於兩句之下，一作：「自歎其畏人，居於江北之草間也。」一作：「自愧其旅食，寓於瀼西之雲裏也。」分割改寫妥帖。最爲典型的是「師古注」，往往在篇末統説詩意，草堂詩箋不得不將其割裂分屬每句之下，其例甚夥。〔三〕如題省中院壁，師古曰：「甫自賦歸謁肅宗，肅宗授左拾遺，得通籍禁省。『退食遲回違寸心』，言老年仕宦，非其本心。况無忠言以補天子，無以報君恩之重，故云『許身愧比雙南金』。」草堂詩箋以其中第一句注「腐儒衰晚謬通籍」，第二句注「退食遲回違寸心」，第三句前半句注「衮職曾無一字補」，後半句注「許身愧比雙南金」。偶爾也有反其道而用之的情况，如無家别一首，杜陵詩史、分門集注、補注杜詩等在題下引師古注：「甫言無家者，蓋言離别不成家計爾。」又在詩末引師古注：「昔宣王中興，勞來還定安集之，而鴻雁之民獲安其居。今肅宗中興，使民無家，而至於生無以養、死無以葬，其視宣王之安民，不亦厚顔乎！觀甫詩，時政之美惡，皆可得而知也。」草堂詩箋將兩條合爲一條，置於題下注。再如八哀詩，僞王洙注叙述每一篇傳主生平經歷，散見於該篇各句之下，草堂詩箋將其匯總連貫成文，統一置於篇題之下，有提綱挈領之功，甚便讀者。

（乙）調整次序。

有些次序調整出於統一注釋體例的考慮。其他注本往往以注家年代先後、注本成書時間早晚等標準排列注文，如課伐木序「我有藩籬，是缺是補，載截篠簜」句，杜陵詩史、分門集注、補注杜詩注文皆作：「王洙曰：禹貢揚州篠簜。鄭卬曰：篠，先了切，小竹也。簜，徒黨切，大竹也。」僞王洙注在前，鄭卬注在後。草堂詩箋一般先注難字讀音及意義，再注引文出處，即如俞成校正草堂詩箋跋所説「其始考異，其次音辨，又其次講明作詩之義，又其次引援用事之所從出」，故將注文調整爲鄭卬注在前，僞王洙注在後，以統一體例。其例甚夥。

當然，草堂詩箋對原注次序的調整也有不恰當的時候。如奉送郭中丞兼太僕卿充隴右節度使三十韻「周行獨坐榮」句，僞王洙注：「詩：寘彼周行。箋云：周之列位也。後漢宣秉拜御史中丞，光武特詔御史中丞與司隸校尉、尚書令會同，並專席而坐，故京師號曰『三獨坐』。時英乂爲中丞。」可以看出，僞王洙注是嚴格按照詩句語詞的出現順序進行注釋，即詩對應「周行」，後漢書對應「獨坐」，介紹郭英乂任職中丞對應「榮」。草堂詩箋調整爲：「詩卷耳：寘彼周行。獨坐，美英乂爲御史中丞也。後漢宣秉傳：秉字巨公，拜御史中丞。光武特詔御史中丞與司隸校尉、尚書令會同，並專席而坐，故京師號曰『三獨坐』。」草堂詩箋將僞王洙注原來的三個意義段落，「一（詩）——二（後漢書）——三（介紹郭英乂史實）」，調整爲「一——三——二」。這一調整打破了僞王洙注合理對應詩句語序的意義解釋鏈條，毫無必要。

（丙）删削内容。

對繁蕪文字的删除，如果無損讀者對詩歌文本的理解，是可取的。如收京三首其一「妖星帶玉除」句，僞王洙注：「晉天文志：妖星，一曰彗星，二曰孛星，三曰天棓，四曰地槍，五曰天欃，六曰蚩旗，七曰天衝，八曰國皇，九曰昭明，十曰司危，十一曰天（纔）〔讒〕彗，十二曰五殘，十三曰六賊，十四曰獄漢，十五曰旬始，十六曰天鋒，十七曰燭星，十八曰蓬星，十九曰長庚，二十曰四填，二十一曰地維。曹子建曰：凝霜依玉除。除，階也。説文曰：除，殿階也。西都賦曰：玉除彤庭。」草堂詩箋一言以蔽之：「晉天文志：妖星二十有一。説文：除，殿階也。」但是某些時候對注文删削幅度過大，會喪失可與詩歌文本進一步互動的歷史細節，未必適當。如同谷七歌「扁舟欲往箭滿眼」句，趙次公注：「資治通鑑載：乾元二年八月乙巳，襄州將康楚元、張嘉延據州作亂。刺史王政奔荆楚。九月，稱南楚霸王。九月甲午，張嘉延襲破荆州，荆南節度使杜鴻漸棄城走。澧、朗、郢、峽、歸等州官吏聞之，争潛竄山谷。按通鑑目録，是年八月甲午朔，則此九月當是甲子朔。其下又載戊辰事，則甲子乃初一日，而戊辰乃初五日，又豈誤甲子爲甲午邪？今七歌有曰枯樹，有曰木葉黄落，則秋時之作，乃聞此荆南之亂矣。」時間考辨精確，有心的讀者如果能與杜甫稍後經秦嶺赴蜀的行程時間相聯繫，還可以發現兩者吻合。而草堂詩箋僅保留：「按資治通鑑：乾元二年八月乙巳，襄州將康楚元、張嘉延據州作亂。」删削分寸頗可斟酌。

某些時候情況相反，草堂詩箋所引注文較之其他注本更齊備。如佳人，草堂詩箋注：「詩簡兮：刺不用賢也。云『彼美人兮，西方之人』，蓋言賢者有佳美之德。甫之此詩亦以佳人喻賢者，君之於臣，亦猶夫之於婦也。君用新進少年，必至於疏棄舊臣；夫淫於新婚，必至於離絶舊室，此必然之理也。甫寓意於君臣而有此作，非獨爲佳人之什，讀者可以意會也。」師古注文，杜陵詩史、黄氏補注杜詩所引皆節略，不如草堂詩箋所引語義完整。

（丁）串講發揮。

草堂詩箋常在原注基礎上做進一步串講發揮。如遣遇「漁奪成逋逃」句，僞王洙注：「姦黠吏也。漁，如漁獵然，不以法也。逋逃，走竄也。」草堂詩箋將其串講爲：「漁奪，謂侵奪如漁獵然，不以法也。所以下户皆走竄也。」又如鹿頭山「俯見千里豁」句，僞王洙注：「自秦入蜀，山嶺重複，極爲險阻。及下鹿頭關，東望成都，沃野千里，葱鬱之氣乃若煙霞靄然。」草堂詩箋改寫爲：「甫望成都，如飢渴之欲飲食。及至鹿頭山已斷絶，下視成都，沃野千里，豁然舒懷，甚慰其飢渴之望也。」對杜甫寫作時心態作了設身處地的發揮。

（戊）拆散拼接，裁以己意。

第一種方式，是對多家注文簡單拼合，略作裁剪。如泛江「方舟不用楫」句，趙次公曰：「方舟，並船也。字出爾雅。」大臨曰：「隨流也。」草堂詩箋合二注爲一句：「謂並船而隨流也。」

第二種方式，是在異文校勘或意義訓釋上擇善而從。如懷錦水居止二首其二「萬里橋西宅」句，僞王洙注：「甫之草堂在浣花萬里橋之南，地有百花潭。」趙次公注：「舊本作橋南，非是。公詩『萬里橋西一草堂，百花潭北即滄浪』。」而草堂詩箋徵引僞王洙注的同時，也採納了趙次公的校勘意見，將僞王洙注的「南」改爲「西」，最後呈現爲：「西，一作南，誤也。甫之草堂在浣花萬里橋之西，地有百花潭。」

第三種方式，是以一家注文對另一家注文加以更深入的說明，類似爲注作箋。如喜達行在所三首其二「間道暫時人」，草堂詩箋注：「言伺間隙之道而行，不敢保其性命也。班超傳：從間道到疏勒。」第一句、第三句爲僞王洙注，第二句爲師古注。草堂詩箋將師古注「不敢保其性命也」置於僞王洙注「言伺間隙之道而行」之後，是爲了說明何以「從間道歸」即爲「暫時人」，作爲補充。又如承聞河北諸道節度入朝歡喜口號絶句十二首其六「宮闈不擬選才人」句，僞王洙注：「唐制：才人正二千石。」趙次公注：「此篇喜諸節度入朝。所謂節度者，河北之地也。既喜其入朝，却防其媚悦而獻佳麗，故預以爲戒。古詩云：燕趙多佳人，美者顔如玉。才人，宮中之爵號。」按照時序，僞王洙注在趙次公注之前，杜陵詩史、分門集注、補注杜詩皆遵循這一順序。但草堂詩箋將趙次公注挪到僞王洙注之前，變爲：「此篇喜諸節度入朝。所謂節度者，皆河北之地，既喜其入朝，却防其媚説而獻佳麗，故預以爲戒也。才人者，宮中之爵號也。唐制：才人正二千石。」這一調整使得僞王洙注在意緒上承接趙次公注，爲趙次公注作了進一步的制度性補充説明，可謂順承得法，便於讀者更好理解注文意義層次。比較複雜的情況，如送樊二十三侍御漢中判官「君行立談際」句，草堂詩箋注：「漢中係荆湖南路伯長也。南伯，乃南方諸侯之長，即漢中主將是也。從事，乃幕府内之屬官，指樊判官也。今主將、判官相投俱賢，此行謀事有成功，只在立談之間，可收其效也。或曰，南伯與從事俱賢相投，只在立談之間耳。」第一、第三句是師古注，第二句、第四句是趙次公注。蔡夢弼拆散二注加以交叉穿插，意圖是以第二句趙次公注解釋第一句師古注的「南路伯長」，再以第四句趙次公注説明第三句師古注意見之外還有另一種理解。二家注文經過蔡夢弼剪裁，内容上相互補充，契合無間。

第四種方式，是對注文全部採納，但其間插入蔡夢弼自己對注文的進一步解釋，或對疏漏之處所作的辨正。前者如北征「宣光果明哲」句，魯曰：「周宣王、漢光武也。」草堂詩箋增補説明爲：「謂周宣王、漢光武皆中興之主，以喻肅宗明斷，再造唐室也。」語義更清楚。後者如哀江頭「昭陽殿裏第一人」句，草堂詩箋注：「李白詩有曰：漢宫誰第一，飛燕在昭陽。喻楊貴妃也。夢弼謂：昭陽本趙飛燕女弟，得幸爲昭儀，居昭陽。今李太白以爲飛燕居昭陽，誤矣。後漢孝成趙皇后傳：飛燕召入宫，大幸，有女弟復召入，俱爲倢伃，貴傾後宫。乃立倢伃爲皇后。皇后既立後，寵少衰，而弟絶幸，爲昭儀，居昭陽舍，其中庭彤朱而殿上髹漆，自後宫未嘗有焉。」按，李白詩句與後漢書趙皇后傳皆爲僞王洙注，草堂詩箋在李白詩與後漢書趙皇后傳之間插入「夢弼謂：昭陽本趙飛燕女弟，得幸爲昭儀，居昭陽。今李太白以爲飛燕居昭陽，誤矣」一句，以辨證李白詩對趙飛燕故事的誤讀。

（己）覆核出處，補充原文。

現存杜集宋注本多爲坊本，基本以前人注本注文爲唯一材料，極少有覆核原文出處的情況，這其實也是古代集注的一般性通例。但筆者發現草堂詩箋的集注會箋往往會覆核原文出處，較之他本更覺嚴謹。如北征「靡靡踰阡陌」句，僞王洙注：「靡靡，猶遲遲也。詩：行邁靡靡。」此條注文各本如杜陵詩史、分門集注、補注杜詩等皆同。草堂詩箋注：「詩黍離：行邁靡靡。毛萇傳：靡靡，猶遲遲也。」點明詩篇名與毛傳出處。又如蘇端薛復筵簡薛華醉歌「如澠之酒常快意」句，僞王洙注：「左傳：有酒如澠。」草堂詩箋注更全面清楚：「左氏傳昭公十一年：晉侯以齊侯宴投壺，（濟）〔齊〕侯舉矢曰：『有酒如澠，有肉如陵。寡人中此，與君代興。』杜預注：澠水出齊國。」

草堂詩箋在覆核原文出處的基礎上，還能修訂其他注家注文不確之處。秋興八首其三「日日江樓坐翠微」句，趙次公注：「山欲上曰翠微。」草堂詩箋注：「山未及上曰翠微。」按，爾雅原文正作：「山未及上，翠微。」蔡夢弼注較趙次公注更準確。

比較有趣的是，考辨注文出處還時能窺見蔡夢弼做注時覆核群書、左右逢源的情境。如諸將五首其四「越裳翡翠無消息」句，草堂詩箋注引異物志曰：「翠鳥形似燕，翡赤而翠青，其羽可以爲飾。」覆核全部杜集宋注本，此句未見任何注家徵引，當爲蔡夢弼自注。那麼蔡夢弼如何獲得此條自注的異物志文獻來源呢？再看下句「南海明珠久寂寥」，草堂詩箋用僞王洙注：「交趾多珍産，明璣、翠羽、犀象、玳瑁、異香、美木之屬，莫不自出。」按，此句注文源出後漢書賈琮傳。覆核後漢書，賈琮傳此句後恰引異物志「翠鳥形似燕，翡赤而翠青，其羽可以爲飾」爲注。可以推想，蔡夢弼是在覆核「南海明珠久寂寥」句僞王洙注所出之後漢書時，注意到異物志文句，遂將該文句用於注釋「越裳翡翠無消息」句。也就是説，蔡夢弼之所以能引及異物志作爲自注，乃因覆核僞王洙注文出處使然。

五、所謂「夢弼曰」注文的真相

草堂詩箋的單注本外貌形態極易誤導讀者。第一個被誤導的是宋、元之際署名劉辰翁批點、高崇蘭編次的集千家注批點杜工部詩集，此書作爲誤讀「蔡夢弼注」的源頭（誤讀的禍首當然應該歸咎於草堂詩箋自身），又不幸在元、明兩代成爲最爲流行的杜集注本，謬種流傳，往下影響到朱鶴齡杜工部集輯注、仇兆鼇杜詩詳注等清人「集大成」注本，有必要予以澄清。

（一）集千家注批點杜工部詩集所引「夢弼曰」真相

集千家注批點杜工部詩集中的「夢弼曰」近八百條。筆者將它們進行比對辨證，標識爲四種情況：一，凡屬蔡夢弼注，曰「是」。〔三三〕二，非蔡夢弼注，曰「非」，並注明原注家主名。三，集千家注批點杜工部詩集所引「夢弼曰」注文，常將「夢弼曰」與其他注家注文不加判別、交錯爲文，凡遇此類情況，則一一辨證，逐句標明是非。四，集千家注批點杜工部詩集引作「夢弼曰」，而不見於草堂詩箋，曰「草堂詩箋無此注文」。限於篇幅，各舉一例如下：

第一種情況，如登兗州城樓。夢弼曰：公父閑嘗爲兗州司馬，公時省侍之，故云「趨庭」。是時張玠亦客兗州，有分好。玠子乃建封也。（是。）

第二種情況，如兵車行。夢弼曰：隋西域傳：吐谷渾城在青海西四十里。（非。【王彦輔注】。）唐哥舒翰傳：築神威軍於青海上，吐蕃攻破之，又築城於青海中。（非。【僞王洙注】。）

第三種情況，如投哥舒開府翰〔三〕〔二〕十韻。夢弼曰：廉頗，趙之良將，伐齊攻魏，皆破之。（是。）襄四年傳：魏絳勸晉侯和戎有五利。（非。【僞王洙注】。）吐蕃本西羌屬，散處河湟、江岷間。（非。【師古注】。）以翰兼河西節度使，欲其收復之。（非。【趙次公注】。）

第四種情況，如白水明府舅宅喜雨得過字。夢弼曰：白水縣屬左馮翊，同州舅氏崔十九翁時爲白水縣尉。（按，草堂詩箋未見此條注文。）

最終結果：完全屬於蔡夢弼自注者，計三百四十三條。完全不屬於蔡夢弼自注者，計一百九十七條。由蔡夢弼自注與其他注家注文參合而成者，計一百七十七條。標明爲蔡夢弼注却未見於宋本草堂詩箋者，〔三四〕計六十四條。〔三五〕可以說，清人杜集注本對所謂蔡夢弼注的引用，往往受到集千家注批點杜工部詩集的誤導，凡其所引「夢弼曰」在三百四十三條之外者，皆屬誤用，可以根據本書附録一一還原其本來注家歸屬，這裏就不再舉例説明了。

另外附帶説明一個問題，集千家注批點杜工部詩集成書於宋、元之際，從時間上推斷，使用宋本五十卷系統草堂詩箋而非後來流行的正集四十卷加補遺十卷元本系統的可能性高。現在我們還可以通過本書附録對集千家注批點杜工部詩集注文的辨識，用證據坐實這一判斷。如元本、古逸叢書本草堂詩箋有題作送許八拾遺歸江寧一詩，全詩無注文，而宋本題目作送許八拾遺歸江寧覲省甫昔時嘗客遊此縣於許生處乞瓦棺寺維摩圖樣志諸篇末，自題目到詩句皆有注文。集千家注批點杜工部詩集詩題、注文全同宋本。其他如鄭駙馬池臺喜遇鄭廣文同飲、留花門、因許八奉寄江寧旻上人、偪仄行、題鄭十八著作丈、端午日賜衣、夏日歎、秋日荆南送石首薛明府辭滿告别奉薛尚書頌德叙懷斐然之作三十韻等篇注文，皆同此例。這些詩例有力地證明了集千家注批點杜工部詩集所用草堂詩箋底本爲宋本五十卷系統。

（二）杜工部草堂詩箋所謂「夢弼曰」真相

如果説，草堂詩箋貌似單注本的形態是導致集千家注批點杜工部詩集無意「誤認」的原因，草堂詩箋、集千家注批點杜工部詩集雙方都還有各自無辜地表明「没想到會這樣」、「没想到是這樣」的餘地；那麽，還有一批草堂詩箋自我標明「夢弼曰（夢弼謂、夢弼按、夢弼詳考、余謂、余按、余詳味）」的注文，經過比對考辨，可以確定它們屬於確鑿無疑的蔡夢弼故意「冒認」之注。換言之，草堂詩箋雖有超過一半以上的注文完全承襲前人注文而删去注家主名；但同時畢竟尚有接近一半的注文，蔡夢弼基於「集注會箋」體例作出了改寫，這部分注文删去注家主名也有一定合理性；這兩部分注文合爲一書，爲統一體例計，故皆不録注家主名，似乎尚可自圓其説。那麽對於新發現的直接承襲前人注文、並未作出改寫者，草堂詩箋却專門括出特别冠以「夢弼曰」，以强調其原創性，恐怕不甚合適。這批注文被後世注家引用時，從未引起懷疑，將它們括出並判定歸屬，有利於對草堂詩箋的合理利用。「冒認」主要集中針對趙次公、師古兩家注文，可能因爲這兩家注文較多發揮個人讀解心得，而這些心得頗爲蔡夢弼認同欣賞之故。

對趙次公注的冒認。如奉贈韋左丞丈二十二韻「行歌非隱淪」句，草堂詩箋注：「夢弼按：列子天瑞篇：林類年且百歲，行歌拾穗。張湛注：古之隱者也。」又如曲江對雨「何時詔此金錢會」，草堂詩箋注：「余按唐劇談録：開元中，都人遊賞曲江，盛于中和、上巳節。即錫宴臣僚會于山亭，賜太常教坊樂。推此則「金錢會」者，賜金錢爲宴也。」其實這兩條都是趙次公注，蔡夢弼加上「夢弼按」、「余按」，攫爲己有。再如收京三首其一「聊飛燕將書」，趙次公注：「言京師不勞兵戰而車駕可復止，若魯仲連飛書而聊城自下耳，所以見收復之易也。」蔡夢弼改爲：「余謂此以言京師不勞兵戰而車駕可復有，若魯仲連之飛書於燕將而聊城自下也。」又如陳拾遺故宅「彦昭超玉價」，趙次公注：「趙彦昭以權幸進，然必有才智者，故以『超玉價』言之。」蔡夢弼改爲：「余謂彥昭既以權幸進，然必有才智者，故詩以『超玉價』言之也。」兩條皆略作改動，未變原義，却用「余謂」二字化爲己出。又如奉和賈至舍人早朝大明宮舍人先世掌絲綸，題下趙次公注：「賈至，曾之子。曾於睿宗末年及開元初再爲中書舍人，後與蘇晉同掌制誥，皆以文辭稱，時號蘇、賈焉。玄宗幸蜀，時至拜起居舍人。帝曰：『昔先帝誥命，乃父爲之辭，今兹命册，又爾爲之。兩朝盛典出卿家父子，可謂繼美矣。』故云。」蔡夢弼抹去趙次公之名，寫作「考諸史氏」，似乎自己有勾稽考證兩唐書或其他唐代史籍之功，其實並無。又如觀薛稷少保書畫壁「鬱鬱三大字，蛟龍岌相纏」句，趙次公注：「稷所書慧普寺碑上三字，字方徑三尺許，筆畫雄勁。然公於李潮八分小篆歌云『八分一字直千金，蛟龍盤拏肉倔强』，是言八分及草書之纏糾，然後可言有蛟龍之勢也。然稷三大字乃真書，其勢豈若蛟龍耶？余嘗到慶壽寺觀之，三字之傍有贔屭纏捧，乃龍蛇岌相纏也。詩人道實事，爲壯觀之句耳。」草堂詩箋作：「稷所書惠普寺碑三字，字方徑三尺許，筆畫雄勁，今在通泉縣慶壽寺聚古堂，觀其所書三字之傍，有贔屭纏捧，乃龍蛇岌相纏也。」趙次公是蜀人，方便到通泉縣（今四川遂寧）慶壽寺遊歷，蔡夢弼身處福建，在南宋時期欲前往蜀中，就没那麽容易了。蔡夢弼很細心地將「余嘗到慶壽寺觀之」一句删去，以滅趙次公注之痕跡。他如遣懷「雷霆可震威」注、杜鵑詩「重是古帝魂」注、寄董卿嘉榮十韻「自是一嫖姚」注、大曆三年春白帝城放船出瞿塘峽久居夔府將適江陵漂泊有詩凡四十韻「歷塊匪轅駒」注、水宿遣興奉呈羣公「登橋柱必題」注、秋日荆南送石首薛明府辭滿告别奉薛尚書頌德叙懷斐然之作三十韻「槍纍失儲胥」注、哭李常侍嶧二首其二「寒山落桂林」注、憶昔行「辛苦不見華蓋君」注、暮秋枉裴道州手札率爾遣興寄遞呈蘇涣侍御「入懷本倚崑山玉」注、别董頲「南適小長安」注，所謂「夢弼謂」、「夢弼詳考」、「夢弼按」、「余按」、「余謂」、「余詳味此詩」云云，實際皆爲趙次公注。

對師古注的冒認。如奉贈韋左丞丈二十二韻「王翰願卜隣」句，草堂詩箋注：「夢弼謂：唐李邕有才名，後進想慕，求識其面，以至道塗聚觀，傳其眉目有異。唐王翰，文士也，杜華嘗與遊從。華母崔氏云：『吾聞孟母三徙，吾今欲卜居，使汝與王翰爲隣。』蓋愛其才故也。甫以文章知名當世，士大夫皆想慕之，故以李邕、王翰自比也。」〔三六〕又如入奏行贈西山檢察使竇侍御，草堂詩箋題下注：「夢弼謂：時吐蕃分三道入寇，欲取成都爲東府。竇公以御史出檢校諸州軍儲器械，得以便宜入奏，甫作此以贈之。」再如陪王侍御同登東山最高頂宴姚通泉晚攜酒泛江「聽曲低昂如有求」，草堂詩箋注：「夢弼謂：自此以上既陳宴樂之興，故下章遂有警戒之辭。蓋樂極則繼之以悲也。樂不可過，詩人戒之。」考杜陵詩史、分門集注、補注杜詩等所引，以上三例皆爲師古注。又如早發射洪縣南途中作「更灑楊朱泣」，師古注：「甫遭窮途，至於東西南北，了無定居，安能免其揮淚乎！」蔡夢弼於句首加「余謂」二字，化爲己出。再如奉贈王中允維「一病緣明主」，師古曰：「甫自言得肺疾只緣思君也。」草堂詩箋注：「魯訔云：維在賊時，以藥下痢，陽瘖。予謂非也，蓋甫自言其因思君之故而得肺渴之疾也。」蔡夢弼加上

「予謂非也」，似乎接下來的反駁意見出於自己原創，其實是來自師古注。他如述古三首其二「市人日中集」篇末注、傷春五首其三「星辰屢合圍」句注、登樓「玉壘浮雲變古今」句注、春日江村五首其五「登樓初有作，前席竟爲榮」兩句注、宴忠州張使君姪宅「自須遊阮舍」句注、秋日寄題鄭監湖上亭三首其三「揮金應物理」句注、奉酬薛十二丈判官見贈「無心雲母屏」句注、追酬故高蜀州人日見寄「服食劉安德業尊」句注，所謂「夢弼曰」、「夢弼謂」、「余按」云云，其實皆爲師古注。

對其他注家注文的冒認情況較少。如奉待高常侍「汶上相逢年頗多」句注，所謂「予按」者，以及將赴成都草堂途中有作先寄嚴鄭公五首其一「酒憶郫筒不用沽」句注，所謂「夢弼謂」者，據杜陵詩史、分門集注、補注杜詩引作「修可曰」，而所謂杜修可注（又或稱杜時可注），研究者公認即杜田補遺注的別稱。

現在可以對草堂詩箋注文的基本情況作出結論：第一，至少有一半的注文完全承襲前人注。第二，接近一半的注文是以前人注文爲材料、基於某些體例進行改寫，大部分改寫没有增加新的實質内容，但也有相當部分改寫有覆核原文出處、删汰繁蕪、裁斷發揮之功。第三，少數標明「夢弼曰」的注文屬於冒認前人注文，這部分「冒認」已盡載於此。第四，上述三種情況之外的其他注文（也就是没有注明注家主名的注文）基本上都可以歸屬蔡夢弼自注，〔三七〕這部分注文約占全部注文的百分之十以内。

（三）蔡夢弼自注的價值

斠證工作使得其他注家注文歸屬既明，蔡夢弼自注的真實面目也就顯露。以下試舉數例，以説明其價值。

蔡夢弼自注或能取證廣博，考論細密，便於理解。如悲陳陶「孟冬十郡良家子」，蔡夢弼注：「良家子，謂陝西民户團結精於馳射者，非召募之兵也。」此以宋代情況揆之唐時而論，甚便當時讀者。又如送裴二虯作尉永嘉，題下注：「此篇當次於天寶之初。考之裴虯以天寶干戈前尉永嘉，蔣之奇武昌怡亭序云：怡亭銘，乃永泰元年李陽冰篆，李莒八分書，而裴虯作銘。銘曰：峥嶸怡亭，盤薄江汀。勢壓西塞，氣涵東溟。風雲自生，日月所經。衆木成幄，群山作屏。故予逃世，於此忘形。詩人劉長卿過虯郊園詩曰：郊原春欲暮，桃李落繽紛。何處尋芳草，留家寄白雲。又浯溪觀唐賢題名有：河東裴虯，字深原。大曆四年，爲著作郎兼侍御史、道州刺史。甫流落楚蜀時，虯爲道州刺史。按集，其在長沙有得裴道州手札詩，又有裴二端公虯旋凱道州詩是也。」考證細緻，並引及本朝人論點，超出了一般性注本僅就前人注文輾轉傳鈔的水準。再如萬丈潭「削然根虛無」注云：「却立，謂退則阻石，而兩山壁立相對如削成然，而攢乎清虚也。時甫寓同谷不盈月。按鄭鴻嘗有詠公同谷茅茨曰：工部棲遲後，鄰家太半無。青羌迷道路，白社寄杯盂。大雅何人繼，全生此地孤。孤雲飛鳥付，空勤舊山隅。鴻曰：萬丈潭在公宅西，洪濤蒼石，山徑岸壁如目見之。」提供實地考察的文獻，引證親切，如在目前。

又或能糾正他家注本之誤。如寄岳州賈司馬六丈巴嚴八使君兩閣閣老五十韻「蒼茫城七十，流落劍三千」一句，草堂詩箋注：「（蒼茫城七十，）謂禄山反，河北十餘郡皆棄城而走也。……（流落劍三千，）劍，指蜀之劍閣。言玄宗幸蜀流落，有三千里之遠也。或引莊子趙孝文王有劍客三千餘人，誤矣。」按，諸家皆引莊子「劍客三千」，蔡夢弼注獨異衆説，並指出諸家注皆誤，最爲有見。又如萬丈潭「清溪含冥漠」注云：「按，唐咸通十四載，西康州刺史趙鴻刻公萬丈潭詩曰：『清溪含冥漠，倒影垂澹瀩。出入巨爪礙，何當暑天過。』今本寫訛，當以趙本爲證。」用石刻資料，尤爲難得。

又或獨得妙解，啓發後來注家。如示從孫濟「萱草秋已死，竹枝霜不蕃」，草堂詩箋蔡夢弼注：「竹以喻父，萱以喻母。男正位乎外，故堂前父之所居。女正位乎内，故堂後母之所居。萱草已死，言杜濟之母已喪矣。竹枝不蕃，兄弟譬則連枝，言杜濟之父所存者獨甫，兄弟無人，此序濟已喪父母，惟叔父甫在，爲至親也，無以數來爲嫌。蓋譏同姓之恩刻薄，於至親者尚然，况疏者乎？」按，浦起龍讀杜心解稱：「濟或年少孤孑。」或受蔡夢弼此注啓發。如徒步歸行「白頭拾遺徒步歸」，蔡夢弼注：「甫貧甚，官卑，只衣緑袍。是時馬貴不能辦，是以徒步歸家也。」朱鶴齡杜工部詩集輯注引錢謙益箋曰：「舊書：至德二載二月，上幸鳳翔，議大舉收復兩京，盡括公私馬以助軍。時當括馬之後，故云『不復能輕肥』也。」此後研究者對杜甫還家羌村之際徒步、借馬事亦多有討論，蔡夢弼注已導夫先路。

六、斠證注文所見杜集宋注各本特點及其規律

斠證工作必須覆核全部杜集宋注本，由此得以了解各種宋注本的不同特點及其規律，具體而言有如下數端：

第一，其他宋注本能糾正草堂詩箋的訛誤，或者能相互補充以勘誤。如憶弟二首時歸在陸渾莊「喪亂聞吾弟，飢寒傍濟州」，宋本、元本、古逸叢書本草堂詩箋皆注：「濟，子禮切，水名。禹貢有濟河，此同州水名。」末句費解。而杜陵詩史、分門集注、補注杜詩、集千家注批點杜工部詩集引「鄭卬曰」末句作「此因水名州」，意義明晰。又如贈衛八處士，宋本、元本、古逸叢書本草堂詩箋題下皆注：「按唐史拾遺：甫與李白、高適、衛賓相友善。賓年最少，號小友。今據甫此贈衛八云：『昔别君未婚。』則知此詩乃非贈衛賓乎？」末句語義扞格，而杜陵詩史、分門集注、補注杜詩引「師古曰」末句無「非」字，作「則知此詩乃贈衛賓乎」，渙然可通。

第二，分門集注、補注杜詩往往能補充杜陵詩史對「鄭卬注」只出注文、不標注家主名的缺陷。如去矣行：「一飽則飛掣。」草堂詩箋注：「掣，昌列切，挽也。」杜陵詩史注：「尺列切。」未出注家名。分門集注、補注杜詩則注明：「鄭曰：『尺列切。』」同詩「野人曠蕩無靦顔」一句

鄭印注：「覥，他典切，面慚。」也是同樣情況。分門集注、補注杜詩中標明「鄭（印）曰」注釋單字音義的内容，覆核杜陵詩史的相應部分，往往如此，其例甚夥。

第三，詩句異文，即「某一作某」的情況，杜陵詩史基本不出注家名，分門集注、補注杜詩則往往給出注家名，使得我們知道「某一作某」大多出自僞王洙注。其例甚夥，聊舉一例，如大雲寺贊公房四首其二「明霞爛複閣」，草堂詩箋注：「明，一作晨。」按，杜陵詩史僅在「明」字下出「一作晨」三字，未標注家。分門集注曰：「洙曰：一作晨。」補注杜詩曰：「洙曰：明，一作晨。」

第四，以草堂詩箋注文比對諸宋注本，存在一種情況：其他宋注本各自截取原來某一注家的完整注文，經比對草堂詩箋後從而了解原文樣貌，得以恢復。如蘇端薛復筵簡薛華醉歌「何劉沈謝力未工」，草堂詩箋注：「謂何遜、劉孝標、（按，當作「劉孝綽」。）沈約、謝朓也。梁書：何遜五歲能賦詩，一文一詠，范雲期輒嗟賞，沈約亦愛其文。遜文章與劉孝標並見重於世，世謂之何、劉。世祖著編論之云：詩多而能者沈約，少而能者謝朓、何遜。又，劉孝標七歲能屬文，每作一篇，朝成暮編，好事咸誦諷，流聞絕域。又，沈傳：謝玄暉善爲詩，任彥昇工於文章，約兼而有之，然不過也。」考分門集注引：「洙曰：何遜、劉孝綽、沈約、謝朓。」爲草堂詩箋注文第一句。注文第一句之外的餘下部分，杜陵詩史全引，作「洙曰」。經兩種宋注本比對拼合之後得知此注全爲僞王洙注。

第五，宋注各本對注文擇取各不相同，某些注文僅見於某一種注本。如憶幼子「炙背俯晴軒」一句，草堂詩箋注：「炙背，乃負暄也。」各注本皆未見此條，僅九家集注杜詩引僞王洙注：「炙背，負暄之義也。」成爲唯一綫索。又如師古注，詩末大段「師（古）曰」注文往往只見於杜陵詩史，而源出於杜陵詩史的分門集注、補注杜詩或不存「師（古）曰」注文，或僅存該注文的片段。

七、校勘所見杜工部草堂詩箋各本異文規律與相互關係

杜工部草堂詩箋宋本與元本（以及承襲元本的古逸叢書本）注文在某些詩篇中有較大差異，主要有兩種情況：

一種是注文完全不同，如卷八白水縣崔少府十九翁高齋三十韻「魍魎森慘戚」句，注曰：「馬融廣成頌」云云。按，「馬融廣成頌」五字，元本作「比月縣員威頌」，古逸叢書本作「寄劉峽州翠虛」。又，同詩「帶甲且未釋」句，注曰：「未，王介甫作『來』。」按，「未王介甫作來」六字，元本、古逸叢書本作「未得解甲也」。

一種是元本（以及古逸叢書本）對宋本注文有大量刪削。如卷七高都護驄馬行後半部分、卷七天育驃騎歌前半部分，卷十奉送郭中丞兼太僕卿充隴右節度使三十韻後半部分，卷十二

鄭駙馬池臺喜遇鄭廣文同飲、送賈閣老出汝州、送鄭十八虔貶台州司户傷其臨老陷賊之故闕爲面别情見於詩、題鄭十八著作主人、逼側行贈畢曜、留花門、端午日賜衣、送許八拾遺歸江寧覲省甫昔時嘗客遊此縣於許生處乞瓦官寺維摩圖樣志諸篇末等篇。尋繹其緣由，某些宋本注文可以在南宋時類書錦繡萬花谷中找到，如「驄尾蕭梢朔風起」一句，宋本注文作：「驄，一作駿，趙作騣，今從之。騣尾之長，蕭梢動摇，則朔風凛列而生也。神異經：西南大宛丘有良馬，鬣至膝，尾委於地，則騣尾之長者，蕭梢然矣。」錦繡萬花谷前集卷三十七「馬」條：「騣尾蕭梢。漢天馬歌曰：『尾蕭梢兮朔風起。』神異經：大宛有良馬，鬣至膝，尾委於地，則尾之長者，蕭梢然摇動，可起朔風。」注明「杜詩注」。正與宋本基本相符，可見所謂「杜詩注」即指草堂詩箋。而元本、古逸叢書本此句注文作：「選：朔風動秋草，邊馬有歸心。坡云：漢天馬曲曰：尾蕭梢，朔風起。足銀砧兮破層冰。」筆者並未找到相對應的宋代文本。爲何會出現這樣較大規模的異文，竊以爲元本所用此二首注文，或爲初稿，或爲後來配補，原因在於此二首注文皆帶有注家名，並用黑底白文方式標明，是全書其他部分所没有的。這樣的處理，或出於蔡夢弼初稿本的樣貌（定稿時統一删去注家名），或出於元刻時此數頁散佚（前詩後半與後詩前半相接，正好兩頁，如非散佚，即爲字跡湮没），從其他杜集宋注本援引，因此注文内容既不同於蔡夢弼本，體例上又帶有蔡夢弼定本已經删去的注家名。關於補配的情況，如卷十送楊六判官使西蕃一詩，元本、古逸叢書本注文與宋本不同，而與杜陵詩史、分門集注、補注杜詩系統注文相同。例如「人世別離難」一句，宋本注：「屈原九歌：悲莫悲兮生別離。」元本、古逸叢書本注引「蘇曰」作：「季珪：人世萬事，惟別離最難。」按，元本、古逸叢書本的注與杜陵詩史、補注杜詩相同。同詩「儒衣山鳥怪」句，宋本注：「屈原九歌：悲莫悲兮生別離。」元本、古逸叢書本注引「蘇曰」作：「桑聞再歸中條時，春鳥嘐戞，聞嘆曰：『山鳥亦怪我儒衣冠。』」這似乎表明宋本草堂詩箋删去了不可靠的僞蘇注，另作注文（或引他注，或自撰注文）。而元本所依照的宋本此詩注文有可能闕頁，故元本只能照録杜陵詩史、分門集注、補注杜詩這一版本系統的注文，古逸叢書本依照元本翻刻，從而形成目前所見到的宋本與元本、古逸叢書本文本歧異情況。

上述兩種情況之外，還有一種特殊情況，即注文僅見於宋本，或僅見於元本（以及承襲元本的古逸叢書本）。前者如留花門題下注：「趙傁云：花門，回紇種落。昨秋閏八月丁卯，廣平王元帥，朔方節度郭子儀副元帥，朔方等兵以回紇助伐。兩京平，賊卷轟北渡河，回紇大掠洛陽，府庫空。三川耆老以萬繒錦賂之，乃止。公意汾陽得朔騎足平中原，奚使花門恃功，千騎（㴴）〔撇〕烈，病中夏哉！」這段注文僅見於宋本，不但元本、古逸叢書本未收，亦不見於九家集注杜詩、杜陵詩史、分門集注、補注杜詩、集千家注批點杜工部詩集，故林繼中輯校杜詩趙次公先後解亦未得見，可據補入。後者如贈翰林張四學士垍「恩與荔支青」，宋本注：「未詳。」元本注：「翰林拜命日賜荔支、金腰帶。」古逸叢書本從元本。這似乎説明元本偶爾還在宋本基礎上作了些許增補。

另外，關於文字校勘的異文問題，古逸叢書本以元本爲底本。大凡元本與宋本同，而古逸叢書本改字者，往往出於元本字跡漫漶之故。古逸叢書本無法用宋本來比對，故只好勉强辨認，因而出錯。我們今天手持宋本比對，元本漫漶之字一望而明其本字，參之古逸叢書本之妄度，如老吏斷獄，兩照皆明。據筆者校勘，宋本與古逸叢書本相同，而元本獨異者，全書僅有數處，即大雲寺贊公房四首其三「心在水精域」，草堂詩箋注：「述異記：吴王闔閭造水晶宮，尤極珎（珍之異體字）怪，皆出自水府。」按，「珎」字宋本、古逸叢書本皆同，唯元本誤作「弥」。推測緣由，當是古逸叢書本據語義從元本徑改，並非據宋本而得，因爲從上下文語境來看，較容易判斷「弥」是「珎」的字形訛誤。又如彭衙行，草堂詩箋題下注：「左氏文公二年傳：晉侯及秦師戰於彭衙。」按，「晉」宋本、古逸叢書本皆同，唯元本作「皆」。古逸叢書本應當是從語義上判斷，徑由元本改之。最後還可以舉一個有趣的例子，說明古逸叢書本在元本訛誤的基礎上往往會妄加修補，錯上加錯，如光禄坂行「安得更似開元中」句，宋本注文爲「鄭棨傳信記云云」，元本誤作「鄭棨傳信言云云」，古逸叢書本在元本訛誤基礎上，再妄改爲「鄭棨傳：棨言云云」，使得引文出處由鄭棨（當作「鄭綮」）開天傳信録一變爲「鄭棨傳」。

八、存疑待考之處

某些注文，儘管我們從注文風格以及其他間接的綫索，大致可以判斷其注家歸屬，但由於現存宋注本没有明確標出其注家主名，筆者也只能付之闕如，作存疑處理。如去矣行「豈可久在王侯間」一句，草堂詩箋注：「甫素與武相善，武鎮成都，甫往依焉。武辟甫爲參謀檢校工部尚書員外郎，是飢鷹飽肉之譬也。甫嘗醉登武床，瞋視曰：『嚴挺之乃有是兒。』武杖劍欲殺之，賴武母救免。甫是以有去志，故作是詩。然甫嗜酒，既不爲飽鷹，亦不爲堂上之燕依傍主人，但側媚以趨炎附勢。況甫之爲人，其性曠蕩，不能厚顔久依王侯，集嘗有詩曰：『本欲依劉表，還疑厭禰衡。』蓋因武激而爲是言也。」竊以爲這段文字應該是師古注。理由有二：第一，師古注的鮮明特點是好將杜詩與時事聯繫，而每多穿鑿，符合這段注文的特點。第二，去矣行題下有蔡夢弼注曰：「夢弼謂，此篇亦爲嚴武而作也。」其實這是師古注，見於杜陵詩史引「師古曰」：「此詩爲嚴武而作。見前貧交行注。」根據這一綫索，在貧交行「紛紛輕薄何須數」一句下，我們找到這樣一段注文：「甫之此詩，爲嚴武有激而作也。甫與武素相厚善，及武鎮西川，甫往依之，常醉登其床，曰：『嚴挺之乃有是兒？』武杖劍欲殺之，武母救止之。武始待甫甚厚，今以小嫌而欲殺之，豈非翻手作雲覆手作雨，其輕薄如此，又何足慕數乎！」根據杜陵詩史、分門集注與補注杜詩標注，這正是「師古曰」注文。它與去矣行「豈可久在王侯間」一句草堂詩箋注文基本一致，正説明去矣行注文應該出自師古之手。儘管通過輾轉考證，大致可以確定去矣行「豈可久在王侯間」一句的注文乃是蔡夢弼引用師古注，但由於現存宋注本無一標注「師(古)曰」之名，我們慎重起見，仍標注爲【師古曰】。又如新婚别題下草堂詩箋注：

「采綠，刺怨曠。幽王之時，兵革不息，故男女怨曠。今肅宗遣九節度圍相州，敗而還，以至捉老嫗以供軍之役，是窮民無告者不得其所。豈知文王發政施仁，必先於斯乎！又，新婚者不得安其匹偶，豈非幽王之時男女多怨曠，采綠之詩所由作也。」今存宋注中找不到此條注文來源，但此詩「與君永相望」句有「師古曰」：「詩采綠刺怨曠也。觀甫此詩，怨別又勝於采綠者也。」可知師古曾以采綠比擬新婚別之作，那麽題下注也很可能出自師古。由於没有更明確的文獻證據，只能付之闕如，以俟他日新證據之發現。

九、餘論

總之，杜詩研究應該回到杜集宋注源頭，才能以學術史眼光將杜詩諸問題從萌生到推進、訛變加以正本清源的梳理清查。只有在釐清現存全部杜集宋注的基礎上，才能對杜注的基本格局及對杜甫、杜詩大量問題的研究史、接受史有新認識，才能洗滌乾浄杜詩這一中國文學的經典箭垛上「層累造成」的定見，恢復對杜詩文本闡釋的敏感性。

通覽現存全部杜集宋注本，除杜詩趙次公先後解與杜工部草堂詩箋之外，其他各本目前可知的存世版本的傳承綫索清楚，整理所用底本、對校本都很明確，整理的難度與工作量都不大，這部分杜集宋注本用影印或普通校點的方式出版，就可以滿足閱讀、研究的需求。杜詩趙次公先後解的整理難點是卷帙散佚過半，林繼中輯校本的整理工作以輯佚爲主，嘉惠學林。杜工部草堂詩箋的整理難點是，一方面在流傳過程中出現闕卷拼接、編次淆亂，形成了兩種不同系統的版本，而且劣本通行，善本沉寂，善本全帙亦待訪求補全；另一方面，蔡夢弼撰述時盡數删去注文來源綫索，有集注之實而無注家之名。因此，「新定杜工部草堂詩箋斠證」整理工作析而言之：「新定」意味回歸宋刻五十卷系統原貌，恢復「編年」優點，同時增入草堂詩箋原書所無的集注杜工部詩姓氏，草堂詩箋今存宋本所無而元本所有的杜工部草堂詩話、草堂詩箋傳序碑銘、杜工部草堂詩年譜，更便利用。「斠證」則將注文還原爲「集注」形態，達到蔡夢弼原書未曾達到過的程度，成爲一種「全新」的杜詩編年集注本；而且因爲杜工部草堂詩箋是宋代晚出帶有總結性的杜集注本，「斠證」工作必須參照現存全部杜集宋注本進行比對考辨，凡有疑處皆作考證，凡有闕處皆録原文，再加上筆者所撰「附録」兩種，還可視爲一部「杜集宋注考辨彙編」。「新定斠證」工作，旨在爲讀杜者提供一部更加可靠的杜工部草堂詩箋，推進學界對杜集宋注的清理利用。本書獲得二〇一七年度國家社科基金項目支持，結項過程中評審專家提出了中肯的意見，筆者據他們的意見對書稿作了進一步完善。出版過程中，上海古籍出版社劉賽編審統籌措置貫穿終始，責任編輯戎默博士不但建議調整若干體例，更是力助完成核校書稿內容。在此謹致謝忱！

猶憶昔年譯介洪煨蓮 *TU FU: China's Greatest Poet* (Harvard University Press, 1952) 中

譯本杜甫：中國最偉大的詩人，上海古籍出版社二〇一一年），甚訝其創獲之豐、見解之新，置諸今日亦不遑多讓。譯事既畢，若有所得，故敢踵武前賢，撰爲杜詩考釋（上海古籍出版社二〇一六年）。其時爬梳杜集宋注，作爲文章之餘，間或有暇，已頗屬意於蔡夢弼杜工部草堂詩箋之董理。始也排比稽考，錙銖必校，終待寒盡春生，成編在手，計其終始，已逾九載，夙願縈繫，差可告慰。世恒以宏文立説是務，校讎小道，弄潮者不與焉。雖然，竊惟人文之學終以承傳爲犖犖大端，先代舊籍既藉以立説，而又能弃而繕之，不亦善哉。業師袁春澍先生有云，學者於自著書外，亦當董理古人書，斯爲雙美。今又賜題書名，以申舊訓。斯事斯理，力行之漸，聞音跫然，亦或有應之者歟？若更能匡我不逮，則吾道不孤，幸何如之。

二〇二〇年識於京西青龍湖　曾祥波

【注釋】

〔一〕浦起龍讀杜心解，中華書局，一九六一年，第八頁。

〔二〕王國維觀堂集林觀堂别集卷三，河北教育出版社，二〇〇三年，第六七九頁。

〔三〕洪業撰，曾祥波譯杜甫：中國最偉大的詩人，上海古籍出版社，二〇一一年，第八頁。

〔四〕洪業杜詩引得序，杜甫：中國最偉大的詩人附録二，第二七八頁。

〔五〕周采泉杜集書録，上海古籍出版社，一九八六年，第五五頁。

〔六〕四庫全書總目卷一四九，中華書局，一九六五年，第一二八一頁。

〔七〕胡玉縉撰、王欣夫輯四庫全書總目提要補正卷四三，上海書店出版社，一九九八年，第一一八七頁。

〔八〕杜甫：中國最偉大的詩人「引論」，第一至二頁，注五。

〔九〕洪業杜詩引得序（杜甫：中國最偉大的詩人附録二，第二八八頁）即指出：「蔡氏著書，實亦以剽竊爲法者也。觀其書中曰『案』、曰『考』、曰『夢弼謂』者甚多，似是考證之新得，實皆盜自他人。」

〔一〇〕洪業杜詩引得序，杜甫：中國最偉大的詩人附録二，第二七〇頁。按，上舉哀王孫二句「黄希注」，或即洪業此處推斷之證據。此説有理，可從。

〔一一〕按，王狀元集百家注編年杜陵詩史流傳至今的唯一宋刻本爲貴池劉世珩玉海堂藏本。此本後來歸程毅中祖上所藏，又輾轉流入蘇州圖書館（參見蘇州市新發現的宋刻杜陵詩史，文物一九七五年八期；張國瀛杜陵詩史傳奇，杜甫研究學刊二〇〇四年二期；程毅中杜陵詩史百年傳奇的最後一頁，世紀二〇〇七年五期等文）。不過，一九一三年劉世珩曾將此書影刻流布，此後江蘇廣陵古籍刻印社又於一九八一年影印劉氏影刻本一千五百部，綫裝書局於二〇〇一年又再次影印。近來中華再造善本亦影印此書。

〔一二〕草堂詩箋中有數條注文與補注杜詩黄希、黄鶴注同，而又不見於他書。如橋陵三十韻題下注：「橋陵在奉先西北三十里。」又如渼陂行「宛在中流渤澥清」句下注曰：「司馬相如子虚賦：浮渤澥。顔師古曰：海别支也。」三條今僅見於補注杜詩黄希注、黄鶴補注。又有近似注文，如渼陂行「馮夷擊鼓群龍」句下注：「山海經：中極之淵，深三百仞，唯冰夷都焉。冰夷，人面而乘龍。」遍考宋人注本，僅有補注杜詩黄鶴曰「郭璞云：冰夷，馮夷也。人面而承龍。（齊地記）」這幾處注文草堂詩箋與補注杜詩所本很可能來自同一史源。

〔一三〕繆荃蓀藝風堂文續集卷七，續修四庫全書影清刻本，一五七四册，第二五六頁。

〔一四〕傅增湘藏園群書題記，上海古籍出版社，一九八九年，第五八八頁。

〔一五〕洪業杜詩引得序，杜甫：中國最偉大的詩人附録二，第二八八頁。

〔一六〕按，洪業杜詩引得序指出，朱鶴齡杜工部詩集輯注雖號稱以草堂詩箋爲底本，參詳者實爲高崇蘭編次之集千家注批點杜工部詩集。儘管如此，因高崇蘭本直接承襲草堂詩箋，故朱鶴齡本亦可視爲間接出於草堂詩箋。

〔一七〕其實，杜陵詩史自身亦有刊刻之訛誤，如老杜初至成都詩繫年「上元元年庚子在成都所作」，杜陵詩史將「元年」皆誤作「二年」。另外，在注文的選擇上，草堂詩箋删去百家注中的僞蘇注，見識優於杜陵詩史。

〔一八〕参見曾祥波蔡夢弼草堂詩箋整理芻議——兼議最早兩種宋人杜詩編年集注本之優劣，中國典籍與文化二〇一四年四期，總第九十一期。

〔一九〕北京圖書館出版社，二〇〇六年十月。

〔二〇〕中國古籍善本書目集部，編號第八三一種，第六七頁。

〔二一〕二〇一八年五月末，上海圖書館本部未編古籍書庫的清點中發現了宋刻本杜工部草堂詩箋一册，爲卷二〇、卷二一，從鈐印「季振宜字詵兮號滄葦」看爲清初藏書家季振宜所藏，與中華再造善本所據之國家圖書館藏本正是同一部。上海圖書館藏二卷與草堂博物館所藏宋本亦屬同一版本系統，兩本皆爲半頁十一行，行十九字，小字雙行，行二十五字，四周雙邊，間有左右雙邊，行款格式及内容一致。

〔二二〕此書除哈佛燕京圖書館收藏之外，據杜集叙録明代編（齊魯書社，二〇〇八年，第一五八頁）著録其藏地尚有華東師範大學圖書館、上海圖書館及山東省圖書館。另據筆者調查，亦見藏於山東省即墨市圖書館，且以數字化方式公諸於世。

〔二三〕鮑松刻李杜全集後稱：「鐫如其舊，而杜集則伐去其箋解。」又，除了卷首「傳譜」部分題爲「建安蔡夢弼集録」之外，如卷十五秦州雜詩注：「夢弼謂今止十九首。」這些都可以表明其出自草堂詩箋。

〔二四〕按，上下兩欄詩篇一一對應，上欄爲宋本五十卷系統，下欄爲元本四十卷加十卷補遺。如

第二行上欄「卷二〇第一—九首、第十一首—卷末」，下欄「卷二五第一—九首、補遺卷一」，意味着宋本的「卷二〇第一—九首」被元本調整爲「卷二五第一—九首」，宋本的「卷二〇第十一首—卷末」被元本調整爲「補遺卷一」。列表力求簡明，組詩皆算作一首。又，間有相鄰詩篇互乙，以及個别詩篇闕漏，無關宏旨，不在表中體現。

〔二五〕成書年代判斷見林繼中杜詩趙次公先後解輯校（修訂本）前言，上海古籍出版社，二〇一二年，第一至三頁。

〔二六〕按，九家集注杜詩零星遺存的「僞蘇注」屬於郭知達删除之後的遺漏，與門類增廣十注杜工部詩、門類增廣集注杜工部詩及杜陵詩史中「僞蘇注」大量存在、相當顯著的情况不同，故洪業杜詩引得序以此爲判斷諸書先後形成年代的證據，最爲合理。

〔二七〕周采泉杜集書録卷二「（郭知達）新刊校正集注杜詩三十六卷」條，上海古籍出版社，一九八六年，第五五頁。

〔二八〕洪業撰、曾祥波譯杜甫：中國最偉大的詩人附録二杜詩引得序，上海古籍出版社，二〇一一年，第二七〇頁。

〔二九〕草堂先生杜工部詩集僅有題下繫年小字注文，注文簡單，格式統一，如「暮秋將歸秦留别湖南幕府親友（大曆五年）」，此皆爲承襲補注杜詩黄鶴繫年注。詳見曾祥波杜集宋本編次源流考論——兼論草堂先生杜工部詩集成書淵源及意義，中華文史論叢二〇一九年第四期。

〔三〇〕曾祥波論宋代以降杜集編次譜系——以高崇蘭編、劉辰翁評點集千家注杜工部詩集編次的承啓爲轉折，國學學刊二〇一六年一期。

〔三一〕九家集注杜詩中有一部分「新添」注文，過去認爲可能出自郭知達，屬於「百家注」之外新增加的原創性內容。筆者將這部分注文與杜工部草堂詩箋以及其他現存宋注本注文進行比對，發現它們往往是有明確注家歸屬的注文，並非郭知達原創。試舉一例，如絶句「高樓鼓角悲」注：「唐李綽歲時記：三月上巳，始有錫宴群臣於曲江。傾都人物於江頭禊飲踏青。」這條注文，九家集注杜詩標作「新添」，門類增廣十注杜詩引作「杜云」，杜陵詩史、分門集注、補注杜詩引作「修可曰」。換言之，此注屬於杜田補遺（杜修可、杜時可是杜田的訛稱），而杜田注是九家集注杜詩據爲來源的「九家」之一。這條注文顯然不屬於郭知達原創。另外，標明「新添」字樣的注文，最早已經見於門類增廣十注杜工部詩、門類增廣集注杜工部詩，爲數不少。而郭知達九家集注杜詩出自增廣十注（即門類增廣十注的前身），這一點自洪業提出後基本爲學界公認。所以，九家集注杜詩中的「新添」注文出於郭知達原創，這一説法應被謹慎對待。

〔三二〕因有助於師古注輯佚，列於此以便讀者：入奏行贈西山檢察使竇侍御、陪章留後惠義寺餞嘉州崔都督赴州、椶拂子、閬州東樓筵奉送十一舅往青城縣、述古三首其二「市人日中集」、登樓、喜雨「春旱天地昏」、破船、贈別賀蘭銛、自平、西閣曝日、憶昔二首其二、晚登瀼上堂、李潮八分小篆歌、寫懷二首、可歎、送高司直尋封閬州、錦樹行、赤霄行、寄裴施州、大曆三年春白帝城放船出瞿塘峽久居夔府將適江陵漂泊有詩凡四十韻、短歌行贈王郎司直、王兵馬使二角鷹、秋日荆南述懷三十韻、秋日荆南送石首薛明府辭滿告别奉薛尚書頌德叙懷斐然之作三十韻、哭韋大夫之晉、醉歌行贈公安顔少府請顧八題壁、憶昔行、覽柏中允兼子姪數人除官制詞因述父子兄弟四美載歌絲綸、解憂、宿鑿石浦、早行、次空靈岸、宿花石戍、早發、岳麓山道林二寺行、奉酬寇十侍御錫見寄四韻復寄寇、湘江宴餞裴二端公赴道州、寄李十四員外布十二韻新除司議郎萬州别駕雖尚伏枕已聞理裝、長沙送李十一銜、奉贈盧五丈參謀琚、暮秋枉裴道州手札率爾遣興寄遞呈蘇涣侍御、奉贈李八丈判官曛、奉寄河南韋尹丈人甫弊廬在偃師承韋公頻有訪問故有下句、别董頲、奉送魏六丈佑少府之交廣、别張十三建封湖南觀察使韋之進辟參謀、風疾舟中伏枕書懷三十六韻奉呈湘南親友、幽人、追酬故高蜀州人日見寄、蘇大侍御涣静者也旅于江側凡是不交州府之客人事都絶久矣肩輿江浦忽訪老夫舟楫而已茶酒内余請誦近詩肯吟數首才力素壯詞句動人接對明日憶其湧思雷出書篋几杖之外殷殷留金石聲賦八韻記異亦記老夫傾倒於蘇至矣、送重表姪王砅評事使南海、詠懷二首、酬郭十五判官、白鳧行、朱鳳行、衡州送李大夫赴廣州、清明、題衡山縣文宣王廟新學堂呈陸宰、白馬、舟中苦熱遣懷奉呈陽中丞通簡臺省諸公、送顧八分文學適洪吉州、聶耒陽以僕阻水書致酒肉療飢荒江詩得代懷興盡本韻至縣呈聶令陸路去方田驛四十里舟行一日時屬江漲泊于方田等。

〔三三〕按，本書判斷注文所屬注家歸屬，重在出處源頭對蔡注之啓發，而對集千家注批點杜工部詩集所引「夢弼曰」是否屬於蔡夢弼注，重在其是否爲杜工部草堂詩箋删去注家主名所誤導。因是之故，凡其他注家隻言片語之注，雖出處早於蔡夢弼杜工部草堂詩箋，然蔡氏進而有考核原書、張大其文、加以闡説之功，皆認定爲「夢弼曰」。如王洙注僅曰「事見禹貢」，而杜工部草堂詩箋注文作「尚書禹貢曰云云。孔穎達正義曰云云」，集千家注批點杜工部詩集引作「夢弼曰：尚書禹貢曰云云。孔穎達正義曰云云」，則判定爲「是」。又，集千家注批點杜工部詩集所引「夢弼曰」注文與草堂詩箋所引「夢弼曰」及其他注家注文稍有出入者，並將草堂詩箋原注列於其後，以明其判斷依據。

〔三四〕不見於宋本杜工部草堂詩箋之注文，有個别見於元本及古逸叢書本，因後者存在改動羼入情况，故不計入。

〔三五〕集千家注批點杜工部詩集中「夢弼曰」近八百條的全部比對考辨結果，見本書附録一。

〔三六〕署名徐居仁編次、黄鶴補注集千家注分類杜工部詩此條引作「彦輔曰」。按，成書於政和三年（一一一三）的王得臣彦輔杜工部詩增注是最早的宋人杜注之一，而師古注常有源於更早注家注文的情况，此條當初出於王彦輔注，後爲師古注吸收。

〔三七〕有少部分從體例、辭氣、上下文連屬關係等角度看，明顯屬於其他注家注文，但由於這些注文未見於其他杜集宋注本的明確標識，故暫闕注家名，如草堂詩箋全書第一首遊龍門奉先寺「欲覺聞晨鍾」句，草堂詩箋注：「覺，居效切，寤也。」據杜陵詩史、分門集注、補注杜詩皆可知此條爲「鄭卬曰」。下句「令人發深省」，草堂詩箋注：「省，悉井切，悟也。」此條同爲「鄭卬曰」的可能性極大，但現存全部杜集宋注本中没有此條注文及其注家歸屬，故只能存疑不加標識。

凡例

一、底本用國家圖書館藏宋本杜工部草堂詩箋（兩函十七册，中華再造善本影印，北京圖書館出版社二〇〇六年十月）、二〇一八年五月上海圖書館本部未編古籍書庫新發現季振宜藏宋刻杜工部草堂詩箋卷二〇至二二。又有宋刻殘本，今藏成都杜甫草堂博物館（存卷一至二三，中國古籍善本書目集部編號第八三一種），與上海圖書館發現的宋本亦屬同一版本系統。（參見序言）。

二、校本爲元刊四十卷加補遺十卷本（中華再造善本影印，全三十二册，北京圖書館出版社，二〇〇五年四月，簡稱「元本」），以及由元本輾轉翻刻之黎庶昌古逸叢書本。如元本、古逸叢書本皆與宋本不同者，出校曰「元本、古逸叢書本作『某』」。如宋本、元本同，僅古逸叢書本有改動者，輒出校曰「古逸叢書本作『某』」，而不再贅言「元本亦同宋本」。

三、卷一至卷五十用宋本爲底本，以元本、古逸叢書本爲校本。附録集注草堂杜工部詩外集一卷、杜工部草堂詩話二卷、草堂詩箋傳序碑銘一卷、杜工部草堂詩年譜上下二卷，宋本無，即以元本爲底本録之，以古逸叢書本校。

四、參考諸宋注本，考明注文出處，於注文前用【】標明該注文所屬注家主名，以明「千家注杜」者所注條目之權屬，以見杜詩文本闡釋由椎魯而至於精密、其間先後流變之大略也。至於主名歸屬所據之書，不出「徵引書目」所列十種，讀者自可覆案。又注文所出，往往一條而見於多書，如並列各書書名，頗覺繁瑣。故除却注文別生枝節，需臚列諸書以備梳理考辨者（如贈李白「苦乏大藥資」句注文、望嶽「盪胸生層雲」句辨「鄭曰」爲鄭卬注、辨杜田補遺與師古注等），不再一一注明所出書名。

五、所標注家名超過一種者，情況有二：其一，排列順序以筆者認定之可靠性爲先後，如先標明「某某曰」，後又標明「又，某某（書）引作『某某曰』」者，前所徑直標明者往往爲可靠性較高之九家集注杜詩，後則據具體引證而定。其二，排列在前者僅列注家名，排列在後者除注明注家名之外，又列出該注家注文。如別張十三建封湖南觀察使韋之進辟參謀「汾晉爲豐沛」句，草堂詩箋注文曰：「昔漢高起於豐沛，今高祖興于汾晉，是以汾晉爲豐沛也。」斠證標注作：「師古曰。又，王洙曰：『汾晉，唐公故鄉，喻若漢祖之豐沛也。』」斠證標注之意謂：「師古注」與草堂詩箋注文全同，草堂詩箋此條注文當來自「師古注」；同時列出「（僞）王洙注」之意，意在表明成書在「師古注」之前的「（僞）王洙注」所言「汾晉，唐公故鄉，喻若漢祖之豐沛也」注文與草堂詩箋注文極爲接近，「師古注」很可能受「(僞)王洙注」影響啓發。凡此種排列方式，讀者以此義例類推可矣。

六、凡注家名確知全稱者，注明全稱，如「洙曰」徑作「王洙曰」，「彦輔曰」徑作「王彦輔曰」，「夢符曰」徑作「薛夢符曰」、「蒼舒曰」徑作「薛蒼舒曰」、「定功曰」徑作「杜定功曰」、「杜補遺」徑作「杜田補遺」、「天覺曰」徑作「張天覺曰」、「蒭曰」徑作「洪蒭曰」等。又，關於「鮑曰」，宋注杜詩雖有鮑彪(字文虎)與鮑慎由(字欽止)二家，然九家集注杜詩九家之一爲鮑彪，承襲杜陵詩史之分門集注所附集注杜工部詩集姓氏僅載「縉雲鮑氏文虎，著譜論」，且分門集注載「鮑文虎曰」全名凡三處(見梅雨「南京犀浦道」注、絶句漫興九首其七「雉子無人見」注、春日江村五首其四「扶病垂朱紱」注)，杜陵詩史載「鮑文虎曰」全名凡一處(見贈李白「李侯金閨彦」句注)，未見「鮑欽止曰」。惟以吴若本爲底本的錢注杜詩引吴若杜工部集後記云：「得撫屬姚寬令威所傳故吏部鮑欽止本校足之。」言之鑿鑿。見於錢注杜詩明確稱「鮑欽止曰」者凡四處(見去矣行、遣興三首其二「南望馬邑州」、去秋行、三絶句「前年渝州殺刺史」)。按，去矣行、三絶句「前年渝州殺刺史」註文蔡夢弼直引作「鮑彪曰」，本書一仍其舊。遣興三首其二「南望馬邑州」蔡夢弼未引鮑注；去秋行註文九家集注杜詩引作「鮑曰」，當指「鮑彪」，然蔡夢弼直引作「鮑氏又謂」，本書不做改動。除此之外，書中其他「鮑曰」皆視爲「鮑彪(文虎)曰」。清人仇兆鰲杜詩詳註引「鮑欽止曰」出於錢注杜詩四首之外者(如送高三十五書記十五韻、後出塞五首、黄河二首等），恐皆未當。

七、注文或有考證之處，前加「按」字。

八、蔡夢弼時或割裂他注，散見各句之下（如遊龍門奉先寺中師古注原屬長篇大論，可參見杜陵詩史同篇詩末注文，爲蔡氏割裂後分列於相關詩句下），是爲草堂詩箋注文之體例。爲存草堂詩箋原書舊貌，各條不統一復爲原注，一仍其例，僅將散見之注一一標明注家主名。

九、所謂「王洙曰」，實爲僞注，學界考之爲鄧忠臣注。限於體例，爲存舊貌，本書一仍其舊，沿用「王洙曰」舊稱。又，如王洙注、趙次公注注文相同者，皆僅作「王洙曰」，因趙次公注自言多有參用、辨析「王洙曰」者。

十、所謂「魯曰」、「黄曰」，往往指「黄庭堅（魯直、山谷）曰」。如戲作花卿二歌題下注：「楊明叔曰：花卿冢在丹稜之東館鎮，至今血食其鄉。國朝封爲忠應公。」按，九家集注杜詩引作「魯直曰」。又，杜陵詩史、分門集注、補注杜詩引作「魯曰」，又引「黄曰」，集千家注批點杜工部詩集引作「山谷曰：楊明叔爲余言云云。」則所謂「魯曰」、「黄曰」皆爲「黄庭堅（魯直、山谷）曰」之省稱。今仍依原本注爲「魯曰」、「黄曰」，讀者知其實可矣。

十一、所謂「師曰」，情況較爲複雜，根據學界研究及筆者對比後認定：九家集注杜詩中「僞王洙注」所引「師古曰」乃唐人顔師古注漢書之文（參見彭燕郭知達九家集注杜詩「師古注」考，杜甫研究學刊二〇一二年一期）；又按，僞王洙注（鄧忠臣注）出現於北宋，其時南宋師古注尚未出現，鄧忠臣注並無以唐人顔師古注冒充南宋師古注之意，此係後人誤認，並非鄧忠臣有意作僞。九家集注杜詩中除僞王洙注引用之外的其他「師曰」爲「師尹（民瞻）注」。杜陵詩史及其支流分門集注杜工部詩、黄氏補注杜詩之「師曰」爲南宋蜀人「師古注」。此一義例，可參見曲江對酒「龍武新軍深駐輦」句斠證。又，所謂「尹曰」，據分門集注知爲「尹洙曰」，與「師尹注」無涉。

十二、所謂「修可」、「時可」、「杜田補遺」，據學界考證實爲一種，今仍列各本所引舊稱，以存原貌，讀者知其實可矣。又，門類增廣十注杜詩所引「杜云」，杜陵詩史、分門集注、補注杜詩所引「田曰」，皆爲「杜田補遺」之省稱，如漫成二首「眼邊無俗物」注：「世説：嵇、阮、山、劉在竹林酣飲，王戎後往。阮步兵曰：『俗物已復來敗人意。』」杜陵詩史引作「田曰」，分門集注引作「杜田曰」，九家集注杜詩正引作「杜田補遺」。又如贈蜀僧閭丘師兄「大師銅梁秀」，九家集注杜詩引杜田補遺：「太平御覽載張孟蜀都賦注云：銅梁，山名也。按，其山有桃枝竹，東西連亘二十餘里，山嶺之上平整，遠望諸山，此獨秀也。山在合州界銅梁縣。」杜陵詩史、分門集注、補注杜詩引作「田曰」。同詩「碑碣舊制存」、「兄居祇樹園」、「可照濁水源」諸句注，九家集注杜詩作「杜田補遺」，杜陵詩史、分門集注、補注杜詩、集千家注批點杜工部詩集作「田曰」。又如題玄武禪師屋壁「錫飛常近鶴」句注亦然。諸種情形，皆仍「杜云」、「田曰」之舊，不强作統一，讀者知其實可矣。又，杜田注往往爲趙次公注直接徵引或間接利用，而以「修可曰」、「時可曰」面貌出現於杜陵詩史、分門集注、補注杜詩等注本，故某一注文或歸屬於「趙次公曰」，或歸屬於「修可曰」、「時可曰」，雖「趙次公曰」出自杜詩趙次公先後解，較之杜陵詩史、分門集註、補注杜詩坊本一系似更爲可靠，然「修可曰」、「時可曰」指向「杜田補遺」，杜田補遺爲趙次公注的更早出處，故將「趙次公曰」、「杜田補遺」、「修可曰」、「時可曰」并存之，以保留注文歸屬原始面貌，見出杜注由十家、二十家、六十家至百家、千家之變遷痕跡。

十三、所謂「薛夢符」、「薛蒼舒」（按，九家集注杜詩所引皆爲「薛夢符曰」，杜陵詩史、分門集註、補注杜詩、集千家注杜工部詩集等往往引作「薛蒼舒曰」），據學界考證實爲一人，今仍列各本所引舊稱，以存原貌，讀者知其實可矣。

十四、所謂「蘇曰」，乃僞托蘇軾注。草堂詩箋將僞蘇注删夷殆盡，間有遺落未浄者，今仍其舊稱，讀者知其實可矣。

十五、草堂詩箋引「趙子櫟注」若干條，蔡錦芳趙子櫟未嘗注杜考（四川師範大學學報二〇〇二年一期）指出此「趙注」實爲趙次公注，林繼中杜詩趙次公先後解輯校亦認定爲「趙次公注」。今皆一併注明。

十六、關於黄鶴注，黄氏補注杜詩成書本後於蔡夢弼草堂詩箋，然刊書往復，先出者再行刊定，或有參考後出者之例，故並舉黄鶴注與草堂詩箋注文相類似者若干（僅限於其他宋注所無者），以供參考。

十七、關於蔡夢弼攫取他人注爲己有者，如卷一贈李白「豈無青精飯」句注「夢弼謂」云云，實爲「師古注」，然注文中「夢弼謂」三字或單列、或置於「師古注」之前皆無義，故處理如下：「【師古曰】夢弼謂，青精乃神仙之所服食，有黄精，有青精。色黄者爲黄精，色青者爲青精，亦若天黄、地黄、人黄也。本是一種，根浮于上者爲天黄，沉于地者爲地黄，生于中者爲人黄。青精食之既久，能益人顔色，長年却老也。」【師古注】之下統攝注文除「夢弼謂」三字之外，皆爲師古注文。他處情況，皆同此例，讀者知其實可矣。

十八、參校本郭知達新刊校定集注杜詩（九家集注杜詩），用臺北「故宫博物院」編輯委員會編「善本叢書」「一九八五年十月初版」景印瞿氏鐵琴銅劍樓藏南宋寶慶乙酉廣南東路漕司本新刊校定集注杜詩。然此本卷二五、卷二六仍羼入他本文字，其羼入蔡夢弼草堂詩箋「夢弼曰」、黄氏補注杜詩「黄希曰」、「黄鶴曰」的内容，除直接來自二書之外，還有部分可能出於劉辰翁批點、高崇蘭編次集千家注批點杜工部詩集之轉引，情況複雜（按，卷二五注文尚有若干篇與草堂詩箋全同，卷二六則往往與集千家注批點杜工部詩集相同）。總之，洪業杜詩引得序篇末所言卷二五、卷二六未能得郭知達原本原貌之遺憾，至今猶存。

十九、爲便讀者辨識集注諸家，兹將分門集注杜工部詩集所載集注杜工部詩姓氏録於杜工部草堂詩箋全書正文之前，以備參考。又將宋本所無、元本所有之杜工部草堂詩話兩卷、草堂詩箋傳序碑銘、杜工部草堂詩年譜兩卷收入，以成雙美。

二十、杜工部草堂詩箋爲杜集宋注殿軍，其後於宋、元之際成書之劉辰翁批點、高崇蘭編次集千家注批點杜工部詩集所引「夢弼曰」出自杜工部草堂詩箋，故每將蔡夢弼削去主名之注文誤認爲蔡注。集千家注批點杜工部詩集於元、明兩代大行於世，影響甚廣。今以本書之條辨考證爲據，可將集千家註批點杜工部詩集引「夢弼曰」近八百條一一辨明是非來源。集千家注批點杜工部詩集誤引「夢弼曰」之謬種流傳，影響及於杜集元本之編纂成書，故亦予以剖析分疏，俾使諸本脈絡顯明，各復其位。溯源正本，或有一得，因贅書末爲「附録」兩種，以爲讀杜之助云。

主要徵引杜集書目

一、趙彦材撰、林繼中輯校杜詩趙次公先後解輯校，上海古籍出版社二〇一二年新一版。

二、郭知達新刊校定集注杜詩（九家集注杜詩），臺北故宫博物院編輯委員會編「善本叢書」（一九八五年十月初版）景印瞿氏鐵琴銅劍樓藏南宋寶慶乙酉廣南東路漕司本新刊校定集注杜詩。

三、門類增廣十注杜詩，國家圖書館藏殘本六卷。

四、門類增廣集注杜詩，國家圖書館藏殘本一卷。

五、分門集注杜工部詩（簡稱分門集注），四部叢刊影宋刻本。

六、黄希、黄鶴補千家集注杜工部詩史（簡稱補注杜詩），中華再造善本影元至元二十四年詹光祖月崖書堂刻本。

七、舊題王十朋王狀元集百家注編年杜陵詩史（簡稱杜陵詩史），廣陵書社一九八一年影印貴池劉世珩玉海堂藏宋刻本。

八、劉辰翁評點、高崇蘭編次集千家注批點杜工部詩集，杜詩叢刊影印明嘉靖八年靖江王府刊本。

九、羅履泰序、署名彭鏡溪集注須溪批點杜工部詩注，日本國立國會圖書館藏元刻本。

十、署名徐居仁編次、黃鶴補注集千家注分類杜工部詩，日本内閣文庫藏元刻本。

目録

新定杜工部草堂詩箋斠證卷第二

天寶以來在東都及長安所作

新定杜工部草堂詩箋斠證卷第三

天寶以來在東都及長安所作

新定杜工部草堂詩箋斠證卷第四

天寶以來在東都及長安所作

新定杜工部草堂詩箋斠證卷第五

天寶以來在東都及長安所作

新定杜工部草堂詩箋斠證卷第六

天寶以來在東都及長安所作

新定杜工部草堂詩箋斠證卷第七

天寶以來在東都及長安所作

新定杜工部草堂詩箋斠證卷第八

天寶以來在東都及長安所作

新定杜工部草堂詩箋斠證卷第九

新定杜工部草堂詩箋斠證卷第十

新定杜工部草堂詩箋斠證卷第十一

新定杜工部草堂詩箋斠證卷第十二

新定杜工部草堂詩箋斠證卷第十三

新定杜工部草堂詩箋斠證卷第十四

乾元元年夏六月出爲華州司功冬末以事之東都至乾元二年七月立秋後欲棄官以來所作

新定杜工部草堂詩箋斠證卷第十五

乾元二年秋七月棄官居秦州以後所作

新定杜工部草堂詩箋斠證卷第十六

乾元二年秋七月棄官居秦州以後所作

新定杜工部草堂詩箋斠證卷第十七

新定杜工部草堂詩箋斠證卷第十八

乾元二年十二月一日自隴右赴劍南紀行所作

上元元年庚子在成都所作

新定杜工部草堂詩箋斠證卷第十九

上元元年庚子在成都所作

暫如蜀川之新津縣所作四首

新定杜工部草堂詩箋斠證卷第二十

上元元年庚子在成都所作

上元二年辛丑在成都公年五十五歲

暫如蜀川新津縣四首

新定杜工部草堂詩箋斠證卷第二十一

上元二年辛丑在成都所作

暫如蜀州青城縣五首

暫如蜀州新津縣三首

新定杜工部草堂詩箋斠證卷第二十二

寶應元年壬寅在成都所作

新定杜工部草堂詩箋斠證卷第二十三

自綿州往梓歸成都迎家再往梓所作

歸成都迎家遂徑往梓

十一月往射洪縣通泉縣

廣德元年癸卯春在梓州之綿之閬復歸梓州所作是歲召補京兆功曹不赴

新定杜工部草堂詩箋斠證卷第二十四

廣德元年癸卯春在梓之綿之閬復歸梓所作

自梓暫往閬

新定杜工部草堂詩箋斠證卷第二十五

廣德元年自梓暫往閬

廣德二年甲辰自梓州挈家再往閬中作

新定杜工部草堂詩箋斠證卷第二十六

廣德二年自梓再往閬中

新定杜工部草堂詩箋斠證卷第二十七

春末再至成都所作

新定杜工部草堂詩箋斠證卷第二十八

再至成都所作

永泰元年乙巳在成都所作

挈家下戎渝忠所作

到雲安所作

新定杜工部草堂詩箋斠證卷第二十九

永泰元年到雲安所作

新定杜工部草堂詩箋斠證卷第三十

永泰元年到雲安所作

大曆元年丙午在雲安所作

新定杜工部草堂詩箋斠證卷第三十一

大曆元年在夔州所作

新定杜工部草堂詩箋斠證卷第三十一

大曆元年在夔州所作

新定杜工部草堂詩箋斠證卷第三十三

大曆元年在夔州所作

大曆二年丁未春在夔州西閣所作

三月新自赤甲遷瀼西所作

新定杜工部草堂詩箋斠證卷第三十四

大曆元年三月自赤甲遷瀼西所作

新定杜工部草堂詩箋斠證卷第三十五

大曆元年自赤甲遷瀼西所作

新定杜工部草堂詩箋斠證卷第三十六

大曆二年秋在瀼西

新定杜工部草堂詩箋斠證卷第三十七

大曆二年秋在瀼西所作

新定杜工部草堂詩箋斠證卷第三十八

大曆二年秋在夔州所在

新定杜工部草堂詩箋斠證卷第三十九

大曆二年秋在夔所作

新定杜工部草堂詩箋斠證卷第四十

大曆二年秋在夔州所作

新定杜工部草堂詩箋斠證卷第四十一

大曆二年秋在夔州所作

新定杜工部草堂詩箋斠證卷第四十一

大曆二年在夔州所作

大曆三年戊申在夔州所作

新定杜工部草堂詩箋斠證卷第四十三

新定杜工部草堂詩箋斠證卷第四十四

大曆三年下荆州所作

新定杜工部草堂詩箋斠證卷第四十五

大曆三年移居公安下岳陽所作

大曆四年己酉在岳陽至潭遂如衡及回潭所作

新定杜工部草堂詩箋斠證卷第四十六

大曆四年在潭州所作

二月至潭州所作

新定杜工部草堂詩箋斠證卷第四十七

大曆四年秋至潭州所作

新定杜工部草堂詩箋斠證卷第四十八

大曆四年冬至潭州所作

大曆五年庚戌在潭州所作

新定杜工部草堂詩箋斠證卷第四十九

至衡州所作

三月自衡州暫往潭州

新定杜工部草堂詩箋斠證卷第五十

逸詩拾遺

集注草堂杜工部詩外集

酬唱附録

目録

集注杜工部詩姓氏

唐昌黎先生韓氏名愈，字退之，有詩題子美墳。

唐元氏名稹。

太原王氏名洙，字原叔，翰林學士、兵部郎中、知制誥、史館修撰。注子美集，先古詩，後近體，計三十六卷。

建安王氏名昱，字公旦，建陽人。度支員外郎，秘閣校理。

臨川王氏名安石，字介甫，撫州臨川人。拜左僕射，謚文公。

鳳臺王氏彦輔，和注子美詩四十九卷，自號鳳臺子。

王氏名徵，鳳臺子之子。

王氏名端仁，鳳臺子之孫。

鉅野王氏名禹偁，字元之，濟州鉅野人。翰林學士，知審官院，兼通進銀臺封駁司。

建安王氏名楷。

王氏名杞。
王氏名琪，字君玉。
王氏逢原。
王氏深父。
王氏立之，直方。
王氏性之。
永嘉王氏名十朋，字龜齡，集注編年詩史三十二卷。
建安王氏名紓。
眉山蘇氏名軾，字子瞻，眉州眉山人。謚太師、文忠公，著釋事。
蘇氏養直。
西蜀趙氏次公，字彦材，著正誤。
趙氏夔，字堯卿。
趙氏彦材。
趙氏元序。
西蜀師氏名古，著詳説二十八卷。
師氏尹，民瞻。

嘉興魯氏訔，編注子美詩一十八卷。
廬陵歐陽氏名脩，字永叔，吉州永豐人，謚文忠公。
豫章黄氏庭堅，魯直。
黄氏少度。
謝氏邁，幼槃。
淮海秦氏觀，少游。
宛丘張氏耒，文潛。
永嘉張氏器先。
鄄城張氏名詠，字復之，濮州鄄城人。謚忠定公。
張氏天覺。
張氏名逸，序蜀本子美詩一十卷。
歷陽張氏孝祥，安國。
張氏伯玉，續子美集，有詩。
河東薛氏蒼舒，續注子美詩。
薛氏夢符，廣注子美詩。
薛氏綜。

薛氏士昭。

薛氏元肅。

城南杜氏修可，續注子美詩。

杜氏名田，字時可，著補遺。

杜氏定功。

河南尹氏名洙，字師魯，起居舍人，直龍圖閣。

臨川晏氏名殊，字同叔，謚元獻公。

臨江劉氏名敞。

東萊徐氏字居仁，編次門類詩。

徐氏俯，師川。

徐氏君平。

徐氏持晦。

吕氏大防，撰年譜。

東萊蔡氏伯世，撰年譜。

蔡氏天啓。

蔡氏絛。

西蜀孫氏倬，瞻民。
孫氏彦忠。
西蜀程氏演，季良。
程氏天祐。
宋氏名祁，撰唐書子美傳。
西蜀宋氏援，正輔。
宋氏彦材。
遯齋陳氏正敏。
后山陳氏名師道，字无己，一字履常，號彭城居士。
陳氏希仲。
陳氏元龍。
陳氏體仁。
陳氏德溥。
南豐曾氏名鞏，字子固，建昌南豐人。擢試中書舍人。
盱江李氏覯，泰伯。
李氏彭，商老。

陳氏希聲。

陳氏名觀，補遺子美傳。

臨安李氏堯祖，唐卿。

李氏厚，德載。

沈氏括，存中。

胡氏撰子美草堂序。

苕溪胡氏仔。

胡氏銓，邦衡。

唐氏庚，子西。

梅氏聖俞。

韓氏駒，子蒼。

馬氏存，子才。

潘氏大臨，邠老。

潘氏大觀，仲達。

孫氏名僅，撰子美詩序。

孫氏子尚。

孫氏何。

洪氏蒭，駒父。

洪氏琰，玉父。

洪氏朋，龜父。

洪氏僧覺範。

河南邵氏博，伯温。

橘林石氏敏若。

九江夏氏名竦，字子喬，江州人，樞密使，封英國公。

夏氏倪，均父。

何氏覬，人表。

蘇州何氏泓。

高氏荷，子勉。

饒氏節，德操。

晁氏沖之，叔用。

晁氏補之。

姑蘇丁氏脩。

永嘉丁氏鎮叔。
丁氏惠安。
縉雲鮑氏文虎，著譜論。
蘄陽林氏敏功，字子仁，蘄州人。贈高隱處士。
林氏敏修，子敬。
林氏子來。
林氏明仲。
林氏致明。
長樂鄭氏卬，著釋文。
楊氏符，信祖。
汪氏革，信民。
汪氏藻，彦章。
汪氏端本之子。
汪氏洋，養源。
建安余氏葵。
東漢（疑當作「溪」）詩僧祖可，正平。

季氏錞，希聲。
真隱詩僧善權，巽中。
元氏不伐。
曹氏夢良。
傅氏藻，薦可。
鹿氏伯可。
任氏居實，文孺。
吴氏憲。
吴氏季南。
吴氏明可。
吴氏少雲。
賈氏巖老。
崔氏肅之。
萬氏先之。
萬氏申之。
萬氏大年。

永嘉甄氏雲卿。

龔氏實之。

芮氏國器。

馮氏方，圓仲。

喻氏叔奇。

毛氏叔度。

朱氏邦翰。

永嘉項氏用中。

周氏成祖。

鄧氏忠臣，字慎思。

新定杜工部草堂詩箋斠證卷第一

開元間留東都所作

遊龍門奉先寺

〇龍門，山名。禹貢：在河東之西界。韋述東都記：龍門號雙闕，以與大内對峙，若天闕焉。魯訔謂：龍門在西京河南縣。地志曰：闕塞山，一名伊闕，而俗名龍門。〇【杜田補遺】釋氏要覽引釋名：寺，嗣也，謂治事相嗣續。故天子有九寺焉。後漢孝明帝永平十年丁卯，佛法初至，有印土二僧摩騰、法蘭以白馬馱經像屆洛陽，出〔一〕於鴻〔二〕臚寺安置。二十一年戊辰，勑於雍門外别置寺，以「白馬」爲名，謂僧居爲寺，自此始也。〇隋大業中改天下寺爲道場。

已從招提遊，〇高僧傳：天竺國招提，其處大富，有惡國王，利於財，將毁之。有一白馬繞塔悲嗚，即停毀。自後改招提爲白馬，諸處多取此名。○【杜田補遺】增輝記：招提者，梵言拓鬭提奢，唐言四方僧物。後人傳寫之訛，以拓爲招，又省去鬭奢二字，只稱招提，即今十方寺僧是也。○【王洙曰】又僧史：後魏太武帝始光元年，創立伽藍，爲招提之號，至唐復爲寺。○【師古曰】夢弼謂，以此考之，師先生曰寺謂之招提，或名伽藍，或名道場，其實一也。更宿招提境。陰壑生虚籟，○虚，一作靈。籟，音賴，簫也。○【師古曰】山南曰陽，山北曰陰，以其背陽，故爲重陰沍寒之地。風聲爲天籟，水聲爲地籟，笙竽爲人籟。靈籟，即風也。靈者，善也，如雨曰靈雨也。○【王昱曰】莊子齊物篇：汝聞人籟，而未聞地籟。汝聞地籟，而未聞天籟。○【王洙曰】謝莊月賦〔三〕：聲林虚籟，淪池滅波。月林散清影。○【師古曰】萬物之影，無如月影最清，謂之金波，取其清也。古人云：人間何處無風月，纔到僧房分外清。此言奉先寺之風聲月影，皆佳致也。天闕象緯逼，○天闕，指龍門也。王荆公改天闕作天閲。蔡興宗考異作天闕。以余觀之，皆非是，乃臆説也。○【杜田正謬】按洛陽記，闕塞山在河南縣。左傳昭公二十六年：晉趙鞅納王，使汝寛守闕塞。杜預注：洛西南闕口也，俗名龍門。○【師古曰】今河南府東一百八十里有龍山，即禹所鑿。三秦記：魚鼈上之即爲龍，否則點額而還。兩山對峙，如門然，故名龍門。龍門者，乃天闕門也。天有九闕，二十八宿爲經，五星爲緯。甫宿於招提最高之處，則身近天闕，勢逼於象緯矣。○【王彦輔曰】庾肩吾禹廟詩：侵雲似天闕。雲卧衣裳冷。○【師古曰】山高則多雲霧，夜宿此寺，如卧於雲霧之中，而衣裳皆冷潤也。○【趙次公曰】鮑照〔四〕升天行詩：風餐香松柏，雲卧恣天行。欲覺聞晨鐘，○【鄭曰】覺，居效切，寤也。令人發深省。○省，悉井切，悟也。

○【師古曰】釋氏有聲聞、緣覺，耳有所聞而悟，未若心解之爲上也，其悟道則一。如香巖和尚一日掃庵，瓦礫擊竹作聲，忽然大悟。又如道吾聞巫吹角，瞥地大省，此得乎聲聞，而有所覺者也。甫言睡覺忽聞晨鍾，令人深有省悟，其亦香巖、道悟〔五〕之儔得於聲聞緣覺者邪？

【校記】

〔一〕出，古逸叢書本作「勑」。

〔二〕鴻，原作「鳴」，據元本、古逸叢書本改。

〔三〕賦，原作「賤」，據元本、古逸叢書本改。

〔四〕鮑照，宋本原作「鮑昭」，乃因襲唐人避武則天之諱。此書宋本「鮑昭」、「鮑照」雜出，蓋爲抄撮諸書而成，各書避諱與否不一也。本次整理則統改爲「鮑照」，下不出校。

〔五〕悟，元本、古逸叢書本作「吾」。

贈李白

○李白將爲梁、宋之遊，故甫作此篇贈之。

二年客東都，○【王彦輔曰】東都，洛陽也。所歷厭機巧。○【師古曰】東都自經安禄山、史思明再陷之後，民物貧窘，故機巧趨利，風俗薄惡。甫二年客居于此，覩玆機巧之俗，甚厭惡之，傷昔日之不然也。○【余曰】詩魏葛屨，其民機巧趍利。野人對羶腥，○【師古曰】野人，甫自稱也。謂兵戈之後，東都居民肝腦塗地，風揚羶腥之氣也。蔬食常不飽。〇謂物之踊貴也。趙子櫟曰（按，蔡夢弼草堂詩箋引趙子櫟注杜詩若干條，蔡錦芳趙子櫟未嘗注杜考［四川師範大學學報二〇〇二年一期］指出所謂「趙子櫟注」皆爲趙次公注）：此意似雖日見羶腥之物，而其食猶未厭乎藜藿，所以對之而增愧，則甫之貧困可見矣。豈無青精飯，〇卞圜曰：青或作菁，一作粈，一作䭀，一作粹。〇【杜田正謬】按陶隱居登真隱訣：青䭀飯，東海小童方也。又云：太極真人青精乾石䭀飯法方，授王褒。䭀音迅，注云䭀之言餐也，謂以酒蜜藥草輩餐浸而暴之，内外諸書並無此字，惟施於今飯之名耳。又云：以南竹〔一〕草木煮汁漬米爲之。彭祖云，大宛有青精先生、清靈真人。注云：南燭冬不凋，春色味珍好，亦爲青精也。又登真隱訣圓散十法中「二〔三〕月十一日精石飯」注云：上仙靈方，服之令人童顔。又登真隱訣「神仙王君青䭀飯方」云：此飯用白米一斛五斗，得稻有青衣者佳，如豫章西山青米、吴越青龍稻米是也。青米理虚而受氣，故當用之。取南燭草木葉五斤煮汁漬米，炊即灑之，令飯作紺青色，服二合，填胃補髓，殺三蟲。神仙食之。南燭草木，樹木而葉似草，一名猴葉，一名草木之王。神仙傳：李抱祖，有岷山山人授青精䭀飯方。又伯高常服青䭀飯，隱處方臺。真誥：霍山有道士鄧伯元，授青精飯法，能冥中夜書。又云：故服䭀否？春草生，此物易尋。〇謝任伯云：世俗無䭀字。郭忠恕佩觿云：濉，申州水名。䭀爲飯名。陸龜蒙用「青精飯」對「白衱裘」。皮日休詩亦有「半月始齋青䭀飯，移時空映白檀香」之句。内、外諸書並無此字，今讀作迅。學林新編云：注此詩者曰：梁安成康王秀傳：兩韓之孝友純深，庾、郭之形骸枯槁，或橡飯青羹，惟日不足，或葭墻艾席，樂在其中。按，青菜爲羹，謂之菁羹。字書：菁，蔓青〔三〕也。書所謂菁茅，禮所謂菁葅，即此物也。甫詩〔四〕蓋用道書中陶隱居登真訣有乾石菁精飢飯。飢音迅，謂餐也。其法即南燭草木浸米蒸飯，暴乾，其色青如鷖珠，〔五〕食之可以延年却老。此甫所謂青精飯也。神農本草木部有南燭枝葉，久服輕身長年，令人不飢，益顔色。取汁炊飯，名爲烏飯，又名黑飯。草在道書謂之南燭草木，在本草謂之南燭枝葉，蓋一物也。以菁羹爲青精則誤甚矣。○【師古曰】夢弼謂，青精乃神仙之所服食，有黄精，有青精。色黄者爲黄精，色青者爲青精，亦若天黄、地黄、人黄也。本是一種，根浮于上者爲天黄，沉於地者爲地黄，生於中者爲人黄。青精食之既久，能益人顔色，長年却老也。使我顔色好。○莊子大宗師篇：許由曰：盲者無以與乎顔色之好。苦乏大藥資，○下圜曰：大，一作買。葛仙翁語弟子張恭云：吾不得治作大藥，今當尸解去。○【杜田正謬】杜陵詩史、分門集注、補注杜詩又作「修可曰」。按，蔡錦芳杜修可考（杜甫研究學刊一九九七年四期）認爲，所謂修可並無其人，標明修可的注文實爲杜田注、趙次公注及他注牉合而成，可備一説。】又，丹書抱陽山人大〔六〕藥證〔七〕曰：夫大藥者，須煉沙中汞，能取鉛裏金黄。金爲根，帶水火，煉功深。又云：鉛爲還丹之祖，作大藥之基。○張道陵得黄帝九鼎法，用藥皆靡費錢〔八〕帛，家素貧，乃不就。陶隱居以神丹可成，常〔九〕若無藥。白樂天詩：恨無大藥駐朱顔。山林迹如掃。○【師古曰】藥有大有小，仙亦〔一〇〕有小大也。有天仙，有地仙。藥有丹砂黄金，爲藥之上者，故云大藥。甫〔一一〕既客居東都，無大藥之資，將隱于山林，求青精食之，亦可以駐顔色〔一二〕。奈何山林之迹如掃，謂兵火之後，絶〔一三〕無人煙，蓋嘆東都之不可居也。李侯金閨彦，○李侯，指白也。金閨，金馬門也。〔一四〕○【師古曰】彦，美士也。

漢時凡待詔必於金馬門。○【鮑彪云】白嘗供奉翰〔一五〕林，故云金閨彥也。○【王洙曰】江文通别賦：金閨之諸彥。**脱身事幽討。**○【師古曰】幽討，謂窮討幽趣也。○【鮑彪云】唐書白傳：自知不爲親近所容，求還山。帝賜金帶放還。○【王彥輔曰】或謂白就從祖陳留採訪使彥允請北海高天師授道籙是也。**亦有梁宋遊，**○有，一作在。○【鄭卬云】梁，古大梁，今東京汴州也。宋，古杞國，今南京應天府也。○【鮑彪云】白時得還，與甫同在洛，將適梁、宋也。後在梁，亦與甫同遊。按集有遺懷詩曰：昔我遊宋中，惟梁孝王都。憶與高李輩，論交入酒壚。氣酣登吹臺，懷古〔一六〕視平蕪。○又昔遊詩曰：昔者與高李，晚登單父臺。李白集有梁園醉歌曰：我浮黄河去京闕，掛席欲進波連山。天長水闊厭遠涉，訪古欲及大梁平臺間〔一七〕。唐書白〔一八〕傳「白與高適同過汴州，酒酣，登吹臺，慷慨懷古」是也。**方期拾瑶草。**○【師古曰】梁地有香爐峰，仙人〔一九〕所居之迹。瑶草乃珊瑚樹之類，仙家用以合丹藥服餌。時白擺脱翰林之職，將以窮討幽趣，故爲梁、宋之遊，拾瑶草以服食。蓋白之爲人放蕩，不樂仕宦，有意於神仙。後以入水捉月，或者以爲尸解也。○【趙次公云】山海經：姑瑶之山，帝女死焉。名曰女尸，化爲瑶草。其葉胥成，其花黄，其實如兔絲。服者媚於人。○【王洙曰】江淹登香爐峰詩：瑶草正翕赩。注：瑶草，玉芝也。

【校記】

〔一〕竹，元本、古逸叢書本作「燭」。

〔二〕二，元本、古逸叢書本作「五」。
〔三〕青，元本、古逸叢書本作「菁」。
〔四〕詩，元本、古逸叢書本作「書」。
〔五〕珠，原作「殊」。據元本、古逸叢書本改。
〔六〕大，據九家集注杜詩補。
〔七〕證，據元本、古逸叢書本補。
〔八〕錢，據元本、古逸叢書本補。
〔九〕常，據元本、古逸叢書本補。
〔一〇〕亦，據元本、古逸叢書本補。
〔一一〕藥甫，據元本、古逸叢書本補。
〔一二〕色，據古逸叢書本補。
〔一三〕絶，據元本、古逸叢書本補。
〔一四〕也，據元本、古逸叢書本補。
〔一五〕翰，據元本、古逸叢書本補。
〔一六〕古，原作「奉」，據古逸叢書本改。
〔一七〕此句古逸叢書本作「訪古始及平臺間」。

〔一八〕古逸叢書本「白」上有「李」字。

〔一九〕仙人，元本、古逸叢書本作「神仙」。

齊趙梁宋之間所作

望嶽

岱宗夫如何，○夫，如字，語辭也。按諸本皆作夫，獨師古本作天，謂岱宗天，猶云楚天之類也。○【鄭昂曰。分門集注作「鄭曰」，集千家注批點杜工部詩集作「鄭昂曰」。按，所謂鄭昂者，或即僞撰東坡杜詩事實之鄭昂，與「盪胸生層雲」句注之鄭卬非一人。】岱宗，岱山也，今屬兗州，升中告岱于此，是山爲五嶽之長也。齊魯青未了。○【師古曰】泰山，東跨齊、魯二國之境，眺望其山之青，已窮齊、魯，而其山猶未窮，故云青未了也。造化鍾神秀，○造化，謂天地也。○【師古曰】鍾，聚也。言天地鍾聚神秀之氣于此山也。○【王洙曰】晉孫綽天台賦序：天台者，山嶽之神秀也。陰陽割昏曉。○【師古曰】陰陽，謂日月也。割者，分也。言泰山之高大，日月出没相隱避，迭爲昏曉也。盪胸生曾雲，○【鄭卬曰。按，鄭卬有杜少陵詩音義，此條釋反切、意義，正合「音義」之名】盪，他浪切，滌也。○【師古曰】曾，通作層，積也。言山之高，雲勢積疊而起，須臾遍太虚而爲雨。以其有功于民，故祀之。雲生于山，人登山，故雲氣盪其胸。○【王洙曰】公羊傳：觸石而出，膚寸而合，不崇朝而徧天下者，泰山之雲也。張衡南都賦：湏〔一〕水蕩其胸。公亦借用之。決眥入歸鳥。○【鄭卬曰】眥，前智切，目睫也。○【王逢曰】言山之高。○【薛夢符曰】觀望之遠。○【趙次公曰】目眥決裂，入于飛鳥之歸處。司馬相如子虛賦：弓不虚發，中必決裂〔二〕。公亦借用之也。會當臨絶頂，一覽衆山小。○【師古曰】登臨山之絶頂，俯視衆山，其培塿歟？衆山知尊乎泰嶽，衆流知宗乎滄海。當安史之亂，僭稱尊號，天子蒙塵，其朝宗之義爲如何？甫望嶽之作，末章之意，固知安史之徒乃培塿之細者，又何足以上抗巖巖之大者哉！○【王洙曰】孟子盡心上篇：孔子登泰山而小天下。揚子學行篇：升東嶽而知衆山之峛邐。

【校記】

〔一〕湏，原作「涓」，各本同，據文選卷四南都賦改。

〔二〕裂，古逸叢書本作「眥」。

登兖州城樓

東郡趨庭日，○【王洙曰】兖州，漢之東郡也。○公父閑嘗爲兖州司馬，公時省侍之，故云「趨庭」。是時張玠客居兖州，有分好。玠子乃建封也。○【王洙曰】論語：鯉趨而過庭。南樓縱目初。

浮雲連海岱，平野入青徐。○【王禹偁曰】海岱、青徐與兗相接。○【王洙曰】書禹貢：海岱維青州。又：海岱及淮維徐州。孤嶂秦碑在，○【王洙曰】史記秦本紀：始皇東行郡縣，上鄒嶧山，與諸生刻石頌德，李斯作文。荒城魯殿餘。○【王洙曰】王〔一〕文考靈光殿賦序：恭王餘之所立，遭漢中微，未央及建章之殿皆見隳壞〔二〕，而靈光殿巋然獨存。從來多古意，臨眺獨躊躇。○【諸書未録此條。依文例疑出鄭卬杜少陵詩音義，以下各詩凡注反切者皆有此可能，不一一注明。】躊，直由切。躇，直魚切。躊躇，猶豫也。○【師古曰】甫感時亂，文風不振，是以懷古臨眺之際，躊躇而不能去矣。

【校記】

〔一〕王，原作「上」，據元本、古逸叢書本改。

〔二〕壞，原作「懷」，據分門集注杜工部詩改。

對雨書懷走邀許十一簿公

東嶽雲峰起，溶溶滿太虛。○【師古曰】東嶽，泰山也。公羊傳：不崇朝而徧天下者，泰山之雲也。震雷飜幕燕，○【王洙曰】左傳襄公二十九年：季札曰：夫子之在此也，猶燕之巢于幕上。驟雨落河魚。○【王洙曰】河，一作溪。座對賢人酒，○【王洙曰】魏志：徐邈字景山，爲尚書郎。

時禁酒，而邈私飲至於沉醉，從事趙達問以曹事，邈曰：「中聖人。」達白之太祖，太祖怒甚。將軍鮮于輔進曰：「醉客謂酒清者爲聖人，濁者爲賢人。邈性修謹，偶醉言耳。」門聽長者車。○聽，他經切，聆也。○【師古曰】長者車，指許主簿也。○【王洙曰】前漢陳平傳：家乃負郭窮巷，以席爲門，門外多長者車轍。相邀愧泥濘，○濘，乃定切，淖也。騎馬到堦除。

臨邑舍弟書至苦雨黄河泛溢隄防之患簿領所憂因寄此詩用寬其意

二儀積風雨，○纂要：天地曰二儀。百谷漏波濤。聞道洪河坼，遥連滄海高。職司憂悄悄，郡國訴嗷嗷。舍弟卑棲邑，防川領簿曹。尺書前日至，版築不時操。難把〔一〕黿鼉力，○謂無是物以爲橋梁也。○【趙次公曰】汲冢紀年：周穆王三十七年，東至于九江，黿鼉以爲橋梁。○又，王子年拾遺記：舜命禹疏川奠岳，濟巨川〔二〕，則黿鼉以爲橋梁。空瞻烏鵲毛，○【王洙曰】淮南鴻烈傳：烏鵲填河。燕南吹畎畝，濟上没蓬蒿。螺蚌滿近郭，蛟螭乘九臯。徐關深水府，○徐關，今齊州。爲水所浸，盡成水府也。碣石小秋毫。○【張天覺曰】按，此條注文，惟分門集注、補注杜詩及杜陵詩史有之，洪業杜詩引得序論分門集注與補注杜詩爲杜陵詩史集注本分出之二脈。觀此條之存現狀況，信然。】碣石，乃冀州海畔之山，爲水所没，其細如秋毫也。白屋留孤樹，○白屋已漂矣，惟孤樹存焉。青天矢萬艘。○【王洙曰】天，或作雲。○艘，蘇曹切，艘船之總名。言江天泛漲，船行之速也。吾衰同泛梗，○梗，古杏切，木名。利涉想蟠桃。○【趙次公曰】蟠桃正在齊地東海度索山，故因水漲可以利涉望之也。○【王洙曰】山海經：東海有山名度索，有大桃屈盤三千里，名曰蟠桃。賴倚天涯釣，○【王洙曰】賴倚，一作倚却。猶能掣巨鼇。○掣，尺列切，挽也。○【師古曰】甫以掣鼇比職司之大手必能治水，河邑之所恃賴也。○列子湯問篇：渤海之中有大壑，其中有五山，名〔三〕曰岱輿，二曰員嶠，三曰方壺，四曰瀛洲，五曰蓬萊。隨波上下往還，不得暫峙。仙聖毒之，訴之於帝，帝命禹彊使巨鼇舉首而戴之，迭爲六〔四〕番六萬歲，五山始峙〔五〕而不動。○【王洙曰】而龍伯之國有大人，舉足不盈數步，而暨五山之所，一釣而連六鼇。

【校記】

〔一〕把，古逸叢書本作「假」。

〔二〕川，元本、古逸叢書本作「海」。

〔三〕名，古逸叢書本作「一」。

〔四〕六，古逸叢書本作「三」。

〔五〕峙，原作「詩」，據古逸叢書本改。

劉九法曹鄭瑕丘石門宴集

秋水清無底，○【師尹曰】謝宣城詩：江月清無底。蕭然浄客心。掾曹乘逸興，鞍馬去相尋。○【王洙曰】一作「鞍馬到荒林」。能吏逢聯璧，○【王洙曰：「潘岳、夏侯湛每同行，人以爲連璧。」】晉潘岳字安仁，少號奇童，夏侯湛字孝若，幼美容觀，每行止，同輿接茵，京師謂之連璧。華筵直一金。晚來横吹好，○吹，尺僞切，嘘也。○【沈括曰。按，分門集注僅録「古今樂録：横吹，胡樂也」一句，杜陵詩史則全録之，補注杜詩引之闕最末一句，九家集注杜詩引出自杜田補遺。然杜田補遺亦可能轉引自沈括説，今從杜陵詩史及分門集注、補注杜詩。】古今樂録：横吹，胡〔一〕樂也。張騫自西域傳其法於長安，唯得摩訶兜勒一曲。李延年因之，更造新聲三〔二〕十八解，乘輿以爲武樂。後漢以給邊將。俗用者黄鵠、隴頭、出關、入關、出塞、入塞、折楊柳、黄簟子、赤芸楊、望行人十曲也。泓下亦龍吟。○一作「樽酒宜如此，人生復至今。白頭逢晚歲，相顧一悲吟」。泓，烏宏切，下深貌。○【王洙曰】馬融長笛賦〔三〕：近世雙笛從氐起，氐人伐竹未及已，龍吟水中不見已，截竹吹之聲相似。

【校記】

〔一〕胡，原作「故」，據元本、古逸叢書本改。

〔二〕三，元本、古逸叢書本作「二」。

〔三〕笛賦，原作「留哉」，據古逸叢書本改。

巳上人茅齋

○【歐陽修曰】或曰僧齊己也，善吟詩，知名於唐。

巳公茅屋下，○【杜定功曰。按，門類增廣十注杜詩引作「杜云」，杜陵詩史、分門集注、補注杜詩作「定功曰」，據聶巧平杜田考論（杜甫研究學刊一九九八年四期）考所謂「杜定功曰」者實爲杜田注。又，九家集注杜詩作「趙次公曰」，當爲趙次公引杜田補遺。】秋興賦序：偃息不過茅屋茂松〔一〕之下。可以賦新詩。枕簟入林僻，茶瓜留客遲。江蓮搖白羽，○江，或作紅。○【王洙曰】白羽爲〔二〕扇也。○南史：張融弱冠知名，道士陸〔三〕脩靜以白鷺羽麈尾扇遺之。王彦輔云：釋書楞伽經贊曰：善禪師折蓮爲羽，名曰羽蓮。天棘蔓青絲。○【鮑彪曰】天，一作夭。○【王洙曰】蔓，一作夢。○或作弄，皆非也。○【杜田正謬】天棘即天門冬也。博物志、抱朴子皆言天門冬一名顛棘。○蓋顛、天聲相近也。葉又酷似青絲，而僧居多種之。○【趙次公曰】本草圖經：天門冬，春生，藤蔓大如釵股，高丈餘，葉如回〔四〕香，極失〔五〕細而疏，骨有逆刺，亦有滑而無刺者。其葉如絲形而細散，皆爲天門冬。以此考之，則天棘誠天門冬也明矣。○【按，分門集注引鮑彪曰「近有謂之柳者而不著所出」，九家集注杜詩引蔡伯世云「學者或曰梵語名柳爲天棘」。】或謂梵語以柳爲天棘，僞言耳，蓋欲人無所稽考也。【按，分門集注引鮑彪曰「近有謂之柳者而不著所出」，又九家集注杜詩引蔡伯世云「學者或曰梵語名柳爲天棘」，皆未明所出，存疑俟考。】空忝許詢輩，難酬支遁詞。○【趙次公曰】支遁講維摩經，許詢常設〔六〕問難。甫蓋言我空忝爲許詢之流，而難酬對支遁，所以美巳上人也。○世説：支遁、許詢諸人共在會稽王齋頭，支爲法師，許爲都講，講維摩詰經。支通一藝，四座莫不厭心。許送一難，衆人莫不抃舞。

【校記】

〔一〕松，古逸叢書本作「林」。

〔二〕爲，元本、古逸叢書本作「謂」。

〔三〕陸，原作「六」，據古逸叢書本改。

〔四〕回，古逸叢書本作「面」。

〔五〕失，古逸叢書本作「枝」。

〔六〕設，原作「説」，據元本、古逸叢書本改。

與李十二白同尋范十隱居

李侯有佳句，往往似陰鏗。○【王洙曰】甫美白善五言詩，有如陰鏗也。陳書〔一〕阮卓傳：武威陰鏗，字子堅。五歲能誦千〔二〕言。及長，博涉史傳，尤善五言詩，爲當時所重。余亦東蒙客，

○【趙次公曰】東蒙，山名。甫時寓〔三〕兖時也。憐君如弟兄。醉眠秋共被，○【趙次公曰】此暗用事也。○【王洙曰】後漢〔四〕姜肱與弟仲海、季江同被而寢，不入房室。○【趙次公曰】晉祖逖、劉琨情好綢繆，共被而寢。携手月同行。○月，或作日。○【師尹曰】詩衛國風：携手同行。更想幽奇處，還尋北郭生。○【趙次公曰】北郭生，指范十隱居也。入門高興發，侍立小童清。○【師古曰】言無塵〔五〕氣也。落景聞寒杵，○落景，謂斜陽也。江淹雜體詩：徘徊踐落景。屯雲對古城。○廣雅：屯，聚也。向來吟橘頌，○【門類增廣十注杜詩引「杜云」。又，杜陵詩史、補注杜詩引作「修可曰」。】楚詞屈原九章橘頌：皇甫植〔六〕橘徠服兮。受命不遷，生南國兮。深固難徙，固〔七〕壹志兮。緑葉素榮，紛可喜兮。曾枝剡棘，圓果博〔八〕兮。青黄雜揉〔九〕，文章爛兮。精色肉〔一〇〕白，類可任兮。紛緼宜修，姱而不媿兮。差〔一一〕爾勿〔一二〕志，有以異兮。獨立不遷，豈不可喜兮。深固難徙，廓其無求兮。蘇世獨立，横而不流兮。閉心自謹，終不失過兮。秉德無私，參天地兮。願歲井〔一三〕謝，與長友兮。淑離不淫，梗其有理兮。年歲雖少，可師長兮。行比伯夷，置以爲像兮。誰〔一四〕欲討蓴羹。○蓴音純，水菜也。○【師古曰】甫咀味橘頌之作，雖張翰蓴羹之美不足思也。〔一五〕○【趙次公曰】張翰傳〔一六〕：翰在齊王冏府，冏時執權，翰畏禍及，因見秋風起，乃思吴中菰菜蓴羹、鱸魚膾，曰：「人生貴適意，何能羈宦數千里，以要名爵乎？」遂命駕而歸。○神農本草草部：蓴生水中，葉似鳧，春夏細長肥滑。三月至八月爲絲蓴，九月至十一月爲猪蓴。不願論簪笏，悠悠滄海情。○【趙次公曰】甫無簪笏之願，而欲寄情江海。

【校記】

〔一〕書，原作「善」，據古逸叢書本改。

〔二〕千，原作「于」，據古逸叢書本及陳書陰鏗傳改。

〔三〕寓，原作「萬」，據古逸叢書本改。

〔四〕漢，原作「海」，據古逸叢書本改。

〔五〕塵，元本、古逸叢書本作「塵俗」。

〔六〕皇甫植，古逸叢書本作「后皇佳植」。

〔七〕固，古逸叢書本作「更」。

〔八〕博，古逸叢書本作「搏」。

〔九〕揉，古逸叢書本作「操」。

〔一〇〕肉，古逸叢書本作「内」。

〔一一〕差，古逸叢書本作「嗟」。

〔一二〕勿，古逸叢書本作「幼」。

〔一三〕井，古逸叢書本作「并」。

〔一四〕誰，古逸叢書本作「惟」。

〔一五〕「張翰」至「思也」十字原闕，據古逸叢書本補。此條見于分門集注引師尹注，而今本失之，古逸叢書本能存舊貌，亦有其可觀之處也。

〔一六〕元本、古逸叢書本「張翰傳」前有「晉」字。

房兵曹胡馬

胡馬大宛名，○【鄭卬曰】宛，於爰切。○漢武紀：太初四年，斬大宛王首，獲汗血馬來。鋒稜瘦骨成。○瘦，魯作秀。○【張耒曰】謂馬以神氣清勁，不在多肉也。竹批雙耳峻，○【鄭卬曰】批，匹迷切，擊也。○【趙次公曰】後魏賈思勰相馬經：耳欲鋭而小，如削筩。魯國黃伯仁龍馬頌：雙耳如剡筩。風入四蹄輕。所向無空闊，○【秦觀曰】空闊，謂遠也。真堪託死生。○【趙次公曰】魏〔一〕劉備騎的盧，走墮襄陽城西檀溪水中，溺不得出。備急曰：「的盧，今日死矣，可努力。」的盧乃一踊〔二〕三丈，遂得過。又晉劉牢之爲慕容垂所逼，策馬跳五丈澗而脱。此皆所謂堪託死生也。驍騰有如此，○【王洙曰】顔延年赭白馬賦：品藝驍騰。萬里可横行。

【校記】

〔一〕魏，古逸叢書本作「漢」。

〔二〕踊，古逸叢書本作「躍」。

畫鷹

素練風霜起，○【王洙曰】風，一作如。蒼鷹畫作殊。○作，臧各切，又側過〔一〕切，造也。攫身思狡兔，○攫與挾〔二〕同，攫也。○【王洙曰】晉孫楚鷹賦：擒狡兔於平原。側目〔三〕似愁胡。○【王琪曰】鷹産於岱北，出於胡地。愁胡，謂思胡地也。○【趙次公曰】孫楚鷹賦：深目蛾眉，壯似愁胡。○【王洙曰】隋魏彦深賦：立如植木，望似愁胡。絛鏇光堪擿，○【鄭卬曰】絛，他刀切，編絲繩也。鏇，徐釠〔四〕切，圓轉軸也。（按，分門集注、補注杜詩、杜陵詩史、集千家注批點杜工部詩集皆作「徐釧切，圓轆轤也」。）○【趙次公曰】言畫之絛鏇光悦而可擿取也。軒楹勢可呼。○【黄庭堅曰】言畫之勢可呼以獵。何當擊凡鳥，毛血灑平蕪。

【校記】

〔一〕過，元本、古逸叢書本作「箇」。

〔二〕挾，古逸叢書本作「悚」。

〔三〕目，原作「耳」，據古逸叢書本改。

〔四〕徐釠，古逸叢書本作「辭戀」。

暫如臨邑至㟙山湖亭奉懷李員外率爾成興〇魯訔曰：㟙，玉篇：助麥切。鄭卬謂：㟙當作厝，資昔切。

野亭逼湖水，歇馬高林間。鼉吼風奔浪，魚跳日映山。〇【鄭卬曰】跳，徒聊切，躍也。暫遊阻詞伯，〇【師古曰】詞伯，謂詞人之長，指李員外也。却望懷青關。〇【師古曰】青關，地名，李員外之所居也。靄靄生雲霧，唯應促駕還。〇【師古曰】謂天將雨，故督車馬速歸也。

陪李北海宴歷下亭時邑人蹇處士等在坐〇北海郡，唐之青州也。歷下亭在齊州，唐之濟南郡也。唐書李邕傳：開元二十三年，邕起爲括州刺史。而後云上計京師，以讒媢〔二〕不得留，出爲汲郡、北海太守。杜田云：齊州使園今猶有亭子。時邕爲青州刺史。甫陪宴于歷下，故作是詩也。

東藩駐皂蓋，〇青、齊，皆山東之國，故稱東藩。今之太守，即古之諸侯，爲王藩屏者也。駐皂蓋，謂留治于此郡也。〇【王洙曰】後漢輿服志：中二千石皆皂蓋，朱兩轓。北渚淩清河。〇北渚，即北海郡。清河，乃濟河郡。北渚與清河蓋相近也。海右此亭古，〇【王洙曰】右，一作内。〇【趙次公曰】海在東而州在西，故謂之海右。〇【謝逸曰】亭古，言作之之久也。濟南名士多。〇齊州，唐爲濟南郡。○【趙次公曰】名士，即詩題所謂邑人蹇處士等是也。雲山已發興，玉佩仍當歌。修竹不受暑，交流空涌波。○曹大家東征賦：望河濟之交流。蘊真愜所遇，落日將如何。○【師古曰】謂此亭韜藏真趣，俗士莫知，惟賢者遇此非常欣愜，奈何興未闌而賓筵將散，日已西頹，故嘆也。貴賤俱物役，從公難重過。○【鄭卬曰】重，儲用切，再也。○【師古曰】貴，指言李邕。賤，甫自謂也。貴賤雖殊，其爲事物所役則一。人生天地間，勞形體，疲精神，歡會時少，怨别時多，恐此一會罷，難與公再獲過，此甫所悵惜也。

【校記】

〔一〕媚，古逸叢書本作「嫉」。

登歷下古城員外孫新亭亭對鵲湖時李之芳自尚書郎出齊州製此亭北海太守李邕序

○【王彦輔曰。又，趙次公曰：「題下公自注云：李之芳出齊州司馬，製此亭。」補注杜詩引作「王洙曰」。【唐李邕傳：邕天寶初爲汲郡太守，時李之芳自尚書員外郎出爲齊州司馬，作此亭歷下。○【薛夢符曰】按，此亭乃之芳所創，是詩乃邕爲之芳而作也。

吾宗固神秀，○【趙次公曰】吾宗，指員外之芳也。體物寫謀良（按，九家集注杜詩、補注杜詩作「長」，適與師古注「長過人之智」合，録以備考。）○【師古曰】美吾宗人稟神秀之氣，能體物景，寫其謀謨，創建此亭，頗有長過人之智也。○【王洙曰】陸機文賦：體物而劉〔一〕亮。形制開古跡，○【趙次公曰】舊有此亭，而之芳因敞而新之。甫有詩云「海右此亭古」是〔二〕也。曾冰延樂方。○曾與層同，積也，重也。延，一作在。○【師古曰】謂重陰沍寒之氣排煩暑、爽情〔三〕思，可以歡〔四〕引歡笑，此其術也。方，乃術也。○神異經：北方有曾冰萬里，厚百丈。○【趙次公曰】謝靈運詩：峩峩曾冰食。○曹植鬭雞詩：主人寂無爲，衆賓進樂方。太山雄地理，巨壑眇雲莊。○【師古曰】按地理志：此古城枕太山之麓，極爲雄壯。又襟帶濟〔五〕巨壑，即溪壑之接濟水者是也。水氣在天爲雲，雲莊即雲氣屯聚如莊然。莊者，屯聚之義，眇言襟帶之遠也。高興泊煩促，○謂陰涼之氣爽人也。○【王洙曰】張茂先答何邵詩：煩促海有餘。永懷清典常。○【師古曰】言之芳以常道化民，風俗肅清，人懷其惠，永永不忘也。○【王洙曰】詩：維以不永懷。易：既有典常。含弘知四大，○【師古曰】含弘者，謂古城廣遠，無所不包，足見其有四大之制。○【王洙曰】易坤卦：含弘廣〔六〕大。老子二十五章：域中有四大。出入見三光。○【師古曰】太山高大，日月星辰迭爲隱見，一出一入，皆憑高可以望而見之。○漢班孟堅典引：經緯乾坤，出入三光。負郭喜粳稻，○粳，柯彭切。粳，稻屬，稻稔也。安時歌吉祥。○【師古曰】穀者，民之司命。太守，民之師師〔七〕。太守登臨，所以觀民風，豈徒從事於遊覽而已哉？今覩負郭粳稻之稔，是知爲康樂之時，吉祥兆于此，故從而歌之也。○【趙次公曰】莊子大宗師篇：得者時也，失者順也，安時而處順，哀樂不能入也。○【王洙曰】又人間世篇：吉祥止止。

【校記】

〔一〕劉，古逸叢書本作「瀏」。

〔二〕是，原作「月」，據古逸叢書本改。

〔三〕情，原作「倩」，據古逸叢書本改。

〔四〕歡，杜陵詩史引師尹注作「延」。

〔五〕古逸叢書本「濟」下有「水」字，杜陵詩史引師尹注同。

〔六〕廣，古逸叢書本作「光」。

〔七〕師，古逸叢書本作「帥」，杜陵詩史、補注杜詩引師尹注同。

同李太守登歷下古城員外新亭

○太守，李邕也。員外，李之芳也。○【趙次公曰】是時乃邕唱之於前，而甫和之於後也。

新亭結構罷，隱見清湖陰。○【師古曰】清湖，指鵲湖也。今齊州廨舍中大池是也。水北曰陰。按地理志「亭居鵲湖之北」，故云。○【趙次公曰】或隱或見於清湖之陰者，言昏明異候也。句如謝惠連詩「行雲星隱見」是也。跡籍臺觀舊，○【鄭卬曰】觀，古玩切，諦視也。○【趙次公曰】此亭乃圖籍所載，後齊築作臺觀，遺跡猶存。○【師古曰】今之芳因其舊跡，敞以新亭也。氣溟海嶽深。○【師古曰】謂此城憑太嶽，襟帶滄海，海〔二〕嶽之氣溟濛然而深邃矣。圓荷想自昔，遺堞感至今。○【鄭卬曰】堞，徒協切，城上垣也。○【師古曰】之芳疏鵲湖，種圓荷，修飾堆堞，至今人感思之，如召公聽訟甘棠之下，後世思之而不忘，以爲勿翦勿伐也。芳宴此時具，○【師古曰】具，今作俱，謂賓客畢集于此也。○【王彥輔曰】謝朓曲水宴詩：嘉樂具矣，芳宴在斯。哀絲千古心。○【王洙曰】絲，一作絃。○【趙次公曰】：「言後之視今，亦猶今之視昔矣。記云：絲聲哀。故云哀絲。」】哀絲，謂琴瑟之音哀怨也。歷下之城廢興非一代，覩今感昔，哀樂之情一寫之琴瑟而已。禮記：絲聲哀。主稱壽尊客，○【師古曰】稱，舉也，言主人重客，故舉觴爲壽。○【王洙曰】曹植詩：主稱千金壽，賓奉萬年酬。筵秩宴北林。○【師古曰】謂此亭居鵲湖之北，林木森爽，筵設於此，尊卑之位，秩秩然有次序也。○【王洙曰】詩小雅：賓之初筵，左右秩秩。不阻蓬蓽興，得兼梁甫吟。○【師古曰】蓬窗蓽户，甫自言貧賤之居。昔諸葛亮常作梁甫吟。梁甫吟者，山東之音也。凡人思鄉，各爲本土之音。杜甫西人也，今客山東，寧無思鄉之情然？然對食當歌，必有所感傷，意謂家不阻限東西，其興爲如之何，猶得兼爲梁甫之吟，不亦善乎！○【趙次公曰】三齊略記載諸葛亮梁甫吟曰：步出齊東門，遥望蕩陰里。里中有三墳，纍纍正相似。借問誰家家，田疆古冶氏。力能排南山，文能絶地紀。一朝被讒言，二桃殺三士。誰能爲此謀，國相齊晏子。○【杜田補遺。按，九家集注杜詩引此出杜田補遺，可知蔡夢弼所謂「余按」之妄。】余按晏子春秋曰：景公畜士公孫接、田開疆、古冶子，三人見晏子不起。晏子見景公請去之，乃使人餽之二桃，令三子計功而食。公孫接曰：「一搏特猏，再搏乳虎，若接之功，可以食桃而毋與人同矣。」援桃而起。田開疆曰：「吾杖兵却三軍者再。若開疆之功，可以食桃而毋與人同矣。」援桃而起。古冶子曰：「吾嘗從君濟河，黿啣左驂以入底柱之流。冶少不能遊，潛行逆流百步，順行九里，得黿而殺之。左操馬尾，右挈黿頭，鶴躍而出津。若冶之功，可以食桃而毋與人同矣。」二子耻功不及而自殺，古冶子亦自殺。

【校記】

〔一〕海，據古逸叢書本補。

與任城許主簿遊南池〇【鮑彪曰】任城，屬兖州。

秋水通溝洫，城隅集小船。晚來〔一〕看洗馬，森木亂鳴蟬。麥〔二〕熟經時雨，蒲荒〔三〕八月天。晨朝看白露，〇月令：仲秋之月，白露降。遥想舊青氊。〇想，一作憶。豳詩：九月授衣。〇【按，杜陵詩史、分門集注引趙次公曰：「當白露降，故憶青氊。」又引師古曰：「甫悲秋而思故鄉，故有是句。」】故公因白露降，想青氊而思故鄉也。〇【王洙曰】晉王獻之夜卧齋中，有偷入室盜物都盡，獻之徐曰：「青氊我家舊物，可盡置之。」群盜驚走。

【校記】

〔一〕來，古逸叢書本作「凉」，杜陵詩史同。

〔二〕麥，杜陵詩史作「菱」。

〔三〕荒，古逸叢書本作「黃」。

贈比部蕭郎中十兄

有美生人傑，由來積德門。漢朝丞相系，○【王洙曰】謂蕭何也。梁日帝王孫。○【王洙曰】謂蕭衍也。蘊藉爲郎久，○【王洙曰】東觀漢記：桓榮温恭〔一〕有蘊藉。魁梧秉哲尊。○【王洙曰】周勃傳：魁梧奇偉。○【趙次公曰】書酒誥：經德秉哲。詞華傾後輩，○傾，倒也。使後輩見之皆傾倒也。風雅藹孤騫。○【趙次公曰。按，分門集注、補注杜詩引師古曰：「騫騰也。言飛騰無與之偶，故曰孤騫。」】騫，虛言切。飛〔二〕舉貌。言飛舉無與之比也。宅相榮姻戚，○【師古曰】蕭兄乃甫家從姑之子，故有「宅相」之語。○【王洙曰】晉魏舒字元陽，少孤，爲外家戚氏所養。戚氏起宅，相者云：「當出貴甥。」舒曰：「當爲外氏成此宅相。」後爲尚書郎。○【按，九家集注杜詩作「杜田補遺」，杜陵詩史、分門集注作「師（古）曰」，當以杜田爲是。】北史李靈傳：邢晏稱其甥李繪曰：「如對珠玉，宅相之奇，良在此甥。」又文苑傳：王褒字子深，七歲能屬文。外祖梁〔三〕司空愛之，謂賓客曰：

「此兒當成吾宅相也。」兒童惠討論。○【趙次公曰】方兒童時，得蕭兄惠以討論之益也。見知真自幼，謀拙媿諸昆。○【趙次公曰】言見知於蕭兄已自幼時，厥後謀拙，每媿諸昆。○【王洙曰】甫與蕭乃姑舅之昆仲也。漂蕩雲天闊，○【王洙曰】言相去遼遠也。沈埋日月奔。○【王洙曰】謂光陰易失也。致君時已晚，懷古意空存。○甫恨衰老，空想古人，無由如伊尹之致君爲堯、舜也。中散山陽鍛，○鍛，都玩切，小冶也。○【趙次公曰。又，杜陵詩史、分門集注、補注杜詩引作「王洙曰」：「嵇康爲中散大夫，尚性絶巧而好鍛。王戎自言與康居山陽二十年，未嘗見喜愠之色。向秀傳：嵇康善鍛，秀爲之佐，相對欣然，旁若無人。」】山陽，漢屬兗州。晉嵇康爲中散大夫，居山陽。康性絶巧而好鍛，向秀爲之佐，相對欣然，旁若無人。鍾會造康，康鍛不輟。各見本傳。愚公野谷村。○愚公谷在青州臨淄縣。○【按，九家集注杜詩引作「趙次公云」。又，門類增廣十注杜詩、門類增廣集注杜詩引作「杜云」，杜陵詩史、分門集注、集千家注批點杜工部詩集引作「修可曰」。】韓非子：昔齊威公逐鹿入谷，問父老：「此爲何谷？」答曰：「臣舊畜牛生犢，以子買駒。少年謂牛不生駒，遂持而去。傍隣以臣爲愚，遂名爲愚公谷。」寧紆長者轍，○【趙次公曰】當時子美在兗、青之間，自以爲其居僻矣，而蕭兄來顧之也。○或又謂譏蕭兄之不來訪我也。○【王洙曰】陳平傳：家乃負郭窮巷，以席爲門，門外多長者車轍。歸老任乾坤。○言無求於人也。

【校記】

〔一〕温恭，原作「桓公」，古逸叢書本作「桓恭」，皆誤，據東觀漢記卷一五桓榮傳改。

〔二〕飛，原作「非」，據元本、古逸叢書本改。

〔三〕梁，原作「良」，據元本、古逸叢書本改。

過宋員外之問舊莊員外季弟執金吾見知於代故有下句

○按，唐書：之問弟之悌、之遜爲連州參軍，不言爲執金吾。宋之問集有温泉莊卧病詩：「多病卧兹嶺，寥寥倦幽獨。賴有嵩丘仙，高枕長在目。」

宋公舊池館，零落首陽阿。○【王洙曰】阿，山阿也。○【師古曰】陽阿，乃山之南。○河南郡境界簿城東北十里首陽山，上有首陽祠。陸機洛陽記：首陽山，東北去二十里。阮公詠懷詩云：步出上東門，北望首陽岑。枉道祇從入，吟詩許更過。淹留問耆老，寂寞向山河。○向，一作看〔一〕。○【趙次公曰】淹留，駐迹之義。甫枉道來過，爲之淹留，欲問耆老員外平日之事，而員外亡矣，其莊空存，對此山河，徒寂寞耳。更識將軍樹，○【師古曰】將軍樹，美金吾也。○【王洙曰】後漢馮異傳：異爲人謹退不伐，每所止舍，諸將並坐論功，異常屏樹下，軍中號爲「大樹將軍」。悲風日暮多。○復悼金吾之已死矣。周庾信麟趾殿校書和劉儀同詩：月落將軍樹，風驚御史烏。

【校記】

〔一〕看，據元本、古逸叢書本補。

夜宴左氏莊

風林纖月落，○【趙次公曰】。又，杜陵詩史、分門集注引「定功曰」（即杜田補遺）：「古詩：兩頭纖纖月初生。」【纖月，新月也。古樂府：兩頭纖纖月初生。○鮑照翫月詩：始見西南樓，纖纖如玉〔一〕鈎。衣露浄琴張。暗水流花逕，春星帶草堂。檢書燒燭短，○古樂府：看書怯〔二〕燭滅。看劍引杯長。○【王洙曰】看劍，一作説劍，一作煎茗。○【師尹曰】因話録：徐〔三〕世長看劍飲酒，酒酣舞劍，在〔四〕不知止〔五〕。詩罷聞吴詠，扁舟意不忘。○【趙次公曰】：「惟其聞吴詠，故有扁舟之興。」】言其聞吴人之詠，故有扁舟五湖之趍。

【校記】

〔一〕玉，原作「月」，據元本、古逸叢書本改。

〔二〕看書怯，據元本、古逸叢書本補。
〔三〕「徐」，原闕，據元本、古逸叢書本補。
〔四〕在，古逸叢書本作「醉」。
〔五〕止，據元本、古逸叢書本補。

右此二篇莫可考，姑因次之。

新定杜工部草堂詩箋斠證卷第一

天寶以來在東都及長安所作

冬日洛城北謁玄元皇帝廟廟有吳道子畫五聖圖

〇【趙次公曰】玄元皇帝，李老君也。〇【九家集注杜詩、分門集注、補注杜詩引作「王洙曰」，杜陵詩史引作「魯曰」。】按，唐書：天寶元年，陳王府參軍田周秀上言：「玄元皇帝降于丹鳳門之通衢，告錫靈符，在尹喜之故宅。」上遣使就函谷關尹喜宅，遂發得之，乃致玄元廟於天寧坊，親享于新廟。是歲又改爲太上玄元皇帝宮。二年，追尊老子大聖祖玄元皇帝，仍於天下諸郡建紫極宮。秋，改譙郡紫微宮爲太清宮。〇【王洙曰】天寶八年，上親謁太清宮，册聖祖玄元皇帝尊號爲聖祖大道玄元皇帝。高祖、太宗、高宗、中宗、睿宗皆加「大聖皇帝」字。〇海〔一〕南志：上清宮，唐都老子廟也。乾封中號玄元皇帝廟。開元末，廟北別建玄元觀，後改曰上清宮。宮内有吳道子畫神堯、太宗、高宗、中宗、睿宗五帝真容。長安志引禮閣新儀曰：開元二十九年，始詔兩京及諸州各致玄元皇帝廟一所。天寶元年九月，改廟爲宮。二年，西京改爲太清宮，東都爲太微宮。此詩當在天寶以前作也。

配極玄都閟，○配，匹〔二〕也。○【田曰。按，杜陵詩史、分門集注引作「田曰」，即杜田。】極，謂北極也。○【王洙曰】閟，閉也。○【趙次公曰】以廟在洛城之北，故曰配極。玄都丹靈〔三〕，乃仙真之所也，故用玄都以名廟焉。憑高禁籞長。○高，一作虛，一作空。○【王洙曰】漢書音義：禁苑之籞，折竹以懸繩連之，使人不得往來也。守祧嚴具禮，○【王洙曰】周禮：分官守祧。注：遠廟曰祧，遷主之所藏也。○【趙次公曰】守祧，掌守先王之廟祧，故監廟謂之守祧。掌節鎮非常。○節，符節也。○【晁沖之曰】掌所賜之符節，以鎮重其廟也。○【王洙曰】地官掌節注：節猶信也。碧瓦初寒外，○【杜陵詩史、補注杜詩引作「（王）琪曰」，分門集注引作「（王）洙曰」。】碧瓦，以琉璃爲瓦也。初寒，指冬日也。金莖一氣旁。○金莖，謂仙掌承露也。一氣，謂元氣也。○【王洙曰】郊祀志：漢武作柏梁臺，銅柱承露，仙人掌之屬也。山河扶繡户，○言繪畫之麗也。鮑照行路難：文牕繡户垂羅幕。日月近雕梁。○言棟宇之高也。仙李盤根大，○李指李氏也。元妙内篇經曰：老君託從李母生，李母無姓，老君指李木曰：「此爲我姓。」本行經曰：太上道君既託洪氏之胎，周時復託神李母，剖左腋〔四〕而生，生即皓然，號曰老子。太極左仙公葛玄曰：託神李母，生即皓然，以上皇元年正月十二日丙午太歲丁卯下爲周師，至無極元年太歲癸丑五月壬午去周，西度關。○【王洙曰】神仙傳曰：老子姓李，名耳，字伯陽。楚國苦縣人也。○【杜田補遺】又任昉述異記：中山有緑李大如拳，呼仙李。○唐太宗探得李詩曰：盤根植瀛海，交幹横倚天。舒華光四海，卷葉映三川。猗蘭奕葉光。○【按，當作「趙次公曰」。參贈李白「蔬食常不飽」注辨析。】趙子櫟曰：此以紀玄元之盛，美老子之生。指李木爲姓，唐室以老子爲聖祖，則自老子盤根而來，至唐又如猗蘭之猗猗，是爲累世有光也。○【沈（括）曰】或曰郭子横洞冥記：漢武未生，景帝夢一赤彘從雲中直下崇芳之閣，帝覺而至於閣上，見赤氣如雲霞來蔽户牖，乃改崇芳閣爲猗蘭殿。後王夫人生武帝於此殿。世家遺舊史，○遺，一作隨。○【王洙曰】司馬遷作史記，有老子傳。道德付今王。○封氏〔五〕聞見記：開元二十一年，明皇親注老子道德經，令學者習之。畫手看前輩，吴生遠擅場。○名畫記：吴道子，陽翟人，好酒使氣，每欲揮毫，必須酣飲。學書于長史賀知監。學書不成，因攻畫。曾事逍遥公韋嗣立爲小吏，因寫蜀道山水之體，自爲一家。書迹似薛少保，亦甚便利。初，任兖州瑕丘縣，明皇召入禁中，改名道元，因授内教博士，非有詔不得畫。張懷瓘每云：「吴生之畫，下筆有神。張僧繇後身也。」○【王洙曰】張衡東京賦：秦政利觜，終得擅場。森羅移地軸，○博物志：崑崙東北地轉，下有八元幽都二十餘萬里。地下有四柱，廣十萬里。地有三千六百軸，互相牽也。妙絶動宫牆。五聖聯龍衮，○聯，晉作連。○劇談録：東都北邙山有玄元觀，南有老君臺殿，高敞，下瞰伊、洛。仙泥塑之像，皆開元楊惠之所製，奇巧精嚴。壁有五聖真容及老子化胡經事，丹青絶妙，古今無比也。千官列雁行。○列，一作引。朱景元畫斷：吴生畫東都玄元廟，五聖千官，宫殿冠冕，勢傾雲雷，心奪造化。居神品之上也。冕旒俱秀發，旌旆盡飛揚。翠柏深留景，○言柏葉歲寒不雕也。紅梨迥得霜。○【趙次公曰】言梨葉得霜而紅也。風筝吹玉柱，○言風揚奏樂之韻也。柳渾七夕詩：清露下羅衣，秋風吹玉柱。露井凍銀床。○【馬存曰】銀床，井欄也。○【王洙曰】晉樂志淮南王篇：後園鑿井銀作床，金瓶素綆汲寒漿。身退卑周室，○【王洙曰】史記本傳：老子，周守藏史，見周之衰，遂去。○劉向列仙傳：李耳生於殷時，爲周柱下史，轉爲守藏史。周德衰，乃乘青牛車去，入大秦，過西關。關令尹喜迎之，乃使著道德經。經傳拱漢皇。○河上公注老子後序：漢文時，河上公結草庵于河濱，常讀老子文。帝駕往詣之，問老子，責以不屈。公即躍在虚空中，帝即稽首禮謝，公即授老子道德經章句二卷，曰：「余注是經千七百年，凡傳三人，連子四矣。」谷神如不死，○【師古曰】谷所以藏物，谷神猶云藏神也。○【王洙曰】老子六章：谷神不死，是謂玄牝。養拙更何鄉。○【趙次公曰】鄉，一作方。○【師古曰】何鄉，謂無所止，猶云無何有之鄉。

【校記】

〔一〕海，疑當作「河」。

〔二〕匹，原作「四」，據古逸叢書本改。

〔三〕靈，杜陵詩史、九家集注杜詩、杜詩趙次公先後解輯校皆作「臺」。

〔四〕腋，原作「掖」，據元本、古逸叢書本改。

〔五〕氏，原作「民」，據古逸叢書本改。

龍門

○【趙次公曰】韋述東都記：龍門號雙闕，與大内對峙，若天闕然。

龍門橫野斷，驛樹出城來。○【曾鞏曰】謂驛道兩傍之木也。○【杜陵詩史引作「鄭(印)曰」，分門集注引作「(王)洙曰」。】河南志：龍門驛在河南縣南一十八里。氣色皇居近，○【分門集注引王洙曰：「東都也。」】皇居，謂洛京也。金銀佛寺開。○【洪覺範曰】龍門山上有奉先寺，佛地有金色世界、銀色世界也。往還時屢改，川水日悠哉。○水，陳作陸。相閲征途上，○閲，視也。生涯盡幾迴。○【趙次公曰：「生涯，見莊子。」】莊子養生篇：吾生也有涯。

兵車行

○【王洙曰】王深父曰：雄武之君，喜馳中國之衆，以開邊服遠爲烈。而不寤其事乃先王之罪人耳。此詩蓋託於漢，以刺玄宗也。論語：不以兵車，管仲之力也。○師古曰：律詩拘於聲律，古詩拘於句語，以是辭不能達。夫謂之行者，達其辭而已，如古文而有韻爾。自陳子昂一變江左之體，而歌行暴于世。行者，辭之遺無所留滯，如雲行水行，曲折溶洩，不爲聲律語句之所拘，但於古詩句語中得增辭語耳。此行爲唐玄宗〔一〕作，玄宗承太宗米斗三錢之後，國家豐富，侈心一動，遂貪邊功。初用張九齡爲相，開元中號爲賢君。其後罷九齡，用李林甫、楊國忠之徒，從事吐蕃。訖唐之世，吐蕃爲患者，玄宗實開其釁而已。

車轔轔，○【鄭卬曰】轔，離珍切。○【王洙曰】轔轔，衆車聲也。詩秦國風：有車轔轔。馬蕭蕭，○【王洙曰】詩車攻篇：蕭蕭馬鳴。行人弓箭各在腰。○【蔡伯世曰】行人，謂行役之人也。耶娘妻子走相送，○【杜陵詩史、分門集注、補注杜詩引「王彥輔曰」作「杜元注」，集千家注杜工部詩引作「公自注」。】古樂府云：不聞耶娘喚女聲，但聞黃河流水鳴濺濺。○又木蘭辭云：旦辭耶娘去，暮宿黃河邊。塵埃不見咸陽橋。○【何覬曰】咸陽橋，即長安城外橋。兵行塵埃坌起，故橋爲之不見也。○下圜曰：秦獻公元年，城櫟陽，徙都之。注：今萬年是也。又，孝公十二年作爲咸陽，築冀闕，徙都之。韋昭云：秦所都，武帝更名渭城。應劭云：今長安也。按關中記：孝公都咸陽，今渭城是也，在渭北。始皇都咸陽，今城南大城是也。名咸陽者，山南曰陽，水北亦曰陽。其地在渭水之北，又在九嵕諸山之南，故曰咸陽。牽衣頓足欄道哭，○古東門行：拔劍出門去，兒女牽衣啼。○【趙次公曰，又，杜陵詩史作「修可曰」。】前漢楊惲報孫會宗書：頓足起舞。哭聲直上干雲霄。○【王洙曰】北山移文：干青霄而直上。道旁過者問行人，行人但云點行頻。○【師古曰】點行者，漢書謂之「更行」，以丁籍點照上下，更喚〔二〕差役。玄宗數出兵，故點行之法頻也。○豈知成周之制「用民不過三日」者乎？或從十五北防河，○【師古曰】防河，謂築堤備河水泛決也。便至四十西營田。○【顔師古曰】營田，謂如漢趙充國獻營田之策，無事則耕，有事則戰，寓兵於農之意也。去時里正與裹頭，○【高荷曰】里正，即今保正。○【鮑彪曰】蜀亂，兵戈不止，東川咸用老弱，俱戰亡，又括鄉里少小爲之，里正〔三〕與裹頭擐甲。歸來頭白還戍邊。○【王洙曰】還，一作猶。○【韓駒曰】古者及丁方裹頭，少年裹頭行役，及歸來，頭已白。還，又戍邊疆，蓋言役使無已也。○【王洙曰】鮑照東武吟：少壯辭家去，窮老還入門。邊庭流血成海水，○書武成篇：血流標杵。○【王洙曰】賈誼過秦論：伏尸百萬，流血漂鹵。武皇開邊意未已。○【王洙曰】嚴助傳：武帝好征伐四夷，開置邊郡〔四〕。君不聞漢家山東二百州，○杜田云：唐十道志有河北無山東，今京東諸郡唐皆屬河南。甫詩所謂山東者，太行山之東，謂河北也。○【趙次公曰】唐始都長安，故以河北爲山東。○【師古曰】甫意託武皇以刺玄宗也。是時楊國忠專權，引安禄山爲將領，漢陽突騎生事邊功于四夷，其後反叛，山東二百州皆陷于賊，無復唐有，玄宗殊不悔悞〔五〕，豈不若武帝開邊不知止乎？千村萬落生荆杞。○廣雅：落，居也。○【王洙曰】阮嗣宗詩：堂上生荆杞。縱有健婦把鋤犁，禾生隴畮無東西。○丈夫出征，雖婦人代把犁鋤。○【師古曰】奈疆場不修，禾生隴畮，不成倫理，故曰無東西也。詩云：衡從其畝。謂一從一衡，各有東西之辨，傷今不然也。況復秦兵耐苦戰，○【鄭卬曰】耐，奴登切，又奴代切。○【王洙注引顏師古曰】字通作「能」，善也。○【王洙曰】謂秦人勇於攻戰也。被驅不異犬與雞。長者雖有問，役夫敢伸恨。○【王洙曰】一作「役夫心益憤」。且如今年冬，未休關西卒。○【王洙曰】關，一作隴。一作「如今縱得休，還爲隴西卒」。○關西，指函谷關以西。祿山連結吐蕃入寇，屯戍不得休息也。縣官云急索，○一作「縣官急索租」者，非也。（按，分門集注引「彥輔曰」：「舊本云縣官云急索。」）○【鄭卬曰】索，色〔六〕責切，取也。○【王洙曰】霍光傳：縣官，天子也。宣元六王傳：不敢指斥天子，故謂之縣官。租稅從何出。○【師古曰】唐置租庸調法，租出穀，庸出絹，調出兵。縣官索租甚急，欲給關西之師，民户消耗無所從出，況耕夫出征，田萊多荒，將何以供其來〔七〕乎？信知生男惡，○惡，一作兒。楊泉物理論：秦始皇起驪山之冢，又使蒙恬築長城，死者相屬。民歌曰：生男謹勿舉，生女哺用脯。不見長城下，骸骨相支柱〔八〕。反是生女好。生女猶得嫁比隣，○得，一作是。○【分門集注引「鄭（卬）曰」：「比音毗。」】比，音鼻，近也。○詩小雅：洽比其隣，婚姻孔云。生男埋没隨百草。○【師古曰】生男，人之所喜；生女，人之所賤，此常理也。今以生男爲惡，生女爲好，蓋男兒充丁驅之戰，埋没草野，曾不如生女尚得嫁比隣，或時相見，此皆有所感激而爲是言也。君不見青海頭，○【趙次公曰】按，時有事於吐蕃，乃青海之地，哥舒翰立功處也。○【王彥輔曰】隋西域傳：吐谷渾城在青海西四十里〔九〕。○【王洙曰】唐歌舒翰傳：築神威軍於青海上，吐蕃攻破之，又築城於青海中。郭元振傳：青海、吐渾，密邇蘭鄯。**古來白骨無人收。**○【趙次公曰】公言古者，蓋託之以興也。左氏傳：吾收爾骨焉。○【王洙曰】蔡文姬詩：白骨不知誰，縱橫莫覆蓋。潘岳關中詩：肝腦塗地，白骨交衢。王粲〔一〇〕七哀詩：出門無所見，白骨蔽平原。**新鬼煩冤舊鬼哭，**○【王洙曰】左文公二年傳：新鬼大，故鬼小。○【修可曰】後漢陳寵爲廣漢太守。先是，洛陽城南每陰雨，常有哭聲，寵聞而疑其故，使吏按行問，還言世亂時此地多死亡者，而骸骨不得葬，寵盡收葬之。○風賦：悖鬱煩冤。琴賦：拂帽煩冤。**天陰雨濕聲啾啾。**○【王洙曰】聲，一作悲。○【師古曰】青海軍迫近吐蕃，此邊地郡也。昔文王殯枯骨，當世歸其仁。今玄宗屢與吐蕃戰于青海，兵敗者不復收葬，使新舊之鬼或冤或哭，無所依歸，文王之仁，爲如何哉？鬼神依人而行，有所主則有所歸，故不爲病。葬者，藏也，謂鬼神依藏于此。鬼以新舊言之，則知戰鬭相仍，死者相繼踵也。○【王洙曰】楚詞山鬼篇：猿啾啾兮又夜鳴，雷填填兮雨冥冥。

【校記】

〔一〕玄宗，宋本原作「元宗」，蓋避宋趙玄朗之諱。宋本「玄宗」二字避諱與否不一，有避有不避者，統一改爲「玄宗」，下不出校。

〔二〕喚，元本、古逸叢書本作「換」。

〔三〕正，原闕，據元本、古逸叢書本補。

〔四〕郡，原作「邵」，據古逸叢書本改。
〔五〕悞，古逸叢書本作「悟」。
〔六〕色，杜陵詩史、分門集注作「急」。
〔七〕來，分門集注作「求」。
〔八〕柱，原作杜，據古逸叢書本改。
〔九〕四十，分門集注作「十五」。
〔一〇〕粲，原作「餐」，據古逸叢書本改。

今夕行

今夕何夕歲云徂，○【鮑彪曰】謂歲除夜也。○【王洙曰】詩唐國風：今夕何夕。更長燭明不可孤。○言夜永人多，守歲不寐，當有以自遣也。咸陽客舍一事無，○言長安旅中少兒且無一事幹也。相與博塞爲歡娱。○【王洙曰】博塞，一作賭博〔一〕。○塞，先代切，字正作塞〔二〕。行棊相也，謂爲行棊猶賢乎己也。○【王洙曰】説文：博局戲，六著十二塞。古者烏曹作博。説苑：塞，行棊相賽謂之塞也。○前漢吾丘壽王以善格五待詔，調博士。後漢梁冀能六博。注楚辭曰：琨蔽象棊，有六博。王逸注：投六著，行六棊，故云六博。鮑宏博經曰：用十二棊，六棊白，六棊黑。所擲頭謂之瓊，有五采。刻爲一畫者謂之白，刻爲三畫者謂之黑。一邊不畫者五塞之間，謂之五塞。格五者，鮑玄塞經曰：塞有四采，塞白乘五是也。至五即格不得行，故謂之格五。憑陵大叫呼五白，○【師古曰】五白，即今之骰子也。○左傳：憑陵敝邑。石苞與孫皓書：憑陵險遠。○【王洙曰】屈原招魂曰：崑〔三〕蔽象棊，有六博些。分遭〔四〕並進，猶〔五〕相迫些。成梟而牟，呼五白些。晉制犀比，費白日些。○李良注：琨蔽，玉箸也。○【王洙曰】五百，博齒也。梟，勝也。牟，倍勝也。○謂倍勝而呼股子數也。袒跣不肯成梟盧。○【王洙曰】盧，一作牟。○【師古曰】梟盧，即今之博采也，如今之博采有豬、有豹是也。○蘇代謂魏王曰：「夫博之所以貴梟者，便則食，不便則止。今何王之用智不如用梟也？」石季龍伐涼，涼威公重華用謝艾爲將軍，夜二梟鳴於牙中。艾曰：「六博得梟者勝，克敵之兆。」○【師古曰】宋劉毅字希樂，於東府聚樗蒲，大擲一判，應至數百萬，餘人並黑犢以還。唯劉裕及毅在，毅〔六〕次擲得雉，大喜，褰衣繞床叫，謂同坐曰：「非不能盧，不事此耳。」裕惡之，因授五木，久之，曰：「老兄試爲卿答。」既而四子俱黑，一子轉躍未定，裕厲聲喝之，即成盧。毅意殊不快也。○【趙次公曰，又，分門集注杜工部詩引作「師古曰」。】又，慕容寶與韓黃、李根等樗蒲，誓之曰：「世云樗蒲有神，若富貴可期，願得三盧。」於是三擲，盡盧，袒跣大叫。英雄有時亦如此，邂逅豈即非良圖。○【趙次公曰】如劉毅、慕容等，皆一時英雄，猶如此蒲博，則今夕邂逅相遇，未必非良圖。所謂良圖，則毅、裕以卜〔七〕成事，寶〔八〕以卜富貴也。君莫笑劉毅從來布衣願，家無儋石輸百萬。○【鄭卬曰】儋與擔同。○【師古曰】儋石，言一儋一石也。儲無擔〔九〕石，家至貧也。劉毅家無儋石，一擲百萬，其志已見於布衣窮時。後舉大事，無不如志。由此推之，人之志量其可已邪！甫貧賤中雖有大志，觀自言「致君堯舜上」，其志可見。又云「此意竟蕭條」，奈何時命不利，此所以有喻乎「袒跣不肯成梟盧」也。○【王洙曰】南史：桓玄聞劉毅起兵，曰：「毅家無儋石之儲，摴蒱一擲百萬，共舉大事，何謂無成！」前漢蒯通傳：守儋石之儲者，闕卿相之位。○【顏師古曰。按，補注杜詩：「師古曰：儋者，一人之所負儋也。揚雄傳：家無儋石之儲。」又，九家集注杜詩引僞王洙注曰：「師古曰：或曰：儋者，一人之所負儋也。」按體例，九家集注杜詩王洙注中所引「師古」爲唐人顏師古，故兩相比對，補注杜詩引揚雄傳文亦是顏師古注。】揚雄〔一〇〕家無儋石之儲。○【王洙曰】應劭曰：齊人名甖爲儋石，受二斛。○【王洙曰】晉均〔一一〕曰：石，斗石也。○【杜田補遺】明帝紀「家靡儋石之儲」注：前漢書音義曰：儋，丁濫切，言一斗之儲。方言作儋，云罌也。齊東北海岱之間謂之儋。郭景純注曰：所謂家無儋石之儲者也。埤雅曰：大罌也。字或作甔，音丁甘切。○【鄭卬曰】說文：負荷也。○後漢「宣秉無儋石之儲」注：今江、淮人謂一石爲一儋。儋音丁濫切。

【校記】

〔一〕博，原作「賻」，據元本、古逸叢書本改。

〔二〕塞，元本、古逸叢書本作「簺」。

〔三〕崑，元本、古逸叢書本作「琨」。

〔四〕遭，古逸叢書本作「曹」。

〔五〕猶，古逸叢書本作「遒」。
〔六〕毅，原作「殺」，據古逸叢書本改。
〔七〕卜，原作「下」，古逸叢書本改。
〔八〕寶，原作「實」，據杜陵詩史、杜詩趙次公先後解輯校、九家集注杜詩、補注杜詩改。
〔九〕擔，古逸叢書本作「儋」。
〔一〇〕宋本「揚雄」或作「楊雄」，元本、古逸叢書本通作「揚雄」，今據二本統一作「揚雄」，下不出校。
〔一一〕均，杜陵詩史、分門集注作「灼」。

春日憶李白

○卞圜曰：李太白才逸氣豪，與陳拾遺齊名。其論詩云：「梁、陳已來，艷薄殊極，沈休文又尚聲律。將復古道，非我而誰？」故陳、李二集，律詩全少。又嘗言：「興寄深微，五言不如四言，七言又其靡也，況東於聲律俳優？」故戲公曰：「飯顆山頭逢杜甫，頭戴笠子日卓午。借問別來太瘦生，只爲從來作詩苦。」

白也詩無敵，○【王洙曰】敵，一作數。飄然思不群。清新庾開府，○庾信本集序：開府詩〔一〕宗。庾信，字子山，幼而清敏，至春秋六十七。齒雖耆宿，文更新奇。○【鄭卬曰】又云：庾信爲車騎將軍開府。俊逸鮑參軍。○沈約宋書：鮑照，字明遠，文辭贍逸，世祖時爲中書舍人。上好文章，自謂物莫能及。照悟其旨，爲文章多鄙言累句，當時咸謂照才盡，不然也。○【王洙曰】又云：照爲臨海王參軍。○雪浪齋記云：白詩其源流出於鮑明遠，如樂府多用白紵，故公詩有是句，蓋有譏也。

渭北春天樹，○【李泰伯曰】渭北，甫所居也。江東日暮雲。○【李泰伯曰】江東，白之所居也。何時一罇酒，○【王洙曰】沈約詩：勿言一樽酒，明日難同〔二〕傾。○【趙次公曰】孟浩然亦云：何時一盃酒，重與李膺傾。重與細論文。

【校記】

〔一〕詩，元本、古逸叢書本作「司」。

〔二〕同，元本、古逸叢書本作「重」。

天寶初南曹小司寇舅於我太夫人堂下累土爲山一匱盈尺以代彼朽木承諸焚香瓷甌〔一〕甚安矣旁植慈竹蓋茲數峰嶔岑嬋娟宛有塵外數致乃不知興之所至而作是詩○一無數字。

一簣功盈尺，○【王洙曰】簣，土籠也。○書旅獒：功虧一簣。三峰意出群。望中疑在野，幽處欲生雲。慈竹春陰覆，〇【杜田補遺】按，九家集注杜詩引作「杜田補遺」，杜陵詩史、分門集注補注杜詩引作「師古曰」，當從九家集注杜詩。【陸機草木疏】南方生子母竹，今慈竹是也，又謂之孝竹。述異記：漢章帝二年，子母竹笋生白虎殿前，時謂之孝竹。羣臣作孝竹頌，即南中子母竹也。香爐曉勢分。〇【杜田補遺】即詩序云「承諸焚香瓷甌」是也。維南將獻壽，〇【王洙曰】詩天保〔二〕：如南山之壽。佳氣日氤氳。〇易繫辭曰：天地氤氳〔三〕。

【校記】

〔一〕元本、古逸叢書本「甌」下尚有一「甌」字。

〔二〕保，原作「寶」，據古逸叢書本改。

〔三〕氳，原奪，據古逸叢書本補。

題張氏隱居二首

春山〔一〕無伴獨相求，伐木丁丁山更幽。〇【鄭卬曰】丁，宁耕切，伐木聲也。〇【趙次公曰】詩小雅：伐木丁丁。〇【師尹曰】梁王籍入若耶溪詩：鳥鳴山更幽。澗道餘寒歷冰雪，〇【師古曰】甫言冒雪以訪張氏也。石門斜日到林丘。〇【師古曰】言張氏所居幽遠也。〇【王洙曰】謝惠連詩：落雪灑林丘。不貪夜識金銀氣，○【王洙曰】公言以不貪，故夜識其氣象也。史記天官書：大水處，敗軍場，破國之虚，下有積錢，金寶之上，皆有氣，不可不察。○【趙次公曰】：「古人有地鏡圖之書，以觀地下之物，曰：黄金之氣赤黄，銀之氣夜正白，流散在地。」】地鏡圖：黄金之氣，千萬斤以上，光大如鏡盤也。遠害朝看麋鹿遊。○遠，于願切，離也。○【師古曰】公言張氏全身遠害於此，與麋鹿同遊也。乘興杳然迷出處，○【王洙曰】甫言不以出處介意也。對君疑是泛虚舟。○【師古曰】虚舟以喻虚己以遊世也。○【王洙曰】莊子山木篇：方舟而濟於河，有虚船來觸舟，雖有褊心之人不怒。人能虚己以遊世，孰能害之？

【校記】

〔一〕山，原作「日」，據古逸叢書本改。

之子時相見，○【師古曰】之子，指張氏也。○詩王風：彼其之子。箋：之，是也。邀人晚興留。霽潭鱣發發，○【王洙曰】霽，一作濟。○【鄭卬曰】鱣，諸延切，魚名。發，比末切，○【王洙曰】發發，魚掉尾盛貌。詩衛風：鱣〔一〕鮪發發。春草鹿呦呦。○【王洙曰】鹿食草則呦呦而永嘆。○【師古曰】喻張氏之相招也。○【王洙曰】詩小雅：呦呦鹿鳴，食野之苹。杜酒偏勞勸，○【王洙曰】魏武樂府：可以解憂，唯有杜康。張梨不外求。○【師古曰】言宴飲唯園果而已，意勤不必豐美其物也。○廣志：洛陽北芒山有張公夏梨，海内唯一樹。○【王洙曰】潘安仁閒居賦：張公大谷之梨。前村山路險，○古詩：山路亦何險。歸醉每無愁。○【師古曰】謂盜賊之險可慮，路險宜無愁也。

【校記】

〔一〕鱣，原作「繵」，據古逸叢書本改。

鄭駙馬宴洞中

○唐書：睿〔一〕宗代國公主名華，字華婉，下嫁鄭萬鈞〔二〕。明皇臨晉公主，皇甫淑妃生，下嫁鄭潛曜。潛曜有孝行，廣文博士鄭虔之姪。公集有鄭駙馬池臺、喜過鄭廣文同飲詩，繫曰：「駙馬潛曜。」公又有皇甫淑妃神道碑。公時白衣，天寶十載始上三大禮賦，起家率府。

主家陰洞細煙霧，○【王洙曰】主家，謂公主之家也。留客夏簟青琅玕。○琅玕，石之似玉者。此謂簟之色有如琅玕之青也。○【杜田補遺】按，九家集注杜詩作「杜田補遺」，補注杜詩作「師古曰」，當從九家集注杜詩。】山海經：崑崙山有琅玕樹，其子似珠。○【杜田補遺】本草：琅玕有數種，是琉璃之類。大齊寶也。琅玕五色，青者爲勝。出雋州以西，爲白蠻國〔三〕中及于闐國。爾雅：西化〔四〕之美者，有崑崙虛之璆琳、琅玕焉。春酒桮濃琥珀薄，○琥珀，玉屬。此言以琥珀爲桮也。前漢：罽賓國出珊瑚、虎魄、琉璃、琅玕。冰漿椀碧碼碯寒。○【鄭卬曰】碼音馬。碯，乃老切，玉屬。○此言以馬〔五〕瑙爲椀也。○【師古曰】甫有渴病，故喜有冰漿也。○【杜田補遺。又，杜陵詩史作「（薛）夢符曰」。】魏文帝碼瑙〔六〕勒賦序：碼瑙出日西，或文理交錯，有似馬腦〔七〕，故因以名。○【王洙曰】陸機苦寒行：渴飲堅冰漿。悮疑茅屋過江麓，○【王洙曰】茅堂，一作茅屋。〔八〕已入風磴霾雲端。○【鄭卬曰】磴，丁鄧切。○【師古曰】磴，道也。言其石磴之高也。○梁冀大起第舍，飛梁石陵，跨水道。○【師尹曰】選〔九〕鮑明遠詩：既類風磴，復象天井。自是秦樓壓鄭谷，○王彥輔曰：谷口斥駙馬第也。○【杜陵詩史、分門集注引「王洙曰」：「秦樓，秦女弄玉吹簫於樓上。鄭谷，以鄭子真耕於谷口，故曰鄭谷。」】劉向列仙傳：蕭史者，秦穆公時人，善吹簫，能致孔雀白鶴。繆公有女字弄玉，好之，公遂以妻焉。日教弄玉吹簫，作鳳鳴。居數年，吹似鳳皇聲，鳳皇止其屋。公爲作鳳臺，夫婦止其上，不下數年。一旦，隨鳳皇飛去，故秦人作鳳女祠。雍宮中時有簫聲。漢書：漢有谷口鄭子真，修身自保。王鳳以禮聘子真，子真不詘而終。三輔決録云：子真名樸，子真其字也。時聞雜佩聲珊珊。○【師古曰】指公主之環佩也。

【校記】

〔一〕眘，原作「眷」，據元本、古逸叢書本改。

〔二〕鈎，原作「鈞」，據元本、古逸叢書本改。

〔三〕九家集注杜詩無「白」、「國」二字。

〔四〕化，古逸叢書本作「方」，九家集注杜詩作「北」。

〔五〕馬，元本、古逸叢書本作「碼」。

〔六〕瑙，元本、古逸叢書本作「碯」。

〔七〕腦，原作「碯」，據元本、古逸叢書本改。

〔八〕此句古逸叢書本作「茅屋一作茅堂」。

〔九〕古逸叢書本「選」前有「文」字。

李監宅

○洪本作「李監鐵」。趙傁曰：按靈怪録：李令問，開元中爲秘書監，好服飲玩饌，以奢聞於天下。其炙驢罌鵝之屬，慘毒取味。今詩有「異味重」之句，乃令問乎？

尚覺王孫貴，○【王洙曰】王孫，謂王者之孫，亦相尊敬之稱。韓信傳：吾哀王孫。豪家意頗濃。屏開金孔雀，○前漢：罽賓國出孔爵。鄴中記：石季倫作金銀釦，屈膝屏風。○【王洙曰】隋長孫晟貴盛，嘗畫一孔雀於屏間以擇婿，令射中目者爲婿。褥隱繡芙蓉。○褥，而蜀切，氊褥也。○【王洙曰】謂褥刺繡文爲荷花也。○【趙次公曰】崔顥盧姬篇：魏王倚樓十二重，水精簾傳繡芙蓉。且食雙魚美，誰看異味重。○搜神記：謝糺甕盛水，朱符投之，有一〔一〕雙鯉魚躍出，即命作鱠，一座皆遍異味。門闌多喜色，女婿近乘龍。○魏志：黄尚爲司徒，與司徒李元禮俱娶太尉亘叔元女，時人謂亘〔一〕叔元兩女俱乘龍。言得婿如龍也。○【薛夢符曰】楚國先賢傳：孫季字文英，與李元禮俱娶太尉亘烏〔三〕女，時人謂亘〔四〕叔元兩女俱乘龍。言得婿如龍也。○或以董逵子儁，字文英。三説不同，今並載之。

【校記】

〔一〕一，古逸叢書本作「二」。

〔二〕兩「亘」字，古逸叢書本皆作「桓」。按，「亘」爲「桓」之避諱字，蓋避宋帝趙桓諱。

〔三〕亘烏，古逸叢書本作「桓焉」。

〔四〕亘，古逸叢書本作「桓」。

又　新添

華館春風起，高城煙霧開。雜花分力〔一〕映，嬌燕入簷迴〔二〕。一見能傾座，虛懷只愛才。鹽官雖絆驥，名是漢庭來。

【校記】

〔一〕按，古逸叢書本、杜陵詩史皆作「户」。

〔二〕迴，原闕，據元本、古逸叢書本補。

送孔巢父謝病歸游江東兼呈李白

○【王洙曰】孔巢父，字弱翁，冀州人。少力學，隱徂徠山。永王璘稱兵江、淮，以從事辟之，巢父側身潛迹〔一〕。璘敗，知名。後爲潭州刺史、湖南觀察使，未行，會德宗幸奉天，遷給事中、御史大夫。使李懷光於河中，遇害。○李白客任城，與孔巢父輩同居徂徠山，號「竹林六逸」。天寶初，南入會稽，與吳筠善。筠被召，故白亦至長安。

巢父掉頭不肯住，○【王洙曰】莊子在宥篇：鴻〔二〕蒙拊髀爵躍，掉頭曰：「吾弗知也。」東將入海隨煙霧。○【師古曰】巢父與李白友善。李白時在江東，巢父欲尋之，問學神仙之術，遂以病辭朝廷而遊江東故也。詩卷長留天地間，○詩，一作書。留，一作擕。釣竿欲拂珊瑚樹。○【師古曰】珊瑚，似琉璃，有五色，青者可入藥，爲上。生海底，漁人常以網掛得之。巢父亦善屬文賦詩，有文集行于世，號徂徠集。今遊江東，以漁釣爲樂，故「釣竿欲拂珊瑚樹」，「惟餘詩集留人間」，與天地相爲長久而已。西域傳：罽賓國出珊瑚。○【王洙曰】南州志：珊瑚出大秦國海中，生海底石上。○本草：珊瑚生海底，柯枝明潤〔三〕如紅玉。深山大澤龍蛇遠，○【師古曰】昔叔向之母曰：深山大澤，實生龍蛇。彼叔虎之母美，恐生龍蛇以禍其族。巢父棄絶房色，頤養精氣，故云「龍蛇遠」也。○【王洙曰】左氏襄公二十一年傳：叔向之母惡叔虎之母美而不使，其子諫其母，其母曰：「深山大澤，實生龍蛇。彼美，余懼其生龍蛇以禍女，女敝族矣。」杜預注：龍蛇，喻奇怪，言非常之地多生非常之物也。**春寒野陰風景暮。**○【王洙曰】一作「草青春日暮」〔四〕。○【師古曰】此序執別之時，春已暮矣。○【趙次公曰】顏延年贈王太常詩：庭昏見野陰。**蓬萊織女迴雲車，**○迴，一作乘。**指點虛無是征路。**○【按，分門集注作「虛無引歸路」，注曰：「余曰：按原叔、彥輔、師等本並云『虛無是征路』。」】一作「虛無引歸路」。**自是君身有仙骨，**○【師古曰】虛無，謂神仙之境，樓臺殿閣皆變化而成。巢父此行蓬萊，仙人與織女各迴轉雲車以邀之，必將指點於神仙之境，蓋以素有仙骨，何患功不成乎？征路，即所往之路也。○神仙傳：王方平過蔡經家。經者，小民爾，而骨當仙。方平知之，故往其家告以要言。○【王彥輔曰】又，嚴青，會稽人，居貧，常於山作炭。忽有一人與青語，以一卷素書與青，曰：「汝有仙骨，應得長生，故以此書授汝。」○盛弘之荆州記：鵝羊山石皆成鵝羊形，云昔有威少卿者，年十四五，兄令牧羊，見一老人，謂曰：「汝有仙骨，可相隨去。」市人報其兄，兄至山見少卿，送兄出，問羊在否？指謂石使令隨兄去。**世人那得知其故。惜君只欲苦死留，**○一作「我欲把袂苦留君」。**富貴何如草頭露。**○【王洙曰】一作「我欲苦留君富貴，何如草頭易〔五〕晞露」。○【師古曰】草頭露，言不久日出即乾。人生富貴不能長享，譬如草頭之露。朝廷重惜巢父名節，諸公欲久留之，奈巢父輕視富貴如草頭露，是以謝病告歸也。○按，丁〔六〕寶搜神記：挽歌辭有薤露、蒿里二章，言人命如薤上之露易晞。其一章曰：薤上朝露何易晞。**蔡侯靜者意有餘，**○【師古曰：「靜乃蔡侯名。意有餘，謂懃意有餘也。」】靜，謂蔡侯之爲人恬靜而懃意有餘也。**清夜置酒臨前除。**○【師古曰】除，庭除也。**罷琴惆悵月照席，**○【師古曰】按，琴曲有別鶴操，蔡侯罷琴惆悵，蓋惜別也。幾歲寄我空中書。○【師古曰。又，杜陵詩史引「王彥輔曰」：「空中書，未詳。或曰，蓋雁書耳。」】空中書，謂雁傳書耳。○【師古曰】因謂巢父，此一別去，幾年得有書以相達也？南尋禹穴見李白，○【趙次公曰】禹穴，在今越州會稽山上。李白時在會稽矣，乃巢父欲入海之路也。○【王洙曰】司馬遷年二十，南遊江、淮，上會稽，探禹穴是也。○【杜田補遺。又，杜陵詩史、分門集注、補注杜詩引作「修可曰」。】括略曰：會稽山有石穴委曲，皇〔七〕帝藏書於此。禹得之。又吳越春秋曰：禹藏書之所，故謂之禹穴也。道甫問信今何如？○【師古曰】今巢父遊江東，尋見李白，煩道甫問其安否，托致意之辭也。○【王洙曰】按，別本云：「巢父掉頭不肯住，東將入海隨煙霧。書卷長携天地間，釣竿欲拂珊瑚樹。我欲把袂苦留君，富貴何如草頭露。深山大澤多龍蛇，花繁草青春景暮。仙人玉女迴龍〔八〕車，指點靈無引歸路。若逢李白騎鯨魚，道甫問信今何如？」

【校記】

〔一〕迹，元本、古逸叢書本作「遁」。

〔二〕鴻，原作「漁」，古逸叢書本改。

〔三〕閏，古逸叢書本作「潤」。

〔四〕元本、古逸叢書本「草」上尚有「花繁」二字。

〔五〕易，原作「露」，據元本、古逸叢書本改。

〔六〕丁，當作「干」，元本、古逸叢書本作「于」。

〔七〕皇，元本、古逸叢書本作「黄」。

〔八〕龍，元本、古逸叢書本作「雲」。

冬日有懷李白

寂寞書齋裏，終朝獨爾思。更尋嘉樹傳，不忘角弓詩。○忘，無放切，遺也。○【師古曰】嘉樹傳、角弓詩，皆指李白之不可忘也。○【王洙曰】左氏昭公二年傳：晉侯使韓宣子來聘，公享之，韓子賦角弓。既享宴於季氏，有嘉樹，韓子譽之，武子曰：「宿敢不封殖此樹，以無忘角弓。」遂賦甘棠，宣子曰：「起不堪也，無以及召公。」短褐風霜入，○短，一作裋，音豎，布衣也。○【王洙曰】前漢貢禹短〔一〕褐不完。顔師古曰：裋〔二〕者，謂僮豎所著布長襦也。褐，毛布也。○揚雄方言：自關而西，謂襜褕短者謂之裋也。還丹日月遲。○【師古曰】還丹，謂九轉靈丹也。九徧循環，然後成就，服之可使延年。○【趙次公曰】此言白有仙風道骨，所燒還丹亦可以遲延日月，然後成也。○神仙傳：劉根曰：「藥之上者，有九轉還丹也。」未應〔三〕乘興去，○【按，王洙曰：「王子猷乘興訪戴安道。」】晉書：王徽之嘗居山陰，雪夜忽憶戴逵，逵時在剡，便乘小舟詣之，造門不前而反。人問其故，徽之曰：「本乘興而行〔四〕，興盡而反，何必見安道邪？」空有鹿門期。○【趙次公曰】公自言無因乘興如王子猷訪戴而去，徒與李白有效龐德公隱鹿門山之期約也。○後漢逸民傳：龐公，襄陽人也。居峴山之南，後攜妻子登鹿門山，採藥不返。

【校記】

〔一〕短，古逸叢書本作「裋」。

〔二〕裋，原作「祖」，據元本、古逸叢書本改。

〔三〕應，古逸叢書本作「因」。

〔四〕行，古逸叢書本作「來」。

飲中八僊歌

○夢弼謂：此歌當分四章，一章五句，二章六句，三章六句，四章五句，如此讀之，則用韻不相重疊也。○【九家集注杜詩作「蔡元度云」，杜陵詩史作「修可曰」。按，據補注杜詩、集千家注批點杜工部詩集，乃修可引蔡條言其叔父蔡元度所言，兩可。】或謂當分八篇，人人各異，雖重押韻無害，亦周詩分章之意。○余恐不然也。○【王彦輔曰】按范傳正李白墓碑：公及賀監、汝陽王、崔宗之、裴周南等八人爲「酒中八仙」。公此篇無裴，豈范別有所稽邪？

知章騎馬似乘船，○【師古曰】賀知章，吴人，少爲秘書監，善乘船。荆、楚、吴、越之人習玩於水，皆能精於操舟，亦若西北之人迫近羌、胡，皆善騎射，勢使然也。知章乘船，安若騎馬，故曰騎馬似乘船，此倒用文，乃所以戲之也。公詩若此類者頗多，如「黃鵠高於五尺童，化爲白鳧似老翁」，亦謂五尺之童高於黃鵠，而老翁則似白鳧也。○吴越春秋：越人水行山處，以船爲車，以楫爲馬。眼花落井水底眠。○【師古曰】井者，目井也。醉人目井皆生花，故曰「眼花落井水底眠」，謂醉卧舟中，任其泛泛所之，豈非水底眠乎？説詩者不以文害辭，不以辭害志，蓋謂是也。○【趙次公曰】吴筠詩：夢中難言見，終成辭〔一〕眼花。汝陽三斗始朝天，○遜皇帝憲，本名成器，睿宗長子，立爲皇太子。以玄宗有討平韋氏之功，成器懇遜儲位，封爲寧王。薨，謚曰遜皇帝。長子汝陽郡王璡，璡歷太僕卿，天〔二〕寶初，加特進。○【師古曰】朝天，言朝天子也。按唐史拾遺：汝陽王璡嘗於上前醉，不能下殿，上遣人掖出之，璡謝罪曰：「臣以三斗壯膽，不覺至此。」○【王洙曰】公集八哀詩有贈太子太師汝陽郡王璡詩，又有贈特進〔三〕汝陽郡王詩。道逢麴車口流涎，○【師古曰】麴車，載麴車也。王晤〔四〕嗜酒〔五〕，故逢麴車則口流涎。麴車與下句「移封酒泉」皆非實事，特託言之耳。○【九家集注杜詩作「師尹曰」，杜陵詩史作「王彦輔曰」。】按，魏文帝曰：「蒲桃釀酒，甘於麴米。逢之，固足以流涎咽唾。」○【王洙曰】晉陸機：百年歌自苦，獨鏡口流涎。○白樂天詩：哺啜眠糟甕，流涎見麴車。蓋用公語也。恨不移封向酒泉。○【趙次公曰】汝陽王李璡也，言恨不移封酒泉，亦以戲之也。以其宗室雖受封汝陽矣，猶以酒泉郡城下泉味如酒，欲移封也。麴車〔六〕而便流涎，戲其好飲之急也。○【師古曰】按，地理志：酒泉，今肅州。漢福禄縣地，武帝開之，置酒泉郡，城下有泉，其味如酒。○【趙次公曰】王子年拾遺記：晉武時有二〔七〕巨羌〔八〕姚馥嗜酒，人呼爲渴羌。擢爲朝歌宰，帝曰：「地有酒泉，故使老氏不復呼渴。」馥辭封地，即遷酒泉太守。左相日興費萬錢，○【王洙曰】左相，李適之也。適之，常山王承乾之後。適之雅好賓客，飲酒一斗不亂，夜則宴賞，晝決公務，庭無留事。天寶元年，代牛仙客爲左丞相。五載四月罷，自賦詩曰：「避閑〔九〕初罷相，樂聖且銜杯。爲問門前客，今朝幾箇來？」○言「日興費萬錢」者，如何曾日食萬錢，謂每日之興便如此也。石林葉夢得云：適之以天寶五載罷相，即貶死袁州。而公天寶十載方以獻賦得官，疑非相與周旋者，但能飲耳。○【王洙曰】晉何曾爲司徒，性奢豪，日食萬錢，猶云無下〔一〇〕筯處。飲如長鯨吸百川，○飲如長鯨，言其飲之之多，乃所以戲之也。崔豹古今注：鯨，大魚也。大者長千里，小者數丈，鼓浪成雷，噴沫成雨。銜桮樂聖稱世賢。○【余葵曰：「邵氏聞見録云：子美此句，世賢二字殆不可曉。或云世當作避字，寫本誤也。蓋左相李適之有直聲，右相李林甫姦邪，適之論數不同，自免去。詩云『避賢初罷相，樂聖且銜盃』，子美正用適之語也。」】世，當作避，傳寫誤也。適之詩云：「避賢初罷相，樂聖且銜盃。」此子美正用適之之詩話〔一一〕也。○【師古曰】夫酒有清有濁，清者爲聖人，濁者爲賢人。樂聖，言樂聖人也。時牛仙客爲尚書，李林甫爲丞相，遂罷適之政事，故適之以退避賢路爲辭，所以諷牛、李也。適之雖退避，以酒自娛，謂當世稱其賢，不以酒荒而掩其大德也。○【王洙曰】酒德頌：先生於是捧罌承糟，銜盃漱醪。宗之瀟灑美少年，○【王洙曰】李白傳：侍御史崔宗之謫官金陵，與白詩酒唱和，嘗月夜乘舟，自採石達金陵，白衣宮錦袍於舟中，顧瞻笑傲，旁若無人。阮籍詩：朝爲美少年。何遜詩：長安美少年。舉觴白眼望青天，○【師古曰】言宗之以酒笑傲青天，視造化如小兒耳。

○晉阮籍字嗣宗，性至孝。母終，能爲青白眼，見禮俗之士，以白眼對之。及嵇喜來弔，籍作白眼，由是禮法之士疾之。皎如玉樹臨風前。○【師古曰】皎如玉樹，言姿質潔白美丈夫也。○【王洙曰】晉謝玄答叔父安曰：「譬如芝蘭玉樹，欲使其生於庭階耳。」毛魯〔三〕與夏侯玄共坐，時人謂之「蒹葭倚玉樹」。蘇晉長齋繡佛前，○【王洙曰】晉，蘇頲之子。玄宗監國，所下制命，多晉藁定。○景龍文館記：譯大寶積經，時修文館盧藏用、蘇晉，皆精通奧義。○【師古曰】或曰蘇晉學浮屠術，嘗得胡僧慧澄繡彌勒佛一本，晉寶之，嘗曰：「是佛好飲米汁，正與吾性合。吾願事之，他佛不愛也。」蓋彌勒佛即今世「布袋和尚」是也，常於市中飲酒食猪首，時人無識之者，故甫有是句。醉中往往愛逃禪。○【趙次公曰。又，杜陵詩史、分門集注作「修可曰」。】逃禪，謂逃去而禪坐耳。李白一斗詩百篇，長安市上酒家眠，○【王洙曰】李白傳：字太白，山東人。天寶初，客會稽，與道士吳筠隱於剡中。既而玄宗詔筠赴京師，筠薦之于朝，遣使召之，與筠俱待詔翰林。白既嗜酒，日與人飲，醉於酒肆。玄宗度曲，欲造樂府新詞，亟召白，已於酒肆醉矣。召入，宮人以水灑面，即令秉筆，頃之成十餘章。嘗沉醉殿上，引足令高力士脱靴，由是斥去。浪遊江湖，後醉死宣城。天子呼來不上船，○船，或作舡，非是。自稱臣是酒中仙。○【師古曰】不上船者，不即時上船，以其醉也。○【九家集注杜詩作「杜田補遺」，杜陵詩史作「定功曰」。】按范傳正李翰林新墓碑：玄宗泛白蓮池，白不在舟，帝歡既洽，召白作序，白已被酒於翰苑，命高力士扶以登舟。○【師古曰。按，杜陵詩史引「鮑曰」：「劉偉明云：蜀人呼衣襟爲船。」】集有詩贈白曰：龍舟移棹晚。蓋謂此耳。或以蜀人呼衫衿爲船。蜀方言無此説，當以公贈白詩爲證。張旭三盃草聖傳，○此以張芝比張旭也。吴都張旭，官至東率府長史，善草書，每飲醉輒草書，呼叫狂走，揮筆大叫，以頭濡墨水中乃下手〔一三〕。醒後自以爲神。自言始見公主擔夫争道，而得其意，觀公孫大娘舞劍，而得其神俊。○【王洙曰】後漢張芝字伯英，善草書，王愔文志曰：芝少時高操，以名臣子勤學，尤好草書，學崔、杜之法。家之布帛，必先書而後練，臨池學書，水盡黑。爲世所寶，寸紙不遺。韋仲將謂之「草聖」。脱帽露頂王公前，○【趙次公曰】張旭，時人號爲「張顛」，爲人酒禿，脱帽則露其頂，此所以戲之也。○【王洙曰】胡毋輔之與謝鯤、阮放、畢卓、羊曼、桓彝、阮孚散髮裸袒，閉室酣飲已累月。阮逸排户入，守者不聽，逸便於户外脱衣露頭，於狗竇中窺之，大叫。輔之驚曰：「他人決不敢耳，必我孟祖也。」遽呼入與飲。時人謂之「八達」。揮毫落紙如雲煙。○【趙次公曰】潘岳揚州誄〔一四〕：動翰如飛，落紙如雲。焦遂五斗方卓然，高談雄辯驚四筵。○【師古曰】唐史拾遺：焦遂與白號爲酒八〔一五〕仙，口吃，對客不能出言。醉後，酬詰如注射，時目爲「酒吃」。

【校記】

〔一〕辭，元本、古逸叢書本作「亂」。

〔二〕天，原作「太」，據元本、古逸叢書本改。

〔三〕進，原作「惟」，據元本、古逸叢書本改。

〔四〕瞎，古逸叢書本作「璀」。
〔五〕「酒」字原闕，據古逸叢書本補。
〔六〕元本、古逸叢書本「麴」上有「見」字。
〔七〕二，古逸叢書本作「一」。
〔八〕羌，原作「羊」，據古逸叢書本改。
〔九〕閑，元本、古逸叢書本作「賢」。
〔一〇〕下，原作「不」，據古逸叢書本改。
〔一一〕話，古逸叢書本作「語」。
〔一二〕魯，九家集注杜詩、杜陵詩史作「曾」。
〔一三〕手，古逸叢書本作「筆」。
〔一四〕誅，原作「來」，古逸叢書本作「未」，據古逸叢書本、九家集注杜詩改。
〔一五〕八，古逸叢書本作「中」。

贈韋左丞丈濟

〇天寶九年〔一〕作。范元實曰：左丞，或以爲見素，或以爲濟。按濟傳：思謙之孫，子嗣立之子。天寶中，濟受尚書左丞。見素乃湊之子。天寶十三載，代陳希烈爲相。明年，安禄山反。又明年，上幸蜀，次巴西，詔兼左相。今有上韋左相詩，自注云：「見素。」此詩贈韋左丞，是爲濟也。杜田云：左丞，韋濟也。唐書：韋思謙，高宗時爲尚書左丞。武后時同鳳閣鸞臺三品。子承慶、嗣立。武后時，嗣立代承慶爲鳳閣舍人、黄門侍郎。承慶亦代爲天官侍郎。及知政事，父子並爲宰相。嗣立二子，曰常，曰濟。常，終陳留太守，濟，天寶中授尚書左丞，凡三世居之。

左轄頻虚位，〇【杜田正謬。又杜陵詩史、分門集注、補注杜詩引作「修可曰」。】按唐六典：左、右丞掌管轄省事，糾察憲章。舊唐書：劉洎疏曰：尚書萬機，實爲政本。是以二丞方於管轄，八座比於文昌。故左丞謂之左轄。今年得舊儒。〇皆以紀韋丈也。相門韋氏在，經術漢臣須。〇臣，一作官。〇【王洙曰】漢韋賢及子玄成皆以經術爲相。時議歸前烈，〇前烈，前輩也。指韋濟兄弟是前輩，爲時議所歸也。天倫恨莫俱。〇【王洙曰】天倫，兄弟也。〇此悼韋常之卒也。鴒原荒宿草，〇韋嗣立傳：二子常、濟知名。文融薦常有經濟才，擢侍御史，出爲陳留太守。故有是句。〇【王洙曰】詩棠棣：脊令在原，兄弟急難。檀弓篇：曾子曰：朋友之墓，有宿草而不哭。注：宿草，陳根也。鳳沼接亨衢。〇【師古曰】言累世爲尚書也。〇初，嗣立代承慶爲鳳閣舍人，承慶亦代爲天官侍郎，父子並爲宰相，故有是句。○【王洙曰】晉荀勗自中書監遷尚書令，有賀之者，曰：「奪我鳳皇池，諸君賀我耶？」○中書凝特〔二〕，晉人比天上鳳皇池。魏徙中臺郎視草，職于秘書，晉乃曰中書政事機密，如漢尚書郎執筆禁中書〔三〕，人以璇霄浴〔四〕鳳丹池比之。池以比省，鳳以居中英豪自比。中書四户起於晉。西王母大有妙經曰：泊海豢龍，丹池浴鳳。晉謝玄暉直中省詩：茲言翔鳳池，鳴佩多清響。卞伯玉〔五〕賦〔六〕中書省詩：躍麟鳳池中，揮翰紫宸裏。范雲贈王中書融詩：拜官青瑣闥，還望鳳皇池。有客雖安命，○【趙次公曰。又，杜陵詩史作「師古曰」。】甫自謂也。○【王洙曰】莊子德充符篇：知無可奈何而安之若命。衰容豈壯夫。○【趙次公曰：「壯夫字出揚子。」】揚子吾子篇：雕蟲篆刻，壯夫不爲也。家人憂几杖，○【王洙曰】几，老者之所憑。杖，老者之所倚。以其老也，故爲家人之所憂。○月令：仲秋之月，養衰老，授几杖。甲子混泥塗。○【王洙曰】左氏襄公三十年傳：晉悼夫人食輿人之城杞者，絳縣老人或年長矣，無子而往，與於食。有與疑年，使之年，曰：「臣小人也，不知紀年。臣生之歲，正月甲子朔，四百有四十五甲子矣。其季於今三之一也。」吏走問諸朝，趙孟召而謝過焉，曰：「武不才，任君之大事，以晉國之多虞，不能由吾子，使吾子辱在泥塗久矣。乃武之罪也，敢謝不才。」遂仕之。不謂矜餘力，○論語：行有餘力。還來謁大巫。○【師古曰】大巫，比濟也。○【王洙曰。又，杜陵詩史引作「師古曰」。】吳志：張紘見陳琳作武庫賦，嘆美之。琳答曰：「僕在河北，此少於文章，而易爲雄伯。

故使僕受此過談。今足下在彼，所謂小巫見大巫，神氣盡矣。」歲寒仍顧遇，日暮且踟躕。○【師古曰】謂眷〔七〕慕於韋，不忍去也。老驥思千里，○【王洙曰】魏武樂府：老驥伏櫪，志在千里。飢鷹待一呼。○【師古曰】老驥、飢鷹，皆甫自喻也。○【王洙曰】吴志：陳登謂吕布曰：「曹公言待將軍，譬如養鷹，飢則爲用，飽則揚去。」○孫楚鷹賦：飢則易呼。君能微感激，亦足慰榛蕪。○【王洙曰】一作「折骨效區區」。○【師古曰】此甫之意有求於韋之薦拔也。

【校記】

〔一〕年，元本、古逸叢書作「載」。

〔二〕特，元本、古逸叢書本作「邃」。

〔三〕書，元本、古逸叢書本作「晉」，則當斷于下句。

〔四〕浴原作「裕」，據元本、古逸叢書本改。

〔五〕卞伯玉，原作「下伯王」，據元本、古逸叢書本改。

〔六〕賦，元本、古逸叢書本作「赴」。

〔七〕眷，原作「春」，據元本、古逸叢書本改。

杜位宅歲〔一〕

○【鮑彪曰】時天寶十年，歲次辛卯。公在京師族弟杜位宅守歲。○位乃李林父之婿也。或謂當是九年庚寅。

守歲阿戎家，○戎，王叔原作戎，蘇子瞻作咸，謂阮咸也。叔原引王戎字濬沖，少阮籍二十歲，而籍與之交。籍與戎父渾爲友，戎年十五，隨父渾在郎舍。籍每適渾，俄頃輒去，過視戎良久，然後出，爲〔二〕渾曰：「共卿語，不如與阿戎談。」○【趙次公曰】按，蘇子瞻與弟子由詩有云：頭上春幡笑阿咸。又云：欲喚阿咸來守歲。蓋以戎爲咸也。○余考之甫集，又有送桓二別駕因示從弟位詩：與報惠連詩不惜，知吾老〔三〕斑鬢已如銀。則位者，子美之弟也。恐所謂阿咸者，亦未是。○【趙次公曰】疑是杜位小字阿戎也。椒盤已頌花。○【趙次公曰】：「晉劉臻妻元日獻椒花頌。舊注非事祖矣。」晉劉蓁妻元日獻椒花頌曰：昊穹周迴，三朔肇建。青陽散暉，澄景載焕。美此靈葩，爰采爰獻。聖容映之，永壽於萬。○崔寔四民月令：正月率妻孥上祭祀祖禰，子婦曾孫各上椒酒於家長，指觴舉壽，欣欣如也。○【杜陵詩史、補注杜詩引作「蘇曰」。】周處風土記：正旦俗，人拜壽，上五辛盤、松柏頌、椒花酒。○【王洙曰】庾信正旦詩：椒花逐頌來。盍簪喧櫪馬，○言朋友會宴也。○【王洙曰】易豫卦：勿疑，朋盍簪。列炬散林鴉。○言炬明而鵶鵲驚飛。四十明朝過，飛騰暮景斜。○【趙次公曰】公於天寶九年冬預朝獻，明年，奏三大禮賦。表云：甫行年四十載矣。當强仕之年，官猶未定，宜其感歎之切，故有是句。誰能更拘束，爛醉是生涯。○莊子養生篇：吾生也有涯，而知也無涯。

【校記】

〔一〕歲，元本、古逸叢書本、杜陵詩史作「守歲」。

〔二〕爲，古逸叢書本作「謂」。

〔三〕「老」似爲衍文。

新定杜工部草堂詩箋斠證卷第三

天寶以來在東都及長安所作

奉贈韋左丞丈二十二韻○見素。○范温以此詩爲韋見素，趙傁以

此詩爲韋濟，魯訔又謂集又有上韋左相二十韻，自繫曰「見素」。未知孰是？若從范氏、趙氏説，則此詩當題曰「左相」。若從魯氏説，則此詩當題曰「左丞」。按唐書濟本傳稱：天寶中授尚書左丞。見素乃湊之子，襲父爵彭城郡公。天寶十三載，拜武部尚書，代陳希烈爲相。明年，安禄山反。又明年，從幸蜀，次巴西。詔兼左相。子倜鄂，位至給事中。孫覬，爲尚書左丞。○【師古曰】考之杜甫生於睿宗先天元年，死於代宗大曆五年，年五十有九，歷睿宗、玄宗、肅宗、代宗凡四朝也。天寶十年，獻三賦，玄宗命宰相試以文章，授河西尉，不行。天寶十四年，安禄山亂，甫挈家避亂鄜州，陷〔一〕。肅宗至德二載，脱身歸鳳翔府，上謁肅宗，肅宗授以左拾遺。當是時，房琯以宰相總兵

與賊戰，儒者用春秋車戰之法，爲賊所敗，由是得罪。甫上疏論琯不宜廢〔二〕，肅宗怒，貶甫爲華州司功。甫不得志，聞李白在山東，將爲山東之遊，遂作此詩辭韋左丞，明己無罪而去。觀甫嘗有憶李白詩之句「何時一樽酒，重與細論文」，蓋謂此行爲尋李白故也。

紈袴不餓死，○【鄭卬曰】紈，胡官切，素絲也。袴，苦故切，脛衣也。○【王洙曰】班固傳序〔三〕：班伯與王、許子弟爲群，在於綺繻紈袴之間，非其所好也。○【趙次公曰】束晳玄居釋擬客難：丹墀步紈袴之童，東野垂白顛之叟。**儒冠多誤身。**○【師古曰】紈袴謂貴遊子弟之服，不餓死謂濫啗爵賞也。然餓之義有二，絶粒曰餓，不食禄亦曰餓。若伯夷、叔齊餓于首陽，采薇而食，不食周禄，正此餓也。且儒冠豈能誤身？甫蓋有激而言也。當禄山之亂，武夫悍卒皆軍功取封侯，其子弟自襁褓至于老死，誰有不食禄者？獨文儒之士不能擐甲出戰，皆寂寥不用，以此誤身者多矣。○按集甫有贈鮮于京兆詩曰「有儒愁餓死」，又贈鮮于詩有曰「儒術誠難起」，有草堂詩曰「武夫勝腐儒」。○【師古曰】又送楊判官曰「儒衣山鳥怪」者，皆歎武夫得志，傷儒道之不振也。蓋軍興之際，山鳥見儒衣，猶且怪駭，甫以此時唯以文儒爲務，得不誤身乎？○【王洙曰】記儒行篇：冠章甫之冠。**丈人試静聽，賤子請具陳。**○【師古曰】丈人，尊長之稱，指韋丈也。賤子，謙辭，甫自稱也。甫欲韋丈静聽，故具陳其所以不遇之意也。○【王洙曰】易：師，貞，丈人吉。○前漢：單于曰：「漢天子，我丈人行。」又，王邑請召賓客，稱賤子。後漢樓護傳：王邑居尊下，稱賤子，上壽。蕭太后〔四〕奪禮表：具陳茲啓。甫昔少年日，○少，一作妙。早充觀國賓。○充，一作就。甫於開元二十五年嘗預京兆薦貢。○【王洙曰】易觀卦：觀國之光，利用賓于王。讀書破萬卷，下筆如有神。○【師古曰】破萬卷，謂識破其理。如中庸曰：君子有〔五〕之道，語大，天下莫能載；語小，天下莫能破。大抵人誰不讀書，識破其理者，寡矣。故孔子曰：默而識之。甫既識破萬卷之理，縱横妙用，無施不可，故下筆之際，如有神異也。○賈捐之傳：君房下筆，語言妙天下。○【王洙曰】魏文帝典論：傅武仲下筆不能自休，曹植下筆成章，孔文舉表性與道合，思若有神。賦料揚雄敵，○前漢揚雄傳：先是，司馬相如作賦甚麗，雄心壯之，每作賦，常擬之以爲式。乃作甘泉、校獵、河東、長楊四賦。詩看子建親。○【師古曰】世説：魏文帝嘗令弟東阿王曹植七步成詩。植字子建。余謂甫以揚雄之賦與己相敵，以子建之詩但親近於己，是甫以詩才自負，謂子建所不若也。李邕求識面，○【王洙曰】李邕，江都人。○【師尹曰】唐新書：甫少貧不自振，客齊、趙、吴、越間。李邕奇其才，先往見之。○初，邕冠詣李嶠求見秘書，嶠曰：「秘閣萬卷，豈直假可窺。」未幾，嶠驚問奥篇，了卞〔六〕如響。嶠嘆曰：「子且名家。」拜左拾遺。宋璟〔七〕劾張昌宗，邕立陛下，大言曰：「璟諫社稷大計，當聽。」后色解，可璟奏。邕久外，入朝，人傳其眉目瓌異，至阡陌聚觀。中人臨問索文，出守北海，時稱「李北海」。王翰願卜隣。○【王洙曰：「一作爲。」】卜，陳〔八〕作爲。○閣作同。○【王洙曰】王翰，并州晉陽人。少豪蕩不羈，櫪多名馬，家有妓樂。喜詩酒，文士祖詠、杜華嘗在座。○節度張加正偉其人，厚遇之，入登臺閣，一時傑人。○【師古曰】夢弼謂：唐李邕有才名，後進想慕，求識其面，以至道塗聚觀，傳其眉目有異。唐王翰，文士也，杜華嘗與遊從。華母崔氏云：「吾聞孟母三徙，吾今欲卜居，使汝與王翰爲隣。」蓋愛其才故也。甫以文章知名當世，士大夫皆想慕之，故以李邕、王翰自比也。○左氏昭公三年：子先卜隣矣。自謂頗挺出，○【王彦輔曰】出，一作特。○【王洙曰】一作生。立登要路津。○【王洙曰】古詩云：何不策高足，先登要路津。致君堯舜上，再使風俗淳。此意竟蕭條，行歌非隱淪。○【師古曰】挺，特也。路與津者，衝要之所，乃人物輻湊之地，以譬則達官也。官有清有要，清而不要則無權，要而不清則拘於俗。既清耳〔九〕要，乃爲美官。甫方召試文章，以清要自期，必謂特出登于要路津，豈期授以河西尉，故此意寥寂，不獲致君與澤民也。隱淪者，隱逸之士也。甫既不見於用，辭〔一〇〕西河〔一一〕尉，又不能隱居林下，如林類之行歌拾穗〔一二〕，必爲隱淪之徒非議矣。昔孔子不遇，見非於長沮、桀溺、晨門荷蓧之徒，亦若此爾。○【趙次公曰】夢弼按：列子天瑞篇：林類年且百歲，行歌拾穗。張湛注：古之隱者也。○後漢方術傳：解奴辜、張貂，皆能隱淪。○【趙次公曰】桓譚新論：天下神人五，一曰神仙，二曰隱淪。○【王洙曰】顔延年詩：立俗迕流議，神仙恰隱淪。鮑照詩：孤賤長隱淪。騎驢三十載，○公有詩云：「迎旦東風騎蹇驢，旋呵煖手凍粘鬚。洛陽無限丹青手，還有工夫畫得無。」王維遂作子美騎驢醉圖詩，舊集不載。後漢尚翊騎驢入市。晉阮籍騎驢到郡。○【王洙曰】任彦昇詩：結歡三十載。陶淵明詩：閑居三十載。旅客京華春。朝扣富兒門，○【鄭卬曰】朝，陟遥切，早也。扣，去苟、苦候二切，擊也。○【趙次公曰】鮑照詩：結交多貴門，出入富兒鄰。暮隨肥馬塵。殘盃與冷炙，○炙，之夜切，肉也。○【王洙曰】顔氏家訓：君子無故不徹琴瑟，惟不可令有稱譽，見役勳貴，處之下座，以取殘盃冷炙之辱。戴安道猶遭之，況爾曹乎！到處潛悲辛。○【師古曰】驢，賤者所乘也。得志則乘高車大馬，貧賤則跨驢而已。昔李白以文章待詔翰林，後放逸不檢，遂流落不用。嘗爲華陰令所辱，令致對，云：「曾遇龍巾拭吐，御手調羹。天子殿前，尚與吾走馬；華陰縣裏，不許我騎驢。」初貴，故走馬。後貧賤，故出騎驢。甫既辭河西尉，貧在京師，自未獻賦之前，迨今凡三十六年矣。獻賦時年四十。京華者，言京師乃繁華之地，當春月相追逐，繁絃脆管，無處不有。甫獨旅棲于此，其寂寞可知，故朝扣富兒之門，整剌〔一三〕求見，暮則隨其後塵，爲當朝士夫所薄如此。殘盃，謂甕之餘者，香已埋歇。柔肉曰炙，冷炙謂宿炙也。甫既貧賤，糊口京師，貴游薄之，待我以殘盃與冷炙，深使人暗地抱悲酸也。主上頃見徵，欻然欲求伸。○欻，許勿切，疾貌。○【王洙曰】易繫辭：尺蠖之屈，以求伸也。青冥却垂翅，蹭蹬無縱鱗。○蹭，十鄧切。蹬，徒孟切，失勢貌。○【師古曰】主上，肅宗也。徵，召也。召授左拾遺，欻然如屈蠖久蟄〔一四〕，志欲求伸。當此之時，謂得所施爲，遂上疏論房琯不宜罷，不期貶華州司功。謂如青天可以飛騰，今反垂翅；巨魚可以縱壑，今反蹭蹬。蓋傷其得罪也矣。○【王洙曰】海賦：蹭蹬窮波。王褒聖主得賢臣頌：沛乎若巨魚縱大壑。甚媿丈人厚，甚知丈人真。每於百寮上，猥誦佳句新。竊效貢公喜，○【王洙曰】前漢王吉字子陽，與貢禹爲友，世稱「王陽在位，貢禹彈冠」。○【趙次公曰】劉孝標絶交論：王陽登則貢公喜，漢〔一五〕生逝而國子悲。○【杜田補遺】按，集有曰「徒懷貢公喜」，又曰「貢喜音容間」。難甘原憲貧。○【王洙曰】莊子讓王篇：原憲居魯，環堵之室，次〔一六〕以生草，蓬户甕牖，桑以爲樞，上漏下濕，匡坐而言〔一七〕。子貢乘大馬，中紺而表素，軒車不容巷，往見原憲。原憲華冠縰履，杖藜而應門。子貢曰：「嘻！先生何病？」原憲應之曰：「憲聞無財謂之貧，學道而不能行爲〔一八〕之病。今憲貧也，非病也。」子貢逡巡而有愧色。焉能心怏怏，○能，一作知。○【鄭卬曰】怏，於亮切，不足也。○【趙次公曰】吳越春秋：吳王僚之王〔一九〕謂王曰：「公子光心氣怏怏，常有愧恨之色。」○高帝紀：心常怏怏。○【王洙曰】韓信傳：居常鞅鞅。顏師古曰：志不滿也。祇是走踆踆。○【鄭卬曰】踆，七倫切。○【王洙曰】踆踆，行走貌。今欲東入海，即將西去秦。尚憐終南山，○【鄭卬曰】福地記：終南山東接驛〔二〇〕山、太華，西連太白、隴山，北去長安八十里，南入楚塞，連蜀，東西數百里，亦曰終南。迴首清渭濱。常擬一飯報，○【王洙曰】范雎傳：一飯之德必償。孔融傳：一飯之養必報。○【趙次公曰】李固傳：竊感古人一飯之報。況懷辭大臣。○丈人、大臣，皆指韋丈也。○【師古曰】韋丈與甫相厚善，而知甫爲真率。韋丈愛甫，蓋重其詩才，每於百寮之上謂於宰相前，常稱誦其佳句，故有拾遺之擢。當此時，喜得韋推引，故效貢公之喜，得王陽在位也。今乃復見貶黜，貧賤又如原憲，誠使臣所難甘矣。雖然，如是亦安能怏怏於朝廷，祇是不免奔走託食於他鄉也。韓信既謫爲淮陰侯，常怏怏不樂，意在怨君，甫則不然。踆踆，奔走之狀。山東，憑海之郡。唐都長安，長安即秦地，甫欲適山東，故云東入海。秦地在西，甫既適東，必離去于西秦，故云西去秦。終南與渭水皆秦地山水，甫將東入海，尚眷眷於終南、清渭者，不忍棄君而去也。自古忠臣身在畎畝，心不忘君一飯之恩，嘗欲如靈輒之報宣子，況韋丈之知甫，豈止一飯乎？其去之義爲如何耶！白鷗波浩蕩，○【王洙曰】波，或作没。○非是。蕩，徒浪切。○【師古曰】浩蕩，廣大貌。○南越志：鷗，水鶚也。在漲海中，隨潮上下三日，風至乃去。萬里誰能馴。○馴，松倫切，從也。○【師古曰】韋丈與甫厚善，其判别之情，得無懷思乎？雖然如是，甫之無官守，言其進退綽綽然有餘裕，真若鷗在浩蕩之波，去來自得，誰能馴狎哉？

【校記】

〔一〕元本、古逸叢書本「陷」下尚有「賊中」二字。

〔二〕廢，原作「發」，據元本、古逸叢書本改。

〔三〕傳序，當作「序傳」，九家集注杜詩、杜陵詩史即作「序傳」。

〔四〕后，當作「傅」，指任彦昇啓蕭太傅固辭奪禮。

〔五〕古逸叢書本無「有」字。

〔六〕卞，古逸叢書本作「辨」。

〔七〕璟，原作「景」，據古逸叢書本改。

〔八〕陳，古逸叢書本無。

〔九〕當作「而」。

〔一〇〕辭，原作「辤」，據古逸叢書本改。

〔一一〕西河，元本、古逸叢書本、杜陵詩史作「河西」。

〔一二〕杜陵詩史引「師曰」此句作「其貧賤如朱買臣負薪行歌于路」。
〔一三〕整刺，諸本皆同，補注杜詩作「投刺」。
〔一四〕蟄，原作「勢」，據元本、古逸叢書本改。
〔一五〕漢，元本、古逸叢書本作「罕」。
〔一六〕次，元本、古逸叢書本作「茨」。
〔一七〕言，元本、古逸叢書本作「絃」。
〔一八〕爲，元本、古逸叢書本作「謂」。
〔一九〕王，元本、古逸叢書本作「母」。
〔二〇〕驛，古逸叢書本作「驪」，是。

奉留贈集賢院崔于二學士〔一〕

昭代將垂老，○【王洙曰】昭，明也。○【趙次公曰】代，乃世字，避太宗諱。○【按，趙次公曰：「當天寶九載，公年三十九歲。」杜陵詩史、分門集注引作「修可曰」。】時天寶十載，公年四十歲。途窮乃叫閽。○【師古曰】叫閽，言叫天子之閽而愬之也。○公時奏三大禮賦，投延恩匭。按，唐百官志：朝堂四匭。青匭曰延恩，丹匭曰招諫，白匭曰申寃，黑匭曰通元。六省門下四匭，東曰延恩。懷材抱器、希於聞達者投之。公後進賦西嶽，獻進雕賦，亦投延恩匭。○【趙次公曰】楊雄甘泉賦：選巫咸兮叫帝閽。○【王洙曰】張衡思玄賦：叫帝閽使闢扉兮，覿天皇于瓊宮。氣衝星象表，詞感帝王尊。○【師古曰】公獻三賦而帝奇之。○【王洙曰】公集有云「往年文彩動人主」是也。天老書題目，○按，公獻賦之後，帝命宰相召試文章。○【師古曰】天老，指宰相也。○論語摘輔象曰：黃帝七輔，其一曰天老。天老授天籙。宋筠注：天教也。黃帝天老授圖。張衡應間曰：師天老而友地典。注引帝王世紀曰：帝以風后配上台，天老配中台，五聖配下台。天老，黃帝相也。李白鳳皇臺置酒曰：明主曰〔二〕羲軒，天老坐三台。公試文，初尉西河，再命率府。上西嶽賦曰：臣杜陵諸生，國家有事於郊廟，幸得奏賦，待制於集賢試文章，再降恩澤。春官驗討論。○【師古曰】春官，指禮部也。公獻賦後，召試文章于集賢院，而春官考之也。○【趙次公曰】按，集有云「集賢學士如堵墻，觀我落筆中書堂」是也。倚風遺鶂路，○【鄭卬曰】鶂，與鷁同，倪歷切，水鳥也。○【趙次公曰】公言倚賴〔三〕風而往矣，反遭回風而遺失其所往之程路。○【師古曰】此甫以喻不由於科第以進身也。○【趙次公曰】左氏僖公十六年傳：六鷁退飛過宋都，風。隨水到龍門。○【趙次公曰】謂龍門但隨水到之，而已不能過也。○此甫以喻因奏賦待詔集賢院而試文章也。○【趙次公曰】龍門在河中府。○【九家集注杜詩作「王洙曰」，分門集注、補注杜詩作「劉敞曰」。】三秦記：龍門，魚上則爲龍，不上則點額曝腮也。竟與蛟螭雜，寧無鷰雀喧。○寧，一作堂。無，一作聞。○【趙次公曰】謂到龍門而不過，則猶蛟螭也。遺鶂路而不進，則不免爲燕雀之所喧笑也。青冥猶契闊，○一作「青冥連澒洞」。陵厲不能翻。○【趙次公曰】公以文采動人主矣，意其遂騰踏進用，止授西河尉，不行，改右衛率府兵曹而已。此公所以嘆也。儒術誠難起，○公嘆是時武吏見遇，而傷儒冠之誤身也。家聲庶已存。○杜陵有南、北杜，皆名家，故公有詩云「名家異出杜陵人」是也。故山多藥物，○【趙次公曰】故山指襄陽之峴山也。公先本襄陽人，徙河南鞏縣，其在長安則居于杜陵。襄陽至鼎州無三百里。勝概憶桃源。○【趙次公曰】桃源在鼎州。○陶淵明桃花源記：晉武陵人捕魚，緣溪行，忽逢桃花林，芳草鮮美，落英繽紛。漁者異之，捨船復行，豁然開明，土地平曠，屋舍儼然，有良田美池桑竹之屬，阡陌交通，雞犬相聞。其中往來種作，男女衣著，悉如外人，黄髮垂髫，怡然自樂。見漁人，大驚，問所從來，具答之，便邀還家，爲設酒食。停數日，辭去。既出，遂不復得路。欲整還鄉旆，○【師古曰】甫既不見用，遂有歸故山採藥之興也。長懷禁掖垣。○【趙次公曰】懷謂思念集賢院崔、于二學士也。學士院在禁中。○【師古曰】禁中有東、西兩掖，掖垣乃禁墻也。謬稱三賦在，難述二公恩。○【王洙曰】甫獻三大禮賦出身，二公常謬稱述，故有是句。

【校記】

〔一〕元本、古逸叢書本下有小字「國輔、休烈」，杜陵詩史亦然。

〔二〕曰，元本、古逸叢書本作「越」。

〔三〕賴，古逸叢書本作「順」。

醉時歌贈廣文館學士鄭虔〔一〕

○【師古曰】酒，古人所禁，唯天子燕諸侯，則曰「不醉無歸」。竹林七賢或爲困飲，或爲豕飲，大抵賢人不遇，則寓意于酒，以自遣適而已。故曰醉時歌。○【王洙曰】唐書：明皇天寶九年，國子監置廣文館博士一人、助教一人，並以文士爲之，領生徒爲進士者。鄭虔本傳：玄宗愛其才，欲置左右，以不事事，更爲置廣文館，以虔爲博士。虔聞命，不知廣文曹司何在，訴宰相，宰相曰：「上增國學，置廣文館，以居賢者。令後世言廣文博士自君始，不亦美乎？」虔乃就職。久之，雨壞廡舍，有司不復修完，寓治國子館。自是遂廢。在官貧約，甚澹如也。

諸公袞袞登臺省，廣文先生官獨冷。○【王洙曰】臺，一作華。○【師古曰】袞者，袞同也，言袞同無別之甚也。唐制：御史臺其屬有三院，一曰臺院，二曰殿院，三曰察院。掌糾正百官之罪惡。省有三：一曰中書省，二曰尚書省，三曰門下省。臺省，清要之職。今也言〔二〕不肖無所甄別，使小人得以袞同而登之。是以鄭虔耻與之並進，寧甘心居乎冷官。按唐書：〔三〕玄宗窮兵于邊，不留心于經術，其後官廨頹塌，寓次國子監，由是遂廢，故曰「官獨冷」也。甲第紛紛厭粱肉，○前漢朱邑傳：飽者甘糟糠，穰歲餘粱肉。○【王洙曰】晉傳咸曰：今之賈販皆厭粱肉。廣文先生飯不足。○飯，甫遠反，餐也。○【師古曰】甲第，謂楊貴妃兄國忠賜宅京師，以甲乙丙丁次第也。國忠之進，特以妃寵而爵高禄厚，虔反乃貧約不足於飯，詩刺素食，蓋謂此也。○按，徐堅曰：宅，一曰第。漢高詔：列侯食邑者皆賜大第室，吏二千石受小第室。注云：有甲乙次第，故曰第。武帝爲霍去病治第。○【王洙曰】田蚡治宅甲諸第。夏侯嬰賜北第第一。○張放以公主子取皇后弟平恩侯嘉女，成帝賜甲乙第。梁冀於洛陽城内起甲第。先生有道出羲皇，○羲皇謂伏羲氏也。○【趙次公曰】晉陶潛傳言：清風颯至，自謂羲皇上人。先生有才過屈宋。○才，一作文。○【王洙曰】一作所談。○【晏殊曰】屈宋，謂屈原、宋玉也。德尊一代嘗轗軻，○轗音坎，説文：車不平也。軻音可，又苦賀反，接軸車也。一曰轗軻，失志也。楚辭七諫篇：然轗軻而留滯。轗或作坎，坷〔四〕或從土，義同。○【王洙曰】古詩：坎坷多辛苦。○【晏殊曰】注：不遇也。名垂萬古知何用。○【師古曰】自古有才之士，得道者寡矣，由之勇、賜之辯，非無才也，語其得道，則未也。今虔才過屈、宋，而又道全德備，惜夫坎坷不得志而去。○果何益哉！杜陵野客人見嗤，○【鄭卬曰】前漢地理志：杜陵屬長安京兆尹治。故杜伯國，漢宣葬，因曰杜陵。○元帝紀：在長安南五十里。○【王洙曰】後漢志：京兆杜陵。杜預曰：故唐杜氏也。○光武紀：延岑破赤眉於杜陵。注：縣名，屬京兆，周之杜伯國在今萬年縣東南。公詩有云「杜陵」，有云「杜田」，有云「少陵」，有云「下杜」，其實皆杜陵也。俗云：「城南韋、杜〔五〕，去天尺五。」言近京也。杜陵有南、北杜，皆名家，故公詩云「名家莫出杜陵人」是也。被褐短窄鬢如絲。○窄，一作空〔六〕，一作「被褐身窄」。○【師古曰】褐，毛褐之衣，賤者所服。被褐、短褐，言貧約衣不掩脛也。○【王洙曰】老子七十章：聖人被褐懷玉。日糴太倉五升米，○【王洙曰】太，一作泰。○【師古曰】日糴，言無宿儲也。太倉陳腐之米，其價廉賤者，日食五升，言食指寡足，知其貧不能贍養僕夫故也。甫有二子，一曰宗文，二曰宗武，并妻共四口。借曰人食一升，只是一妻一妾而已，何以異於齊人之貧哉？○【薛夢符曰】前漢食貨志：太倉之粟，腐敗不可食。**時赴鄭老同襟期。**○【師古曰】鄭老，指虔也。同襟期，謂如范、張雞豚之會也。○江淹傷友賦：固齊術而共徑，豈異神而同襟？世説：顧顯嘗以酒勸周顗，顗不受，因移勸柱曰：「詎可棟梁自遇？」周得之，欣然自爲襟期也。**得錢即相覓，沽酒不復疑。忘形到爾汝，**○【王洙曰】文士傳：禰〔七〕衡有逸才，與孔融作爾汝交。時衡年二十餘，融年五十。**痛飲真吾師。**○【王洙曰】真，一作直。○【師古曰】朋友有通財之义，故得錢即相覓。甫有詩云「賴有蘇司業，時時與酒錢」是也。不復疑者，不以妻子掣肘有嫌疑也。甫與虔相善，稱汝稱我，索於形骸之外，其相忘如此。相忘雖無少長，至若虔之痛飲，真令甫北面，不可不屈服也，故曰「真吾師」也。○【王彦輔曰】世説：王孝伯云：但得嘗無事，痛飲讀離騷，可稱名士。**清夜沉沉動春酌，燈前細雨簷花落。**○【王洙曰】一作「簷前細雨燈花落」。○【師古曰】沉沉，言人寂也。人寂雨細，寧不發動酒興耶？○【趙次公曰：「學者多以簷雨之細如花。」】簷花，乃簷前夜雨細如花也。○或以簷花爲簷前之花，因夜雨而落也。**但覺高歌有鬼神，**○【師古曰】言歌聲之幽怨也。**焉知餓死填溝壑。**○【王洙曰】左氏昭公十二年傳：擠于溝壑。前漢朱買臣妻曰：「如公等，終餓死溝中耳。」汲黯傳：臣自以爲填溝壑。**相如逸才親滌器，**○【王洙曰】前漢司馬相如鼓琴，卓文君好之，夜奔相如，與〔八〕之臨邛〔九〕。盡賣車騎，致酒舍，乃令文君當壚，相如身着犢鼻褌〔一〇〕，與庸保雜作，親滌器於市中。子雲識字終投閣。○【王洙曰】揚雄傳：王莽時，劉歆、甄豐皆爲上公，莽以符命自立，即位之後，欲絶其原以神前事，而豐子尋、甄〔一一〕子棻復獻之，莽誅豐父子，投棻四裔，辭所連及，便收不請。時雄校書天禄閣上，治獄使者來欲收雄，雄恐不能自免，乃從閣上自投下，幾死。莽聞之，曰：「雄素不與事，何故在此間？請問其故。」乃劉棻嘗從雄學作奇字，雄不知情，有詔勿問。然京師爲之語曰：「唯寂寞，自投閣。」先生早賦歸去來，○【王洙曰】晉陶淵明字元亮，或云名潛，字淵明。爲彭澤令，郡遣督郵至縣，吏白應束帶見之，潛嘆曰：「吾不能爲五斗米，折腰事鄉里小兒邪。」解印去縣，乃賦歸去來兮辭。○【師古曰】予謂先生指虔也，以相如之逸才，尚且滌器賣漿，以揚雄之善奇字，不免投閣自殺，古人不遇如是，何獨我輩哉！是以甫勉虔賦歸去來，欲其棄官而去也。石田茅屋荒蒼苔。儒術於我何有哉！孔丘盜跖俱塵埃。不須聞此意慘愴，○慘，七感切，戚也。愴，楚亮切，傷也。生前相遇且銜桮。○【師古曰】石田，乃沙石之田，其田最瘦。陶淵明歸去來辭云：田園將蕪胡不歸。虔雖貧，尚有磽田可耕，有茅屋可居，何必效子雲仕於亂世，以速投閣之禍？況儒術遇用武之際，不足負恃，如孔子號爲真儒，終以不遇老死于行。盜跖横行天下，膾食人肝，其善惡雖不同，而死朽化爲塵埃則一。人生天地間，浮名浮利皆不足慕，要之歸終一死。生前相遇，日以酒同遺適，其他不足慘愴區區然以爲憂也。

【校記】

〔一〕按，贈廣文館學士鄭虔，杜陵詩史、分門集注引出自「彥輔曰」。學士，作「博士」。

〔二〕言，元本、古逸叢書本作「賢」。

〔三〕元本、古逸叢書本多「玄宗致廣文館以虔爲博士而以官冷言者蓋」十八字。

〔四〕坷，元本、古逸叢書本作「軻」。

〔五〕杜，原作「土」。據古逸叢書本改。

〔六〕元本、古逸叢書本「空」下多「一作被褐奈短」六字。

〔七〕禰，原作稱，據元本、古逸叢書本改。

〔八〕元本、古逸叢書本「與」下尚有「俱」字。

〔九〕卭，原作「卬」，據元本、古逸叢書本改。

〔一〇〕褌，古逸叢書本作「禪」。

〔一一〕甈，當作「歆」，九家集注杜詩即如此。

陪鄭廣文遊何將軍山林十首

不識南塘路，今知第五橋。○【趙次公曰】橋在萬年縣郭外之西南。名園依緑水，野竹上青霄。○【王洙曰】北山移文：干青霄而直上。谷口舊相得，○【王洙曰】谷口鄭子真與王鳳有舊，以子真比廣文也。王貢傳序：谷口有鄭子真，修身自保。王鳳以禮聘子真，不屈。揚子法言問神篇：谷口鄭子真，不屈其志，耕乎巖石之下，名震于京，豈其卿。濠梁同見招。○【師古曰】濠梁，〔一〕以莊、惠而喻甫之陪廣文也。○【王洙曰】莊子至樂篇：莊子與惠子遊濠梁之上。○莊子曰：「儵魚出遊從容，是魚藻〔二〕也。」平生爲幽興，○爲，于僞切。未惜馬蹄遥。○薛道衡〔三〕效今體詩：一去無消息，何能惜馬蹄。

【校記】

〔一〕宋本有「濠梁」，其一衍，據元本、古逸叢書本删。

〔二〕藻，古逸叢書本作「樂」。

〔三〕衡，原作「行」，據古逸叢書本改。

百頃風潭上，千章夏木清。○章，一作重，非。○【趙次公曰】食貨志：木千章。顔師古曰：大材曰章。卑枝低結子，接葉暗巢鶯。鮮鯽銀絲鱠，香芹碧澗羹。翻疑柂樓底，○【鄭卬曰】柂，徒可切，正船木也。晚飯越中行。○【師古曰】越地盛有芹、魚，行船中多煮芹鱠魚，故甫有是句。

萬里戎王子，○【趙次公曰】趙子櫟曰：戎王子，説者以爲月支花名。○或曰：本草：日華子云，獨活一名胡王使者。當是此類，未詳。何年別月支。○【鄭卬曰】支，章移切，國名。○【王洙曰】張騫傳：匈奴破月氏王。注：月氏，西域胡國也。氏音支。○匈奴傳：西胡强而月氏盛。後漢西域傳：大月支國，居藍氏城，去洛陽萬六千三百七十里。初，月支爲匈奴所滅，遂遷於大夏，最爲富盛，諸國稱之，皆曰貴霜王，其故號大月支。又旁南山北陂〔一〕河，行至莎車爲南道。南道西踰葱嶺，則出大月支。異花開絶域，滋蔓接清池。漢使徒空到，○【趙次公曰】趙子櫟曰：張騫使西域，止移胡桃、石榴、苜〔二〕蓿，而不移此所謂戎王子，是爲空到矣。神農竟不知。○【趙次公曰】趙子櫟曰：言此絶域異花，不載於神農本草也。○【師古曰】或曰：月支，西域國名。何將軍嘗征西域，禽其王子歸朝，傳其地花草數種，故池館皆異花。雖張騫之至博望，神農之辨草木，猶爲未徧也。露翻兼雨打，○打，徒挺切，擊也。開折漸離披。○漸，舊作日。○【趙次公曰】宋玉九辯：白露下百草兮，掩梧楸以離披。

【校記】

〔一〕陂，古逸叢書本作「波」。

〔二〕苜，原作「茵」，據古逸叢書本改。

旁舍連高竹，疎籬帶晚花。碾渦深没馬，○【鄭卬曰】渦，烏禾切，水回也。藤蔓曲垂蛇。○【王洙曰：「藏，一作垂。」】垂，一作藏。詞賦工無益，○【王洙曰】無，一作何。山林跡未賒。盡拈書籍賣，○【鄭卬曰】捻，正作拈，如兼切。廣〔一〕韻：指取物也。來問爾東家。○【師古曰】何將軍雖武人，家藏書籍多，故甫欲依之以就其書也。○家語：孔子，東家丘也。○【薛夢符曰】邴原傳曰：原遊學，詣孫崧。崧曰：「君鄉里鄭君，學者之模範也。君乃舍之，所謂以鄭君爲東家丘也。」原曰：「君以鄭君爲東家丘，以僕爲西家愚夫耶？」

【校記】

〔一〕廣，杜陵詩史作「唐」。

剩水滄江破，○【趙次公曰：「賸，俗作剩字。」】剩，通作賽〔一〕。殘山碣石開。○殘山，謂假山也。○【師古曰】滄江、碣石，山水之雄者也。言何將軍山林之樂，分得滄江、碣石之真趣也。緑垂風折笋，紅綻雨肥梅。銀甲彈箏用，○【王洙曰】李義山詩：十二學彈箏，銀甲不曾卸。金魚换酒來。○【王洙曰】魚，一作盤。阮孚爲常侍，以金貂换酒，帝宥之。○庾信賦：金魚换酒。興移無灑掃，○灑，色賣切。掃，素報切。又皆如字讀。隨意坐莓苔。

【校記】

〔一〕賽，元本、古逸叢書本作「賸」。

風磴吹陰雪，○磴，丁鄧切。○【趙次公曰】石梯之道也。雲門吼瀑泉。○【鄭卬曰】瀑，薄報切。○又，滿木切，瀑布水流也。酒醒思卧簟，衣冷得裝綿。○【王洙曰：「欲，一作得。」】得，舊作欲。野老來看客，○【師古曰】言少有人到也。河魚不取錢。○【師古曰】言魚之賤也。只疑淳樸處，自有一山川。

棘樹寒雲色，○棘，一作棟，霜狄切，木名。茵陳〔一〕春藕香。○【師尹曰】本草草部：茵陳，經久〔二〕不死，因舊而生，故名。脆添生菜美，○【趙次公曰】言生菜而得茵陳、春藕，愈添其美也。陰益食單涼。○【趙次公曰】言鋪食單於棘樹之下，陰益其凉也。謂之益，則山中已凉矣。野鶴清晨出，○【王洙曰】出，一作至。山精白日藏。○言地僻也。元中記：山精如人，一足，長三四尺，食山蟹。夜出晝藏。人晝日不見，聞其聲，則〔三〕千歲蟾蜍食之。石林盤水府，百里獨蒼蒼。

【校記】

〔一〕陳，元本、古逸叢書本作「蔯」。

〔二〕久，元本、古逸叢書本作「冬」。

〔三〕則，元本、古逸叢書本無。

隨〔一〕過楊柳渚，○【鄭卬曰】過，古禾切，經也。走馬定昆池。○【師古曰】明皇雜録：中宗幼女安樂公主與長寧公主竟起第舍，以侈麗相高，擬於宮掖，而精巧過之。安樂公主請昆明池，以百姓蒲〔二〕魚所資，不許。公主不悦，乃更奪民田，自鑿定昆池，廣袤數里，累石象華山，引水象天津，欲以勝昆明池，故名定昆。定，言可抗抵之也。○朝野僉載：池方四十九里，直抵南山。醉把青荷葉，○【師古曰】青荷葉，盃也。狂遺白接䍦。○【師古曰】白接䍦，巾也。○【王洙曰】晉書：山簡鎮襄陽，每出游，多之豪族習氏園池，置酒輒醉，名之曰高陽池。時有兒童歌曰：「山公出何許，往至高陽池。日夕倒載歸，酩酊無所知。時時能騎馬，倒著〔三〕白接䍦。舉鞭問葛强，何如并州兒。」刺船思郢客，○【鄭卬曰】刺，七亦切，穿也。○【師古曰】郢，楚都也。楚人善操舟。○晉山濤詩：刺船蓮花浦，郢客思遨遊。解水乞吴兒。○乞，丘既切，與也。○【師古曰】吴人善泳水。○【趙次公曰】南人謂北人爲傖父，北人謂南人爲吴兒，此常語也。坐對秦山晚，江湖興頗隨。○秦山即秦嶺，在虢州閿鄉縣南，周回三百里。

【校記】

〔一〕隨，元本、古逸叢書本作「憶」。

〔二〕蒲，古逸叢書本作「捕」。

〔三〕著，原作「著」，據元本、古逸叢書本改。

床上書連屋，階前樹拂雲。將軍不好武，稚子總論〔一〕文。醒酒微風入，聽詩静夜分。絺衣挂蘿薜，涼月白紛紛。

【校記】

〔一〕論，元本、古逸叢書本作「能」。

幽意忽不愜，○【師古曰】謂欲歸也。歸期無奈何〔一〕。出門流水住，○住，一作注。○【師古曰】水住，言水欲駐也。回首白雲多。○【王洙曰】一作「雜花多」。自笑燈前舞，誰憐醉後歌。祇應與朋好，風雨亦來過。○顔延年和謝監詩：朋好雲雨乖〔二〕。

【校記】

〔一〕何，原闕，據元本、古逸叢書本補。

〔二〕乖，元本、古逸叢書本作「垂」。

重過何氏五首

問訊東橋竹，將軍有報書。○【師古曰】東橋，第五橋也。訊者，問以言也。○【趙次公曰】

言欲重過主人，所以託爲問訊其竹，而報許之也。○【師尹曰】褚炫詩：問訊南巷士。倒衣還命駕，○【王洙曰】倒衣爲聞報而欲往，急命駕也。詩齊風：顛倒衣裳。○晉呂安服嵇康高致，每一相思，輒千里命駕。高枕乃吾廬。○【王洙曰】主人無間，故客至則安之，若吾廬也。陶潛詩：吾亦愛吾廬。花妥鶯捎蝶，○【鄭卬曰】妥，吐火切，安也。○【趙次公曰】謂花枝帖妥之際，而有鶯捎掠於蝶也。溪喧獺趁魚。○【趙次公曰】謂溪聲喧沸之中，而有獺趁逐於魚也。重來休沐地，○【師尹曰】休沐，言休息以洗沐也。真作野人居。

山雨樽仍在，○王彦輔曰：詩人張詠與人遊山飲宴，值雨，酒〔一〕肴散失，惟存樽瓶。沙沉榻未移。○【趙次公曰】樽與榻皆前日所設，樽在而榻未移，又見將軍之好客也。犬迎曾宿客，鴉護落巢兒。○師古曰：犬迎客，鴉恐犬害其子，故護之，此十字句法也。雲薄翠微寺，○【鄭卬曰】翠微寺，貞觀十二年置，在終南山之上，本太和宫也。天清皇子陂。○【趙次公曰】十道志：皇子陂在萬年縣西南二十五里，陂北原上有秦葬皇子塚，故因以名之。○按，集有贈鄭虔詩「皇陂岸北結愁亭」是也。向來幽興極，步屧過東籬。

【校記】

〔一〕酒，原作「猶」，據元本、古逸叢書本改。

落日平臺上，○【王洙曰】梁孝王傳：孝王築東苑，廣睢陽城，大治宮室，爲複道，自宮連屬於平臺三十餘里。如淳曰：平臺在大梁東北，離宮所在也。顔師古曰：今其城東二十里所有故臺基，其處寬博，世俗云平臺也。春風啜茗時。石欄斜點筆，○【趙次公曰】置硯於石欄之上也。桐葉坐題詩。○【趙次公曰】題詩於桐葉之上也。翡翠鳴衣桁，○【師古曰】桁，協，下浪切。○居〔一〕横木也。沈約詩：日色下衣桁。蜻蜓立釣絲。自今幽興熟，○【王洙曰】一作「自逢今日興」。來往亦無期。○【師古曰】言平臺上地辟静，翡翠蜻蜓皆馴，自今幽興已熟，是以往來無期刻也。

【校記】

〔一〕居，古逸叢書本作「屋」。

頗怪朝參懶，應耽野趣長。雨抛金鏁甲，苔卧緑沉槍。○甲言金鏁，謂以金線連鎖之也。○【趙次公曰】槍言緑沈，謂以緑色之物，沉沫其柄也。○甲抛於雨，槍卧於苔，有以見將軍偃而不用，倦於朝參也可知矣。○【薛夢符曰】北史：隋文帝賜張奫緑沉槍甲、獸文具裝。○蔡琰〔一〕詩：金甲耀日光。手自移蒲柳，○【趙次公曰】蒲柳，楊也。爾雅：楊，蒲柳是也。○馬融蒐狩頌：植以蒲柳，披以緑茨。家纔足稻粱。看君用幽意，白日到羲皇。○【九家集注杜詩、杜陵詩史引「王洙曰」：「陶潛（云）：羲皇上人。」又，補注杜詩引「王洙曰」：「陶潛高卧北窗，自以爲羲皇上人。」又，集千家注批點杜工部詩集引「王洙曰」：「陶潛夏日虛閒，高卧北窗之下，清風颯至，自謂羲皇上人。」】晉陶潛傳：夏日虛閑，高卧北窗之下，清風颯至，自謂羲皇上人。

【校記】

〔一〕琰，原作「詩」，據古逸叢書本改。

到此應嘗宿，相留可判年。○【師古曰】判年，謂半年也。蹉跎暮容色，○楚辭：驥垂兩耳甲故蹉跎〔一〕。廣雅：蹉跎，失足也。悵望好林泉。何日霑微禄〔二〕，○日，一作路。歸山買薄田。斯遊恐不遂，把酒意茫然。○【趙次公曰】言未霑微禄，此爲布衣時也。今年四十歲，方奏三賦，召試文章，故此言沾禄買田，恐不遂意。○【師古曰】亦欲歸老山林也。

【校記】

〔一〕甲，古逸叢書本作「兮」。此句楚辭原文作：「驥垂兩耳兮，中坂蹉跎。」

〔二〕禄，原作「緑」，據元本、古逸叢書本改。

戲贈鄭廣文虔兼呈蘇司業源明

廣文到官舍，繫馬堂階下。○【王洙曰：「繫，一作置。」】繫，一作置。非。○【趙次公曰】劉越石扶風歌：繫馬長松下，廢鞍高丘巔。醉則騎馬歸，○則，樊作即。○【趙次公曰】晉山簡鎮襄陽，每出遊，輒醉，時有兒童歌曰：「日夕倒載歸，酩酊無所知。時時能騎馬，倒著白接䍦。」頗遭官長罵。才名四十年，○四，一作三。坐客寒無氈。○氈，請延切，席也。○【趙次公曰】按唐書鄭虔傳：虔在官貧約，澹如也。乃引杜甫嘗贈以詩曰：「才名三十載，坐客寒無氈。」則知公之作真詩史矣。○後漢冉駹夷能作旄氈。○【王洙曰】晉吴隱之有清操，爲太常，以竹蓬爲屏風，坐無氈席。賴有蘇司業，○賴，一作近。時時與酒錢。○【王洙曰】與，一作乞。○【鄭卬曰】乞，丘既切，與也。○【師古曰】按虔始爲廣文館學士，生嗜酒不治事，數爲官長所訶，怡然不以爲意。禄山反，陷于賊，受禄山僞署，後竄歸，坐免官，故至貧窶，惟蘇源明重其才，時時給與之。甫集有醉時歌云：「得錢即相覓，沽酒不復疑。」謂此也。

投哥舒開府翰三十韻〔一〕

○【鄭卬曰】哥舒翰，其先蓋突厥施奠長哥舒部之裔也。

今代麒麟閣，○【王洙曰】漢武帝獲白麟，遂作麒麟閣，以畫功臣像。宣帝甘露二年，上思股肱之美，乃圖畫大將軍霍光等十一〔二〕人於麒麟閣。何人第一功。○【王洙曰】高祖論功行封，以蕭何爲第一。君王自神武，○君王，謂玄宗也。○【王洙曰】漢刑法志：高祖躬神武之材，總覽英雄。駕馭必英雄。○【王洙曰】吴志：張昭曰：「吾君能駕馭英雄。」開府當朝傑，○【師古曰】玄宗即位，自負神武，好開邊境，駕馭英雄之士，以爲將帥。哥舒翰於天寶十一載加開府儀同三司，得自選將校〔三〕參謀，甫意哥舒特膺帝眷，必立大功，爲當代麒麟閣第一人，有如漢之蕭何也。○【王洙曰。又，杜陵詩史引作「師古曰」。】唐制：開府儀同三司。三司者，三者〔四〕三公也，從一品官也。論兵邁古風。先鋒百戰在，○【王洙曰：「勝，一作戰。」】戰，一作勝。略地兩隅空。○略地，一作妙略。略，取也。○【師古曰】兩隅空，謂北征突厥、西伐吐蕃也。○【趙次公曰】翰嘗攻吐蕃石堡城，遂以赤嶺爲西塞。青海無傳箭，○【趙次公曰】胡人每〔五〕起兵，以傳箭爲號。或曰：守城之法，更夜傳箭，以警其睡也。○【師古曰】青海軍中夜傳箭以守。無傳箭，言無警也。○【王洙曰】翰嘗築城青海上，吐蕃攻破之。移築於龍駒島，而吐蕃不敢近。○青州，十三州志：臨羌縣西有卑禾海，謂之青海。天山早挂弓。○【王洙曰】天山即祁連山。匈奴謂天爲「祁連」。今鮮卑語然。○祁連山在伊州，一名雪山。○【師古曰】挂弓，言休兵也。○【王洙曰】薛仁貴傳：將軍三箭定天山，壯士長歌入漢關。廉頗仍走敵，○謂敵既竄走，畏翰之威如良廉頗也。史記本傳：廉頗，趙之良將。伐齊攻魏，皆破之。擊燕，封信平君。魏絳已和戎。○謂戎來求和，感翰之德如感魏絳也。○【王洙曰】左氏襄公四年傳：魏絳勸晉侯和戎有五利，公説，使魏絳盟諸戎，修民事田以時。既而鄭人賂晉侯以樂，晉侯以樂之半賜魏絳，曰：「子教寡人和戎，八年之内，九合諸侯，如樂之諧，請與子樂之。」於是魏絳始有金石之樂也。每惜河隍棄，○【師古曰】河隍，乃河曲築隍以備寇也。吐蕃傳：吐蕃本西羌屬，散處河隍、江崏間。王忠嗣守河隍，爲寇所敗。○惜其棄之已久，未收復也。新兼節制通。○【趙次公曰】翰天寶十一載冬入朝呈攻守計，十二載春進封涼國公兼河西節度使。蓋以河隍之久棄，欲得翰收復之，故使之節度河西也。智謀垂睿想，○【趙次公曰】方謀復河隍，而爲帝所繫想也。出入冠諸公。○【趙次公曰】翰既建節而出，明年遂復河源。日月低秦樹，乾坤繞漢宮。○【趙次公曰】此言收復開拓之功也。按，翰傳云：攻破吐蕃共濟，收黃河九曲，以其地置洮陽郡。此所謂日月所臨，特低秦樹，乾坤所包，特繞〔六〕漢宮也〔七〕。吴〔八〕人愁逐北，○【趙次公曰】謂翰之威武，胡人愁其攻逐而敗北矣。漢書音義：師收〔九〕曰北。○【王洙曰】按，翰本傳：吐蕃候積石軍麥熟歲來取，幹〔一〇〕乃使王難得、楊景暉設伏東南谷，吐〔一一〕蕃以五千騎入塞，放馬褫甲，將就田。翰自城中馳至，鏖鬬，虜駭走，追此〔一二〕伏起，悉殺之，隻馬無還者。宛馬又從東。○【鄭卬曰】宛，於爰切，國名。○【師古曰】謂胡人既以敗北畏翰之威，復以宛馬來歸獻也。此皆援以爲喻，以美翰爲言，非所謂真獻馬也。○【王洙曰】按，漢武伐大宛得天馬，乃作歌曰：「天馬來，歷無草，徑千里，循東道。」○【王洙曰。又，杜陵詩史引作「薛夢符曰」。】阮籍詩：天馬出西北，由來從東道。受命邊沙遠，○【王洙曰】邊沙，一作軍麾。○【趙次公曰】邊沙指河西，以翰嘗爲河西節度也。歸來御席同。○【趙次公曰】言翰復河隍，功成而歸，寵宴之盛也。軒墀曾寵鶴，○【師古曰】言翰之膺寵，非如衛公有東〔一三〕軒之鶴也。○【王洙曰】左氏閔公二年傳：狄人伐衛，懿公好鶴，鶴有乘軒者，將戰，國人受甲者皆曰：「使鶴。鶴實有祿位，余焉能戰？」」○【趙次公曰。又，杜陵詩史、補注杜詩、分門集注引作「余曰」。】或者曰：按杜預注：軒，大夫車也，非軒墀之軒。○夢弼謂公借用之，非爲病也。○【趙次公曰】○言帝得翰，有如文王卜田而得呂望也。

畋獵舊非熊。○【王洙曰】太公六韜：文王將田，卜曰：「將大得焉，非龍非彲，非虎非羆，兆得公侯，天遺汝師。」乃田於渭陽，卒見太公，載與俱歸。

茅土加名數，○【趙次公曰】言翰進封西平郡王也。○【王洙曰】天子大社，封五色土爲壇。凡建諸侯受天子大社之土，各割其所封之方色土與之。東方受青土，他如其方色，加以白茅授之，歸國以亢〔一四〕，視燾以黃土，苴以白茅，茅取其絜，黃取王者覆燾四方，等其爵位輕重而爲之名數也。左氏傳：名位不同，禮以異數。

山河誓始終。○【王洙曰】漢高帝即位，封功臣，爲之誓曰：「使黃河如帶，太山若礪，國以永存，爰及苗裔。」於是申以丹書之信，重以白馬之盟。○又作十八侯位次，杜業納説曰：「迹漢功臣，亦皆剖〔一五〕符世爵，受山河之誓，存以著其號，亡以顯其魂，賞亦不細矣。」

策行遺戰伐，○【師古曰】遺，棄也。言翰以計謀用兵，不假戰伐，故云遺也。

契合動昭融。○【師古曰】昭融，言帝之哲鑒也。翰之用謀與帝意合，故能聳動於帝也。

勳業青冥上，○青冥，天也。○【師古曰：「上言立功之高也。」】言翰立功之高出乎天也。

交親氣概中。○【師古曰：「言氣概之感人也。」】言翰以炁義感乎人也。

未爲朱履客，○【王洙曰：「春申君客三千餘人，上客皆躡珠履。」】史記春申君傳：趙使欲夸楚，爲玳瑁簪、刀劍室以珠玉飾之，請命春申君客。春申君客三千餘人，其上客皆躡珠履以見趙使，趙使大慙。已是〔一六〕白頭翁。○【王洙曰：「見，一作是。」】是，一作見。甫自言未爲翰之上客，而頭已白矣。○【師古曰】惜乎不爲翰之春〔一七〕遇也。壯節初題柱，○【王洙曰】甫自謂壯節有題柱之志。成都記：城北七里有昇仙橋。司馬相如初西去，題其柱曰：「不乘高車駟馬，不過此橋。」後果以傳車至其處。生涯獨轉蓬。○【趙次公曰】莊子養生篇：吾生也有涯。○古樂府詩：爲客若轉蓬。幾年春草歇，○【師古曰】甫謂未能歸故鄉也。古詩：王孫不歸來，緑盡池邊草。○【趙次公曰。又，杜陵詩史、補注杜詩、分門集注引「修可曰」：「梁元帝云：既看春草歇。」】梁元帝詩：既看春草歇。謝靈運詩：春草亦未歇。今日暮途窮。○甫自嘆其衰老也。魏氏春秋：阮籍時率意獨駕，不由徑路，車迹所窮，輒慟哭而反。顔延年詠阮步兵詩：物故不可論，途窮能無慟。軍事留孫楚，○【師古曰】此言甫參翰之幕府，有如孫楚也。○【王洙曰】晉孫楚字子荆，才藻卓絶，爽邁不群，多所陵傲。年四十餘，始參鎮東軍事，後遷著作郎、都督揚州。復參石苞驃騎將軍事。楚既負其才氣，頗侮易於苞。初至，長揖曰：「天子命我參卿軍事。」因此嫌隙遂構，劾參軍不敬府主。○楚既輕苞，遂制弛敬，自楚始也。予按，別本一作「鄉里輕周處」。晉書：周處字子隱，膂力過人，好馳騁田獵，不修細行，縱情肆慾，州曲患之。慨然改勵，投水搏蛟而反，鄉里相慶。行間識吕蒙。○一作「將軍拔吕蒙」。行，户郎切，行伍也。○【師古曰】此言翰識甫於微賤，有如吕蒙也。○【王洙曰】吴志吕蒙傳：蒙，吴人，字子明，少隨鄭〔一八〕當掌〔一九〕擊賊，職吏輕之，蒙殺吏，因校尉袁雄自首。承間言於孫策，策奇之，引置左右。又孫權傳：權字仲謀，權遣趙咨往使魏，魏主問曰：「吴何等〔二〇〕主？」咨曰：「聰明仁知，雄略之主。」問其狀，咨曰：「納魯肅於凡品，是其聰也。拔吕蒙於行陣，是其明也。」防身一長劍，〇【王洙曰】一作「防身有長劍」。〇一作「腰間有長劍」。揚子吾子篇：劍可以愛身。將欲倚崆峒。〇【王洙曰】一作「聊亦倚崆峒」。〇【師古曰】崆峒山在岷州之西，正當吐蕃所入之道。甫將欲以見〔二〕崆峒，從翰守節鎮也。〇【王洙曰：「宋玉賦：長劍耿介倚天外。」】荆楚故事：宋玉大言曰：「彎弓挂扶桑，長劍倚天外。」

【校記】

〔一〕三十韻，當作「二十韻」。

〔二〕二，元本、古逸叢書本作「一」，是。

〔三〕校，原作「捄」，據古逸叢書本改。

〔四〕「三者」二字，元本、古逸叢書本無，當爲衍文。

〔五〕每，原作「海」，據元本、古逸叢書本改。

〔六〕繞，原作「堯」，據古逸叢書本改。

〔七〕也，元本、古逸叢書本無。

〔八〕吴，元本、古逸叢書本作「胡」。

〔九〕收，九家集注杜詩、杜陵詩史、補注杜詩、分門集注皆作「敗」。

〔一〇〕輪，古逸叢書本作「翰」，是。
〔一一〕吐，原作「取」，據元本、古逸叢書本改。
〔一二〕此，古逸叢書本作「北」，是。
〔一三〕東，古逸叢書本作「乘」。
〔一四〕亢，古逸叢書本作「方」。
〔一五〕剖，原作「創」，據古逸叢書本改。
〔一六〕是，原作「自」，據元本、古逸叢書本改。
〔一七〕春，古逸叢書本作「眷」。
〔一八〕鄭，古逸叢書本作「鄧」。
〔一九〕掌，元本、古逸叢書本作「嘗」。
〔二〇〕等，原作「菁」，據古逸叢書本改。
〔二一〕以見，元本、古逸叢書本作「倚劍」。

新定杜工部草堂詩箋斠證卷第四

天寶以來在東都及長安所作

麗人行

○【王洙曰】劉向别録有麗人歌賦。○故甫因之作麗人行。○【師古曰】觀衛詩以碩人美莊公與申后，蓋取其碩美之德。今公此詩以麗人名篇，豈非刺貴妃姊妹之徒以豔麗之色而膺寵貴乎？○按明皇雜録：上將幸華清宮，貴妃姊妹竟飾車服，各爲一犢車，飾以金銀，間以珠翠，一車之費不啻數十萬。既成，甚重，而牛不能引，因復上閣請乘馬。於是競須名馬，以黄金爲銜橛，組繡爲障泥，共會於國忠宅，將同入禁中，炳焕照燭，觀者如堵。

三月三日天氣新，○韓詩章句：鄭俗，三月上巳，於溱、洧兩水之上秉蘭祓除。沈約宋書：魏以後但用三日，不用上巳。晉束皙曰：周公成洛邑，因流水以泛觴。後人相緣，因爲盛集。長安水邊多麗人。○【鄭卬曰】長安，古雍州地。○【趙次公曰】唐開元中，都人遊賞於曲江，莫盛於中和、上巳節，此三月三日所以水邊多麗人也。態濃意遠淑且真，肌理細膩骨肉勻。繡羅衣裳照暮春，○【王洙曰】繡，一作畫。○【王洙曰】古樂府詩〔一〕：被服羅衣裳。南都賦：暮春之禊，元巳之辰，男女姣服，駱驛繽紛。蹙金孔雀銀麒麟。頭上何所有，○古樂府羅敷行：頭上倭墮髻，耳邊明月珠。翠微匐葉垂鬢脣。○【王洙曰】微，一作爲。匐，一作匎。○【趙次公曰】匐葉，一作匎匐。○【鄭卬曰】匐，烏合切。○【九家集注杜詩、補注杜詩引作「杜田補遺」，杜陵詩史、分門集注引作「師古曰」。】匐綵，婦人鬢邊花。○【師古曰】以翠羽鋪飾，其狀輕微也。○范靖婦緣步搖詩：珠花縈翡翠，寶葉間金瓊。背後何所見，珠壓腰衱穩稱身。○【九家集注杜詩引作「杜田補遺」，杜陵詩史引作「修可曰」。】衱，一作被，一作襟，皆非也。○【鄭卬曰】衱，居業切，又其輒切。鄭玄注禮記云：交領也。○謝任伯謂衱當作裓，其間切。○【趙次公曰。又，杜陵詩史、分門集注引作「修可曰」。】爾雅又曰：衱謂之裾。郭璞云：衣後裾也。○【鄭卬曰】稱，昌孕切，宜也。○【師古曰】予謂腰衱即今之裙帶，綴珠其上，壓而不垂也。此皆形容麗人顏貌衣裳服飾之盛，曲盡其妙矣。就中雲幕椒房親，○【師古曰】雲幕，謂鋪設幕次如雲霧之垂也。○右指貴妃姊妹兄弟之嬌盛也。○【王洙曰】西都賦：後宮則掖庭椒房后妃之室。漢官儀曰：皇后稱椒房，取蕃實之義。詩云：椒聊之實，蕃衍盈升。以椒塗宮室，亦取其溫暖，辟除惡氣，猶天子朱泥殿上曰丹墀也。賜名大國虢與秦。○【趙次公曰】虢、秦指貴妃之姊妹，以長安志攷之，虢國乃八姨，秦國乃大姨，並承恩出入宮掖。紫駝之峰出翠釜，○【王洙曰】峰，一作珍。○此言飲食之美至珍矣。○【王洙曰】駝謂橐駝，其脊上有一肉，高如峰然。○其味最美也。○【九家集注杜詩引作「杜田補遺」，杜陵詩史、分門集注引作「薛蒼舒曰」，又作「趙次公曰」。】酉陽雜俎：今〔二〕衣冠家名食有將軍曲良翰能爲駝峰炙。○王績遊北山賦：翠釜而出金精。水精之盤行素鱗。○後漢西域傳：大秦國宮室皆以水精爲柱，食器亦然。○【王彦輔曰】傳奇集：貞觀中，許栖巖遊洞口詩：不假丹梯躡雲漢，水精盤冷桂花秋。犀筯厭飫久未下，○【趙次公曰。又，杜陵詩史、分門集注引作「徐君平曰」】酉陽雜俎：安禄山恩寵莫比，其所賜有金平脱犀頭匙筯。○韋琳䱾表：遊厠玳筵，猥頷犀筯。○【王洙曰】晉何曾日食萬錢，猶云無下筯處。鸞〔三〕刀縷切空紛綸。○【王洙曰】空，一作坐。○【師古曰】縷切，言切膾如絲縷之細也。○【王洙曰】詩信南山篇：執其鸞刀，以啓其毛。注：鸞刀，刀有鸞者，言割中節也。○【杜田補遺】正義曰：鸞即鈴也。公羊傳：鄭伯右執鸞刀。注：鸞刀，宗廟割肉之刀，鐶有和，鋒有鸞。其制：二鸞在鋒，聲中宮商，三和在鐶，聲中角祉羽。故先儒釋禮器，謂宗廟必有鸞刀〔四〕者，取其鸞鈴之聲宮商調，而後斷割也。○【王洙曰】西征賦：饔人縷切，鸞刀若飛。應刃落俎，靃靃霏霏。黄門飛鞚不動塵，○【鄭卬曰】鞚，口送切，馬勒也。○【師古曰】謂鞚勒其馬疾如飛也。○黄門，謂中人之使者也。董巴輿服志：禁門曰黄闥，中人主之，故曰黄門。後漢百官志：小黄門關通中外及中宫以下衆事，又有黄門長，中黄門也。○【王洙曰】明皇雜録：虢國夫人出入禁中，常乘紫驄，使小黄門爲御。○紫驄之駿健、黄門之端秀，皆冠絶一時。○【薛夢符曰】鮑照擬古詩：飛鞚越平陸。**御厨絲絡送八珍。**○【王洙曰】絲絡，一作駱驛。○【師古曰】甫言天子寵予之隆也，絲絡謂天子遣使送御厨食相繼如繹絲不絶。上句言不動塵，下句言送八珍，乃知慎護天子所賜，不敢有動摇也。○【薛夢符曰】或謂尚膳貴嚴潔，故以羅綺絡繹護衛之也。按集有往在詩「赤墀櫻桃枝，隱映金絲籠」是也。○【王洙曰】周禮：膳夫珍用八物。注：珍謂淳熬、淳母、炮豚、炮牂、擣珍、漬、熬、肝膋也。**簫鼓哀吟感鬼神，**○【王洙曰】鼓，一作管。○潘岳金谷園詩：簫管清且怨，日宴罷朝歸。○【王洙曰】詩大序：動天地，感鬼神。**賓從雜遝實要津。**○【鄭卬曰】從，才用切，隨行也。○【王洙曰】遝，火〔五〕合切，迨也。○【趙次公曰】此譏其男女糅雜也。○要津，謂顯要當權之臣也。○【王洙曰】魏文帝與吴質書：輿輪徐動，賓從無聲。劉向傳：雜遝〔六〕衆賢。古詩：先掠〔七〕要路津。**後來鞍馬何逡巡，**○逡，七倫切，退也。鮑照詠史詩：賓御紛颯沓，鞍馬光照地。○【王洙曰】賈誼過秦論：九國之師，遁巡而不敢進。顔師古曰：遁巡，謂疑出而却退也。**當軒下馬入錦茵。**○【王洙曰】軒，一作道。○【師古曰】茵，褥也。○言觀宴者逡巡退却，當墀下馬而履乎鋪地之錦褥。○【趙次公曰】其氣勢洋洋然，旁若無人也。**楊花雪落覆白蘋，**○覆，敷救切，蓋也。此言觀宴者挨拶頭上花落狼藉覆地也。或曰：後漢孝文帝尊宣武靈皇后胡光〔八〕華爲皇太后，後臨朝攝政，淫亂，幸楊白花。以意言之，則蘋爲正，而楊花爲邪，言覆白蘋者，欲掩其惡也。此詩托意爲刺楊氏作。柳子厚有楊白花詞云：楊白花，風吹度江水。坐令宫樹無顔色，摇蕩春江千萬里。茫茫曉日下長秋，哀歌未斷城鴉起。

蓋廣子美之詩意也。 青鳥飛去銜紅巾。○青鳥，爲西王母取食者也。○【趙次公曰】紅巾，婦人之飾。○所以覆食者也。青鳥銜取之，以賜觀宴者。○【王洙曰】山海經：三危之山，有青鳥居之。注：青鳥，主爲西王母取食者，引首棲息於此〔九〕山也。○相如大人賦：吾乃今日視西王母，暠然白首戴勝而穴處兮，亦幸有三足烏爲之使。張揖曰：西王母，其狀如人，豹尾虎首，蓬頭暠然白首。烏三足，青鳥也，主爲西王母取食，在崑崙山北。○【王洙曰】漢武故事：七月七日，上於承華殿忽見一青鳥從西方來集殿前，上問東方朔：「何鳥也？」朔曰：「西王母降。」是夕王母至。 炙手可熱勢絶倫，○【王洙曰】勢，一作世。 慎莫近前丞相嗔。○【王洙曰】近，一作向。○【趙次公曰】炙手可熱，言勢焰之熏灼也。○丞相指楊國忠也。貴妃用事，其兄國忠爲丞相，勢焰薰炙中内〔一〇〕，觸之者即爲齏粉。○【師古曰】故甫所以戒當時士大夫無爲譏切其黨以取禍害也。○【趙次公曰】按，唐書國忠本傳：時國忠代李林甫爲相，盛氣驕愎，百僚莫敢相可否。○又，天寶故事：國忠與虢國夫人晝會夜集，無復禮度。時與虢國並轡入朝，揮鞭走馬，以爲戲謔。衢路觀者，無不駭歎。○【趙次公曰】後漢桓帝時，童謡曰：春梁之下有懸鼓，我欲擊之丞相怒。

【校記】

〔一〕詩，元本、古逸叢書本作「云」。

〔二〕今，元本、古逸叢書本無。

〔三〕鸞，原作「鑾」，據古逸叢書本改。

〔四〕刀，元本、古逸叢書本作「肉」。
〔五〕火，杜陵詩史作「夫」。
〔六〕逮，原作「逮」，據元本、古逸叢書本改。
〔七〕掠，元本、古逸叢書本作「據」。
〔八〕光，古逸叢書本作「先」。
〔九〕此，元本、古逸叢書本作「北」。
〔一〇〕內，元本、古逸叢書本作「外」，是。

送高三十五書記十五韻

〇【鮑彪曰】高適字達夫，渤海人。少落魄，客梁、宋間，宋州刺史張九皋奇之，舉有道，調封丘尉。不得志，去客河西。武威郡節度使哥舒翰表爲左驍衛兵曹參軍、掌書記。〇【師古曰】是時甫送以此詩。〇【王洙曰】從翰入朝，翰盛稱之於上前，拜適左拾遺。禄山亂，適佐翰守潼關。翰敗，適走行在。適年五十始留意爲詩，每一篇出，好事者輒傳之。

崆峒小麥熟，〇【鄭卬曰】崆，苦紅切。峒，徒紅切。〇【九家集注杜詩引作「杜田正謬」】。杜陵詩史、分門集注、補注杜詩引作「修可曰」。】西方山也。〇唐志：安定郡保定縣有崆峒山。〇【補注杜詩引作「黄希曰」。】樂史寰宇記：禹迹之内山名崆峒者有三：其一在臨洮，秦築長城之所起也；其一在安定，其一黄帝問道之所。則專主汝州梁縣。○翰先爲隴西節度副大使，天寶十一載，兼河西節度使，破吐蕃等城，收黄河九曲，以其地置臨洮郡，則此詩所謂崆峒，指翰所在也。又，寄適詩云：「主將收才子，崆峒足凱歌。」其意蓋同也。又，贈田判官詩云：「崆峒使節上青霄。」時蓋謂翰入奏也。壯遊詩云：「崆峒殺氣黑。」則指明皇用兵汧、隴，比黄帝也。○【九家集注杜詩引作「杜田正謬」。杜陵詩史、分門集注、補注杜詩引作「修可曰」。】史記：黄帝代神農氏，諸侯有不從者，從而伐之，未嘗寧居，東至海，西至崆峒。韋昭注：在隴右。九域圖志：岷州和政縣有崆峒山。按爾雅：崆峒，字又作空同。○【王洙曰】漢桓帝時童謡歌曰：小麥青青大麥枯，誰當穫者婦與姑，丈夫何在西擊胡。**且願休王師。**○【王洙曰】且，一作吾。**請公問主將，焉用窮荒爲。**○公指高適也。○【趙次公曰】主將指哥舒翰也。○是時吐蕃入寇，玄宗遣哥舒翰鎮武威。○【師古曰】西北地寒時晚，小麥熟是五月之時。玄宗開元初用張九齡爲相，天下安平，遂貪邊功，開拓土地，致有吐蕃之憂。穀麥者，民之司命，今麥正熟，願休兵使邊民得收穫小麥，是爲生民之本。請高適問主將哥舒翰，何用窮荒之地，興師勞民，俾民不得穫麥乎？且夷狄之地乃窮荒所在，譬如石田不可以耕，雖得其地，果何益哉？此甫以忠言諷之也。**飢鷹未飽肉，側翅隨人飛。**○【李希聲曰】此公以鷹喻高適也。○【王洙曰】魏國志：吕布因陳登求徐州牧，不得，怒。登喻之曰：「登見曹公言：待將軍譬如養虎，當飽其肉，不則噬人。公曰：不如卿言。譬如養鷹，飢則爲用，飽則揚去。」布意乃解。晉載記：慕容垂猶鷹也，飢則附人，飽則高飛。**高生跨鞍馬，有**

似并州兒。○【師古曰】鷹之爲用，可飢不可飽，飽則飛去。得一兔，飼一鼠，得一禽，飼一雛，飢而後可用也。譬如高適豪傑之士，其肯爲哥舒翰用乎？是故卑微其官，使之發激立功，而後加以高爵重禄。鷹不飢不肯側翅以隨人，高適官不薄亦不肯隨哥舒翰往武威，此必然之理也。幽、并二州，逼近羌戎，其俗多游俠之士，皆習鞍馬馳射。高適本儒生，今能跨馬，有似幽、并之兒，以其文武兼資故也。○【王洙曰】按，曹子建白馬篇：白馬飾金羈，連翩西北馳。借問誰家子，幽并游俠兒。山簡傳：舉鞭問葛强，何如并州兒？脱身簿尉中，始與捶楚辭。○【王洙曰】捶，主蘂切。擊也。○【鮑彪曰】謂適以封丘尉不得志云，是以辭捶楚之憂〔一〕矣。此謂唐時參軍、簿、尉受杖責也。○【王洙曰】予按，韓愈寄三學士詩云：判司卑官不堪説，未免捶楚塵埃間。○【余曰】杜牧寄姪阿宜詩云：一語不中治，鞭笞身滿瘡。乃知唐之參軍、簿、尉有罪即加撻罰，如今之胥吏也明矣。及觀唐代宗命劉晏考所部官善惡，刺史有罪者，五品以上劾治，六品以上杖訖奏，况參軍、簿、尉乎？借問今何官，○【鄭卬曰】借，咨昔切，又如字。觸熱向武威。○【李泰伯曰】程曉三伏詩：今世襶褦子，觸熱向人家。○集韻：音戴耐，不曉事也。○【王洙曰】武威郡在漢故匈奴休屠王地，武帝太初四年開。○前凉張軌、後凉吕光、北凉沮渠蒙〔二〕並都之。○【王洙曰】隋志：舊置凉州，後周置總管府，大業初府廢，在唐曰凉州。答云一書記，○【王洙曰】云，一作言。○【師古曰】甫問適今已辭捶楚而爲何官？蓋適之行期正當五月小麥熟時，觸冒暑熱而向武威，爲翰掌書記也。書記謂掌護兵符、軍檄〔三〕露布之任也。所媿國士知。

○【王洙曰】賈誼傳：豫子曰：智伯以國士遇我，我故國士報之。人實不易知，○易，以豉反，輕也。○【王洙曰】范雎傳：侯嬴謂信陵君曰：「人固未易知，知人亦未易。」更須慎其儀。○【王洙曰】儀，一作宜。○【師古曰】適既媿荷翰以國士禮與之結知，甫因戒之曰：人相結知，不爲易得，當小心謹慎，無恃材高，驕傲於主將，則爲失人也。諺云：「相識徧天下，知心能幾人。」故曰「人不易知」。古人於別離，有財則贈之以財，無則贈之以言，今甫戒以慎其儀，乃古人贈言之意也。適嘗與李白酒酣登吹臺，爲人豪放不檢，甫恐彼疎脱於翰，故戒以慎其儀也。○【昱曰】詩抑篇：敬慎威儀，維民之則。十年出幕府，○【王洙曰】李廣傳：幕府省文書。顔師古音義曰：莫府者，以軍幕爲義。古字通用。軍旅無常居止，故以帳幕言之也。自可持旌麾。○【王洙曰】麾，一作旗。此行既特達，足以慰所思。○【王洙曰】一作「亦足慰遠思」。○【師古曰】大將行兵，無宮室可居，惟以青油幕爲府，以避風雨。唐制：從軍歲久者，始得大都。高適今在翰幕府爲書記，十年間出，須得大郡。故云「自可持旌麾」，豈非特達乎？足以慰甫懷思之情而無所恨也。男兒功名遂，亦在老大時。○【鄭卬曰】大，唐佐切，又徒太切，巨也。○【師古曰】自古大丈夫功成名遂，亦多在晚年，不必皆少達也。傳云：嘉穀不早熟，大器當晚成。甫既勉適以十年出幕府，恐嫌於遲暮，故復以老大言而慰之也。○【王洙曰】古樂府詩：少壯不努力，老大徒悲傷。常恨結驩淺，○【趙次公曰。又，杜陵詩史引作「李希聲曰」。】左氏傳：楚子使椒舉如晉，曰：「寡君願結驩於二三君。」○任彦昇詩：結驩三十載，生死一交情。各在天一涯。

○謂彼此平日多間闊而少相驩會也。○【王洙曰】古詩：相去萬餘里，各在天一涯。又如參與商，○【師古曰】辰、參二星不相得，各居一方。人之離別不獲聚會者似之。甫生平既與適少相驩會，今又執別如參與商，中腸安得不悲慘也。○【王洙曰】按左氏昭公元年傳：子產曰：「昔高辛氏有二子，伯曰閼伯，季曰實沈，居于曠林，不相能也。日尋干戈，以相征討。后帝不臧，遷閼伯于商丘，主辰，商人是因，故辰爲商星。遷實沈于大夏，主參，唐人是因，以服事夏、商，故參爲晉星。」蘇子卿詩：昔爲鴛與鴦，今爲參與辰。陸士衡詩：形聲參商乖，音息曠不達。慘慘中腸悲。○樂府歌：心思不能言，腸中車輪轉。驚風吹鴻鵠，○【王洙曰】吹，一作飄。不得相追隨。○【師古曰】驚風者，回飆也。鴻鵠一舉千里。陳勝云：「燕雀安知鴻鵠之志？」然鴻鵠得疾風吹噓，其勢高舉遠引，彼燕雀之徒，豈得相追隨也？以鴻鵠喻適，甫以燕雀自譬，恨不得追隨於適而去也。○阮嗣宗詠懷詩：寧與燕雀翔，不隨黃鵠飛。黃鵠遊四海，中路將安歸？黃塵翳沙漠，念子何時歸。○【師古曰】沙磧曰漠。武威乃邊郡，與沙漠相連，風揚黃塵，障翳人目，豈宜久居？不知歸期當在何日也。○【王洙曰】漢匈奴傳：隔以山川，壅以沙漠。蘇子卿詩：欲展清商曲，念子不能歸。邊城有餘力，早寄從軍詩。○【師古曰】謂邊城無寇，綽有餘暇，早寄我詩什〔四〕，庶知適之安否也。古樂府有從軍詩。適本文墨之士，不以軍事廢篇章，甫之所囑者以此也。○【王洙曰】王仲宣從軍詩：從軍征遐路，討役東南夷。陸士衡從軍行詩：苦哉遠征人，北戍長城阿。

【校記】

〔一〕憂，古逸叢書本作「刑」。

〔二〕沮渠蒙，當作「沮渠蒙遜」。

〔三〕檄，原作「激」，據元本、古逸叢書本改。

〔四〕什，元本作「付」，古逸叢書本作「篇」。

送蔡希魯都尉還隴右魯舊作曾因寄高三十五書記

〇【王洙曰】時哥舒翰入奏，勒蔡子先歸。〇【師古曰】按，舒翰開府儀同三司，得自選幕府士，希魯爲都尉，隸其麾下。〇天寶十一〔一〕載冬，隨翰來朝。明年春，赴上都。甫時作此詩以送其歸幕府也。

蔡子勇成癖，〇【王洙曰】癖，謂好著也。如王濟有馬癖，和嶠有錢癖，杜預有左傳癖之義也。彎弓西射胡。〇【鄭卬曰】射，食亦切。〇弩矢發也。健兒寧鬬死，〇【杜陵詩史、分門集注引「王洙曰」：「（健）一作男。」】兒，一作男。〇英雄記：呂布謂曹姓曰：「卿健兒也。」魏略：賈逵曰：「此間無健兒耶！」陳琳詩：男兒寧當格鬬死，何能鬱鬱築長城。壯士恥爲儒。〇【趙次公曰】如言「治天下當用長槍大劍，何用毛錐子」是也。官是先鋒得，材緣挑戰須。〇【王洙曰】漢高紀：謹守成皋，漢王欲挑戰。身輕一鳥過，槍急萬人呼。雲幕隨開府，〇雲幕，謂大將鋪設幕次如雲之垂也。開府，指哥舒翰也。春城赴上都。〇【王洙曰】赴，一作入。〇【趙次公曰：「此言哥舒之入奏也。天寶十一載冬入朝，今言『春城赴上都』，豈由冬末而涉春乎？」】此言希魯隨翰以天寶十一載冬末來朝，至次年春初方至京城，而翰入奏也。馬頭金匼匝，〇【鄭卬曰】匼，口答切。匝，作答切。〇【趙次公曰】匼匝，謂金絡頭也。〇【王洙曰】古樂府羅敷行：青絲繫馬尾，黃金絡馬頭。〇鮑照白苧歌：雕屏匼匝組帳舒。駞背錦模糊。〇【趙次公曰】駝之背負物矣，而以錦帕蒙之，此之謂模糊。〇【師古曰。又，王洙曰：「以駞負錦。」】或謂以駞載錦而入貢也。咫尺雪山路，〇雪，一作雲。〇【王洙曰】郭義恭廣志〔二〕曰：西域有白山，通歲有雪，亦名雪山。班超贊曰：定遠慷慨，專功西域。坦步葱雪，咫尺龍沙。注：八寸曰尺〔三〕。咫尺者，言不以爲遠也。歸飛西海隅。〇【王洙曰】西，一作青。〇【趙次公曰】謂希魯先勒還隴右也。上公猶寵錫，〇猶，王作獨。〇【趙次公曰】上公指翰。猶有錫命未已，固當少留于京也。突將且前驅。〇【趙次公曰】突將，謂希魯當往爲前驅以先歸也。〇昔公孫述使延岑拒臧宮，六合三勝，因令壯士突之。〇【趙次公曰】詩衛風：伯也執殳，爲王前驅。漢使黃河遠，〇【趙次公曰】此以翰喻張騫也。翰時爲河西節度使，故云「黃河遠」也。〇前漢張騫傳：自騫使大夏之後，窮河源，惡睹所謂昆侖者乎。涼州白麥多〔四〕。〇【趙次公曰：「言其地、其時也。」】此公記其地，又紀其時，真所謂「詩史」也。〇隴西記：諸州深秋採白麥釀酒。〇【師古曰】陳藏器本草云：小麥秋種夏熟，受四時氣足，兼有寒温。麪熱麩冷，宜其然也。河、渭以西，白麥麪凉，以其春種，闕二時之氣故也。以地理志考之，凉州正在河、渭之西，其出白麥蓋土地所宜者也。因君問消息，好在阮元瑜。〇【師古曰】時哥舒翰節鎮凉州，遣〔五〕幕士蔡子先歸，歸期正值白麥方熟，甫因問高適消息。適時隨翰爲掌書記，故比之阮元瑜。在，乃存問之辭也。〇按，王粲傳：始文帝爲五官將，及平原侯植，皆好文學，粲與北海徐幹字偉長、廣陵陳琳字孔璋、陳留阮瑀字元瑜、汝南應璩字休璉、東平劉楨字公幹並相友善。〇【王洙曰】瑀本受業於蔡邕，建安中都護〔六〕曹洪欲使瑀掌記，瑀終不屈。〇太祖辟爲軍謀祭酒。典論論文曰：今之文人，魯國孔文舉、山陽王仲宣、陳留阮元瑜也。

【校記】

〔一〕一，元本、古逸叢書本作「二」。

〔二〕廣志，九家集注杜詩、杜陵詩史、分門集注皆作「志廣」。

〔三〕元本、古逸叢書本作「八寸曰咫，十寸曰尺」。又，杜陵詩史、分門集注、補注杜詩作「八寸曰咫」。

〔四〕多，九家集注杜詩、杜陵詩史、分門集注皆作「枯」。

〔五〕遣，元本、古逸叢書本作「追」。

〔六〕護，元本、古逸叢書本作「功」。

贈田九判官梁丘

○【趙次公曰：「此詩乃哥舒翰獻捷之事。」】此篇美哥舒翰來獻捷也。

崆峒使節上青霄，○【趙次公曰】趙子櫟曰：崆峒乃隴右之山名〔一〕。哥舒翰於天寶八載爲隴右節度使，與吐蕃戰于石堡城，敗之，拔其城，更號神武軍。上青霄，言入朝見天子也。○【師古曰】或曰：哥舒爲安西都護，辟梁田丘爲判官，上青霄言爵秩之高也。○予按北山移文：干青霄而直上。○雜字解詁曰：霄〔二〕，摩天赤氣也。河隴降王款聖朝。○【鄭卬曰】降，胡江切，服也。○【王洙曰】款，納款〔三〕也。○【師古曰】言翰總領吐蕃部曲來降，舉地納款也。宛馬總肥春苜蓿，○宛，於爰切，國名。○【王洙曰】苜，莫六切，蓿，息六切。○苜蓿，草名。○【趙次公曰】此言得吐蕃之馬矣。大宛最出良馬，而吐蕃一帶馬無不善者。苜蓿所以飼馬耳。將軍只數漢嫖姚。○數，所矩〔四〕切，計也。○【王洙曰】漢，一作霍。○【趙次公曰】此以霍將軍喻翰也。○【鄭卬曰】霍去病再從大將軍受詔爲票姚校尉。服虔曰：音飄搖。顏師古曰：嫖，頻妙切。姚，羊召切。嫖姚，勁疾之貌也。○荀悅漢紀字作「票鷂」。去病後爲票騎將軍，尚取票姚之字耳。○【趙次公曰】甫詩今作平聲用。○蓋〔五〕從服音也。陳留阮瑀誰爭長，○【趙次公曰】以阮瑀比田九也。瑀爲曹洪掌書記，故以比田之爲判官也。餘見前篇「好在阮元瑜」注。京兆田郎早見招。○【趙次公曰】又以田鳳比田九也。○【王洙曰】三輔決録：田鳳，字秀宗，爲郎，容儀端正，入奏事，靈帝目送之，曰：「堂堂乎！京兆田郎也。」麾下賴君才並美〔六〕，獨能無意向漁樵。○麾，大將之所建。○【王洙曰：「麾下，謂軍中旗麾之下。」】麾下，謂哥舒旌麾之下也。○【王洙曰】漁樵，甫自謂也。○【趙次公曰：「此言主將麾下賴田君之才，與諸俊並入，可獨能無意而甘心於漁樵乎？」按，蔡夢弼用其語而增一「甫」字，適反其義。】此言哥舒麾下賴田君之才，與諸俊並入，甫可無意而甘心於漁樵乎！○【師古曰】甫冀田判官有以薦之也。

【校記】

〔一〕山名，杜詩趙次公先後解輯校作「名山」，分門集注作「山名」。
〔二〕霄，元本、古逸叢書本作「雲」。
〔三〕款，元本、古逸叢書本作「次」。
〔四〕矩，原作「短」，據元本、古逸叢書本改。
〔五〕用蓋，元本、古逸叢書本作「蓋用」。
〔六〕美，元本、古逸叢書本作「入」。

奉贈鮮于京兆二十韻

〇【鄭卬曰】鮮，相然切。鮮于，複姓也。〇鮑文虎曰：鮮于仲通也。唐書紀十年書「劍南節度使鮮于仲通及雲蠻戰于西坤河，敗績」，不見其爲京兆。豈先爲京兆耶？豈以節度爲京兆耶？唐開元以來，在位無鮮于姓者，詩有鮮于萬州，乃其子也。

王國稱多士，〇【王洙曰】詩文王篇：思皇多士，生此王國。賢良復幾人。〇【趙次公曰】王者之國，號多士矣，而賢良無幾也。異才應間出，〇出，一作世。爽氣必殊倫。〇【王洙曰】謂茂異之才，間世而生，英爽之氣，邁乎衆人。〇【趙次公曰】皆所以美乎鮮于京兆者也。始見張京兆，〇【王洙曰】前漢張敞傳：潁川太守黃霸始以治行第一入爲京兆尹，不稱，罷。於是膠東相敞守京兆尹。宜居漢近臣。〇【師古曰】謂鮮于以賢良而居張敞之任也。驊騮開道路，〇喻其會遇之榮也。穆天子傳：驊騮騄耳，日馳三萬〔二〕里。鵰鶚離風塵。〇【鄭卬曰】離，力智切，去也。〇喻其飛騰之快也。侯伯知何算，文章實致身。〇【師古曰】京兆尹，古之侯伯也。今鮮于胸中蘊畜不可窮測。〇【趙次公曰】而其致身之由則實以其文章也。奮飛超等級，容易失沉淪。〇【趙次公曰】趙子櫟曰：惟其奮飛而晉擢，徑超邁於官之等級，故其離去沉淪也易而不難如此。〇【師古曰】或曰：言京兆乃輦轂之下，不可驕易而失身。此戒之之辭也。脱略磻溪釣，〇【王洙曰】：「吕望釣於磻溪。」尚書中候：呂望即磻溪之水釣其泥，得玉璜。操持郢匠斤。○【師古曰】此言鮮于之有斷也。○【王洙曰】莊子徐無鬼篇：郢人堊漫其鼻端若蠅翼，使匠石斲之。匠石運斤成風，聽而斲之，盡堊而鼻不傷。郢人立不失容。雲霄今已逼，○【師古曰】謂已迫天子也。台衮更誰親。○【師古曰】言必見擢用爲公相也。○【趙次公曰】上公應天上三台。衮則衮服。三公一命衮，故得稱衮也。鳳穴雛皆好，○【王洙曰】此美鮮于之諸子也。○山海經：丹穴之山有鳥，名曰鳳皇，自歌自舞，見則天下安寧。東京賦：舞丹穴之鳳皇〔二〕。説文：鳳皇出東方君子之國，過崑崙，飲砥柱，濯羽弱水，暮宿丹穴。蜀龐統號鳳雛。○【王洙曰】晉陸雲幼時，闗鴻〔三〕見而奇之，曰：「此兒若非龍駒，當是鳳雛。」○古樂府隴西行：鳳皇鳴啾啾，一母將九雛。吳競樂府解題云：鳳將雛，漢世曲名也。龍門客又新。○【師古曰】言鮮于門下皆賢士也。○【王洙曰】後漢李膺字元禮，拜司隸校尉。膺性簡亢，無所交接，以聲名自高，唯以同郡荀淑、陳實爲師友。士有被其容接者，名爲「登龍門」。義聲紛感激，○【趙次公曰】言鮮于之義聲有似感激於人多矣。○【王洙曰】劉越石詩：鄧生何感激。敗績自逡巡。○皆甫自謂也。○【師古曰】言我得罪退去，而不獲進依托於鮮于也。○【王洙曰】左氏〔四〕莊公十一年傳：凡敵大崩曰敗績。○賈誼過秦論：九國之師逡巡而不敢進。途遠欲何向，○【王洙曰】遠，一作永。主父偃謂曰暮途遠。○【師古曰】喻人之衰老也。甫以年老，更欲何祈向乎？天高難重陳。○【鄭印曰】重，儲用切，再也。○【師古曰】以其君門九重之遠，固難於伸愬也。○【王洙曰】劉越石詩：棄置勿重陳。學詩猶孺子，○【王洙曰】孺子，一作子夏。○【師古曰】孺子，謂小子也。甫謙言能詩不過小子之學耳。○【王洙曰】論語陽貨篇：子曰：小子何莫學〔五〕詩。八佾篇：子曰：起予者商也，始可與言詩已矣。鄉賦念嘉賓。○念，一作忝。○【王洙曰】鄉賦，猶言鄉舉也。詩鹿鳴：燕群臣，嘉賓也。不得同晁錯，○晁，正作鼂，馳遥切。錯，倉故切。姓名也。漢書本傳：孝文帝二年，詔舉賢良文學之士，錯在選中，對策高第。吁嗟後郄詵。○郄，乞逆切。詵，時臻切。姓名也。○【王洙曰：「郄詵傳：泰始中，詔天下舉賢良直言之士，太守文立舉詵應選，對策上第。詵曰：『臣舉賢良對策，爲天下第一，猶桂林一枝也。』」】晉書本傳：泰始中，舉賢良，對策上第，武帝於東堂會選，問詵曰：「卿自以爲如何？」詵對曰：「臣舉賢良對策，爲天下第一，猶桂林一枝，崑山片玉。」帝笑。○【師古曰】予謂此甫言雖忝與鄉薦，奈何不中第。○故嘆其不及乎晁錯、郄詵也。○【趙次公曰】按，明皇天寶六載，詔天下有一藝者得詣闕就選，李林甫恐士對詔斥己，建言士皆草茅，徒以狂言亂聖聽，請委尚書省試問，而無一中程者。林甫因賀上野無遺賢。○公此時〔六〕對詔罷歸。公自京兆薦貢而考功下之，故有曰「忤下考功第」，又見元結喻友文。其年公與元結皆應詔而退。計疎疑翰墨，時過憶松筠。○【趙次公曰】言時已過矣，則思隱於山林也。獻納紆皇眷，中間謁紫宸。○長安志：唐西内大明宫正殿曰含元。天子元日、冬至受華夷萬國大朝會。宣政朔望紫宸日御，蓬萊殿横紫宸殿北。韋述常侍兩京記曰：蓬萊殿，紫宸北。且隨諸彦集，方覬薄才伸。○【鄭卬曰】覬，几利切，幸也。○【師古曰】獻納，謂獻三大禮賦，帝詔待詔於集賢殿，命宰相試文章。且隨諸彦集，謂「落筆中書堂」也。○時李林甫爲相國，命尚書省皆下之。破膽遭前政，○卞圜曰：前政，謂蕭也。陰謀獨秉鈞。○秉鈞，謂李林甫、楊國忠也。○【師古曰】甫以上疏雪房琯，爲當權所疾，遂見斥逐，故有「破膽」、「陰謀」之語。○【王洙曰】詩節南山：秉國之均。○均，與「鈞」同。微生霑忌刻，○【師古曰】微生，甫自謂也。萬事益酸辛。交合丹青地，○【趙次公曰】鹽鐵論：公卿者，神仙之丹青也。恩傾雨露辰。有儒愁餓死，○【王洙曰：「交契在華顯之地，又當沛澤下流之辰，而愁餓死者，以時所不容也。」】言契合在公卿之所，又當恩澤下流之時，而反愁飢死者，以見其不得立於朝也。早晚報平津。○公以平津侯喻鮮于京兆尹也。○【趙次公曰】甫以獨飢死爲愁，所賴者在鮮于京兆也。○【王洙曰：「平津侯公孫弘開閤延賢人，與參謀議，弘身食一肉脱粟飯，故人賓客仰衣食，奉禄皆以給之，家無所餘。」】按，前漢公孫洪傳：上舉賢良，洪〔七〕爲舉首。起徒步，數年至宰相，封平津侯。於是起客館，開東閣，以延賢人，與參謀議。身食一肉脱粟飯，故人賓客仰衣食，奉禄皆以給之，家無所餘。

【校記】

〔一〕萬，元本、古逸叢書本作「千」。

〔二〕東京賦舞丹穴之鳳皇，元本、古逸叢書本作「東京有崑丘山，産鳳皇」。

〔三〕鴻，元本、古逸叢書本作「抱」，杜陵詩史、分門集注亦作「鴻」。

〔四〕氏，元本、古逸叢書本無。

〔五〕元本、古逸叢書本「學」下有「夫」字。

〔六〕時，元本、古逸叢書本作「詩」。

〔七〕公孫洪皆當作公孫弘。

寄高三十五書記○適

歎息高生老，新詩日又多。美名人不及，佳句法如何。○【王洙曰】按新唐書：適年五十始爲詩，即工，以氣質自高。每有一篇出，則好事者輒傳。主將收才子，○【趙次公曰：「主將，哥舒翰也。翰爲河西節度使，以適爲掌書記。」又，分門集注引作「師古曰」。按，杜陵詩史作「鄭曰」，當是刊刻之誤。】主將，謂哥舒翰。才子，適也。翰爲河西節度使，收選高適文才之士，於幕府爲掌書記也。崆峒足凱〔一〕歌。○【趙次公曰】崆峒，隴右山名。○【分門集注引作「師古曰」。按，杜陵詩史作「鄭曰」，當是刊刻之誤。】凱歌皆適爲之辭。○【趙次公曰：「足凱歌，以言必勝也。」】足者，以言其勝之之必也。○韓詩章句：振旅而歌曰凱。聞君已朱紱，○【分門集注、補注杜詩引作「師古曰」。按，杜陵詩史作「鄭曰」，當是刊刻之誤。】謂適已增爵秩也。○唐志：緋爲四品服，淺緋爲五品服。詩采芑篇：服其命服，朱芾斯皇。且得慰蹉跎。○【分門集注引作「師古曰」。按，杜陵詩史作「鄭曰」，當是刊刻之誤。】足以慰甫濶別之情矣。

【校記】

〔一〕凱，古逸叢書本作「覬」。

寄高適○新添

楚隔乾坤遠，難招病客魂。○楚辭屈原有招魂篇。詩名唯我共，世事與誰論。北闕更新主，○謂肅宗即位也。南星落故園。○謂南極老人星，以美適之壽也。定知相見日，爛熳倒芳樽。

秋雨歎三首○並平、仄〔二〕二韻换。

雨中百草秋爛死，堦下決明顔色鮮。○【師古曰】時苦雨傷物，蓋政淫泆之所致也。詩有「北風其凉」、「正月繁霜」、「雨無正」、「風雨所飄摇」之作，皆刺時政不善也。玄宗初，用張九齡，開元之間治平，後用李林甫、楊國忠，天下亂，軍旅數起。故陰陽不和，恒雨若之〔三〕。百草爛死，言虐政傷物也。決明，佳蔬也，食之能決去眼昏，以益其明，喻九齡引忠諫諍，開其聰明，去其昏蔽。時林甫進用在上，九齡罷黜在下，不以不用而憔悴其色，故云「堦下決明顔色鮮」也。著葉滿枝翠羽蓋，開花無數黄金錢。○【師古曰】葉滿枝，花無數，不以風雨而摇落，喻君子遭患難而節操愈固，不凋喪也。○【杜田補遺。又，杜陵詩史、分門集注、補注杜詩作「定功曰」。】按神農本草草部：决明子生龍門川澤間，與石决明同功，故有决明之號。圖經云：夏初生苗，根蒂紫色，葉似苜蓿而大，七月有花黄白，其子作穗，似青菉豆而鋭也。涼風蕭蕭吹汝急，恐汝後時難獨立。○【師古曰】涼風，以譬刻薄之小人。時林甫、國忠之徒擠陷九齡，雖九齡獨立自守，恐亦不免禍也，故有「吹汝急」、「難獨立」之語。堂上書生空白頭，臨風三嗅馨香泣。○【師古曰】書生，甫自謂也。空白頭，言爲國家憂而頭白也。昔王羲之當晉亂，終日撚鬚嗅香，顰蹙無言，時人不會其意，蓋憂晉國之亂故也。今甫臨風三嗅，傷九齡有馨香之德而爲姦人所逐，寧不憂思而泣乎？○【王洙曰】論語鄉黨篇：子路共之，三嗅而作。

【校記】

〔一〕仄，原作「厠」，據古逸叢書本改。元本作「則」。

〔二〕之，古逸叢書本作「也」。

蘭風伏雨秋紛紛，○【王洙曰：「一作長。」】舊作「闌風長雨」。○長讀去聲。王荆公改作仗〔一〕，黄魯直云當作長。○【王洙曰】一作「東風細雨」。○今作「蘭〔二〕風伏雨」。○【趙次公曰】趙子櫟曰：闌珊之風，沈伏之雨，言其風雨之不已也。闌，如謝靈運所謂〔三〕闌暑之闌。伏，如左氏傳所謂夏無伏陰之伏也。○師古曰：蘭風，謂剪蘭之風。伏雨，謂三伏暑毒之雨。皆非能生物者也，以喻毒虐之政。余謂當以師古説爲是。四海八荒同一雲。○【王洙曰】四海，一作萬里。○【師古曰】此言普天皆罹其害也。去馬來牛不復辨，○【王洙曰】莊子秋水篇：秋水時至，百川灌河。涇流之大，兩涘渚涯之間，不辨牛馬。濁涇清渭何當分。○【師古曰】馬童而牛角，涇濁而渭清，此易辨也。陰雨冥晦〔四〕，河水泛溢，牛馬以岸之遠而不能辨，涇、渭以流之混而不能分，以譬昏亂之世，忠邪賢否混淆而無別也。按水經注：渭水〔五〕出隴西首陽縣鳥鼠同穴山東北，過狄道縣南，上邽縣北，陳倉縣南〔六〕，武功縣北，槐里縣南，與澇、灃二水合，東至高陵，與涇水合，涇水出安定朝那縣西幵山頭，東南經新南、扶風至京兆高陵，與渭水合，又東與漆沮水合，經秦、漢之都，至潼津而入河。○【洪芻曰】西征賦：北有清渭、濁涇。木頭生耳黍穗黑，○【趙次公曰】木，一作禾，非。○【師古曰】詩華黍，時和歲豐，宜黍稷也。黍宜於高燥，稷宜於下濕，雨暘得中，故黍稷咸宜。黄帝之世，五日一風，十日一雨。今苦雨，木頭盡生耳，黍稷盡黑，故農夫無所望也。時林甫爲宰相，不能燮調，可知矣。○【趙次公曰】按朝野僉載：春雨甲子，赤地千里。夏雨甲子，乘船入市。秋雨甲子，木頭生耳。鵲巢近地，其年大水。○齊民要術作「禾頭生耳」，誤也。農夫田父無消息。○【師古曰】古者役民，歲不過三日，恐妨農時也。今農夫田父皆負戈行役，過期不反，是以田萊多荒也。城中斗米換衾裯，○王莽末，天下旱蝗，黄金一斤易粟一斛。詩小星：抱衾與裯。毛萇傳：衾，被也。鄭玄箋：裯，床帳也。相許寧論兩相直。○【師古曰】年凶穀踊，京城之内，一衾一裯纔換斗米，但得相許，何暇論貴賤之價相當與不相當乎！玄宗窮兵四夷，民貧物貴如此，其視太宗貞觀中米斗三錢，得無媿耶？！

【校記】

〔一〕仗，元本、古逸叢書本作「俠」。

〔二〕蘭，元本、古逸叢書本作「闌」。

〔三〕謂，元本、古逸叢書本作「罵」。

〔四〕冥晦，元本、古逸叢書本作「晦冥」。

〔五〕水，元本、古逸叢書本作「首」。

〔六〕南，古逸叢書本作「西」。

長安布衣誰比數，○【鄭卬曰】數，所矩切。説文：計也。○【師古曰】長安，京城也。唐始都長安。布衣，深衣也，以練布爲之。長安乃繁華之地，貴游乘高車，駕駟馬，甫困於布衣，誰復有比數者，言不得備數而已。反鎖衡門守環堵。○【師古曰】衡門，謂一木以爲楣，堵墻也。孟子：五畝之宅，樹墻下以桑，環繞其室，以爲守禦。衡門環堵，貧者之居也。既不得比數於長安之貴游，是以杜門却掃，安於貧賤也。○【王洙曰】按，詩陳國風：衡門之下，可以棲遲。毛萇傳：衡門，横木爲門，言淺漏〔一〕也。儒行篇：儒有環堵之室。注：環堵，面一堵也。五版爲堵。莊子讓王篇：原憲居魯，環堵之室，匡坐而歌。老夫不出長蓬蒿，○長，展兩切。○【師古曰】言耆舊之臣，隱遁不出，而賢者之路生荆棘也。○【王洙曰】按，莊子庚桑楚篇：庚桑子曰：吾聞至人尸居環堵之室，將鑿垣墻而殖〔二〕蓬蒿也。左氏昭公十六年傳：斬芟蓬蒿而共處之。趙岐三輔決録注：張仲蔚隱身不仕，所居蓬蒿没人。稚子無憂走風雨。○【王洙曰：「一作奏。」】走，讀曰奏。○【師古曰】謂賢路荆棘，惟臭乳小子當權見用，無能爲國家憂慮，但樂禍幸災而已。稚子指安禄山，楊貴妃養爲義子。甫詩有曰「稚子敲針作釣鉤」是也。詩人多以風雨譬患難，如「風雨所飄摇」之類。禄山爲將，生事邊疆，非樂禍幸災而何？故云「走風雨」也。雨聲颼颼催早寒，○【鄭卬曰】颼，疎鳩切，風貌。字正〔三〕作颼〔四〕。○【師古曰】雨聲催寒，言寒之來有漸，譬禄山之叛謀漸著也。○顔延年秋胡詩：秋至常早寒。胡雁翅濕高飛難。○【趙次公曰】此興物以〔五〕取況也。○【師古曰】丈夫以道去就者，鴈之比也。禄山叛，衣冠陷於胡者不可勝數，雖欲脱身南來，勢有不可。○【趙次公曰】譬如雁以雨多翅濕而難於高飛也。○【王洙曰】古樂府詩：願爲雙鴻鵠，奮翅起高飛。秋來未曾見白日，○【師古曰】當是時，玄宗幸蜀，車駕已出，而京城無知者，軍民官吏瞻望天子，杳無消息，故云未見白日也。泥污后土何時乾。○【王洙曰】后，一作厚。○污，汪〔六〕胡切，濁水不流也。○【師古曰】言禄山從范陽長驅而來，普天之民咸墜塗炭，故云泥污后土也。○【王洙曰】宋玉九辯：皇天淫溢而秋雨〔七〕兮，后土何時而得乾。

【校記】

〔一〕漏，古逸叢書本作「陋」。

〔二〕殖，元本、古逸叢書本作「植」。
〔三〕正，古逸叢書本作「或」。
〔四〕颼，元本、古逸叢書本作「颷」。
〔五〕此興物以，元本作「比興以物」，古逸叢書本作「興比以物」。
〔六〕汪，原作「注」，據古逸叢書本改。
〔七〕雨，古逸叢書本作「霖」。

苦雨奉寄隴西公兼呈王徵士

○【九家集注杜詩按體例爲「王洙曰」。杜陵詩史、分門集注、補注杜詩引作「王彦輔曰」：「杜元注云：隴西公即漢中王瑀。徵士，琅邪王徹。」】隴西公即漢中王瑀。徵士，琅邪王徹。

今秋乃淫雨，○【師古曰】春夏多雨水，夏秋多旱乾，此常理也。當旱乾，反爲苦雨，乃陰氣淫泆，臣侵君之象也。○【洪朋曰】爾雅：久雨爲淫。○【王洙曰】月令：季春行秋令，則天多沈陰，淫雨蚤降。仲月來寒風。○【師古曰】立秋之候，凉風始至。今於仲月寒風早來，陰陽不調，寒暑舛逆若此故也。羣木水光下，萬家雲氣中。○【師古曰】水氣在天爲雲，雲行則雨施，公詩云「安得誅雲師」。今羣木皆居水光下，萬家皆在雲氣中，言水潦漲溢，雲氣凝結，以喻天下之民咸墜於塗炭也。

○【趙次公曰】趙子櫟曰：此盛言苦雨之狀也。萬家，一作萬象，非是。且既言萬象，則上不應言群木也。○莊子：雲氣不待族而雨。春秋元命苞：陰陽之氣聚爲雲氣，立爲虹蜺。所思礙行潦，○【王洙曰】行潦，流潦也。行者，道也。潦者，雨水也。行道上，雨水流聚，故曰流潦也。九里信不通。○師古曰：九者，陽數之極。九里至近，奈何爲行潦所礙，雖有所思，欲通音問，而不能達。況漢東之遠乎！○【趙次公曰】趙子櫟曰：指隴西公、王〔一〕徵士之所居，爲苦雨所隔，斯乃九里不通之謂也。悄悄素滻路，○【鄭卬曰】滻，素簡切，水名。○【王洙曰。又，杜陵詩史引作「鄭卬曰」，或連上而誤？】唐天寶元年，命陝郡太守韋堅引滻水，開廣運漕。○【王洙曰】西江賦：西有玄灞素滻，湯井温谷。迢迢天漢東。○【師古曰】水潦既礙，是以素滻之路、天漢之東，悄悄無行人，迢迢相間隔。音問阻絕不獲相通。陝西有滻水，漢中郡、琅邪郡皆在天漢之東，甫居西，瑀與徵〔二〕居東，時阻於禄山之亂，人皆墊溺，是以托意於雨潦而思漢中王瑀及琅琊王徵也。○【杜田補遺】河圖括地象曰：河精上爲天漢。隋天文志：天津九星，一星不備，關梁道不通。晉志曰：天津横天河中，一曰天漢。○【趙次公曰】天漢則中渭橋之所。長安志於中渭橋引三輔黄圖曰：渭水貫都，以象天漢。横橋南渡，以法牽牛。願騰六尺馬，○【王洙曰：「駒，一作馬。」】馬，一作駒。周禮：凡馬八尺以上爲龍，七尺以上爲騋，六尺爲馬。背若孤征鴻。劃見公子面，○【鄭卬曰】劃，忽麥切，割也。○【王洙曰】公，一作君。超然懽笑同。○【師古曰】公子，指瑀與徵〔三〕也，劃，猶言以刀劃開，如「披雲霧、覩青天」是也。甫欲騰跨馬，皆疾若飛鴻，劃見二公子面，與之同懽笑也。○【趙次公曰】然鴻乃高飛遠舉之物，謂之孤征，蓋以其群飛則意猶詳〔四〕緩，孤飛則欲逐伴而急。○【師古曰】此乃述其懷思之情至切也。奮飛既胡越，局促傷樊籠。○【師古曰】胡在北，越在南，雖然如鳥之奮飛，奈胡越相去之遠，何不免局促於樊籠而不得騁也。詩云：折柳樊圃。樊，藩籬也。時兵革遍天下，動則拘礙無所適從，真若局促樊籠之中者也。○【趙次公曰】前漢景帝曰：局促如轅下駒。○仲長統曰：人事可遣，何爲局促？○【杜田補遺】又，杜陵詩史、分門集注、補注杜詩引作「修可曰」。】南史：陽休之不樂典選久，曰：「此官實是清華，但妨〔五〕吾真賞，是樊籠矣。」一飯四五起，○飯，甫遠切，餐也。憑軒心力窮。○【師古曰】身既局促，是以寢食不遑安處，雖一飯之間，四五起問消息，以至憑軒檻、心力窮盡，蓋傷罹亂之世，人無所安居有如此也。是詩之寄，豈直爲苦雨作乎！嘉蔬没溷濁，○【鄭卬曰】溷，胡困切，亂也。時菊碎榛叢。○【師古曰】嘉蔬，所以養人。菊，當秋宜得其時，今因淫雨之久，蔬溷於泥塗，菊碎于榛叢，以興賢人君子。當禄山之亂，小人得時，君子賢人困於時政之苛而失所也。○【王洙曰】宋玉風賦：駭溷濁，揚腐餘。鷹隼亦屈猛，○隼，聳尹〔六〕切，急疾之鳥也。○【師古曰】鷹隼當秋時，宜於擊搏，將帥於斯時出力平賊之秋也。今乃屈猛，蓋言諸將敗衄，是以禄山得以長驅而來也。○【王洙曰】按張華鷦鷯賦：屈猛志以服養。烏鳶何所蒙。○【師古曰】烏鳶，小民之比也。官兵既敗，小民爲賊焚虜，何所蒙其福耶？蓋言民無所恃〔七〕也。式瞻北鄰居，取適南巷翁。○【師古曰】雨潦阻礙，所向不通。隴西公、王徵士不可見，所式瞻者止於北鄰，所取適者止於南巷，其局促如此，以喻諸郡陷于賊，土地迫蹙，動無所往，是以甫嘗有偪側行，蓋亦如此意也。掛席釣川漲，焉知清興窮。○【師古曰】掛席，即掛帆也。當是時，賢人雖隱於漁釣，可以保身，煙波之樂，烏有終窮，仕於亂世，誠所憂耳。○【王洙曰】謝靈運詩：揚帆采石花，掛席拾海月。

【校記】

〔一〕王，古逸叢書本作「主」。

〔二〕徵，元本、古逸叢書本作「徹」，杜陵詩史作「徵」。

〔三〕徹，杜陵詩史作「徵」。

〔四〕詳，古逸叢書本作「遲」。

〔五〕妨，元本、古逸叢書本作「如」。

〔六〕尹，元本、古逸叢書本作「户」。

〔七〕恃，元本、古逸叢書本作「特」。

新定杜工部草堂詩箋斠證卷第五

天寶以來在東都及長安所作

上韋左相二十韻

○【鮑彪曰】見素襲父爵彭城郡公。天寶十三載，拜武部尚書，從帝入蜀。次〔一〕巴西，詔兼左相，封豳國公。○【王彦輔曰】子倜鄂，位至給事中。孫顗，爲尚書左丞。

鳳曆軒轅紀，○【師古曰】曆，所以推日月星辰之數。鳳知天時，故軒轅以名曆官，所謂鳥官者是也。○【王洙曰】按，左氏昭公十七年傳：郯子來朝，公與之宴。昭公問曰：「少皞氏鳥名官，何也？」郯子曰：「我高祖少皞摯之立也，鳳鳥適至，故紀於鳥，爲鳥師而鳥名。鳳鳥氏，曆正也。」史記：黄帝名軒轅。龍飛四十春。○【王洙曰】龍以喻君。考之鳳曆，玄宗即位，至天寶十一載見素以吏部侍郎除同中書門下平章事時，玄宗即位已四十二〔二〕年矣。○【師古曰】易乾卦：飛龍在天，大人造也。八荒開壽域，一氣轉洪鈞。○【師古曰】謂見素爲相，調和一元之氣運，轉洪鈞以陶成萬物，遂使八方荒遠之民咸躋于仁壽之域也。○【昱曰】列子仲尼篇：遠在八荒之外。前漢王吉疏：「願陛下與大臣述舊禮，明王制，敺一世之民，躋之仁壽之域。」○賈誼鵩鳥賦：大鈞播物。○【王洙曰】張茂先答何邵詩：洪鈞陶萬類。霖雨思賢佐，○【王洙曰】書：高宗夢得説，曰：「若歲大旱，用汝作霖雨。」○孔氏傳：霖，三日雨也。丹青憶老臣。○【孝祥曰。又作「師古曰」。】賢佐、老臣，指見素之父湊。謂其遺風餘烈至今人思憶之，故以傅説、漢臣爲喻也。○【王洙曰】按前漢趙充國傳：充國以功德與霍光等列畫未央宫。成帝時，西羌嘗有警，上思將帥之臣，追美充國。廼召揚雄即充國圖像而贊之矣。後漢胡廣傳：靈帝思感舊德，乃圖畫廣及太尉黄瓊於省内，詔議郎蔡邕爲其頌，張綱集圖形丹青。應圖求駿馬，○【師古曰】此謂像父而求其子，果得見素之賢，用以爲相也。○【趙次公曰】魏曹植獻文帝馬表曰：臣於先帝世得大宛紫騂馬一疋，形法應圖。驚代得騏驎。○代，舊作世。騏驎，喻見素也。○【王洙曰】張揖漢書音義曰：雄曰騏，雌曰驎。其狀麕身、牛尾、狼蹄、一角。○何法盛證祥記：騏驎者，毛之長，仁獸也。牝曰騏，牡曰驎。牝鳴曰遊聖，牡鳴曰歸和。沙汰江河濁，○【鄭卬曰】汰，他蓋切〔三〕。○【師古曰】言見素爲相，得以進退百官，奬清廉而去貪濁也。○【王洙曰】北史：辛〔四〕雄爲尚書郎，會沙汰郎官，雄與羊琛等八人俱見留。調和鼎鼐新。○復喻爲相也。○【王洙曰】書：高宗夢得説，曰：「若作和羹，爾惟鹽梅。」爾雅釋器：鼎絶大謂之鼐。圜弇上謂之鼒。韋賢初相漢，○【王洙曰】前漢韋賢，字長孺，召爲博士。進授昭帝詩。宣帝即位，尊爲丞相。范叔已歸秦。○【王洙曰】史記：范睢，字叔魏，人更名姓曰張禄。入秦，秦昭王説之，拜爲客卿，遂爲相，封應侯。盛業今如此，○【師古曰】言見素之父湊先仕隋，後歸唐，故以范叔歸秦喻之也。傳經固絶倫。○【師古曰】傳經者，言昔韋賢父子皆以經術相繼爲漢相，今見素父子亦然也。○【王洙曰】按賢本傳：賢兼通禮、尚書，少子玄成復以明經位至丞相。故鄒魯諺曰：「遺子黄金滿籯，不如一經。」豫樟深出地，滄海闊無津。○【王洙曰】：「豫樟木，良材也。滄海，百谷之所歸，其淵不可津涯。」豫樟，大木也。滄海，百谷之所會也。○【師古曰】：「言見素本盛族，根本淵源之高大也。」喻見素宗枝之茂，慶源之長，有如此也。北斗司喉舌，○【師古曰】見素從玄宗入蜀，詔兼左相，天寶中爲兵部尚書故也。○【王洙曰】按，李固傳：陛下之有尚書，猶天之有北斗也。北斗爲天之喉舌，尚書亦爲陛下喉舌。斗斟酌元氣〔五〕，運于四時。尚書：出納王命。東方領搢紳。○【杜田補遺】：「康王之誥曰：太保率西方諸侯入應門左，畢公率東方諸侯入應門右。時見素爲相，率百官，故云『東方領搢紳』。」又，杜陵詩史引作「師古曰」。謂見素爲相，率百官以來朝也。按，書康王之誥：畢公率東方諸侯，入應門右。○【王洙曰】漢郊祀志：搢紳弗道。相如曰：搢紳先生之徒。注：搢，插。紳，大帶也。插笏於大帶與革帶之間耳。持衡留藻鑑，○【趙次公曰】見素天寶五載爲吏部侍郎，平判皆誦於口，銓選平允，人多德之也。聽履上星辰。

○聽，他經反，聆也。○【王洙曰】見素時兼兵部尚書，故云上星辰。○【趙次公曰】言其親帝之旁，猶言上雲霄矣。○【王洙曰】按，鄭崇，漢哀帝時爲尚書僕射，數求見諫諍，上納用之。每見，曳革履，上笑曰：「我識鄭尚書履聲。」獨步才超古，○【昱曰】魏國志：王粲，字仲宣。曹植與楊脩書曰：「今世作者可略而言，若仲宣獨步於漢南。」○【王彥輔曰】任昉曰：勳遂超古。餘波德照鄰。○【王洙曰】一作「餘陰照比鄰」。○【趙次公曰。又，杜陵詩史作「余曰」。】左氏僖公三十三年傳：波及晉國，君之餘也。○【昱曰】論語里仁篇：德不孤，必有鄰。聰明過管輅，○【師古曰。又，九家集注杜詩依例引作「王洙曰」。】唐書：天寶十五載，是年八月，肅宗立，改元至德。十月丙申，有星犯昴。見素言於肅宗曰：「昴者，胡也。祿山將死。」帝曰：「日月可知乎？」見素曰：「福應在德，禍應在刑。昴金，忌火行。當火位，昴之昏，乃其時也。」及祿山死，日月皆不差。管輅善天文地理，今見素所言如此，故其聰明越於管輅遠矣。○【王洙曰：「魏志：管輅，字公明，喜仰視星辰。常云：『家雞野鵠，猶尚知時，況於人乎？』琅琊太守單子春語衆人曰：『此年少盛有才器，聽其言論，近似司馬天子游獵之賦，何其磊落雄壯，英神已茂，必能明天文地理變化之數，不徒有其言也。』於是發聲，徐州號之神童。」】按魏志：管輅，字公明。輅別傳：明周易，仰觀、風角、占、相之道，無不精微。太守鍾毓難輅易二十餘事，輅尋聲投響，言無留滯。毓愕然曰：「聖人運神通化，連屬事物，何聰明爾！」尺牘倒陳遵。○【趙次公曰】公以陳遵爲言，則知見素必善書札，惜乎史氏不書於傳，因公詩見之。○【王洙曰】倒，猶傾服也。按前漢游俠傳：陳遵，字孟公，略涉傳記，贍於文辭，惟〔六〕善書，與人尺牘，主皆藏去以爲榮。○說文：牘，書版也。長一尺，因以名之。豈是池中物，〇【王洙曰】吴志周瑜傳、晉書劉元海傳並云：「蛟龍得雲雨，終非池中物。」由來席上珍。〇【無己曰】禮儒行篇：儒有席上之珍以待聘。廟堂知至理，風俗盡還淳。才傑俱登用，〇書堯典篇：若時登庸。注：庸，用也。愚蒙但隱淪。〇【師古曰】公自謂病肺不堪求仕，但隱淪山谷，非若韋公之才傑登用于廟堂，能使風俗追還復古之治也。〇鮑照詩：孤賤長隱淪。長卿多病久，〇【鄭卬曰】長，展兩切〔七〕，孟也。〇【趙次公曰】公自比也。〇【王洙曰：「司馬相如，字長卿，嘗有消渴病。與卓氏婚，饒於財，故其事宦未嘗肯與公卿國家之事，常稱疾閒居，不慕官爵。」】前漢司馬相如，字長卿，疾免，家居茂陵。子夏索居頻。〇【鄭卬曰】索，昔各切，蕭索也。〇【趙次公曰】公又以自比也。〇【王洙曰：「子夏離群索居，出禮記。」】禮檀弓篇：子夏曰：「吾離群索居久矣。」迴首驅流俗，〇【師古曰】言與流俗驅馳，不能脱去其累也。〇【余曰】孟離婁下：同乎流俗。生涯似衆人。〇【師古曰】言貧賤與編民等也。〇【王洙曰】莊子養生主篇：其生也有涯。〇揚子學行篇：賢人則異衆人矣。巫咸不可問，〇【師古曰】巫咸善知人貴賤壽夭。甫雖貧賤多病，猶能安於分命，莫肯扣問斯人而有覬覦之心也。〇按書序：伊陟贊于巫咸。説文：巫，祝也。古者巫咸初作筮。〇山海經：巫咸國在女丑北。又曰：大荒之內有靈山、巫咸。〔八〕即巫朌、巫彭、巫姑、巫真、巫孔〔九〕、巫抵、巫謝、巫羅，十巫從此升降。淮南子：軒轅在西方，巫咸在其北。注：巫咸知天道，明吉凶。〇【王洙曰：「列子：有神巫自齊來，命曰季咸，知人生死存亡禍福壽夭，期以歲月。卒爲壼丘子所困。」】莊〔一〇〕子應帝王篇：鄭有神巫曰季咸，知人之死生存亡禍福壽夭，期以歲月旬日若神。列子見之而心醉。鄒魯莫容身。○【師古曰】甫自言東西南北之人，故有比於夫子之不容於世也。○【王洙曰】按莊子盜跖篇：孔子再逐於魯，削迹於衛，窮於齊，厄於陳、蔡，不容身於天下，又豈足貴耶！感激時將晚，○【師古曰】傷衰老也。蒼茫興有神。○【師古曰】蒼茫，曠遠貌，言清興之超〔一一〕遠。○【趙次公曰】如有神，皆感激之所致也。爲公歌此曲，涕淚在衣巾。

【校記】

〔一〕次，元本作故，古逸叢書本作「至」。

〔二〕二，古逸叢書本作「三」。

〔三〕切，元本、古逸叢書本作「反」。

〔四〕辛，原作「新」，據古逸叢書本改。

〔五〕元氣，元本、古逸叢書本無，杜陵詩史有。

〔六〕惟，古逸叢書本作「雅」。

〔七〕切，元本、古逸叢書本作「反」。

〔八〕古逸叢書本「咸」下增一「巫」字。

〔九〕孔，古逸叢書本作「禮」。

〔一〇〕莊，元本、古逸叢書本作「列」。

〔一一〕超，元本、古逸叢書本作「迢」。杜陵詩史、分門集注、補注杜詩作「超」。

承沈八丈東美除膳部員外阻雨未遂馳賀奉寄此詩

今日西京掾，○【師古曰】西京，謂漢也。○假漢以美唐。○【師古曰】漢制以曹官爲掾，如屋之椽，言有所負荷也。多除南省郎。○【九家集注杜詩按體例作「王洙曰」，杜陵詩史一作「王洙曰」，又見於「師古曰」。分門集注、補注杜詩作「王洙曰」，集千家注批點杜工部詩集作「公自注」。】甫自注：府掾四人，同日拜郎。○【師古曰】除，擢也，言除舊而擢新也。通家惟沈氏，○【師古曰】甫與沈家相往來也。○後漢孔融字文舉，年〔一二〕十歲，隨父詣京師。時河南尹李膺以簡重自居，不妄接士賓，勑外：自非當世名人及通家皆不得白。融欲觀其人，故造膺門，語門者曰：「我是李君通家子弟。」門者言之，膺謂融問曰：「高明祖父嘗與僕有恩舊乎？」融曰：「先君孔子，與君先人老君同德比義而相師友，則融與君累世通家。」衆莫不歎息。謁帝似馮唐。○【師古曰：「馮唐老年爲郎，今東美亦然，故以比之也。」】東美以晚年除郎，故以比之馮唐也。○按漢馮唐傳：唐以孝爲郎中署長，事文帝。帝輦過，問唐曰：「父老何自爲郎，家安在？」具以實言之。詩律羣公問，○【師古曰】言東美長於詩，羣公皆就質疑也。儒門舊史長。○此美東美也。○【趙次公曰】謂之舊史，則東美乃史官沈既濟之胄也。清秋便寓直，○【趙次公曰。又，杜陵詩史引「師古曰」：「便音騈，謂安閒也。」】便，音平聲，閒也。○【王洙曰】寓，寄也。○【師古曰】直，謂直舍也。○【趙次公曰】言東美受命之時也。○【王洙曰】晉潘岳秋興賦序：以太尉掾兼虎賁中郎將，寓直乎散騎省。列宿頓輝光。○【鄭卬曰】宿，息救切，星也。○後漢揚秉疏：太微，積星名，爲郎位，入奉宿衛，出牧百姓。注引天官書：太微宮五帝座後，聚二十五星，蔚然，曰郎位。明帝館陶公主爲子求郎，帝不許，曰：「郎官上應列宿，出宰百里。」未暇申宴慰，○即序云「未遂馳賀」也。鮑照翫月詩：休澣自公日，宴慰及私辰〔二〕。含情空抑〔三〕揚。○谷永傳：贊命之臣，靡不激揚。恨賦：神氣激揚。司存何所比，○【趙次公曰。杜陵詩史、分門集注引作「逢原曰」】。論語子罕篇：則有司存。膳部默悽傷。○【趙次公曰】言沈丈所存之司，何所比擬乎？公直以比其太公〔四〕也。蓋公之大父審言昔嘗爲此官，故因沈丈而追感也。貧賤人事略，經過霖潦妨。○【師古曰】貧賤無車馬，阻於霖潦，故人事簡略也。○顏延年詩：桑野多經過。禮同諸父長，○此尊之之辭。○【趙次公曰：「以見尊沈丈之年。」】以見沈丈之有年也。○詩伐木篇：以速諸父。○【王洙曰】毛氏傳：天子謂同姓諸侯，諸侯謂同姓大夫，皆曰父。恩豈布衣忘。○【師古曰】布衣，甫自謂也。○【趙次公曰：「公新召試入官，前此蓋布衣耳。」】言方以召試入官，是豈忘於布衣之舊乎？天路牽騏驥，雲臺引棟梁。○【師古曰】此甫有意於沈丈薦拔也，故以牽引爲喻。徒懷貢公喜，○【杜田補遺。集千家注批點杜工部詩集作「修可曰」。】劉孝標絶交論：王陽登則禹公〔五〕喜。○

餘見前。 颯颯鬢毛蒼。〇自傷其衰老也。

【校記】

〔一〕元本、古逸叢書本「年」下有「方」字。

〔二〕辰，元本、古逸叢書本作「長」。

〔三〕抑，原作「柳」，據元本、古逸叢書本改。

〔四〕太公，杜陵詩史、分門集注作「大父」。

〔五〕禹公，元本、古逸叢書本作「貢禹」。

九日寄岑參詩

〇【師古曰】詩人主文而譎諫。觀甫此篇，多託意於苦雨，不直斥當時事，以意逆志，斯得之矣。

出門復入門，雨脚但如舊。〇【王洙曰】雨，一作兩。〇【趙次公曰】：「若人兩脚則無義。」】非也。〇【王洙曰】但，一作仍。 所向泥活活，〇【王洙曰】一作浩浩。〇【鄭卬曰】活，户括切〔一〕，流貌。〇【王洙曰】詩衛風：北流活活。 思君令人瘦。〇【王洙曰】古詩：思君令人老。 沉吟坐西軒，〇【王洙曰】：「（秋）一作西。」】西，一作松。〇一作「吟卧軒窗下」，一作「吟卧西軒下」。曹褒傳：沉吟專思。飲食錯昏晝。○【王洙曰：「(飯)一作飲。」】飲，一作飯。寸步曲江頭，難爲一相就。○【趙次公曰】此所以懷岑生〔二〕也。岑應在曲江頭，猶寸步耳，而以雨泥，故難於相就也。吁嗟乎蒼生，○【趙次公曰】乎，一作呼，非也。詩騶虞篇：于嗟乎騶虞。稼穡不可救。○【趙次公曰】書益稷篇：帝光天之下，至于海隅蒼生。孔氏傳：蒼蒼然生草木也。閔草木而嘆之，以爲苦雨，稼穡已損，爲不可救也。安能誅雲師，○【王洙曰】吕氏春秋：雲師曰屏翳。○王逸注楚辭：屈原九歌雲中君亦曰：雲神，屏翳也。疇能補天漏。○【王洙曰】列子湯問篇：女媧氏練五色以補天闕。○【趙次公曰】趙子櫟謂：蜀有地名漏天。古詩：地近漏天終歲雨。大明韜日月，○【趙次公曰】晝夜皆雨，而日不見乎晝，月不見乎夜，皆韜晦其明矣。曠野號禽獸。○【趙次公曰】惟淫雨淋注，則禽獸無所安其飛走，故哀號於曠野。君子强逶迤，小人困馳驟。○【鄭卬曰】逶，於危切。迤，余支切。○【趙次公曰】字正作委蛇，自得貌。○【趙次公曰】以雨淫於上，泥汩於下，君子雖有車馬，亦强逶迤而已，况小人艱於行李之往來，故困於馳驟也。維南有崇山，恐與川浸溜。○【王洙曰】恐，一作漭。是節東籬菊，○節，一作時。紛披爲誰秀。○【趙次公曰】此又言不見岑生也。○【王洙曰】陶淵明雜詩：採菊東籬下，悠然見〔三〕南山。岑參多新詩，○詩，一作語〔四〕。性亦嗜醇酎。○【鄭卬曰】酎，直救切，醇酒也。○【王洙曰】西京雜記：以正月旦作酒，八月成名，曰酎。采采黃金花，何由滿衣袖。○滿，一作灑。○【趙次公曰】以不見岑生，意緒無聊，采之不能多也。○南史陶潛傳：潛嘗九月九日無酒，出宅邊菊叢中〔五〕坐久之。王弘送酒至，便就酌，醉而後歸。

【校記】

〔一〕切，元本、古逸叢書本作「反」。

〔二〕生，元本、古逸叢書本作「參」。

〔三〕見，杜陵詩史、分門集注作「望」。

〔四〕語，杜陵詩史、分門集注、補注杜詩同，元本、古逸叢書本作「話」。又，此注文元本、古逸叢書本置於「性亦嗜醇酎」句下。

〔五〕中，元本、古逸叢書本作「邊」。

奉贈太常張卿均〇均一作垍。二十韻

〇【王彦輔曰】按唐書：均，張説之長子。天寶九載爲大理卿，出爲建安太守。歲中召還，再遷太常卿。〇【王洙曰】均弟垍，尚明皇寧親公主，陟翰林學士，即禁中置内宅，侍爲文章，珍賜不可勝數。時説在中書，均亦供奉翰林，均、垍俱能文，兄弟並掌綸翰之任。〇此篇兼美其父子兄弟也。

方丈三韓外，〇【王洙曰】前漢郊祀志：自齊威、宣、燕昭使人入海求蓬萊、方丈、瀛洲。此三神者，其傳在渤海中。〇後漢東夷傳：韓有三種，一曰馬韓，二曰辰朝〔一〕，三曰弁辰，皆古之辰國。馬韓最大，爲辰王都月〔二〕氏國，盡王三韓之地。○【王洙曰】魏志：三韓：馬韓、辰韓、弁韓也。晉東夷傳：在帶方之南，東西以海爲限。崑崙萬國西。○【鄭卬曰】崑，公渾切。崙，盧昆切。○山名。○【王洙曰】尚書孔氏傳：崑崙在荒服之外，流沙之内。○兩都賦「踰崑崙，越巨海」注引前書音義：崑崙山高二千五百里。酈元曰：外國圖云：從大晉國正七萬里，得崑崙之墟。建標天地闊，○【王洙曰】天台賦：赤城霞起以建標。詣絶古今迷。氣得神仙迥，恩承雨露低。○【趙次公曰】上四句以譬禁掖之清切，乃神仙之地，唯有仙風道骨者始能遊，且承恩寵也。○此指言張均父子禀是山英靈之氣以生，而供奉翰林，去天子爲近也。相門清議衆，儒術大名齊。○弟垍尚寧親公主，時説居中秉政，均爲舍人，諸父兄爲銀青光禄，榮盛當時也。軒冕羅天闕，○天，一作高。天闕斥朝廷，言其一門衣冠之盛也。琳琅識介珪。○【趙次公曰】以琳琅則識張卿爲介珪矣。説文：介圭，大圭也。○【王洙曰】禹貢：厥貢球琳、琅玕。注：球琳，玉名。琅玕，石而似珠。爾雅釋地：西北之美者，有崑崙墟之璆琳、琅玕焉。詩崧高篇：錫爾介圭，以作爾寶。伶官詩必誦，○此美張卿之爲太常也。○【王洙曰】伶官，樂官也。○【趙次公曰】古者採詩而伶官誦之，以諫王也。○【王洙曰】詩邶風：衛之賢者仕於伶官，皆可以承事王者也。夔樂典猶稽。○又美其爲太常也。○【趙次公曰】太常，掌樂者也。○【王洙曰：「書：后夔典樂。」】舜典：帝命夔典樂，教胄子。健筆凌鸚鵡，○【王洙曰】後漢禰衡傳：江夏太守黄祖長子射大會賓客，人有獻鸚鵡者，射舉卮於衡，曰：「願先生爲之賦，以娛嘉賓。」衡覽筆而作，文無加點，辭采甚麗。銛鋒瑩鸊鵜。○銛，惠廉切。鵜，杜奚切。○【王洙曰】鸊鵜，水鳥也。膏可瑩刀劍。○【趙次公曰：「揚雄方言云野鳧也。」】方言曰：野鳧，甚小，好没水中。南楚之人謂之鸊鵜，大者謂之鶻鵜。○【趙次公曰。又，杜陵詩史、分門集注、補注杜詩作「修可曰」。】戴暠度關山詩：劍瑩鸊鵜膏。○此言美其大手筆也。友于皆挺拔，○【趙次公曰】言均、珀兄弟之貴，且有勳業也。○【馬曰】書君陳篇：惟孝友于兄弟。○【集千家注批點杜工部詩集引藝苑雌黄。】予謂昔人多以兄弟爲友于，以日月爲居諸，以子姓爲詒厥，皆不成文理。雖子美亦有此病，豈非徇流俗之過耶！子美亦云「仙鳥仙花多友于」，退之云「豈謂詒厥無基址」，又云「爲爾惜居諸」。洪駒父云：「此歇後語也。」公望各端倪。○【趙次公曰】言均、珀兄弟負公輔之望，各有端倪也。晉虞騤傳：騤乃虞潭之兄子，王導謂騤曰：「孔愉有公才而無公望，丁潭有公望而無公才。兼之者，其在卿乎？」○【余曰】莊子大宗師篇：反覆終始，不知端倪。注：端，緒。倪，畔也。〔三〕通籍踰青瑣，○【趙次公曰】通籍，謂通朝見之籍也。○【王洙曰】漢元帝紀：令從官給事宮司馬中者，得爲〔四〕大父母〔五〕兄弟通籍。應劭注：籍者爲二尺竹牒，記其年紀名字物色，懸之宮門，案省相應，乃得入也。漢舊儀曰：黄門郎，屬黄門令。日暮入對青瑣拜，名曰夕郎。○宮闕簿：青瑣門在南宮。衛瓘注：吴都賦曰：青瑣，户邊青鏤也。一曰天子門内有眉格，再重裹青曰瑣。後漢志：黄門侍郎，掌侍從左右。給事中，關通中外。梁冀傳：窗牖皆有綺疎青瑣，謂刻爲瑣文，以青飾之也。○【王洙曰】晉謝玄暉詩：既通金閨籍。亨衢照紫泥。○【趙次公曰。又，杜陵詩史作「余曰」。】易大畜卦：何天之衢，亨。○【王洙曰】後漢志：皇帝六璽，皆以武都紫泥封，青囊，白素裹，兩端無縫，尺一板中約署皇帝。○王子年拾遺傳〔六〕：浮沂國歲貢蘭金之泥，如紫磨之色。百鑄，其〔七〕色白，有光如銀，名曰銀燭。嘗以紫泥封諸函及諸宮門，鬼魅不能干。靈虬傳夕箭，○【鄭卬曰】虬，居幽切，無角龍也。○以承浮漏水之箭。傳夕箭，謂張卿入直而歸晚也。○【王洙曰：「梁陸倕字佐公，新漏刻銘曰：靈虬承龍。言漏刻之體，以龍承之也。」】南齊陸倕新漏刻銘云：靈虬承注，陰蟲吹噏。銅史司刻，金徒抱箭。歸馬散霜蹄。○【趙次公曰。又，杜陵詩史作「昱曰」。】莊子馬蹄篇：馬蹄可以踐霜雪〔八〕。能事聞重譯，○【鄭卬曰】譯，夷益切。○【王洙曰】謂傳言也。○【趙次公曰】言所能之事傳播於重譯之蠻夷矣。○【王洙曰】前漢平帝紀：越裳重譯獻雉。○後漢南蠻傳：周公居攝六年，越裳以三象重譯而獻白雉。嘉謨及遠黎。○【趙次公曰。又，杜陵詩史作「余曰」。】揚子孝至篇：或問忠言嘉謨？曰：謨合皐陶之謂嘉。弼諧方一展，○【王洙曰】皐陶謨曰：謨明弼諧。班序更何躋。○【王洙曰】左氏莊公二十年傳：朝以正班爵之義，師長幼之序。適越空顛躓，○【鄭卬曰】躓，陟利切，路也。○字與疐通。馬融蒐狩頌：顛狽頓躓。游梁竟慘悽。○【趙次公曰】甫初落魄，嘗適越矣。本傳所謂「少不自振，客吳越」是也。甫又嘗遊梁矣，贈李白篇所謂「亦有梁宋遊」是也。今甫雖爲右率府胄曹，然欲展弼諧於張卿，而班列次序之不可攀，則復有去而之它之意。將適越乎？空如前日之顛躓。將遊梁乎？竟如前日之慘悽。此詩人之思也。謬知終畫虎，○【趙次公曰】甫自言謬誤所知，而事之不成如畫虎也。○【王洙曰】按馬援傳：初兄子嚴、敦並喜譏議。援在交阯，還書戒之曰：「龍伯高口無擇言，謙約節儉，廉公有威。吾愛之重之，欲願汝曹效之。杜季良豪俠，好憂人之憂，樂人之樂，清濁無所失。父喪，致客，數郡畢至。吾愛之，重之，不願汝曹效也。效伯高不得，猶爲謹勑之士，所謂『刻鵠不成，尚類鶩也』。效季良不得，陷爲天下輕薄子，所謂『畫虎不成，終類狗也』。」微分是醯雞。○【王洙曰：「許西反。」】醯，許西切。○酢，味也。○【趙次公曰】甫自言其受分微細，而局促如醯雞也。○【王洙曰】按，莊子田子方篇：孔子見老聃，孔子出，以見顔回，曰：「丘之於道也，其猶醯雞歟？微夫子之發吾覆也，吾〔九〕不知天地之大全。」注：醯雞，甕中之蠛蠓也。司馬云：酒上蠛蠓。萍泛無休日，○泛，或作跡。○【趙次公曰】甫自譬其無定也。桃陰想舊蹊。○【杜陵詩史引作「師古曰」。按，當是漢書顔師古注。】蹊，音奚，徑道也。○【趙次公曰】甫自言其想舊蹊之桃陰，乃懷念舊日見知之人也。○【王洙曰】按李廣贊：桃李不言，下自成蹊。吹噓人所羨，騰躍事仍睽。碧海真難涉，青雲不可梯。○【趙次公曰】至於騰躍之便，則仍乖睽如此，是猶涉碧海、梯青雲之難也。○【王洙曰】按，十洲記：扶桑在碧海之中也，一面萬里。○碧海浩汗與東海等，水不鹹苦，正作碧色。○【曾曰】謝靈運登石門詩：惜無同懷客，共登青雲梯。○【安石曰】郭景純遊仙詩：靈溪可潛盤，安事登雲梯。顧深慙鍛鍊，○【鄭印曰】鍛，都玩切，冶金也。○【趙次公曰】甫言張卿顧我之深，而自慙其鍛鍊之未成器耳。才小辱提攜。○【趙次公曰】甫自言才能之小，辱張卿之推挽也。檻束哀猿巧，○【王洙曰：「叫，一作巧。」】巧，一作叫。○猿束於檻，而不能施其巧，猶甫見制於小人而不能騁其才也。〇【王洙曰】淮南子：置猿檻中，則與豘同，非不巧捷也，無所肆其能。鮑照詩：今作檻中猿。枝驚夜鵲棲。〇言不安其居也。〇【王洙曰】魏武帝短歌行：月明星稀，烏鵲南飛。遶樹三匝，何枝可棲。幾時陪羽獵，〇【趙次公曰：「孝成帝時羽獵，而揚雄從焉。幾時陪羽獵，有羨慕其得近清光之意。」】孝成帝時羽獵而揚雄從之，因作校獵賦以風。應指釣璜溪。〇【鄭卬曰】璜，胡光切。〇説文：半璧也。〇【師古曰：「太公年老見用，今甫亦有意於暮年，故云云。」】予謂太公望以垂老見用於文王，今子美亦有意於暮年而望收録也。〇卞圜又謂甫意以己之陪羽獵對彼之釣璜溪，美説爲帝師，以吕尚比之也。按尚書大傳曰：周文王至磻溪，見吕望釣，拜之。尚曰：「望釣得玉璜，刻曰：『周受命，吕佐〔一〇〕之。檢德合于今昌來提〔一一〕。』」尚書中候曰：望即磻溪之水釣其泥，得玉璜。〇【鄭卬曰】十道志：櫟陽有釣璜浦，乃吕望所釣璜溪也。

【校記】

〔一〕朝，古逸叢書本作「韓」。

〔二〕月，古逸叢書本作「目」。

〔三〕端緒倪畔也，元本、古逸叢書本作「端倪端畔也」。

〔四〕得爲，元本、古逸叢書本無，九家集注杜詩、杜陵詩史、分門集注、補注杜詩亦有此二字。

〔五〕九家集注杜詩、杜陵詩史、分門集注、補注杜詩「大父母」後猶有「父母」二字。

〔六〕傳，古逸叢書本作「記」。
〔七〕其，元本、古逸叢書本作「兵」。
〔八〕雲，古逸叢書本作「雪」。
〔九〕吾，元本、古逸叢書本作「言」。
〔一〇〕佐，元本、古逸叢書本作「佑」。
〔一一〕提，元本、古逸叢書本作「捷」。

贈特進汝陽王二十韻

○【鮑彪曰】按唐舊書：讓皇帝長子璡，封汝陽郡王，位特進，贈太子太師。而新書書〔一〕：贈太子太師，而不書特進，失之。○【趙次公曰】蓋特進正二品，而太子太師從一品也。公集八哀詩又有贈太子太師汝陽郡王璡。則知此詩之作，乃在八哀詩未贈之先，其爲特進時也。

特進群公表，○前漢張禹以列侯，朝朔望，位特進，見禮如丞相。後漢楊賜追位特進。○【王洙曰】注引漢雜事曰：諸侯功德優盛，朝廷所敬異者，位特進，在三公下。特進，漢官也。二漢及晉、魏以加官。表，謂儀表也。○謝承後漢書：黄香對策，爲群英之表。天人夙德升。○【王洙曰】魏志：邯鄲淳見曹植才辯，歸，對其所知歎植之才，謂之天人。○陳矯見曹仁，歎曰：「將軍真天人也。」鄧禹注〔二〕：上過禹營，衆竊言：「劉公真天人也。」○【王洙曰】夙，早也。霜蹄千里駿，○【趙次公曰】莊子馬蹄篇：馬蹄可以踐霜雪。○【王洙曰】漢武帝謂劉德爲千里駒。○魏太祖謂曹休曰：「吾家千里駒。」風翮九霄鵬。○【王洙曰】莊子逍遥遊篇：鵬怒而飛，其翼若垂天之雲，搏扶摇而上者九萬里。服禮求毫髮，○【趙次公曰】言於禮無纖毫違背也。○【王洙曰】左氏僖公二十三年傳：服於有禮，社稷之衛也。推忠忘寢興。○推，一作惟。聖情常有眷，○顔延年拜陵廟詩：昭讌流聖情。朝退若無憑。○【王洙曰】不挾貴也。仙醴來浮蟻，○【王洙曰】醴，一作醞。○來，或作求。○【王洙曰】醴，甘酒也。前漢楚元王敬禮申公，穆生不嗜酒，每置酒，嘗爲穆生設醴。曹植七啓：浮蟻鼎沸，酷烈馨香。○公八哀詩有贈汝陽王璡云：「晚年務置醴，門引申白賓。」即此意也。奇毛或賜鷹。○謂玄宗賜王名鷹，以旌其特立不群也。清關塵不染，○謂門下無雜賓也。○【王洙曰】會稽典録：丁寬門無雜賓。劉孝標論：不雜風塵。中使日相乘。○謂天子遣使寵問也。後漢張讓傳：凡詔所徵求，皆令西園騶約敕，號曰中使。○【王洙曰】吴志朱然傳：中使口〔三〕食之物，相望於道。晚節嬉遊簡，○【王洙曰】謂不以嬉遊爲務也。平居孝義稱。自多親棣萼，○【王洙曰】謂友兄弟也。○詩小雅：常棣，燕兄弟也。常棣之華，鄂不韡韡〔四〕。誰敢問山陵。○【王洙曰】後漢東平王蒼：帝欲爲原陵、顯節陵起縣邑。蒼聞之，上疏諫，帝從而止。學業醇儒富，辭華哲匠能。○辭，一作才。○【王洙曰】殷仲文詩：哲工感蕭辰。筆飛鸞聳立，章罷鳳騫騰。○【王洙曰】：「羡其書翰也。」

言其辭翰俱美也。○吴質答魏太子牋：摛藻下筆，鸞鳳之文奮矣。精理通談笑，○【王洙曰：「雖談笑皆精於理道。」】謂其談笑精通於妙理矣。忘形向友朋。○【王洙曰：「不驕也。」】謂其待朋友無爾汝也。寸長堪繾綣，○【王洙曰：「一作寸腸。」】長，或作腸，非也。○【鄭卬曰】繾，去演切。綣，古轉切。繾綣，謹慎貌。○【王洙曰】謂寸長必取也。○【昱曰】詩大雅：以謹繾綣。一諾豈驕矜。○謂其不自大也。○【王洙曰。按，此條出敬贈鄭諫議十韻注。】前漢季布傳：布爲任俠有名。辯士曹丘生與竇長君善，布諫長君勿與通。及曹丘生欲請布，長君曰：「季將軍不説，足下無往。」遂行，布果怒。曹丘揖布曰：「楚諺曰：『得黄金百斤，不如得季布一諾。』足下何以得此聲梁、楚之間哉！」布乃大説。

已忝歸曹植，○甫與王心腹相知，如邯鄲淳之歸依于曹植也。前注。何知對李膺。○【王洙曰】甫自謂對汝陽爲李、杜，謙之之辭也。按，後漢杜密傳：黨錮事起，密與李膺俱坐，而名行相次，故時人亦稱「李、杜」。前有李固、杜喬，故言亦也。范滂母曰：「汝得與李、杜齊名，死亦何恨。」謂膺、密也。

招要恩屢至，○【鄭卬曰】要，伊消切，約也。○謝惠連翫月詩：並坐相招要。崇重力難勝。○【王洙曰】甫自言雖蒙招要之恩，而禮意崇重，非人力所能勝也。披霧初歡夕，○甫序初見璡時也。○【王洙曰】晉樂廣，字彦輔，善談論，約言析理。衛瓘見而奇之，曰：「此人之水鏡，見之瑩若披雲霧而覩青天也。」高秋爽氣澄。樽罍臨極浦，○謝宣城詩：孤舟泊極浦。鳧雁宿張燈。○鳧雁，喻嘉賓。此言燕集之時也。庾信賦：張燈華閣。花月窮遊宴，炎天避鬱蒸。硯寒金井水，

○【王洙曰】後漢志：長沙郡益陽。注：荆州縣南十里有平岡，岡有金井數百，古傳金人以杖撞地，輒便成井。簷動玉壺冰。○此序汝陽招要崇重之恩，歷夏秋冬三時之久也。○【王洙曰】鮑照詩〔五〕：清如玉壺冰。瓢飲惟三徑，○此下甫自言居貧，辱宴遇也。○【王洙曰：「顏回一瓢。蔣翊三徑。」】論語雍也篇：子曰：「賢哉回也！一簞食，一瓢飲，人不堪其憂，回也不改其樂。」三輔決録：蔣詡〔六〕字元卿，舍中〔七〕竹下開三徑，唯故人求仲、羊使〔八〕從之遊。巖棲在百層。○陳無己作「巖栖異一塍」。神凌切，稻畦也。崔駰達旨辭〔九〕：或盥耳而山栖。○【杜田補遺】嵇叔夜絶交書：堯、舜之君世，許由之巖栖。張升支〔一〇〕論：黄綺引身巖栖。○【王洙曰】謝靈運詩：栖巖挹飛泉。且持蠡測海，○且，魯作謬。蠡，來戈切，蚌屬。○【王洙曰】東方朔論：以管窺天，以蠡測海。况把酒如澠。○此謂錫宴行觴也。○【鄭卬曰】澠，食陵切。○【昱曰】水名，出齊國。○【王洙曰】左氏昭公十二年傳：晉侯以齊侯宴，中行穆子相投壺。晉侯先穆子，曰：「有酒如澠〔一一〕，有肉如坻。寡君中此，爲諸侯師。」中之。齊侯舉矢曰：「有酒如澠，有肉如陵。寡君中此，與君代興。」亦中之。鴻寶寧全秘，○【王洙曰】前漢劉向傳：上復興神仙方術〔一二〕之事，而淮南有枕中鴻寶苑秘書。顏師古曰：鴻寶苑秘書，並道術篇名，藏在枕中，常存録之，不漏泄也。○神仙傳：淮南王作内書二十篇，中篇八卷，言神仙黄白之事，名鴻寶。丹梯庶可陵。○謂淮南王有鴻寶秘書，而不以示人。今璡無隱於甫，使甫得以親近故也。謝靈運詩：躡步隱丹梯。○【王洙曰】謝玄暉詩：要欲追奇趣，即此陵丹梯。淮王門有客，〇【王洙曰】有，一作下。〇前漢淮南王安好書，鼓琴〔三〕，招致賓客方術之士數千人，作爲内書、外書數萬言。終不媿孫登。〇甫以淮南比汝陽，而不自媿於孫登也。〇【王洙曰】晉書隱逸傳：孫登好讀易，撫一絃琴。見者皆親樂之。嵇康從之遊，將别，謂曰：「先生竟無言乎？」登曰：「子才多識寡，難乎免於今之世矣。子無求〔四〕乎？」果遭非命。乃作幽憤詩曰：「昔慙柳下，今媿孫登。」

【校記】

〔一〕書，古逸叢書本作「云」。

〔二〕注，古逸叢書本作「傳」。

〔三〕口，九家集注杜詩、杜陵詩史、分門集注、補注杜詩皆作「日」。

〔四〕韡韡，當作「韡韡」。

〔五〕元本「詩」下有「云云」二字，古逸叢書本「云云」作「有云」。

〔六〕詡，元本、古逸叢書本作「翊」，是。

〔七〕中，古逸叢書本作「于」。

〔八〕羊使，元本作「全使」，古逸叢書本作「全便」。三本皆誤，應作「羊仲」。

〔九〕辭，古逸叢書本作「云」。

〔一〇〕支，元本、古逸叢書本作「與」，皆誤。應作「反」。

〔一〕澠，元本、古逸叢書本作「淮」。

〔二〕術，元本作「得」，古逸叢書本作「土」。

〔三〕琴，元本、古逸叢書本作「瑟」。

〔四〕求，古逸叢書本作「永」。

敬贈鄭諫議十韻

○【王洙曰】鄭諫議雖不得名，必善於詩者，皆用詩事美之。

諫官非不達，詩義早知名。○【趙次公曰】爲天子諫官，非不謂之顯達，而於作詩之義，又早歲已有名，此專美之也。破的由來事，先鋒孰敢争。○【趙次公曰：「破的如射之中，先鋒如战之勇。」】皆言諫議詩筆之健，如射之中、戰之勇也。思飄雲外物，○【鄭卬曰】思，相吏切，情思也。○【王洙曰】外，一作動。○謂其詩思俊逸，超出乎雲物也。律中鬼神驚。○【修可曰：「詩律既中，可驚鬼神。」】謂其詩律合乎法度，可以泣鬼神也。毫髮無遺恨，○【趙次公曰】公言作詩，中有一字一句不佳，雖如毫髮之小，則心自慊慊有遺恨矣。波瀾獨老成。○【王洙曰：「才思浩瀚，故如波瀾。兼詞意壯健，故有言老成也。」】謂其詩才浩瀚，而句法尤壯健也。野人寧得所，○【趙次公曰】自此而下，皆公自序。○【趙次公曰：「野人，公自稱耳。」】野人，謙辭也。天意薄浮生。多病休儒服，冥搜信客旌。○【趙次公曰：「欲冥搜幽冥之地，信客旌所指耳。」】甫之客遊，冥搜遠覽，蹤跡無定，信客旌所指耳。○【王洙曰】天台賦：遠寄冥搜。築居仙縹緲，○【鄭卬曰】縹，普沼切。緲，彌沼切。幽邃貌。○【趙次公曰】言卜築欲住幽邃之處，如仙之縹緲難尋也。○【王洙曰】海賦：神仙縹緲，食玉清涯。旅食歲崢嶸。○言歲之云暮也。○【鄭卬曰】崢，仕〔一〕耕切。嶸，胡萌〔二〕切。高峻貌。鮑明遠舞鶴賦：歲崢嶸而催暮。使者求顔闔，○【十朋曰：「謂鄭時遣人招之。」】喻諫議遣使見招也。○【王洙曰】莊子讓王篇：魯君聞顔闔得道之人也，使人以幣先焉。顔闔守陋巷，苴布之衣而自飯牛。使者致幣，顔闔曰：「恐聽者謬而遺者罪，不若〔三〕審之。」使者還，反審之，復來。來之則不得也。諸公厭禰衡。○【趙次公曰】以旅食之久〔四〕，諸公厭之如禰衡焉。衡初托曹公，又托劉表，又托黄祖，此謂諸公之所厭也。○【王洙曰】按後漢文苑傳：禰衡，字正平，有方辯，氣剛傲，矯時慢物。曹操怒之，送與劉表。後侮慢表，耻不能容，以江夏太守黄祖性急，故送衡與之。後竟爲祖所殺。將期一諾重，○【王洙曰】季布傳：辯士曹丘生謂布曰：「楚人諺曰：『得黄金百斤，不如得季布一諾。』足下何以得此聲於梁、楚之間哉！」江淹詩：季布重然諾。欻使寸心傾。○【王洙曰】謂傾向於諫議也。○【鄭卬曰】欻，許勿切，暴起也。○謝玄暉詩：孰爲勞寸心。君見窮途哭，宜憂阮步兵。○【王洙曰】晉阮籍，字嗣宗，爲步兵校尉。率意命駕，不由徑路，車迹所窮，輒慟哭而反。顔延年詠阮步兵詩：物故不可論，途窮能無慟。

【校記】

〔一〕仕，元本、古逸叢書本作「任」。

〔二〕萌，元本、古逸叢書本作「耕」。

〔三〕不若，元本、古逸叢書本作「使者」。

〔四〕久，元本、古逸叢書本作「人」。九家集注杜詩作「久」。

前出塞九首

戚戚去故里，○【王洙曰】古詩：戚戚何所迫。悠悠赴交河。○【王洙曰】古詩：悠悠涉長道。○【九家集注杜詩引作「杜田補遺」。杜陵詩史、分門集注、補注杜詩、集千家注批點杜工部詩集引作「修可曰」，當以「杜田曰」爲是。】杜田曰：按，唐西州交河在伊州西七百里。河水分流繞城下，因以名之。○魯訔謂：貞觀十四年平高昌，以其地置交河。公家有程期，○【王洙曰】程，限也。期，會也。亡命嬰禍羅。○【趙次公曰】謂赴交河之役有程期而逃，亡其命，則必有收捕，禍所及矣。○【劉曰】按，漢〔一〕竇榮亡命三林。○顏師古注：命，名也。謂脱其名籍而逃亡也。君已富土境，○謂玄宗中國之地已闢矣。開邊一何多。○【師古曰】譏禄山、國忠之徒爲國生事於夷狄也。棄絶父母恩，吞聲行負戈。○戈，戟也。李陵答蘇武書：負戟而長嘆。○【王洙曰】陸士衡從軍詩：朝餐不免胄，夕息常負戈。

【校記】

〔一〕漢，元本、古逸叢書本作「唐」。九家集注杜詩、杜陵詩史、分門集注、補注杜詩、集千家注批點杜工部詩集皆作「漢」。

出門日已遠，不受徒旅欺。○【師古曰】此言離家日久，已習戰鬭之事，故徒旅不能欺也。骨肉恩豈斷，○呂氏春秋：父母之於子，此之謂骨肉之親也。男兒死無時。走馬脱轡頭，○【梅曰】木蘭曲：南市脱〔一〕轡頭。手中挑青絲。○挑，吐雕切，摇也。○【趙次公曰】青絲，馬鞚也。○【王洙曰】梁簡文帝紫騮馬詩：青絲懸玉登〔二〕。又，宛轉青絲鞚。捷下萬仞岡，○仞，一作丈。○【王洙曰】左思賦：振衣千仞岡。俯身試搴旗。○【鄭卬曰】搴，起虔切，取也。○【王洙曰】曹子建詩：仰手接飛猿，俯身散馬蹄。

【校記】

〔一〕脱，九家集注杜詩、杜陵詩史、分門集注、補注杜詩作「買」。

〔二〕登，古逸叢書本作「鐙」。又，杜陵詩史、分門集注、補注杜詩亦作「鐙」。

磨刀嗚咽水，〇【九家集注杜詩引作「杜田補遺」，杜陵詩史、分門集注、補注杜詩引作「修可曰」。】辛氏三秦記：隴山，天水大坂也。俗歌云：隴頭流水，嗚聲幽咽。遥望秦川，肝腸斷絶。故名嗚咽水。水赤刃傷手。欲輕腸斷聲，心緒亂已久。〇【王洙曰】鮑照東門行：離聲斷客情。又，行子心腸斷。丈夫誓許國，憤惋復何有。〇【鄭卬曰】惋，烏慣切，驚嘆也。功名圖麒麟，〇漢武帝獲白麟，作麒麟閣，畫〔一〕功臣像。宣帝甘露三年，上思股肱之美，乃圖畫大將軍霍光等十二〔二〕人於麒麟閣。虞義〔三〕詩：當今麟閣上，千載有雄名。戰骨當速朽。〇【師古曰】丈夫以身許國，死何足恤，況傷於離别乎？此勸以義之意也。〇【王洙曰】宋司馬造石槨，孔子曰：「死不如速朽。」

【校記】

〔一〕畫，元本、古逸叢書本作「繪」。

〔二〕二，古逸叢書本作「一」。

〔三〕義，古逸叢書本作「羲」。

送徒既有長，〇長，丁〔一〕丈切，孟也。〇【王洙曰】高祖以亭長爲縣送徒驪山。遠戍亦有身。〇【鄭卬曰】戍，束遇切，守邊也。生死向前去，不勞吏怒嗔。〇【師古曰】足見其强驅人於戰，豈所謂悦以犯難、民忘其死者乎？路逢相識人，附書與六親。哀哉兩决絶，不復問〔二〕

苦辛。○【王洙曰】國忠領劍南，募〔三〕使遣戍瀘南，餉路險乏，舉無還者，人人思亂，此詩所以作也。

【校記】

〔一〕丁，古逸叢書本作「下」，杜陵詩史、補注杜詩作「丁」。

〔二〕問，古逸叢書本作「同」。

〔三〕募，元本、古逸叢書本作「幕」。九家集注杜詩、杜陵詩史、補注杜詩作「募」。

迢迢萬餘里，領我赴三軍。軍中異苦樂，主將寧盡聞。○【師古曰】爲將之道，甘苦與衆共之。今將樂而士苦，苦樂之異如此，豈善撫循士卒者乎？○【王洙曰】王仲宣從軍詩：軍中有苦樂，但問所從誰。隔河見胡騎，倏忽數百群。○倏忽，犬疾走也。我始爲奴僕，幾時樹功勳。○禄山、國忠爲將暴虐尤甚。然國忠起於貴妃之寵，以宰相領劍南節度，未嘗爲國立勳，此甫所以譏其素賤也。○【九家集注杜詩、分門集注引「王洙曰」：「漢衛青奮於奴僕。」杜陵詩史、補注杜詩作「(王)禹偁曰」。】若衛青少爲奴僕，後以子夫之故得爲漢將，故甫以比之也。衛青傳：青少時父使牧羊，皆奴畜之。有相青曰：「貴人也，官至封侯。」後拜爲車騎將軍。

挽弓當挽彊，○【補注杜詩引「黄希曰」：「周勃傳注：服虔曰：引强，弓弩官也。孟康曰：如此挽强司馬也。〔二〕周勃傳：材官引彊。孟康曰：如今挽彊司馬也。○梁冀傳：冀能挽滿。注：挽滿，猶引彊。用箭當用長。○【趙次公曰】以言士卒各矜其能也。射人先射馬，擒賊先擒王。○賊，一作寇。○【趙次公曰】以言士卒各致其功也。殺人亦有限，立國自有疆。苟能制侵陵，豈在多殺傷。○【趙次公曰】孟子曰：定于一，孰能一之？不嗜殺人者能一之。而喜開邊者，乃好大喜功之主。則公之詩豈不益於教化乎？

驅馬天雨雪，軍行入高山。逕危抱寒石，指落曾冰間。○【鄭卬曰】曾，才登切，積也。○【九家集注杜詩引作「杜田補遺」，杜陵詩史、分門集注、補注杜詩、集千家注批點杜工部詩集引作「修可曰」。】前漢匈奴傳：匈奴攻太原，高祖自將兵擊之。會冬雨雪，卒之墮指者十二三。○【王洙曰】陸士衡詩：驅馬涉陰山，山陰〔一〕馬不前。仰憑積雪岩，俯涉堅冰淵。已去漢月遠，何時築城還。浮雲暮南征，可望不可攀。○【師古曰：「暮望歸雲南征，不得與之還，是故嘆云云。」】謂士卒北征，築城堡於范陽，暮望歸雲，而不得與之南還，是以嘆也。○【趙次公曰】周王褒短歌行：無復漢地關山月，唯有漢北薊城雲。

【校記】

〔一〕山陰，元本、古逸叢書本作「陰山」，杜陵詩史、分門集注作「山陰」。

單于寇我壘，○【鄭印曰】單，時連切。百里風塵昏。雄劍四五動，○【夢符曰】吳越春秋：吳王闔閭使干將造劍二枚，一曰干將，二曰鏌鋣。鏌鋣者，干將之妻。干將作劍，金鐵之精未肯流，干將夫婦乃斷髮剪爪，投之爐中，金鐵乃濡，遂以成劍。陽曰干將，而作龜文。陰曰鏌鋣，而作漫理。○【九家集注杜詩引作「杜田正謬」，杜陵詩史、分門集注、補注杜詩、集千家注批點杜工部詩集引作「修可曰」。】烈〔一〕士傳：眉間尺者，謂眉間廣一尺也。楚人干將、鏌鋣之子。楚王夫人常於夏納涼而抱鐵柱，心有所感，遂懷孕，後産一鐵。楚王命鏌鋣鑄此精爲雙劍，三年乃成，劍一雌一雄，鏌鋣乃留雌而以雄進楚王。劍在匣中，常有悲鳴，王問群臣，群臣對曰：「劍有雌雄，鳴者，雌懷其雄也。」王大怒，收鏌鋣殺之。眉間尺乃爲父殺楚王。○公集有曰「匣裏雌雄劍」，又曰「雄劍鳴開匣」是也。彼軍爲我奔。○【九家集注杜詩引作「杜田正謬」之「新添」。杜陵詩史、分門集注、補注杜詩、集千家注批點杜工部詩集引作「黄曰」。】越絶書曰：楚王作鐵劍二枚，晉、鄭聞而求之，不得，興師圍楚之城，三年不解。楚引太阿之劍，登城而麾之，三軍破敗，士卒迷惑，流血千里。虜其名王歸，○【九家集注杜詩引作「杜田補遺」。杜陵詩史、分門集注、補注杜詩、集千家注批點杜工部詩集引作「修可曰」。】前漢匈奴傳：霍去病、衛青操兵臨瀚海，虜名王、貴人以百數。○【九家集注杜詩引作「杜田補遺」。杜陵詩史、分門集注、補注杜詩引作「唐曰」。】宣帝紀：單于遣名王奉獻。繫頸授轅門。○【鄭印曰】繫，胡計切。○【王洙曰】轅門，以車轅爲門也。賈誼傳：陛下何不試以臣爲屬國之官，以主匈奴。行臣之計，請必繫單于之頸而制其命。終軍傳：軍往説南越，自請願受長纓，必羈南越王而致之闕下。○司馬穰苴傳：立表轅門。

潛身備行列，一勝何足論。

【校記】

〔一〕烈，古逸叢書本、杜陵詩史作「列」。

從軍十年餘，○一作十餘年。○【師古曰】言用兵久也。能無分寸功。○玄宗窮兵，適所以自焚，故禄山乘隙一叛，天下爲之亂，可不戒哉！衆人貴苟得，○譏國忠之徒爲國生事，苟得爵〔一〕位而已，安問其國家安危存亡之所繫乎？欲語羞雷同。○羞，一作差。謂賢人君子不肯貪叨大功也。○【師古曰】曲禮：毋雷同。○朱暉傳：雷同順同〔二〕。中原有鬬争，況在狄與戎。○狄謂單于，戎謂吐蕃也。王制：西方曰戎，北方曰狄。西七戎，北六狄。丈夫四方志，○【王洙曰】射義：桑弧蓬矢六，以射天地四方者，男子之所有事也，故必先有志於其所有事。安可辭固窮。○丈夫有四方之志，宜奮志立功于四夷，安可以固窮爲辭而無志於功名也哉！此特勇士之志，而非經世遠謀之士。○【梅曰】甫〔三〕於斯時，寧可固窮，不敢爲國生事，雖無分寸之功，其忠於君可見矣。○【琪曰】論語：君子固窮。

【校記】

〔一〕爵，元本、古逸叢書本作「辭」。

〔二〕同，古逸叢書本作「旨」。

〔三〕甫，元本、古逸叢書本作「用」。杜陵詩史、分門集注作「甫」。

官定後戲贈時免河西尉爲左衛率府兵曹

○【鮑彪曰】按，明皇紀〔一〕：天寶十載辛卯春正月乙酉朔，八日壬辰，朝獻太清宮。九日癸巳，朝享太廟。十日甲午，有事于南郊。公上三大禮賦，帝奇之，使待制集賢院，令宰相陳希烈〔二〕試文章，爲希烈刻〔三〕忌，擢河西尉，不拜，改右衛率府參軍。公率府胄曹，蓋未嘗視印也。

不作河西尉，凄凉爲折腰。○【王洙曰】晉陶潛，字元亮，爲彭澤令。素簡貴〔四〕，不私事上官。郡遣督郵至縣，吏白〔五〕：「應束帶見之。」潛歎曰：「吾不能爲五斗米折腰，拳拳〔六〕以事鄉曲小人〔七〕。」解印去。賦歸去來。老夫怕趨走，率府且逍遥。耽酒須微禄，狂歌託聖朝。故山歸興盡，迴首向風飆。○飆，必遥切，回風也。○【趙次公曰】謂須微禄，故無復有歸山之興，但臨風迴首而已。

【校記】

〔一〕紀，元本、古逸叢書本無。

〔二〕烈，元本、古逸叢書本作「列」。
〔三〕刻，元本作「克」，古逸叢書本作「所」，杜陵詩史、分門集注、補注杜詩作「刻」。
〔四〕貴，古逸叢書本作「易」。
〔五〕白，古逸叢書本作「曰」。
〔六〕古逸叢書本無「拳拳」二字，以墨丁代之。
〔七〕人，古逸叢書本作「兒」，杜陵詩史、分門集注作「人」。

贈李白

秋來相顧尚飄蓬，○曹子建詩：轉蓬離本根，飄飄隨長風。未就丹砂愧葛洪。○【師古曰】甫昔與李白有就丹砂之志，今相顧飄蓬，故於葛洪有愧也。○【趙次公曰】：「葛洪以交趾出丹砂，求爲勾漏令。」按晉葛洪傳：洪字稚川。從祖玄，吴時學道得仙，號曰葛仙翁。其鍊丹秘術，悉得其法，以年老，欲鍊丹以祈遐壽，聞交阯出丹，求爲勾漏令，帝從之。痛飲狂歌空度日，飛揚跋扈爲誰雄。○【王洙曰】跋扈謂〔一〕强梁。○【師古曰】指禄山必〔二〕爲亂也。

○【王洙曰】按，後漢梁冀侈暴滋甚，質帝聰慧，知冀驕横，嘗朝群臣，目冀曰：「此跋扈將軍也。」

○【趙次公曰】北齊高祖謂世子曰：「侯景專制河南十四年，常〔三〕有飛揚跋扈志。」

【校記】

〔一〕謂，元本、古逸叢書本作「與」。

〔二〕必，元本、古逸叢書本作「以」，杜陵詩史作「必」。

〔三〕常，元本、古逸叢書本作「嘗」。九家集注杜詩、杜陵詩史、補注杜詩、集千家注批點杜工部詩集作「常」。

新定杜工部草堂詩箋斠證卷第六

天寶以來在東都及長安所作

自京赴奉先縣詠懷五百字

○【王洙曰】天寶十四載十一月作。○【師古曰】按，是月，安禄山反於范陽。甫時妻子留奉先，故甫往省家焉。○【鄭卬曰】奉先蓋唐之蒲城縣，屬同州。開元四年改爲奉先縣，以奉睿宗橋陵也。

杜陵有布衣，○【趙次公曰】杜陵，公所居之地也。○餘見醉時歌注。老大意轉拙。○【王洙曰】古詩：老大徒悲傷〔一〕。許身一何愚，竊比稷與契。居然成濩落，○【昱曰】詩生民：居然生子。○【王洙曰：「莊子：瓠落無所容。猶郭落也。落，零落也。濩，胡落切。」】莊子逍遙遊篇：瓠落無所容。陸德明音義：瓠，户郭切。司馬：音護。簡文云：瓠落，猶郭落也。司馬云：瓠，布護也。落，零落也。白首甘契闊。○甘，一作苦。此謂授西河尉，辭不行也。○【王洙曰】詩〔二〕擊鼓篇：死生契闊。蓋棺事則已，○古詩：蓋棺事乃已。此志常覬豁。○【鄭卬曰】覬，几利切，幸也。窮年憂黎元，○莊子齊物篇：因以曼衍，所以窮年。嘆息腸内熱。○腸，一作腹。甫雖不遇，其志猶在君民，大丈夫負經綸志，常覬望豁達，死而掩棺，此志方已。是以窮年憂黎元，嘆息至於中熱。○【王洙曰】此孟子所謂「不得於君則熱中」是也。○【趙次公曰】：「莊子：我其内熱矣。」莊子人間世篇：葉公子高曰：「今吾朝受命而夕飲冰，我其内熱歟？」取笑同學翁，浩歌彌激烈。○甫志在君民，而同學之人反輕笑之，甫此懷無所寫，形於浩歌，愈自激昂其義烈而已。○【王洙曰】蘇武詩：浩歌正激烈。非無江海志，○【王洙曰】莊子讓王篇：身居江海之上，心遊魏闕之下。瀟灑送日月。○【王洙曰】送，一作迭。生逢堯舜君，○【王洙曰】舜，一作爲。不忍便永訣。當今廊廟具，○【王洙曰】叔孫通傳贊：廊廟之材，非一木之枝。帝王之切〔三〕，非一士之略。構厦豈云缺。○【王洙曰】潘尼詩：大厦須異材，廊廟非庸器。葵藿傾太陽，○淮南子：葵藿傾心向日。○【王洙曰】曹植求通親親〔四〕表：若葵藿之傾太陽，雖不爲回光，然向之者誠也。物性固莫奪。○【王洙曰】莫，一作維。〔五〕○甫謂若使高卧江海上，送此餘年，吾不忍爲也。况生逢堯、舜之君，何忍一不見用，便決别而去。况當廊廟之才亦不乏人，可以助〔六〕天子理天下。只是甫抱葵藿之誠，向慕於君，其性自然不可得而移奪也。顧惟螻蟻輩，但自求其穴。胡爲慕大鯨，輒擬偃溟渤。○螻蟻，物之微者，甫自喻鯨鯢。大魚偃蹇滄海，理之常也。○【趙次公曰：「韓非子：千丈之堤，以螻蟻之穴潰。求其穴，言當自安分，求穴以安耳，何爲必欲慕學大鯨之處大海乎？」】甫志在於致君澤民，其志甚大，復自責曰：「我誠螻蟻小輩，但可自求其穴，何敢過擬大鯨而偃蹇於滄溟哉！」○古今注：鯨，大魚也。雄曰鯨，雌〔七〕曰鯢。常以五月生子於岸，八月導而還海。鼓浪成雷，噴沫成雨，水族畏之。以茲悟生理，獨恥事干謁。兀兀遂至今，忍爲塵埃沒。終愧巢與由，○【趙次公曰：「巢，巢父。由，許由也。嵇康作高士傳曰：巢父，堯時隱人。年老以樹爲巢，而寢其上，故人號爲巢父。堯之讓許由也，由以告巢父。父曰：『汝何不隱汝形？非吾友也。』許由悵然不自得，乃遇清冷之水洗其耳，拭其目，曰：『向者聞言，負吾友。』遂去，終身不相見。」】高士傳：許由隱於沛澤之中，堯致天下而遜焉。由乃臨流洗耳，其友巢父飲犢，曰：「何以污吾犢口！」牽牛於上流而飲之。皇甫謐逸士傳：巢父者，堯時隱人也。及堯讓位許由也，由以告巢父。巢父曰：「汝非友也。」乃過清泠之水洗其耳。未能易其節。○易，夷益切，改也。沉飲聊自遣，○遣，一作適，非也。○【王洙曰】顏延年詠劉參軍詩：韜精日沉飲。放歌頗愁絶。○【趙次公曰：「干謁貴人，不過有所利爾。既惡如螻蟻輩之止求穴以安，而敢欲慕學大鯨之處大海？則恥事干謁矣。既不干謁以自顯，則甘心於塵土之汩没矣云云。公之意，以爲在塵土之間，空自汩没，既愧巢與由矣。然未能變易其節，脱然引去，於是沈飲放歌而已。」】以此自悟生理有小有大，宜自安分，不敢干謁勢要，以取富貴。惟兀兀窮居，甘爲塵埃汩没，自愧不能效巢父、許由，高尚其節，是以適意於酒，放懷歌詠，以遣愁絶故也。歲暮百草零，○謂十一月赴奉先縣時也。疾風高岡裂。天衢陰峥嶸，○謂欲雪之天也。客子中夜發。○客子，甫自謂。自京發程也。○【王洙曰】王粲詩：客子多悲辛。霜嚴衣帶斷，指直不得結。○得，一作能。凌晨過驪山，○三秦記：驪山西北有温泉之水，入浴可以愈疾。正觀十八年，營建御湯，名湯泉宮。咸亨二年，名温泉宮。天寶六載，改華清宮。御榻在嵽嵲。○嵽，徒結切。嵲，倪結切。嵽嵲，山貌。言見明皇御幸温泉宮之榻，其高若山也。按，唐史拾遺：帝每年以十月遊幸驪山，勞民動衆，天下苦之。是以禄山乘隙而反，遂陷兩京，如入無人之境。可不哀哉！是時天變見于上，帝莫省悟，故甫於詩中極言之，後世號爲「詩史」，皆紀其實事也。蚩尤塞寒空，○【趙次公曰】言乘輿前導蚩尤之旗，蔽塞乎寒空也。蹴踏崖谷滑。○【鄭卬曰】蹴，七六切，蹋也。瑶池氣鬱律，○謂玄宗與貴妃會于温泉也。○【王洙曰】張衡西京賦：氣滃渤以霧杳，時鬱律其如煙。羽林相摩戛。○【趙次公曰】羽林扈駕之車〔八〕，其多至如林木，故言相摩戛也。○【王洙曰】漢宣帝紀：羽林孤兒。應劭注：林諭〔九〕林木，羽若羽翼。君臣留懽娱，○【王洙曰】君臣，一作聖君。張景陽詩：朝野多懽娱。樂動殷嵑嶱。○殷讀曰隱，震也。謂時明皇奏樂驪山温泉也。相如上林賦：車騎靁起，殷天動地。嵑嶱，一作蠍蝎，一作樛嶱，一作湯嶱。王琪、吴若本皆作嵑嶱。嵑音渴，嶱，立〔一〇〕割切。張衡南都賦：其山則峌屼〔一一〕嶱嵑。注：山石高險貌。歐陽公、王荊公改「樛嶱」作「膠葛」。○【九家集注杜詩作「杜田補遺」，門類增廣十注杜詩引作「杜云」，杜陵詩史、分門集注、補注杜詩作「修可曰」。】相如子虛賦：張樂乎膠葛之寓。注：曠遠深貌。○【門類增廣十注杜詩引作「杜云」。】揚雄甘泉賦：其相膠葛。○注：膠猶言膠加也。魯靈光殿賦：洞洞轇轕。其字又不同。正異又作「嶱嵑」，今從王、吴本爲正。賜浴皆長纓，○按唐書：天子十月幸華清宫，賜從臣浴。景龍，游幸冬驪山温湯，賜浴。故云。韓子：鄒君好長纓，左右皆服長纓。○【王洙曰】江文通〔一二〕詩：長纓皆俊人。與宴非短褐。○【王洙曰】宴，一作謀〔一三〕。○謂玄宗賜浴群臣，皆長纓之士，短褐賤者不獲與宴也。彤庭所分帛，○【趙次公曰】彤庭，天子之庭，以丹飾之也。○【王洙曰】趙皇后傳：中庭彤朱，而殿上髤漆。本自寒女出。○【王洙曰】郭泰機詩：皎皎白素絲，織爲寒女衣。寒衣雖巧妙，不得秉杼機。鞭撻其夫家，○【王洙曰】撻，一作箠。聚斂貢城闕。聖人筐篚恩，實欲邦國活。臣如忽至理，君豈棄此物。多士盈朝廷，仁者宜戰慄。○【王洙曰：「鹿鳴：又實幣帛筐篚，以將其厚意。」】鹿鳴之詩，文武所以宴群臣，嘉賓實幣帛于筐篚，以將其厚意。○蓋聖人筐篚之恩，非苟務爲濫賞，實欲忠臣得盡其心，存活邦國之民而已。今玄宗使聚斂之臣鞭撻誅求，分賜無功，而受此物是忽其活邦國之理也。君所賜僭〔一四〕濫，是棄此筐篚之恩也。多士盈庭，無敢以此諫君，惟仁者測其有變，所以爲國家戰慄也。況聞内金盤，盡在衛霍室。○【王洙曰】内金盤，上方器用也。○【趙次公曰】衛、霍皆以后戚而貴，蓋以比楊國忠輩。中堂舞神仙，○舞，一作有。煙霧蒙玉質。○【王洙曰】江淹雜體詩：願作秦王女，乘鸞向煙霧。煖客貂鼠裘，○【王洙曰：「(煖客)一云煖蒙。」】一作客煖蒙貂裘。○貂，丁聊切。○【王洙曰：「魏書曰：鮮卑有貂，鼠子。皮毛柔軟，故天下爲裘。」】鼠屬，毛皮柔軟，可爲裘。○【王洙曰】説文：大而黄黑，出先〔一五〕零國。悲管逐清瑟。勸客駝蹄羹，霜橙壓香橘。○【王洙曰：「橙出穰縣者勝蜀中。有給客橙，似橘而非，若柚而香。」又，九家集注杜詩引作「杜田補遺曰」：「魏王花木志曰：蜀土有給客橙，似橘而非，若柚而香，冬夏華實相繼，通歲食之，亦名蘆橘。舊説小者爲橘，大者爲柚。又云柚似橙而實酸，大於橘。孔安國注尚書、郭景純注爾雅，皆如此。」】魏王花木志：蜀有給客橙，似橘而非，若柚而香。冬夏華實相繼，亦名蘆橘。朱門酒肉臭，○肉，一作禽。路有凍死骨。○【王洙曰】孟梁惠王篇：庖有肥肉，廐有肥馬。野有餓殍〔一六〕。榮枯咫尺異，惆悵難再述。○當是時，楊國忠舉族與宴，賞賚不貲，仁人君子爲之寒心。況又内出金盤御食以賜之，歌姬舞妓皆抱玉質侑酒中堂，或煖客以貂裘，或勸客以駝羹，豈知貧民下户有凍死者耶！○【趙次公曰】甫從驪山過，身披短褐，不得與宴。國忠之徒，謾〔一七〕以妃寵榮貴，雖相去咫尺，而或榮或枯，不啻天淵之遠也。是以惆悵難再具述其事也！北轅就涇渭，官渡又改轍。○後漢袁紹度河，壁延津南。曹操還屯官渡。注：官渡在今鄭州中牟縣北。酈元水經注：莨蕩渠經曹公壘，北有高臺，謂之官渡。魏志：公還軍官渡，袁紹衆大潰。漢書音義：文穎曰：於滎陽下引河東爲鴻溝，即今官渡水也。羣水從西下，極目高崒兀。○崒，藏没切。崒兀，高峻貌。疑是崆峒來，○【趙次公曰】唐志：安定郡保定縣有崆峒山。恐觸天柱折。○甫過驪山，迤邐北轅，趍就涇、渭，循涇、渭抵官渡，又改轍西南嚮，始達奉先縣。忽見羣兵西下，初疑是吐蕃從崆峒來，殆〔一八〕恐天柱爲之折傾。是月，禄山果叛，守官之民爲之敗走也。吐蕃入寇，常從崆峒山下來，故集有詩曰「崆峒小麥熟，且願休王師」是也。○【王洙曰】列子湯問篇：共工氏與顓頊争爲帝，怒而觸不周之山，折天柱，絶地維。故天傾西北，日月星辰就焉。地不滿東南，故百川水潦歸焉。河梁幸未拆，○【趙次公曰】古詩：携手上河梁。枝撑聲窸窣。○【鄭卬曰】窸，自七〔一九〕切。窣，蘇骨切。○窸窣，聲不安也。行旅相攀援，○【鄭卬曰】援，于元切，引也。川廣不可越。○【王洙曰】不，一作且。老妻既異縣，○既，王作託。○【王洙曰】古樂府詩〔二〇〕：他鄉各異縣，展轉不相見。十口隔風雪。○江文通雜體詩：弭棹值風雪。誰能久不顧，庶往共飢渴。入門聞號咷，○【鄭卬曰】號，胡刀切。咷，徒刀切。○【王洙曰】易同人卦：先號咷而後笑。幼子飢已卒。○【王洙曰】飢，一作餓。吾寧捨一哀，里巷亦嗚咽。○蔡琰詩：行路亦嗚咽。所媿爲人父，無食致夭折。豈知秋未登，○【王洙曰】未，一作禾。貧窶有倉卒。○甫乃於河梁未裂之時，幸得以渡。道路傳言禄山叛，陷京城，行旅皆攀援竄走。甫宗獲濟，既到奉先，妻兒餒餓，略無生理，不幸幼子又死，雖甫割愛捨哀，而里巷亦爲之慟。傷爲父之道不能贍給諸子，以致夭折，尚且有媿，況爲天下父母者乎？甫又寓意玄宗不能爲民父母。秋成既不登，加以禄山之禍，是使吾民貧窶，衣食不足，而又倉卒遭變，其苦爲如之何！○【王洙曰】有詩：終窶且貧。○卒，一作猝〔二一〕。曹植贈白馬王彪詩：倉卒骨肉親，能不懷苦辛。生常免租税，○常，陳作當。名不隸征伐。撫迹猶酸辛，○【王洙曰】猶，一作獨。阮籍詩：感慨懷辛酸。平人固騷屑。○劉公幹詩：平人易感動。何遜月夕望江詩：仲秋黄葉下，長風正騷屑。默思失業途，○【王洙曰】途，一作徒。因念遠戍卒。憂端齊終南，○【王洙曰】端，一作際。澒洞不可掇。○【趙次公曰】澒，胡孔切。洞，徒總切。○【師古曰】澒洞，亂〔三〕貌。○【鄭卬曰】掇，都活切。拾也。○甫言雖不見用，亦爲幸矣。身叨命官，既免租税，又免征伐。撫循事迹，尚且酸辛，况百姓苦於租税，名隸戰伐，其騷動屑屑尤可憫也。○【師古曰】甫默思吾之失業，念彼遠戍之兵，其積〔三〕憂悶與山齊高，奈天下澒洞未可遽掇而絶之也。○嗚呼！甫一布衣，而吟咏之間，未嘗不憂及君民，其忠矣乎！○【趙次公曰】淮南子天文訓：鴻濛澒洞，莫知其門。魏武帝詩：明明如月，何時可掇。

【校記】

〔一〕悲傷，古逸叢書本作「傷悲」。

〔二〕詩，元本、古逸叢書本作「毛詩」。

〔三〕切，元本、古逸叢書本作「功」。

〔四〕親，元本、古逸叢書本無。

〔五〕維，古逸叢書本作「難」。九家集注杜詩、杜陵詩史、分門集注、補注杜詩亦作「難」。

〔六〕助，元本、古逸叢書本作「佐」。
〔七〕雎，原作「雄」。據元本、古逸叢書本改。
〔八〕車，古逸叢書本作「軍」。
〔九〕諭，古逸叢書本作「謂」。
〔一〇〕立，元本、古逸叢書本作「丘」。
〔一一〕岏，古逸叢書本作「峴」。
〔一二〕通，原作「適」，據元本、古逸叢書本改。
〔一三〕謀，杜陵詩史、分門集注作「謙」。
〔一四〕僭，元本、古逸叢書本作「潛」。
〔一五〕先，古逸叢書本作「丁」。九家集注杜詩、杜陵詩史、分門集注、補注杜詩作「丁」。
〔一六〕饑殍，元本、古逸叢書本作「餓莩」。
〔一七〕謾，元本作「慢」，古逸叢書本作「漫」。
〔一八〕殆，元本、古逸叢書本作「始」。
〔一九〕七，古逸叢書本作「上」。
〔二〇〕詩，元本、古逸叢書本作「記」。
〔二一〕猝，元本、古逸叢書本作「倅」。

〔二〕亂，元本、古逸叢書本作「絶」。
〔三〕積，元本、古逸叢書本作「迹」。

奉先劉少府新畫山川障歌

堂上不合生楓樹，怪底江山〔一〕起煙霧。聞君掃却赤縣圖，○河圖括地象：赤縣之州，是爲中州。東南曰神州。鄒子曰：中國於天下八十一分，居其一分耳。其國名赤縣，赤縣内自有九州。禹之別九州是也。○【趙次公曰：「奉先乃今之蒲城縣也。」又曰：「公橋陵詩云『居然赤縣立』。」】夢弼按地理志：奉先縣屬京兆郡。甫集有橋陵詩「居然赤縣立」是也。○赤縣圖乃畫華山也。乘興遣畫滄洲趣。○地理志：滄洲乃景城郡。春秋、戰國時，爲齊、趙二國之境，秦鉅鹿、上谷二郡地。漢高祖置渤海郡，唐爲滄洲。滄洲圖乃畫滄海也。畫師亦無數，好手不可遇。對此融心神，知君重毫素。○【趙次公曰】毫，筆也。素，縑也。豈但祁岳與鄭虔，○【王洙曰】祁、鄭，唐之善畫者也。○古今名畫記：鄭虔，高士也。蘇許公爲相，申以忘年之契，薦爲著作郎。開元二十五年，爲文館學士，饑窮轗軻，好琴酒篇詠，工山水，進獻詩篇及書畫。元宗御筆題云「鄭虔三絶」。筆迹遠過楊契丹。○言劉之筆迹過於楊，則祁、鄭不足道也。楊素在隋稱善畫，其畫傳於契丹，故以爲號。名畫記：楊契丹官至儀同。僧琮云：六法備該，甚有骨氣，山東體製，元屬伊人，不在閻立本下。鄭法士嘗求楊畫本，楊引鄭至朝堂，指以宮闕衣冠人物車馬，曰：「此是古之畫本也。」由是鄭深嘆服。得非玄圃製〔二〕。○穆天子傳：春山之澤，清水出泉，温和無風，飛鳥百獸之所飲食，先王之所謂縣圃。淮南子：崑崙縣圃，維絶通天。東方朔十洲記：崑崙山有三角，其一正西曰玄圃之臺。無乃瀟湘飜。悄○曾子開曰：瀟水出道，湘水出全，二水至永合而爲一，以入洞庭。黄陵廟在瀟湘之尾，洞庭之口。悄然坐我天姥下，○姥，莫補切。○【王洙曰】天姥，山名。○吴録：地理志：剡縣有天姥岑。○【王洙曰】謝靈運臨海嶠詩曰：暮投剡中宿，明登天姥岑。耳邊已似聞清猿。○【九家集注杜詩引作「杜田補遺」。分門集注、補注杜詩引作「黄曰」。】吴越郡國志：天姥山與括蒼山相連，上有字，高不可識。春月則聞簫鼓笳吹之聲。反思前夜風雨急，乃是蒲城鬼神入。○乃，一作恐。漢長安三輔，左扶風，右馮翊。蒲城，右馮翊屬縣也。唐開元四年，改爲奉先縣，以奉睿宗橋陵矣〔三〕。元氣淋漓障猶濕，真宰上訴天應泣。○【趙次公曰】本朝錢希白洞微志：無雲而雨，謂之天泣。野亭春還雜花遠，○遠謂久也。漁翁暝踏孤舟立。○暝，日入也。滄浪水深青溟闊，○浪，魯當切。滄浪，水名。欹岸側島秋毫末。○毫末，謂筆端也。不見湘妃鼓瑟時，至今斑竹臨江活。○【薛夢符曰】張華博物志：舜死，二妃淚下，染竹即斑。妃死爲湘水神，故曰湘妃。離騷遠遊章句：使湘靈鼓瑟兮，令海若舞馮夷。劉侯天機精，○【王洙曰】莊子大宗師篇：嗜欲深者天機淺。愛畫入骨髓。自有兩兒郎，○徐陵烏栖曲：風流荀令好兒郎，偏得傅粉復馨香。揮灑亦莫比。大兒聰明到，能添老樹巔崖裏。小兒心孔開，貌得山僧及童子。○貌，莫角切，貌人類狀也。○【趙次公曰：「禰衡曰：『大兒孔文舉，小兒楊德祖。』」】後漢：禰衡唯善孔融及楊脩。常稱曰：「大兒孔文舉，小兒楊德祖。餘子碌碌莫足數也。」若耶溪，○若耶溪，在今越州會稽之南。雲門寺，○【九家集注杜詩引作「杜田補遺」：「南史：何胤字子季，隱居不仕。會稽山多靈異，往遊焉。居若耶山雲門寺。初，胤二兄求、點並棲遁，逮胤又隱焉。世號點爲小山，胤爲大山。亦曰東山兄弟，又云大隱小隱。」又，杜陵詩史、分門集注、補注杜詩引作「王十朋曰」：「南史：何胤字子季，隱居不仕。會稽山多靈異，往游焉。居若耶山雲門寺。」】南史：何胤字子季，以會稽山多靈異，往遊焉。居若耶山雲門寺。初，胤二兄求、點並棲遁，至胤又隱世，號點爲太〔四〕山，胤爲小山，亦曰東山兄弟。世謂「何氏三高」。梁武帝敕給白衣尚書禄，辭不受。吾獨胡爲在泥滓，○西征賦：或被左衽，奮迅泥滓。青鞋布襪從此始。○若耶溪、雲門寺，二者皆勝境。甫自傷汩没塵泥，未能脱迹以遊覽也。

【校記】

〔一〕江山，元本、古逸叢書本作「山川」。

〔二〕製，古逸叢書本作「裂」。

〔三〕矣，古逸叢書本無。

〔四〕太，古逸叢書本作「大」。

橋陵三十韻呈縣内諸官

○【鮑彪曰】開元三年六月，睿宗崩。十月，葬橋陵。○【黄鶴曰】橋陵在奉先西北三十里。

先帝昔晏駕，○【趙次公曰】先帝，指睿宗也。○【王洙曰】前漢天文志：宫車晏駕。注：天子初崩爲晏駕者，臣子之心猶謂宫車宴〔一〕駕而出耳。 兹山朝百靈。○【趙次公曰：「兹山，指橋陵也。」】兹山，指豐山也。○長安志：開元四年，以蒲城縣之豐山建睿宗橋陵。 崇岡擁象設，○象設，謂左右之山象青龍、白虎之類也。○【九家集注杜詩作「杜田補遺」，杜陵詩史、分門集注、補注杜詩作「〔薛〕夢符曰」。】楚辭招魂章句：像設君室，静閒安些。 沃野開天庭。○【王洙曰】張衡賦：廣衍沃野。 即事壯重險，○【王洙曰】易：習坎，重險。 論功超六〔二〕丁。○昔蜀王欲鑿山開道以取秦，天爲王生五丁力士，能徙〔三〕山。今論其築陵之功超過六丁也。○【王洙曰】按蜀王本紀：天爲蜀王生五丁力士，能徙〔四〕山。秦王獻美女於蜀王，蜀王遣五丁迎女，見一大蛇入山穴中，五丁共引蛇，山頹，秦五女皆上山化爲石。 坡陁因厚地，○一作「坡陁用厚力」。坡陁，高大貌。○【王洙曰】相如二世賦：登坡陁之長坂。 却略羅峻屏。○却略，森列貌。○【修可曰】孫綽詩：遠山却略羅峻屏。 雲闕虚冉冉，風松肅泠泠。 石門霜露白，○露，一作霧。謂秋祭時也。 玉殿莓苔青。○謂春祭時也。 宫女晚知曙，○晚，一作曉。 祠〔五〕官朝見星。○官，一作臣。○【趙次公曰：「以其勤恪而虔於從事也。」】謂宮女、祠官各勤其職而虔於從事，以象生時也。空梁簇畫戟，○謂列戟以森衛也。陰井敲銅瓶。○謂汲井以供祭也。中使日夜繼，○一作日繼夜。正異作日相繼。吴志朱然傳：中使口食之物相望於道。惟王心不寧。○王謂肅宗也。○【趙次公曰】詩江漢篇：王心載寧。豈徒卹備享，尚謂求無形。孝理敦國政，神凝推道經。○【王洙曰】莊子：用志不分，乃凝於神。瑞芝産廟柱，好鳥鳴巖扃。○【王洙曰：「一作巢。」】鳴，一作宿，一作巢。○【趙次公曰。杜陵詩史、分門集注、補注杜詩作「修可曰」。】曹子建詩：好鳥鳴高枝。高嶽前嵂崒，○嵂，呂卹切。崒，昨没切。山高貌，謂華山也。洪河左瀅濙。○【鄭卬曰】瀅，烏定切。濙，于扃切。小水貌，謂黄河也。金城蓄峻趾，○【九家集注杜詩引作「杜田正謬」。杜陵詩史、分門集注、補注杜詩、集千家注批點杜工部詩集引作「修可曰」。】金城，蘭州也。沙苑交迴汀。○【杜田正謬曰】沙苑，隸左馮翊。永與奥區固，○【王洙曰】西都賦：防禦之阻，則天地之奥區。川原紛眇冥。居然赤縣立，○【趙次公曰】蒲城縣本屬同州。開元四年，以縣之豐山建橋陵，改爲奉先縣，仍隸京兆府。十七年，昇爲赤。故公詩言「赤縣」也。臺榭争岧嶢。○岧嶢，高也。○【王洙曰】江淹詩：岧嶢南樓期。官屬果稱是，聲華真可聽。○真，一作寘。○【王洙曰：「謂縣内諸官也。」】官屬，指赤縣内諸官，其才德名聲皆稱其職也。王劉美竹潤，○喻其有節操也。裴李春蘭馨。○喻其有聲譽也。鄭氏才振古，○謂其才之多也。啖侯筆不停。○【鄭卬曰】啖，杜覽切，姓也。○謂其筆之捷也。遣辭必中律，○【鄭卬曰】中，丁仲切，當也。○謂其發言合法度也。利物常發硎。○【鄭卬曰】硎，奚經切，砥石也。○謂其制物有剸裁也。○【王洙曰】莊子養生主篇：庖丁爲惠文君解牛，曰：「今臣之刀十九年矣，所解數千牛，而刀刃若新發於硎。」綺繡相展轉，○綺繡，喻其文華也。琳琅愈青熒。○【王洙曰】愈，一作逾。○琳琅，喻其温粹也。○【王洙曰】校獵賦：眩耀青熒。側聞魯恭化，○以魯恭美赤縣令善政也。○【王洙曰】後漢魯恭字仲康，拜中牟令，專以德化爲理，不任刑罰。螟傷稼，不入中牟。河南尹袁安聞之，疑其不實，使仁恕掾肥親往廉之。肥還，以三異白安。安上書言狀，帝異之。秉德崔瑗銘。○以崔瑗美赤縣官之處己也。○【王洙曰】後漢崔瑗字子玉，有座右銘傳于世。太史候鳧影，○【趙次公曰】後漢王喬，顯宗世爲葉令。喬有神術，每月朔望常自縣詣臺朝。帝怪其來數而不見車騎，密令太史伺望之。言其臨至，輒〔六〕有雙鳧自東南飛來。於是候鳧至，舉羅張之，但得一雙舄焉。王喬隨鶴翎。○【趙次公曰】劉向列仙傳：王子喬，子晉也，好吹笙，作鳳鳴，遊伊、雒之間。道人浮丘公接以上嵩高山三十餘年。後求之於山上，見桓良曰：「告我家，七月七日待我於緱氏山頭。」至時，果乘白鶴駐山頂，望之不得到，舉手謝時人而去。○【王洙曰：「王、劉、裴、李、鄭、啖皆當時赤縣官也。」】余謂王、劉、裴、李、鄭氏、啖侯皆縣内官。○有仙骨，殆非凡俗之流，皆美之之辭也。朝儀限霄漢，○【趙次公曰：「自此至篇終，公自述也。知縣入朝而公不得預，此所以自嘆也。」】此下甫自述也。赤縣令入朝，而公自拾遺貶爲華州司功，故不得與朝會之儀，如限隔霄漢也。客思迴林坰。○【趙次公曰：「爾雅：林外謂之坰。」】坰，音扃，林外也。轗軻辭下杜，○轗，音坎。軻，音可，又苦賀切。轗軻，車行不平也。一曰不得志。轗或作埳，軻或從土，義同楚辭七諫篇「然埳軻而留滯」。○【王洙曰】漢書音義：下杜在長安，今之杜城也。飄飄陵濁涇。○陵，陳作凌。陵，乘也。○【吕曰】詩：涇以渭濁。○水經注：涇水出安定，入朝那縣西开山頭，東南經新南、扶風，至京兆高陵，入渭水合。又東與漆沮水合，經秦、漢之都，至潼津而入河。諸生舊短褐，○短，一作裋。旅泛一浮萍。荒歲兒女瘦，暮途涕泗零。○【吕曰】詩：涕泗滂沲。主人念老馬，○主人指縣内官，欲求諸見念也。○【王洙曰】韓詩外傳：昔者田子方出見老馬於道，問御曰：「此何馬也？」曰：「故公家畜也。罷而不爲用，故出放也。」田子方曰：「少盡其力，而老去其身，仁者不爲也。」束帛而贖之。窮士聞之，知所歸心矣。廨宇容秋螢。○宇，一作署。容，一作客〔七〕。廨舍〔八〕，官舍也。以官舍館甫。○【歐陽曰】腐草化爲螢，其質不美，甫自喻諸官不以其質不美而賤之，而見容也。流寓理豈愜，窮愁醉未醒。何當擺俗累，浩蕩乘滄溟。○【歐陽曰】流寓者，出於事勢不得已，甫豈樂爲之？苟能擺脱俗累，優游於江湖之上，乃甫性之所樂，尚以俗累所拘爲恨矣。

【校記】

〔一〕宴，古逸叢書本作「當」。

〔二〕六，古逸叢書本作「五」。

〔三〕徒，元本、古逸叢書本作「徙」。

〔四〕徙，元本、古逸叢書本作「徒」。

〔五〕詞，古逸叢書本、杜陵詩史、分門集注、補注杜詩皆作「祠」。

〔六〕輒，原作「輙」，據元本、古逸叢書本改。

〔七〕客，元本、古逸叢書本作「岩」。

〔八〕舍，元本、古逸叢書本作「宇」。

後出塞五首

○【鮑彪曰】天寶十四年乙未，三月壬午，安禄山及契丹戰於漢〔一〕水，敗之，故有是詩。爲出兵赴漁陽也。

男兒生世間，及壯當封侯。○【王洙曰】後漢班超字仲升，有大志，常爲官傭書，投筆歎曰：「大丈夫當效傅介子、張騫，立功異域，以取封侯，安能久事筆硯間乎？」梁竦字安定，自負其才，嘗登高遠望，歎息言曰：「大丈夫居世，生當封侯，死當廟食。州縣之職，徒勞人耳！」戰伐有功業，焉能守舊丘。召募赴薊門，○【鄭卬曰】薊，古詣切，燕地。○【王洙曰】鮑照東武吟：始隨張校尉，召募到河源。軍動不可留。千金買馬鞭，○鞭，一作鞍。百金裝刀頭。閭里送我行，親戚擁道周。○道周，道邊也。王仲宣詩：親戚對我悲。斑白居上列，酒酣進庶羞。少年别有贈，含笑看吴鈎。○【九家集注杜詩作「杜田正謬」。杜陵詩史、分門集注、補注杜詩、集千家注批點杜工部詩集作「修可曰」。】吴鈎，刀名也。吴越春秋闔閭内傳曰：闔閭既寶莫耶之劍，復命於國中作金鈎，令曰：「能爲善鈎者，賞之百金。」有人殺二子，以血釁金，遂成二鈎，獻於闔閭而求賞。王曰：「何以異於衆鈎乎？」鈎師向鈎呼二子之名：「吴鴻、扈稽，我在於此。王不知汝之神也。」聲絶於口，兩鈎俱飛，著父之胸。王乃賞百金，遂服之不離其身。○【王洙曰】鮑照結客少年行：錦帶佩吴鈎。○余謂老者以酒食爲餽，少者以吴鈎爲贈，其勇怯可知。○【孝祥曰】此詩有封侯功業之言，則知爵不可濫受，而國忠徒以貴妃之寵居極位，豈非無功而受禄歟！

【校記】

〔一〕漢，古逸叢書本作「渼」。

朝進東門營，○東門，洛都之門也。暮上河陽橋。○【鄭曰：「河陽，洛邑也。」】河陽，洛水之陽也。○【王洙曰】李少卿詩：攜手上河梁，游子暮何之。王仲宣從軍詩：朝發鄴都橋，暮濟白馬津。落日照大旗，馬鳴風蕭蕭。○【王洙曰】詩車攻篇：蕭蕭馬鳴，悠悠旆旌。平沙列萬幕，部伍各見招。○【趙次公曰】士卒之多，則諸將各有一青油幕，故一部伍之人至日暮歸屯，各相招認，以居其幕也。中天懸明月，令嚴夜寂寥。悲笳數聲動，○【沈曰】笳，居牙切，捲蘆葉以吹之也。

壯士慘不驕。○謂壯士聞角聲之動，慘然無顏色，各起故鄉之思也。借問大將誰，○【趙次公曰：「句法使曹植七哀詩：借問歎者誰，言是客子妻。」】曹植七哀詩：借問歎者誰，言是客子妻。恐是霍嫖姚。○嫖姚，協音飄遥。○【十朋曰】前漢嫖姚校尉霍去病以椒房之親而致顯位。故比之楊國忠，然國忠以寵幸進，驕暴不恤士卒，士卒皆疾之，故有是句。

古人重守邊，今人重高勳。豈知英雄主，出師亘長雲。○【鄭卬曰】亘，居鄧切，極也。六合已一家，四夷且孤軍。○良將惟務守邊疆，不貪戰功。英雄之主，如漢武帝、唐太宗皆好窮兵於遠，加以一時喜功之臣佐成其謀，徒以出師如雲之盛，殊不念六合已一家，何必提孤軍深入四夷，而勞民動衆哉！此託意以諷玄宗開邊於西北，終致禄山之竊發也。遂令貔虎士，○貔，樊作螭。○【王洙曰】書牧誓篇：如虎如貔。奮身勇所聞。拔劍擊大荒，日收胡馬群。誓開玄冥北，持以奉吾君。○【杜陵詩史、分門集注、補注杜詩引作「末曰」。】此諷楊國忠之徒西擊大荒之野，北開玄冥之地，爲國生事，持此功以獻捷於玄宗，雖受高爵重禄，不亦厚顏乎！

獻凱日繼踵，兩蕃静無虞。○【趙次公曰】謂西北蕃〔二〕已寧矣。漁陽豪俠地，○漁陽乃北郡，豪俠謂能以力俠助人急難也。擊鼓吹笙竽。○言凱旋奏樂也。雲帆轉遼海，粳稻來東吳。○遼海乃遼東郡，東吳出粳米，水道通海，泛舟轉輸以給祿山之兵也。越羅與楚練，照耀輿臺軀。○耀，一作輝。越羅、楚練賞賜戰士，雖輿臺僕隸之賤身，衣美麗殊，不知此物出於百姓之膏血也。○【王洙曰】左氏昭公七年：皂臣輿，僕臣臺。主將位益崇，氣驕凌上都。邊臣不敢議，議者死路衢。○【師古曰】主將，謂祿山也。時祿山爲漁陽節度，所領皆突騎。兵還，賞賚無貲。玄宗御承天門率百官迎迓，祿山恃功高，氣凌公卿，誰復敢議其事者哉！

【校記】

〔一〕蕃，杜陵詩史、分門集注、補注杜詩作「兩蕃」。

我本良家子，○【王洙曰：「趙充國，六郡良家子。」】漢趙充國以六郡良家子伐先零，而玄宗開邊，抽丁以行，故云良家子也。出師亦多門。○多門，謂用兵非一方也。○【九家集注杜詩引作「趙次公曰」。杜陵詩史、分門集注、補注杜詩、集千家注批點杜工部詩集引作「余曰」。】左氏成公十六年傳：晉政多門。將驕益愁思，身貴不足論。躍馬二十年，恐辜明主恩。○躍馬食肉，言其貴也。國忠驅民開邊，苟取富貴，寔辜明主之恩也。坐見幽州騎，長驅河洛昏。○【王洙曰：「時祿山自幽州陷河、洛。」】祿山反，以討國忠爲名。幽州騎，即祿山之兵長驅而來，東都、西京皆爲之陷没，皆國忠有以致之故也。中夜間道歸，○間，讀爲去聲。○【九家集注杜詩引作「杜田補遺」。杜陵詩史、分門集注引作「歐陽曰」。補注杜詩、集千家注批點杜工部詩集引作「黄希曰」。】漢高紀：從間道走軍。顏師古曰：間，空也。投空隙而行，不公顯也。○【師古曰】國忠聞禄山有變，已陷兩都，遂脱身自微路歸，恐爲奸邪所獲也。故里但空村。○【師古曰】謂居民盡避胡也。惡名幸脱免，窮老無兒孫。○言國忠雖異於禄山不負叛逆之名，奈何子孫亦爲賊所屠滅。天人報應之理，可不戒哉！○【九家集注杜詩依例作「王洙曰」。杜陵詩史、分門集注引作「趙次公曰」。補注杜詩引作「蘇曰」。集千家注批點杜工部詩集引作「東坡志林」。】東坡蘇軾又曰：詳味此詩，蓋禄山反時其將校有脱身歸國，而禄山盡殺其妻子者，不出其姓，可恨也！

玄都壇歌七言六韻寄元逸人

○玄都壇乃漢武帝之所築。帝好神仙，故築之也。東方朔十洲記：洲在北海，上有太〔一〕玄都仙伯真公所治也。○【師古曰】元逸人，隱道士也，有神仙之術也。甫作是詩以贈之。

故人昔隱東蒙峰，○故人者，謂元逸人也。○【王洙曰】地理志：泰山蒙陰縣有蒙山。禹貢：屬徐州。已佩含景蒼精龍。○【趙次公曰。又，杜陵詩史、分門集注、補注杜詩作「蔡曰」、「張詠曰」。】蒼精龍，謂劍也。後漢公〔二〕孫瑞劍銘：含景吐商。春秋繁露：劍之在左，青龍也。刀之在右，白虎也。○或曰：按神仙訣録：蒼精龍，驅鬼神之符也。東方青帝，蒼龍之精。景者，日月之影也。道家呼吸日月之光景，以取其精氣，故受籙佩符，能驅攝鬼神也。故人今居子午谷，○【王洙曰】王莽傳：莽以皇后有子孫瑞，通子午道，從杜陵直絶南山，徑漢中。顔師古曰：今京城南山有谷通梁、漢者，名子午谷。○【杜田補遺】三秦記曰：子午，長安正南也。山名秦嶺，谷名褒斜。○長安志：城直〔三〕南山有谷，號子午。谷南屬午，北屬子，社稷在北，谷在南。陰陽家子午係衝破之方，王莽有意篡漢，欲絶其子孫，從社稷前鑿通子午道，時名爲子午谷。獨在陰崖結茅屋。○【王洙曰】在，一作並。結，一作白。屋前太古玄都壇，○題注。青石漠漠常風寒。○【王洙曰】神異經：東方有宮，青石爲壇。左右闕高百丈，畫以五色。子規夜啼山竹裂，○【趙次公曰】啼而竹裂，言聲之苦也。○華陽風俗録曰：鳥有杜鵑者，其大如鵲而羽烏，其聲哀而吻有血。土人云：春至則鳴，聞其初聲者則有別離之苦，人皆惡聞之。惟田家候其鳴，則興農事。東都記曰：杜宇亦曰杜主，自天而降，稱爲望帝。好稼穡，教人農務，治邦域。至今蜀人將農者必先祠杜主。時荆州人鱉令死，其尸泝流而上，至文〔四〕山下復生，見望帝。望帝因以爲相，號開明。會巫山壅江，人遭洪水，開明爲鑿通流，有大功，望帝因以其位禪之，號開明帝。望帝死，其魂化爲鳥，名曰杜鵑，亦曰子規。又云：杜宇禪位于開明，升西山隱焉。時適三月，子規鳥鳴，故蜀人悲子規鳥也。異物志：杜鵑至三月鳴，晝夜不止。余謂誕實未詳。王母晝下雲旗翻。○【王洙曰】翻，一作蟠。○劉向列仙傳：王母，神人。人面蓬頭，髪戴勝，虎爪豹尾，善笑，穴居崑崙山。或曰：此王母之使也。漢武故事：七月七日，上於承華殿。忽有一青鳥從四方集殿前，上問東方朔：「何鳥也？」朔曰：「西王母必降。」是夕漏七刻，西方隱隱若雷聲。有頃，王母乘紫雲車而至。此假子規以對王母，蓋子規乃蜀帝故也。知君此計誠長往，芝草琅玕日應長。○【趙次公曰】芝草，仙藥也。琅玕，寶叢也。○言逸人所居靈異之地，往往生長是物，足供服餌，一隱而不復出也。漢武内傳：王母曰：「太上之藥，有廣庭芝草、碧海琅玕。」鐵鎖高垂不可攀，○按道藏經綺字函：晉時有戍卒屯於子午谷，聞谷之西去三百里有大澗，澗傍有竹，其圍三尺。戍卒往取之，以爲塞柵。及至窮澗，忽見鐵鎖下垂約百有餘丈。戍卒欲挽引而上，有虎蹲踞其傍，哮哮大吼。戍卒驚走，歸告戍長。戍長率其隊共往視之，迷而不知其所。又藏經感通〔五〕録：唐正觀初，採蜜人入子午谷闞南大秦嶺，聞鍾聲，尋而至焉。寺舍二門傍有大竹林，其人斷二節以盛蜜，可得五斗。下至大秦戍，則告防人。戍主遣人往覓，過小竹谷，達于崖下。有鐵鎖長三丈許，防人曳鎖掣之，大牢有二虎據人大呼，防人怖走。致身福地何蕭爽。○【師古曰】按神仙決録：有天仙、地仙三十六洞天、八十一福地。由地仙積累功行，遂超昇天仙。今逸人致身福地，已爲地仙之流，何其瀟〔六〕灑清爽，神氣不凡故也。○福地記：終南山東接驪山、泰、華，西連太白、隴山，北去長安八十里，南入楚塞，連屬東西諸山，周迴數百里，名曰福地。

【校記】

〔一〕太，古逸叢書本作「云」。

〔二〕公，古逸叢書本、杜陵詩史、杜詩趙次公先後解輯校、分門集注作「士」。

〔三〕直，元本、古逸叢書本作「有」。

〔四〕文，古逸叢書本作「汶」。

〔五〕通，元本、古逸叢書本作「應」。

〔六〕瀟，原作「漏」，據元本、古逸叢書本、杜陵詩史、分門集注、補注杜詩改。

歎庭前甘菊花

庭前甘菊移時晚，○【王洙曰：「簷，一作堦。」】庭，一作簷，一作階。青蘂重陽不堪摘。○【趙次公曰。又，杜陵詩史引「師古曰」：「移晚，謂失其時也。」】甘菊以移晚而花遲，謂失其時〔一〕也。明日蕭條盡醉醒，○一作醉盡醒。殘花爛熳開何益。○【師古曰】盡醉醒者，人盡泛菊而醉，唯我無菊可泛，但〔二〕醒而已。殘花雖開，已無况味，夫復何益！此與屈原不遇其時而云「舉世皆醉、唯我獨醒」之意同也。籬邊野外多衆芳，采擷細瑣升中堂。○【鄭卬曰】擷，突結切，將取也。○【王洙曰】詩芣苢篇：采之擷之。○【師古曰。又，趙次公曰：「此詩蓋刺餘子碌碌，皆得貴近，言芳則非，不謂之才也，特細瑣而已。言升中堂，則貴近之意。公之言傷時細碎微瑣者用，而出類者廢也。」又，杜陵詩史引「彥輔曰」：「此詩譏小人在位，賢人失所也。」九家集注杜詩、分門集注、補注杜詩作「王洙曰」。】甘菊以喻君子，衆芳細瑣，以喻小人。君子不遇時，不見采擢。小人反獲起升登于廟堂之上，此與詩隰桑篇「小人在位、君子在野」無異也。念茲空長大枝葉，結根失所纏風霜。○纏，一作埋。

○【師古曰】喻君子涵養雖大，奈何結託不得其人，故至於失所而埋没乎風霜，有如此甘菊矣。觀甫此詩辭意含蓄，其情可知矣。

【校記】

〔一〕時，杜陵詩史、分門集注、補注杜詩作「所」。

〔二〕但，古逸叢書本作「獨」。

醉歌行

○【俯曰：「甫從姪杜勤落第歸，甫作此詩別之。」又，集千家注批點杜工部詩集曰：「公自注：從姪勤落第歸，作此以別之。」】別從姪勤〔一〕落第歸。

陸機二十作文賦，○【王洙曰】晉陸機字士衡，作文賦，序云：以述先世之盛麗，作文之利害。汝更小年能綴文。總角草書又神速，○【王洙曰】詩齊風：總角丱兮。○毛萇傳：總角，聚兩髦也。世上兒子徒紛紛。驊騮作駒已汗血，○喻勤少俊也，餘見前注。鷙鳥舉翮連青雲。○鷙，脂利切，擊鳥也，喻勤預薦書也。詞源倒流三峽水，○【王洙曰】源，一作賦。○【趙次公曰】此夸大從姪詞源之壯健〔二〕，雖三峽之水可衝激而倒流矣。○【趙次公曰。又，門類增廣十注杜詩引作「杜云」。】隋藝文傳：筆有餘力，詞無竭源。○【王洙曰】海賦：吹嘘則百川倒流。○【九家集注杜詩作

「杜田補遺」。門類增廣十注杜詩引作「杜云」。又，杜陵詩史、分門集注、補注杜詩、集千家注批點杜工部詩集引作「修可曰」。】峽程記：三峽者，明月峽、巫山峽、廣澤峽也。筆陣獨掃千人軍。○【九家集注杜詩作「杜田補遺」。門類增廣十注杜詩、門類增廣集注杜詩引作「杜云」。又，杜陵詩史、分門集注、補注杜詩引作「修可曰」。趙次公曰：「筆言陣，則如王羲之論字爲筆陣圖也。」】復美其筆力之快利，雖千人之軍可指揮而獨掃矣。王羲之筆陣圖：紙者，陣也。筆者，刀矟也。墨者，鍪甲也。硯者，城池也。本領者，將軍也。心意者，副將也。只今年纔十六七，射策君門期第一。○射策甲科，謂策問疑難從而射之。對有中否，取譬於射也。○【王洙曰】前漢蕭望之以射策甲科爲郎。顏師古曰：射策者，謂爲問難疑義，書之於策，量其大小，署爲甲乙之科，列而置之，不使彰顯，有欲射者，隨其所取得而釋之，以知優劣。射之言投射也。舊穿楊葉真自知，○學貴乎自信，勤之才藝有必取之理，如養由基射楊葉，有必中之妙，其來舊矣。○【王洙曰】史記周本紀：蘇厲説白起曰：「楚〔三〕有養由基者，善射者也。去柳葉百步而射之，百發百中。」前漢枚乘諫吴王書：養由基，楚之善射者也。去楊葉百步，百發百中。楊葉之大，如百中焉，可謂善射矣。暫蹶霜蹄未爲失。○良馬有千里之才，雖暫顛蹶，亦未爲失，喻勤雖暫淹留，何足爲辱乎？○【王洙曰】王褒頌：過都越國，蹶若歷塊。莊子馬蹄篇：馬蹄可以踐霜雪。偶然擢秀非難取，會是排風有毛質。○【趙次公曰】言科〔四〕舉一日之長，搴擢英秀，亦偶然爾，非難取也。而從姪之不中第何哉？然會當是時排擊風路〔五〕。蓋以其終有連雲之毛質焉。此慰唁之，且復有譏諷也。鮑照登大雷岸與妹書：浴雨排風，吹澇弄翮。汝身已見唾成珠，○【趙次公曰】美從姪開口成文如珠〔六〕，它日必貴也。○【薛夢符曰：「右按後漢趙壹傳：『咳唾成珠玉。』」按，集千家注批點杜工部詩集作「夢弼曰」，誤。】晉夏侯湛曰：咳唾成珠玉。汝伯何由髮如漆。○【俯曰】甫恨年老頭白無由歸里，傷不及見勤之富貴也。春光淡沲秦東亭，○淡沲，一作潭沲。○【鄭卬曰】沲，徒我切，水貌。○【何曰：「秦東亭即京城門外東亭，送別多於此處。」】東亭，迺京城門外會別之亭。○梁簡文詩：潭沲青帷閉。富嘉謨明水篇：陽春二月朝始暾，春光潭沲度千門。渚蒲芽白水荇青。○【鄭卬曰】荇，何梗切，接余也。○【趙次公曰】蒲纔有芽而白，荇在水而青，指東亭之景物得其性也。○離別之苦，曾物之不如也。風吹客衣日杲杲，○言甚寒也。○【王洙曰】詩衛風：杲杲出日。樹攪離思花冥冥。酒盡沙頭雙玉瓶，衆賓皆醉我獨醒。○皆，一作已。○【王洙曰】屈原傳曰：衆人皆醉，而我獨醒，所以見放。乃知貧賤別更苦，吞聲躑躅涕淚零。○淚，一作泣。○【王洙曰】鮑照行路難：吞聲躑躅不敢言。詩：涕零如雨。

【校記】

〔一〕勤，原作「勒」，據古逸叢書本改。

〔二〕健，古逸叢書本作「嚴」。

〔三〕楚，元本、古逸叢書本作「其」。

〔四〕科，古逸叢書本作「貢」。

〔五〕路，元本、杜陵詩史、分門集注作露，古逸叢書本作「霜」。

〔六〕珠，古逸叢書本作「咮」。

同諸公登慈恩寺塔時高適薛據先有此作

〇【九家集注杜詩、門類增廣十注杜詩依例爲「王洙曰」，分門集注、補注杜詩、集千家注批點杜工部詩集引作「王洙曰」，杜陵詩史引作「彦輔曰」。】西京雜記〔一〕：西京外郭城朱雀街東第三橋、皇城之東第一街進業坊，隋無漏寺之故地。武德初廢，正觀二十年，高宗在春宮時，報其母文德皇后，爲之祈福，即其地建寺，故名慈恩。南院臨黄蕖〔二〕，竹木森邃，爲京城之最西院。浮圖六級，高三百尺。永徽三年，沙門玄奘所立。浮圖内有梵本諸經數十匣。浮圖前東堦立太宗皇帝撰三藏聖教叙及高宗皇帝述聖記二碑，並褚遂良書。中和中，中書舍人李肇國史補〔三〕：進士既捷，列名於慈恩寺塔，謂之題名。

高標跨蒼天，〇天，一作穹。塔六級，高三百尺。〇【九家集注杜詩引作「師尹曰」。又，補注杜詩引作「黄希曰」。】蜀都賦：陽烏回翼乎高標。烈風無時休。自非曠士懷，〇曠，一作壯。〇【趙次公曰】鮑照放歌行：小人自齷齪，安得〔四〕曠士懷。登兹翻百憂。〇夫人登高臨遠，自有所見，則心有所感。〇【師古曰】甫登此塔，俯視兵火之後，景物蕭條，寧無憂傷乎？惟曠達之士對此能遣適耳。

◎【王洙曰】詩兔爰篇：我生之後，逢此百憂。王仲宣登樓賦：登兹樓以四望兮，聊暇〔五〕日以銷憂。方知象教力，◎象教者，謂如來既化，諸大弟子想慕不已，遂刻木爲佛象以瞻敬之也。曇無羅讖：釋迦佛住世〔六〕，正法五百年，象法一千年，末法〔七〕亦一萬年。◎【王洙曰】突厥寺碑〔八〕：四天之下，聞諸象教。頭陀寺碑：正法既没，象教陵夷。注：謂爲形象以教人也。足可追冥搜。◎【王洙曰】足，一作立。◎言登是塔，乃知象教之力，功德無量，可以搜求乎幽冥也。◎【王洙曰】孫興公遊天台賦序：非夫遠寄冥搜、篤信通神者，何肯遐想而存之？仰穿龍虵窟，◎謂塔磴道屈曲而升，有如穿龍蛇之窟矣。始出枝撑幽。◎【杜陵詩史、分門集注、補注杜詩、集千家注批點杜工部詩集引「鄭卬曰」：「撑，抽庚切，邪柱也。此塔磴道屈曲，則公有『龍蛇窟』之句，宜矣。塔每級之下蓋多枝撑，至其盡級高處，則爲『出枝撑幽』矣。」又，九家集注杜詩引「趙次公云」：「言愈仰而上，穿過龍蛇窟，然後出離枝撑之幽陰也。」】撑，抽庚切，邪柱也。塔級之下，皆枝撑洞黑，至其上級高處乃明，故云「出枝撑幽」矣。◎【王洙曰】靈光殿賦：枝撑杈枒而斜據。注：枝撑，交木也。七星在北户，◎【王洙曰】一作户北。河漢聲西流。◎【趙次公曰】皆言塔之高與天相近。河漢，天河也。羲和鞭白日，◎山海經：東南海之外，甘水之間，有羲和國。有女子曰羲和，爲帝俊之妻。是生〔九〕十日，常日浴於甘泉〔一〇〕。◎【王洙曰】張揖廣雅：日御曰羲和，月御曰望舒。晉傅玄日昇歌：羲和初攬轡，六龍並騰驤。少昊行清秋。◎【王洙曰】月令：孟秋之月，其帝少昊。秦山忽破碎，◎秦，或作泰。言草木零落也。涇渭不可求。○言塔高，視之不可見也。俯視但一氣，焉能辨皇州。○天子之都曰皇州，此託〔一一〕意兵火之後，逆氣熏蒸，土地分裂，清濁無別〔一二〕，滔滔皆是，安能獨辨帝都耶！祿山自山東長驅而來，遂陷京城，九廟淪墮，豈復有尊卑之辨哉！回首叫虞舜，蒼梧雲正愁。○檀弓篇：舜葬於蒼梧之野。史記本紀：舜南巡守，崩於蒼梧之野，葬於江南九疑，是爲零陵。後漢志：零陵郡營道南有九疑山。按，九疑山圖記：道州東七十五里有寧遠縣，縣南六十里有九疑山。山有九峰，一曰蕭韶〔一三〕，二曰女英，三曰石城，四曰娥皇，五曰朱明，六曰桂林，七曰華蓋，八曰巴林〔一四〕，九曰石樓，周四百餘里，其形相似，見者疑之，故曰九疑。惜哉瑶池飲，○飲，一作燕。○【王洙曰】穆天子傳：天子遊崑崙，觴西王母于瑶池之上。西王母爲天子謠曰：「白雲在天，山陵自出。道里悠遠，山川間之。將子無死，尚能復見〔一五〕？」天子答曰：「予歸東土，和洽諸夏。萬民平均，吾顧見汝。比及三年，將復而野。」日晏崑崙丘。○【趙次公曰】趙子櫟曰：此暗紀慈恩寺之事也。南望而遠想蒼梧，則託虞舜而思高宗之晏駕。西望而遠想瑶池，則又託西王母而思文德皇后之不留也。○夢弼謂，昔虞舜南巡死于蒼梧之野，周穆王與西王母會于崑崙之瑶池。是時玄宗避賊幸蜀，故甫比之虞舜南巡。楊貴妃見寵於玄宗，爲霓裳羽衣，效西王母之所爲，嘗與玄宗會温泉宫，故甫比之穆王會王母于崑崙。今玄宗晏駕，甫託意感傷之，故有「叫虞舜」、「惜瑶池」之句也。○顔師古前漢書音義：天子崩，群臣不忍言，但言車駕晏起。黄鵠去不息，哀鳴何所投。○阮嗣宗詩：黄鵠遊四海，中路將安歸。君看隨陽雁，○【王洙曰】禹貢：

陽鳥攸居。注：隨陽之鳥，鴻雁之屬。各有稻粱謀。〇【王洙曰】梁庾信報趙王賜詩：未知稻粱雁，何以報君恩。〇【趙次公曰】趙子櫟曰：因黄鵠之遠去，雖若高舉遠引之士，然無所投止，而我之俯世徇身，則未免若雁之謀稻粱也。〇【杜陵詩史作「高曰」。又，九家集注杜詩引「師民瞻云」：「此以譏明皇荒樂，不若虞舜。瑶池言王母，以比楊妃，崑崙以比驪山，黄鵠以比張九齡之徒，雁以比楊國忠之徒。杜公因登塔觀覽而念及此。」】師古曰：黄鶴一舉千里，志在飛騰。鴻雁隨陽，志在稻粱。當禄山之亂，賢人高舉遠引，投竄林野，有似黄鵠。奈何詭隨之志，受賊〔一六〕僞署，各得爵禄而已，豈不若隨陽之雁，去無遠圖，唯在於稻粱自肥者耶！

【校記】

〔一〕西京雜記應爲韋述兩京新記。杜陵詩史正作兩京新記。

〔二〕蕖，元本、古逸叢書本作「渠」。

〔三〕補，原作「譜」，據古逸叢書本、杜陵詩史、分門集注改。

〔四〕得，古逸叢書本作「知」。

〔五〕暇，原作「假」，據元本、古逸叢書本改。

〔六〕世，古逸叢書本作「出」。

〔七〕法，元本、古逸叢書本作「去」。

〔八〕碑，元本、古逸叢書本作「叫」。

〔九〕生，元本、古逸叢書本作「注」。
〔一〇〕泉，古逸叢書本作「淵」。
〔一一〕託，元本、古逸叢書本作「記」。
〔一二〕别，古逸叢書本作「分」。
〔一三〕詔，元本、古逸叢書本作「十」。
〔一四〕林，元本、古逸叢書本作「陵」。
〔一五〕見，古逸叢書本作「來」。
〔一六〕賊，元本、古逸叢書本作「人」。

示從孫濟

〇濟字應物，給事中、京兆尹。

平明跨驢出，〇【師古曰】驢，賤者所乘也。未知適誰門。權門多蹭蹬，〇【鄭卬曰】蹭，祖本切。蹬，達合切。〇【趙次公曰】前漢息夫躬傳：交遊貴戚，趨走權門。〇【王洙曰】詩小雅：蹭蹬背憎。箋：蹭蹬，相對談語。背則相憎也。且復尋諸孫。〇【師古曰】權門者，權貴之門，惟其多蹭蹬，是以來尋同姓也。諸孫貧無事，宅舍如荒村。堂前自生竹，堂後自生萱。〇【王洙曰】詩衛風：焉得蘐草，言植〔一〕之背。注：蘐草令人忘憂，背北堂也。〇説文：萱，忘憂草也。萱草秋已死，竹枝霜不翻。○【王洙曰】翻，今作蕃。○堂前者，堂之南也。堂後者，堂之北也。竹以喻父，萱以喻母。男正位乎〔二〕外，故堂前父之所居。女正位乎内，故堂後母之所居。萱草已死，言杜濟之母已喪矣。竹枝不蕃，兄弟譬則連枝，言杜濟之父所存者獨甫，兄弟無人。此序濟已喪父母，惟叔父甫在，爲至親也，無以數來爲嫌。蓋譏同姓之恩刻薄，於至親者尚然，况疏者乎！淘米少汲水，汲多井水渾。刈葵莫放手，放手傷葵根。○米與葵，人所食也。汲多則井渾，放手則傷根，嫌其數也。○【王洙曰】古詩：採葵莫傷根，傷根葵不生。結交莫羞貧，羞貧交不成。阿翁懶墮久，○【敏修曰】甫自謂也。覺兒行步奔。○【敏修曰】兒謂濟也。所來爲宗族，○【王洙曰】來，一作求。亦不爲盤飧。○飧音孫，熟食也。甫之來尋諸孫，蓋爲宗族而來，不爲盤飧故也，濟無以數來而生嫌隙。故取喻者汲多放手，而有井渾傷葵之句也。○【王洙曰】左氏僖公二十二年傳：晉公子及曹，僖負羈之妻乃饋盤飧，寘璧焉。小人利口實，○按，俗本或作實利口。○【王洙曰】易頤卦：自求口實。薄俗難具論。○具，一作可，非是。勿受外嫌猜，○【王洙曰】鮑照詩：明慮自天斷，贈〔三〕受外嫌猜。同姓古所敦。○【敏修曰】此責濟後生不來相顧。○小人以口實爲利，吝於刀錐，不能敦厚親親之恩，徒受外言以生嫌猜，此舊俗所爲，豈足道哉！

【校記】

〔一〕植，古逸叢書本作「樹」。

〔二〕乎，元本、古逸叢書本作「于」。

〔三〕贈，九家集注杜詩、杜陵詩史、分門集注、補注杜詩作「不」。

曲江三章章五句

○【趙次公曰】康駢劇談録：曲江池本秦隑州。隑即碕字，巨依切。開元中，疏鑿遂爲勝境。其南有紫雲樓、芙蓉苑，其西有杏園、慈恩寺，花卉環列，煙水〔一〕四際，都人遊玩，盛於中和節。中和、上巳錫讌江側，菰蒲葱翠，柳陰四合，碧波紅蕖，湛然可愛。○西京雜記〔二〕：朱雀街東第五街，皇城之東第三街，昇道坊龍華尼寺南，有流水屈曲，謂之曲江。此地在秦爲宜春苑，在漢爲樂遊園。寰宇記：曲江，漢武帝所造，其水屈曲，有似廣陵之曲江，故以名之。

曲江蕭條秋氣高，○【趙次公曰。又，杜陵詩史、分門集注、補注杜詩作「修可曰」。】西都賦：原野蕭條。菱荷枯折隨風濤。○菱，一作芰。芰即菱也。爾雅：蔆蕨攗。注：蔆，今水中芰。説文：蔆，芰也。楚謂之芰。蜀本圖經：生水中，葉浮水上，其花黄白色，實有二種，一四角，一三角。武陵記：兩角曰蔆，三角、四角曰芰。通謂之水栗。爾雅：荷，芙蕖。注：别名芙蕖。江東呼爲荷。游子空嗟垂二毛。○游子，公自謂也。○【王洙曰】左氏僖公二十二年傳：宋公曰：君子不禽二毛。杜預注：二毛，頭白有異色。白石素沙亦相蕩，哀鴻獨叫求其曹。○【彦輔曰】按，元和中，中書舍人李肇國史補：進士既捷，大讌於曲江亭，謂之曲江會。○【師古曰】當時曲江風物盛傳天下。經禄山之亂，焚爇殆盡。況秋氣蕭條，菱荷枯折，水既瘦涸，沙石浮露而相蕩，孤鳴而求旅〔三〕，皆可感之事也。子美覽此風物已非昔日之盛，復自傷年老兄弟間隔，豈非黍離閔宗周之比乎？○甫集有詩云：「弟妹今何在。」蓋亂離之日，親戚不相保持，石與沙本無情之物，尚且相盪，隨流水轉移，可以人不如沙石乎？鴻雁有先後之序，以譬兄弟也。今哀哀獨叫而求其類，喻甫之懷弟妹，是以有取於孤雁焉。

【校記】

〔一〕水，元本、古逸叢書本作「火」。

〔二〕西京雜記當作兩京新記。

〔三〕旅，古逸叢書本作「侶」。

即事非今亦非古，長歌〔二〕激越梢林莽。○【王洙曰】莽，莫補切，宿草。○【杜田補遺】列子湯問篇：薛譚學謳於秦青，辭歸，青餞於郊衢，撫節悲歌，聲振林木。比屋豪華固難數。○數，邑主切，計也。○【定功曰】即事者，即目前所以見曲江之事。○漢武帝大興土木之功於曲江，徙京城豪富之族以實曲江，將以壯觀其地。迨唐玄宗時，比屋豪華，尤爲富盛。士大夫宴集于此，清歌妙舞，無日無之。激越者，謂歌聲發越，梢動林莽，如所謂「動梁塵、遏行雲」是也。自兵火之後，甫遊此地，風物蕭條，已非古昔，故曰「即事非今亦非古」也。吾人甘作心死灰，○【王洙曰】莊子齊物篇：南郭子綦，形固可使如槁木，而心固可使如死灰乎？弟姪何傷淚如雨。○心灰，謂無生意也。○【定功曰】甫自謂年老已灰少遊之心，雖屏〔二〕迹寂寞，無所感恨，但傷弟妹隔别，是以涕淚如雨也。○【趙次公曰】詩小雅：涕零如雨。

【校記】

〔一〕歌，元本、古逸叢書本作「沙」。

〔二〕屏，古逸叢書本作「蹤」。

自斷此生休問天，○【敏功曰】語曰〔一〕：死生有命，富貴在天。遇不遇，無非天命。○孔子常以廢興爲有命，孟子亦以行止出乎天。○【敏功曰】今曰「休問天」者，蓋君子窮物之理，盡己之性，以至達天知命，故能自斷而不以問天者也。杜曲幸有桑麻田，故將移住南山邊。○【王洙曰】杜曲在長安之南。○甫之所居山阿曰曲，若今地名曰彎〔二〕是也。桑麻可爲衣食之資，甫既不遇，遂自斷欲依先人薄業，移住于此，得以耕獵終其天年，豈能强逆天命而苟富貴也哉！短衣匹馬隨李廣，看射猛虎終殘年。○短褐宜於上馬，故楚人短製，欲便於馳獵也。昔李廣有武才，生於昭帝之世，故不用。使其遇武帝好兵，其見擢任必矣。甫文士，以筆墨爲業，惜乎當用武之秋，是以不用。甫自知才與世違，故斷然釋儒服〔三〕，著短衣，習馳射鞍馬，隨李廣之徒射虎爲樂，而文墨何足貴耶！○【王洙曰】前漢李廣擊匈奴，爲虜所生得，當斬，贖爲庶人，屏居藍田南山中射獵。嘗出獵，見草中石，以爲虎而射之，中石没羽，視之，石也。廣所居郡聞有虎，常自射之。

【校記】

〔一〕語曰，元本、古逸叢書本作「論語」。

〔二〕彎，古逸叢書本作「齊」。

〔三〕釋儒服，元本、古逸叢書本作「儒術服」。

新定杜工部草堂詩箋斠證卷第七

天寶以來在東都及長安所作

樂遊園歌晦日賀蘭揚長史筵醉中作

〇【按，「晦日賀蘭揚長史筵醉中作」一句，杜陵詩史、分門集注、補注杜詩引作「彦輔曰」，集千家注批點杜工部詩集作「公自注」。】〇【王洙曰】按西京雜記：宣帝神爵二年，起樂遊苑。〇關中記：宣帝立廟曲江之北，因苑爲名，名曰樂遊廟，即今昇道坊内餘地是也。〇【趙次公曰】此地在秦爲宜春苑，在漢爲樂遊苑。〇苑〔一〕在京兆萬年縣南八里。〇三輔黄圖：在杜陵西北。寰宇記：曲池之北，在昇平里。〇【王洙曰】唐太平公主於原上置亭遊賞，其地四望寬敞，每於上巳、重陽，士女咸就此祓禊登高，幄幕雲布，車馬填塞，虹彩映日，馨香滿路。朝人詞士賦詩，翌日傳於朝市〔二〕。〇荆楚歲時記：元日至于月晦，並爲酺聚飲食。士女泛舟，或臨水宴樂。玉燭寶典：元日于〔三〕月晦，人並爲酺食，度水。士女悉湔裳酹酒於水湄，以爲度厄。

樂遊古園崒森爽，○【趙次公曰：「崒音才律切。字書注云：『峰頭巉喦也。』」】崒，昨没切，山貌。煙綿碧草萋萋長。○【王洙曰】劉安招隱士詩：春草生兮萋萋。公子華筵勢最高，秦川對酒平如掌。○秦川，即興平縣，地去長安城西八十五里。秦地皆高，唯此寬平，好眺望。漢昭帝置平陵縣，魏爲始平，唐至德初，改爲興平。公子，指賀蘭揚長史。華筵勢最高，謂置酒於原上，遠眺秦川如掌然也。三秦記：長安正南，秦嶺嶺根，水流爲秦川，一名樊川。○【王洙曰】沈佺期長安路詩：秦地平如掌，層城出雲漢。長生木瓢示真率，○率，一作宰，非。○【趙次公曰】長生木瓢，脩長而生者，蓋用之以酌，則始爲真率也。○昔盧茂欽遇仙女霞玉，欲諧匹偶，奈因緣未就，霞玉恐茂欽降人間，不能逃生死，遂以長生木瓢與之，曰：「飲此可以延年也。」鄴中記：長生木，八九月生，花色白，子赤，大如橡子。更調鞍馬狂歡賞。青春波浪芙蓉園，白日雷霆夾城仗。○【王洙曰：「夾，當作甲。」】夾，今作甲，非也。○芙蓉園，魏文帝所開。園有池，一名波，一名浪，種蓮其中。芙蓉即蓮花，産於陸者曰木芙蓉，産於水者曰草芙蓉，亦猶芍藥有草有木是也。唐玄宗開元時築夾城至芙蓉園。夾城仗，即天子來幸之儀。雷霆，謂奏樂之聲。時甫與楊長史更調鞍馬，挈榼持壺，迤邐醉遊芙蓉夾城，歷觀古迹，故言及此也。韋述西京雜記〔四〕：開元二十年，築夾城入芙蓉園。自大明宮夾亘羅城，複道經通化門觀以達興慶宮，次經春明、延喜門至曲江芙蓉園，而外人不知也。芙蓉園在萬年縣東南十五里，本隋之離宮。景龍文館記：芙蓉園在京羅城東南隅，有青林重複，緑水瀰漫，蓋帝城勝景，駕時幸之。津陽門詩：其年十月移禁仗，五王扈駕夾城路。閶闔晴開映〔五〕蕩蕩，○映，趙傪作詄。閶闔，喻君門也。

玄宗每遊幸，從閶闔門列鼓吹，車從直至樂遊園。貴妃帶諸嬪御，珠翠狼籍于道故，宮門開敞，與樂遊相映帶也。○【王洙曰】葉致遠引漢郊祀歌天馬章：遊閶闔，觀玉臺。應劭曰：閶闔，天門。又天門章：天門開，詄蕩蕩。如淳曰：詄，讀如迭。詄蕩蕩，天體堅青之狀。顏師古曰：詄，大結切。曲江翠幕排銀牓。○【王洙曰：「神異經曰：東方青宮，門有銀牓。」】神異經：東方有青明山，有宮焉。青石爲壇，高三仞，方四里，面一門，上三層皆爲左右闕，高百尺，畫以五色，門有銀牓，爲左男之宮。○【王洙曰】陳沈炯林屋館記：崑崙平圃，銀牓相輝。蓬閬仙宮，金臺崛起。拂水低回舞袖翻，○回，一作佪。楊脩許昌宮賦：晻曖低回，天行地上。緣雲清切歌聲上。○秦、虢二夫人皆設翠幕，排銀牓，待天子宴賞，以至歌聲清切，舞袖低回，一時之樂，傳爲盛事也。○【薛夢符曰】列子湯問篇：秦青撫節悲歌，響遏行雲。○【趙次公曰】靈光殿賦：飛陛揭孽，緣雲直上。却憶年年人醉時，只今未醉已先悲。○只，魯作即。○【彭曰】今甫遊此，悲感當年之樂，翻爲此日之憂，風物已非，舊時華麗，但睹碧草萋萋，黍離之作與同意故也。數莖白髮那拋得，百罰深盃亦不辭。○【王洙曰】罰，一作刻。刻者，漏中之刻盡也。說文：漏以銅盛水，刻節，晝夜百刻。聖朝已知賤士醜，○醜，謂過惡也。一物自荷皇天慈。此身飲罷無歸處，獨立蒼茫自詠詩。○【彭曰】蒼茫，謂波、浪池上也。○一物生育，皆天之賜。甫論房琯不宜罷，見黜，得不誅殛，以遂餘生，皆天子寬慈之賜。○【彭曰】甫以過惡歸己，不怨朝廷貶黜之非，自傷年老，無所依歸，至於獨立池上，詠詩遺懷，其情爲可憫也。

【校記】

〔一〕苑，古逸叢書本作「又」。

〔二〕朝市，九家集注杜詩、杜陵詩史、分門集注作「京師」。

〔三〕于，元本、古逸叢書本作「至」。

〔四〕西京雜記當作兩京新記。

〔五〕映，古逸叢書本作「昳」。

渼陂行

○【趙次公曰：「渼陂行，其字從水從美，士大夫非西人者多讀爲于亮切，乃蕩漾，其字自是從水從羕，遂使鬻書者有一本直雕作漾陂行，豈不誤學者乎！」按長安志：渼陂在鄠縣西五里，出終南山諸谷，朝公泉爲陂。朝公水，一作胡公水。説文曰：渼陂周一十四里，北流入澇水。十道志云：陂魚甚美，因名之曰陂。〔一〕】渼，莫彼切，或作美，水名。長安志：渼陂，在鄠縣西五里，分終南山諸谷，合朝公泉爲陂。本屬奉天，今在鄠。説文：渼陂周十四里，北流入澇水。十道志：有五味陂，魚甚美，因以名之。○唐大曆二年，敕渼陂令尚食使收管，不得雜人採捕其水，任百姓灌溉。文宗詔還府縣。

岑參兄弟皆好奇，携我遠來遊渼陂。○【師古曰】揚雄嘗言司馬遷好奇，蓋遷之性好周遊天下。今岑參兄弟携我來遊渼陂，豈非若馬遷之好奇乎？○按集，甫〔一〕嘗有寄岑參詩：寸步曲江頭，難爲一相就。是以岑參約甫爲此遊也。天地黤慘忽異色，〇【王洙曰】王粲登樓賦：天慘慘而無色。〇通俗文：暗色曰黲黲，與慘古字通。波濤萬頃堆瑠璃。〇【趙次公曰】言其水色之青瑩如瑠璃也。〇【王洙曰】西域傳：罽賓國出瑠璃。梁簡文詩：池水浄瑠璃。瑠璃漫汗泛舟入，事殊興極憂思集。鼉作鯨吞不復知，〇【鄭卬曰】鼉，徒何切，水蟲也，似蜥蜴而長大。〇鯨，渠京切，大魚也。惡風白浪何嗟及。〇【王洙曰】詩王風：何嗟及矣。主人錦帆相爲開，〇【趙次公曰】主人，指岑參也。〇【王洙曰】隋煬帝以錦爲帆。〇【趙次公曰。杜陵詩史、分門集注引作「修可曰」。】陳陰鏗渡青草湖詩：洞庭春滔滔，平湖錦帆張。舟子喜甚無氛埃。〇【王洙曰】詩：招招舟子。鳧鷖散亂棹謳發，〇鳧鷖，水鳥也。〇【趙次公曰】棹歌發，則喧矣，故鳧鷖驚而散亂。〇【趙次公曰】漢武秋風詞：簫鼓鳴兮發棹歌。絲管啁啾空翠來。〇【趙次公曰】啁，竹包切。〇啾，即由切。聲也。〇【趙次公曰】空翠來，則舟進而晴空前來，則晴矣，故絲管乾而啁啾。沈竿續蔓深莫測，〇沈竿續蔓，言戲測其深也。菱葉荷花静如拭。〇【杜田補遺】説文：菱，芰也，楚謂之芰。武陵記：兩角曰菱，三角、四角曰芰。爾雅：荷，芙蕖。注：别名芙蕖，江東呼爲荷。言其潔清無一點塵也。〇静一作浄，拭音式。雜記：雍人拭羊。注：拭，静也。宛在中流渤澥清，〇澥〔一〕，胡買切。渤澥，海水也。〇【王洙曰】詩秦風：宛在水中央。〇【黄希曰】司馬相如子虚賦：浮渤澥。顔師古曰：海别支也。下歸無極終南黑。〇或作「一臨無地」。頭陁寺碑語：終南，長安之南山也。半陂已南純浸山，動影裊窕冲融間。○【王洙曰】木玄虛海賦：冲融晃瀁。船舷暝戛雲際寺，○舷，胡田切，船唇也。暝，莫庚切，又莫定切。夕也。謂舟行經雲際寺而日暝也。郭璞江賦：詠採蓮以叩舷。長安志：雲際山大定寺，在鄠縣東南六十里。隋仁壽年置爲居賢捧日寺，唐改爲大定寺。水面月出藍田關。○謂舟行次藍田關而月出也。藍田關在藍田縣東南。土地記曰：藍田縣城本嶢都城，魏置青泥軍於其城外，而俗謂之青泥城。藍田關即秦嶢關也。後周明帝徙青泥故城側，改曰青泥關。武帝改曰藍田關。○【趙次公曰】趙子櫟曰：船舷之戛可聞於雲際，月出之所，可想其當於藍田關，皆以其陂之廣大然也。此時驪龍亦吐珠，○【王洙曰】莊子列禦寇篇：莊子曰：河上有家貧、恃緯蕭而食者，其子没於淵，得千金之珠。其父謂曰：「夫千金之珠，必在九重之淵，而驪龍頷下。子能得珠者，必遭其睡也。」馮夷擊鼓群龍趨。○【黄鶴曰：「郭璞云：冰夷，馮夷也。人面而承龍。」（齊地記）】山海經：中極之淵，深三百仞，唯冰夷都焉。冰夷，人面而乘龍。○穆天子傳：天子西征，至于陽紆之山，河伯凡〔三〕夷之所都居。冰夷、無夷，即馮夷也。抱朴子釋鬼篇〔四〕：馮夷以八月上庚日渡河溺死，天帝署爲河伯。○【王洙曰】清泠傳：馮夷，華陰潼鄉隄首人也。服八石，得水仙，是爲河伯。曹子建洛神賦：馮夷鳴鼓，女媧清歌。湘妃漢女出歌舞，○【鄭卬曰：「舜二妃，堯女娥皇、女英，以舜南巡不反，自沉湘而死，故曰湘妃。」】劉向列女傳：有虞氏二妃者，帝堯之二女。長曰娥皇，次曰女英。舜陟方死於蒼梧，二妃死於江、湘之間，俗謂之湘君。○【鄭卬曰：「列仙傳：鄭交甫游漢江，見二女，解佩與之。」】列仙傳：鄭交甫將適南楚，遵彼漢江，遇二女，佩兩珠，大如雞卵。交甫與僕言曰：「我欲〔五〕下請其佩。」僕曰：「此邦之人皆習於辭，往則懼見辱焉。」交甫果請其佩，二女解佩與交甫。既行，不見二女。佩亦於懷中失之。故曰「漢有游女，不可求思」者也。○又韓詩外傳：孔子南遊適楚，至於阿谷之隧，有處子佩瑱而浣者。孔子抽觴以授子貢曰：「善爲之辭，以觀其語。」子貢曰：「吾比鄰之人也。將南之楚，逢天之暑。思心潭潭，願乞一飲，以表我心。」婦人對曰：「阿谷之隧，隱曲之汜。其水載清載濁，流而趍海。欲飲則飲，何問婦人乎？吾年甚少，子不早行。竊有狂夫守之者矣。」詩曰「漢有游女，不可求思」，此之謂也。○【王洙曰】曹植洛神賦：從南湘之二妃，携漢濱之遊女。

金支翠旗光有無。○右兩聯乃假辭以叙渼陂之景物也。○【王洙曰】前漢禮樂志安世房中歌：金支〔六〕秀華，庶旄翠旌。臣瓚曰：樂上衆飾，有流遡羽葆，以黄金爲支。其首敷散，若草木之秀華也。相如賦：建翠華之旗。

咫尺但愁雷雨至，蒼茫不曉神靈意。○窮其水府，與龍宫相去咫尺，但恐龍王之怒，激而爲雷雨。神靈之意或喜或怒，非人所能曉也。○【王洙曰】屈原九歌河伯篇〔七〕：東風飄兮神靈雨。

少壯幾時奈老何，向來哀樂何其多。○嘗謂壯極則老續之，樂極則哀繼之，此理之常也。○【趙次公曰：「廣大氣象雄深，故公詩於初至之際，以天地變色，則有鼉鯨風浪之憂。既而開霽可遊，則如與龍鬼仙靈相接。既而又憂雷雨，此蓋陂之廣大雄深，詩人因事起意以爲詩。謂其有可異則不得不憂，有可喜則不能不樂，有可防則不得不戒，而詩篇之終有安不忘危、樂不忘哀之意。」】此一日之間，初至以天地黮慘而憂，既而晴無氛埃，則縱游而樂。以至雷雨忽至則又爲之而愁。人之涉世，哀樂相半，豈特渼陂之遊乎！○【王十朋曰】是以君子遇憂則憂，遇樂則樂，俯仰屈伸，任運而已也。○【王洙曰】漢武秋風辭：歡樂極兮哀情多，少壯幾時奈何。

【校記】

〔一〕甫，古逸叢書本作「公」。
〔二〕瀨，古逸叢書本作「解」。
〔三〕凡，古逸叢書本作「無」。
〔四〕篇，元本、古逸叢書本作「扁」。
〔五〕欲，元本、古逸叢書本作「將」。
〔六〕支，元本、古逸叢書本作「芝」。
〔七〕河伯篇當爲山鬼篇。

渼陂西南臺

高臺面蒼陂，六月風日冷。○【朋曰】謂水氣逼人也。蒹葭離披去，○【趙次公曰】謂陂岸多蒹葭也。○爾雅釋草：蒹，蘼也。葭，蘆也。天水相與永。○謂陂水連天也。懷新目似擊，○【王洙曰】謝靈運詩：懷新道轉迥，尋異景不延。莊子田子方篇：仲尼見温伯雪子，目擊而道存。接要心已領。○【鄭卬曰】要，於消切，約也。○要，一作惡，非。懷新，謂目所未見，故思欲一覽。昔仲尼見温伯雪，目擊而道存，荀子謂水似道，故甫目此水而道存焉。遊觀之術，無爲泛觀，須是接其要術之境，如登此臺所對者渼陂，人皆知水之爲可愛，而不知水之似道，甫獨得之於心，而捐其粗迹故也。○【王洙曰】陶淵明詩：醒醉還相笑，發言各不領。仿像識鮫人，○謂鮫人以臺高水遠而仿像難識也。○【王洙曰】搜神記：南海之外有鮫人，水居如魚，不廢絹績。時從水中出，向人家寄住，積日賣綃。鮫人臨去，從主人索器，泣而出珠滿盤，以與主人。○又任昉述異記：鮫人即泉客，能織鮫綃紗，一名龍紗，其直百金，爲服入水不濡。空蒙辨魚艇。○謂漁艇以臺高水遠而空蒙難辨也。○【趙次公曰】蒙與濛同。○【王洙曰】廣雅：船二百斛以下曰艇。錯磨終南翠，○【王洙曰】終南，長安之南山也。○謂終南蘸水而蒼翠如錯磨然。顛倒白閣影。○白閣，亦山名也。謂白閣浸水而影形蕩漾顛倒也。崷崒增光輝，○崷，慈由切。崒，子恤切。○【鄭卬曰】崷崒，山峻貌。○謂眺望愈增景光舒豁也。○【王洙曰】西都賦：巖峻崷崒。乘陵惜俄頃。○【趙次公曰】：「其山之崷崒能增湖之光，然惜其時光只有俄頃，不能久也。」】謂登臨歎惜日晷短〔一〕促也。勞生愧嚴鄭，○【杜田補遺】嚴謂君平，鄭謂子真也。君平隱於成都，子真耕於谷口，皆修身自保。○【趙次公曰】：「於此嘆勞生之可媿，思物表之可慕。公所媿者，嚴君平、鄭子真也。」】甫恨〔二〕自勞生，奔走風塵，不能效其所爲，故於心有愧也。○【杜田補遺】前漢王貢兩龔傳序：谷口有鄭子真，蜀有嚴君平，皆修身自保。○【杜田補遺。杜陵詩史、補注杜詩引作「修可曰」。】揚雄稱谷口鄭子真不詘其志，耕於巖石之下；蜀嚴湛冥，久幽而不改其操，皆近古之逸民也。○【王洙曰】嵇康幽憤詩：仰慕嚴、鄭，樂道閑居。外物慕張邴。○【趙次公曰：「所慕者張良、邴曼容也。」】張謂子房，邴謂曼容也。子房、曼容皆好神仙，乃風塵之外物，非人世所能拘繫，故甫心慕之也。○【杜田補遺】前漢張子房貴極，願棄人間事。邴曼容免官，養志自修。○【王洙曰】謝靈運還舊園詩：辭滿空多秩，謝疾不待年。偶與張、邴同，久欲還東山。世復輕驊騮，○觀甫論房琯才不宜廢，琯出邠州，甫亦見逐，豈非輕驊騮乎！吾甘雜鼃黽。○【鄭卬曰】鼃，烏蝸〔三〕切。黽，音泯。鼃黽，蝦蟆也。○【趙次公曰：「重嘆世不我知，而輕驊騮之駿，則欲隱居于陂上。」】甫重歎當時斥棄賢能，信任小人，甫是以甘心雜於鼃黽，而欲隱居於陂上焉。○【趙次公曰。杜陵詩史、補注杜詩引作「倪曰」。】按越語：范蠡曰：吾先君濱〔四〕於東海之陂，黿鼉魚鱉之與處，而鼃黽之同渚也。知歸俗可忽，取適事莫並。○【王洙曰】適，一作足。○【趙次公曰】謂知天命而歸去來也，則世俗可忽，取適於性，則凡事無可得而並。身退豈待官，○謂身欲求退，不必待於官高而後退也。○【趙次公曰】老子第九章：功成名遂，身退，天之道也。老來苦便靜。○便，毗連切，安也。○【趙次公曰】謝靈運詩：還得靜者便。況資菱芡足，○菱，芰也。○【鄭卬曰】芡，巨險切，雞頭也。○【趙次公曰】皆陂中可食之物。○【鄭卬曰】按揚雄方言：南楚謂之雞頭，北燕謂之䓈，淮、泗之間謂之芡。䓈，營隻切。○崔豹古今注：芡，一名雁頭，葉似荷而大，葉上蹙縐如沸，實有芒刺，其間如米，可以度饑。庶結茅茨迴。從此具扁舟，彌年逐清景。○甫謂官爲拾遺，亦已足矣，況老來苦愛便靜，有菱芡可以自養，有茅茨可以燕居，願效范蠡扁舟泛湖之興，追逐清景，不亦快哉！

【校記】

〔一〕短，元本作「知」，古逸叢書本作「加」。

〔二〕恨，古逸叢書本作「獨」。

〔三〕蝸，元本、古逸叢書本作「媧」。

〔四〕濱，元本、古逸叢書本作「賓」。

夏日李公見訪李時爲太子家令

〇【集千家注批點杜工部詩集題後有小注云：「公自注：李時爲太子家令。」】

遠林暑氣薄，公子過我遊。〇【師古曰：「公子，指李白也。」】公子，指李白〔一〕也。貧居類村塢，僻近城南樓。〇長安城南也。〇【趙次公曰】俗云「城南韋、杜，去天尺五」是也。傍舍頗淳朴，所願亦易求。〇願，樊、陳並作須。隔屋喚西家，借問有酒不。〇【鄭卬曰】不，方鳩切，弗也。牆頭過濁醪，〇言其朴真也。展席俯長流。〇言展席俯瞰流水也。清風左右至，客意已驚秋。巢多衆鳥喧，葉密鳴蟬稠。〇稠，直由切。説文：多也。苦遭此物聒，

○遭，一作道。孰謂吾廬幽。○謂，陳作語。○【王洙曰】陶潛詩：吾亦愛吾廬。水花晚色静，○静，樊作浄。○【王洙曰】崔豹古今注：芙蓉，一名荷花，一名水芝，一名水華。色有紅白紫青黄，紅白二色差多。花大者至百葉。庶足充淹留。○騷經：時繽紛其變易兮，又何以淹留。預恐樽中盡，更起爲君謀。○【王洙曰】後漢孔融性寛容，喜誘後進。及退閑居，賓客日盈其門。常〔二〕歎曰：「座上客常滿，樽中酒不空。吾無憂矣。」

【校記】

〔一〕白，古逸叢書本作「公」。

〔二〕常，元本、古逸叢書本作「嘗」。

遣興五首

朔風飄胡雁，○胡雁，喻禄山也。○【師古曰】禄山本胡人，故以比之。慘澹帶砂礫。○【鄭印曰】礫，狼狄切。砂礫，小石也。○言禄山起兵叛而揚沙塵也。○【王洙曰】鮑照詩：疾風充塞起，砂礫自飛揚。劉公幹詩：涼風吹砂礫。長林何蕭蕭，○【立之曰】喻大材當亂世蕭條，不獲用也。秋草萋更碧。○【立之曰】草喻小人，草逢秋宜凋瘁，今乃萋萋而更碧，喻小人之得其時也。北里富熏天，○【大臨曰】言武夫悍卒當禄山之亂而能立功取富貴，是以富貴之勢薰炙天地也。○【王洙曰】左思詩：南隣擊鍾磬，北里吹笙竽。高樓夜吹笛。焉知南隣客，九月猶絺綌。○【王洙曰：「精曰絺，粗曰綌。」】絺，抽遲切，細葛也。綌，迄逆切，粗葛也。○南隣客，甫自言也。○【趙次公曰：「夫以九月授衣，而猶絺綌。花時已暖，當有春服，而甘緼袍。則公之貧如此！」】甫於斯時不得志，以九月授衣而猶絺綌，蓋公貧而無禦寒之服故也。○【杜田補遺。又，門類增廣十注杜詩引作「集注」，杜陵詩史、補注杜詩引作「君平曰」。】隋袁充少時，父黨過門，方冬，充尚衣葛，客戲充曰：「絺兮綌兮，凄其以風。」充曰：「惟絺惟綌，服之無斁。」

長陵鋭頭兒，○【王洙曰：「秦武安君，頭小而鋭。」】秦將白起，長陵人也。○甫託白起以刺楊國忠也。世説：嵇中散語趙景真曰：「卿瞳子白黑分明，有白起之風。」注引嚴尤三將序曰：武安君小頭而面鋭，瞳子白黑分明，瞻視不轉。小頭而面鋭者，敢決〔一〕斷也。瞳子白黑分明者〔二〕，見事明也。瞻視不轉者，執志强也。可與持久，難與争鋒。出獵待明發。○明發，天曉也。○【趙次公曰】詩小雅：明發不寐。騂弓金爪鏑，○騂，一作觪，角貌。鏑，丁歷切，矢鋒也。騂弓，朱弓也。金爪鏑，言箭鏃之利如金爪然也。詩小雅：騂騂角弓〔三〕。白馬蹴微雪。○【鄭卬曰】蹴，子六切，蹋也。○言馬驕蹋雪不怕寒也。未知所馳逐，但見暮光滅。歸來懸兩狼，○【師古曰】此譏國忠本以貴妃之兄位宰相，帶劍南節度，馳逐未厭，至於日入，正詩所謂「並驅從兩狼兮」、「不狩不獵」之意。懸狼而歸，正詩「有懸貆兮」之意。所以譏素飱也。門户有旌節。○【趙次公曰】旌節，貴人所建，羅列於門也。○【王洙曰】國忠常以劍南節度導駕。○乃以無功而受朝廷禄爵，故甫疾之，託意比白起也。

【校記】

〔一〕決，元本、古逸叢書本作「法」。

〔二〕者，元本、古逸叢書本作「若」。

〔三〕弓，原作「兮」，據元本、古逸叢書本改。

漆有用而割，膏以明自煎。蘭摧白露下，桂折秋風前。○【大臨曰】膏、漆、蘭、桂皆有用之物。以喻賢人君子。所以煎割摧折者，乃爲小人所中傷也。○【王洙曰】按莊子人間世篇：山木自寇也，膏火自煎也。桂可食，故伐之。漆可用，故割之。人皆知有用之用，而莫知無用之用也。前漢兩龔傳：勝不受王莽召，不飲食而死。有老父來弔，哭甚哀，既而曰：「嗟虖！薰以香自燒，膏以明自銷。龔生竟夭天年，非吾徒也。」府中羅舊尹，沙道尚依然。○【王洙曰】凡拜相，府尹爲之築沙堤，所以絶班行也。○卞圜曰：于兢大唐傳：天寶三年，因蕭京兆炅奏，於要路築甬道，載沙實之，屬于朝堂。赫赫蕭京兆，今爲時所憐。○【趙次公曰】趙子櫟曰：蕭至忠參太平公主逆謀被誅。雖已誅矣，然明皇賢其爲人，心愛之不忘，後得源乾曜，亟用之，謂高力士曰：「知吾用乾曜乎？吾以貌言似至忠。」力士曰：「彼未〔一〕嘗負陛下乎？」帝曰：「至忠誠國器，但晚謬爾。其始豈不賢哉！」○【王洙曰】按，後漢五行志：成帝時童謡曰：邪徑敗良田，讒口亂善人。桂林華不實，黄雀巢其顛。故爲人所羡，亦爲人所憐。

【校記】

〔一〕未，古逸叢書本作「不」。

猛虎憑其威，往往遭急縛。○【王洙曰】魏國志：太祖生縛吕布，布曰：「縛太急。」太祖曰：「縛虎不得不急也。」雷吼徒咆哮，枝撑已在脚。忽看皮寢處，○【立之曰】左氏襄公二十八年傳：譬之如禽獸，吾寢處之矣。無復睛閃鑠。人有甚於斯，足以勸元惡。○勸，一作戒。猛虎喻禄山也。虎雖咆哮，而枝撑已張其脚，剥其皮，以爲寢處之具矣。○【師古曰】禄山之猛可畏，不啻於虎，而終蒙菹醢，亦足以爲元惡之戒矣。

朝逢富家葬，○逢，一作逆。前後皆輝光。共指親戚大，緦麻百夫行。○緦，一作緦。

送者各有死，不須羨其强。君看束縛去，亦得歸山岡。○爾雅釋山：岡，山脊也。○【十朋曰：「詩譏貴妃於夙昔之日，勢焰熏炙當世，及禄山亂，死于馬嵬山，瘞于道傍，豈非束縛之比邪？」】此議楊貴妃死于馬嵬山，瘞于道傍，故以諸葛恪比之也。○當此之時，求其如富家之前後輝光，不可得矣。○【王洙曰】吴志諸葛恪傳：吴孫峻殺恪，以葦席裹其身，而篾束其腰，投之於長陵石子岡。

夜聽許十一誦詩愛而有作

許生五臺賓，○五臺，山名，按地理志：代州雁門郡有五臺縣，州東南一百二十里。漢盧夷縣，隋改盧夷爲五臺。○【鄭曰】有五臺山，其山五巒環秀，俗謂之五臺山。仙人之所都也。○山經云：冬夏常雪。文殊師利鎮毒龍之所。業白出石壁。○【趙次公曰】此謂許生客居五臺，行業精白而出也。○壁者，石巖峭拔如壁也。○【趙次公曰】佛經以善業爲白，惡業爲黑。達磨師嘗曰：當勤修白業。○金光明經：遠離一切諸惡，善修一切白浄之業。高僧傳：曇鸞住汾州石壁玄中寺，家迫五臺山。余亦師粲可，○余，一作餘。○【趙次公曰】粲謂三祖僧粲，可謂二祖彗可。○【杜田正謬。杜陵詩史、分門集注、補注杜詩引作「修可曰」。】粲、可乃禪中之祖師，故子美師之。按傳燈録：僧粲傳法於彗可。粲偈云：「華種雖因地，從地種花生。若無人下種，華地盡無生。」彗偈云：「本來緣有地，因地種華生。本來無有種，華亦不能生。」身猶縛禪寂。○【趙次公曰】子美方與許生共學性空事，故云許生已業白而出，吾猶縛禪空而未脱也。縛，如言貪著〔一〕禪味是菩薩縛，縛則不能解也。○按傳燈録：三祖僧粲傳法於二祖慧可。或問粲求解脱法，粲曰：「誰縛汝？」維磨經曰：所生無縛，能爲衆生解縛。又曰：以大精進攝諸解慢，一心禪寂攝諸亂惡。何階子方便，謬引爲匹敵。○子，指許生也。○【趙次公曰】此言有何因階得許子垂慈悲方便法門，以爲之匹敵也。○【洪駒父曰】佛經：善巧方便。○前漢晁錯傳：人情非有匹敵。離索晚相逢，○離，讀去聲，去也。索，悉各反，散也。○【昱曰】禮記檀弓篇：子夏曰：吾離群索居，亦已久矣。包蒙欣有擊。○【王洙曰】易蒙卦：九二包蒙，上九擊蒙。誦詩渾游衍，○【王洙曰】渾，一作混。○甫自言我離群索居久矣，無師友相漸摩，今日相逢，恨得之晚，賴許生包函蒙昧，有所叩擊，是故甫欣然聽其誦詩，深有開發。游衍者，博贍之義也。四座皆辟易。○皆，一作俱。辟，與避同，違也。易，夷益切，改也。辟易者，驚懼退却之義也。○【王洙曰】前漢項籍傳：人馬俱辟易。應手看捶鈎，○【鄭卬曰】捶，丁〔二〕果、之累、之睡三切。○【王洙曰】捶，打鍛也。捶鈎，即秤〔三〕捶與鈎。莊子：二十而好捶鈎。謂拈鈎物輕重，得之於心，應之於手，無毫厘之差。譬若許生能詩，得於心而應於口，了無差失也。○【趙次公曰】莊子天道篇：輪扁斲輪，不徐不疾，得之於手，應之於心，口不能言，有數存焉。○【王洙曰】又知北遊篇：大司馬之捶鈎者，年八十矣，而不失毫芒。是用之者假不用者也。清心聽鳴鏑。○【鄭卬曰】鏑，丁歷切，矢鋒也。○箭有鈴響也。○甫謂許生誦詩，己專心致意聽之，如三軍聽鳴鏑然也。○【王洙曰】前漢匈奴傳：冒頓欲纂頭曼，每出獵，用鳴鏑射，令三軍曰：「聽鳴鏑，皆射之。」一日，射所乘馬，三軍不敢射，斬數人。一日，又射寵夫人，軍士又不敢射，復斬之。後與父出獵，用鳴鏑射父，軍士齊射，遂篡其位也。精微穿溟涬，○【鄭印曰】溟，亡頂切。涬，户頂切。○溟涬，謂鴻濛也。○【師古曰】謂詩思之巧妙，可與鴻濛之氣相爲之貫穿也。○【趙次公曰】中庸篇：致廣大而盡精微。○【王洙曰】莊子在宥篇：大同乎溟涬。飛動摧霹靂。○霹靂，謂雷霆也。○【師古曰】謂詩思之飄逸，雖若雷霆之威，亦爲之摧挫也。陶謝不枝梧，○【王洙曰】陶謂陶淵明，謝謂三謝，乃靈運、惠連、玄暉也，皆以詩鳴，亦莫能敵也。項籍傳：諸將讋服，莫敢枝梧。注：小柱爲枝，斜柱爲梧也。風騷共推激。○推激，言歎賞之也。紫鷰自超詣，○鷰，舊作鸞，非。歐作鷰，今從之。○【杜田補遺。杜陵詩史、分門集注、補注杜詩作「王洙曰」。】西京雜記：漢文帝自代還，有良馬九，一浮雲，二赤電，三絶群，四逸驃，五紫鷰，六緑離，七龍子，八驎駒，九絶塵，號爲九絶。○世説賞譽篇：晉簡文云：殷深源語不超詣簡至，然經綸思尋處，故有局陳。翠駮誰剪剔。○剔，敕歷切，剃也。○【王洙曰】爾雅釋畜：駮〔四〕，如馬，倨牙，食虎豹。莊子馬蹄篇：我善治馬，燒之剔之。君意人莫知，人間夜寥闃。○闃，苦〔五〕鵙切，靜也。紫鷰，古之良馬。翠駮乃馬之似駮者。駮，獸名，食虎豹。言許生如紫鷰，超然遠到，甫如翠駮，仗誰剪其鬣，剔其蹄，乃有望於許生之拂拭也。然許生詩有深意，惜乎當世莫能知之。蓋世人蒙昧，如夜之寥闃，誰辨黑白？楚辭云〔六〕：日莫碧雲合。傷世之昏昧不明也。○【芻曰：「末句豈非傷無知己者乎！」】古人生於暗世，不敢指斥，託以微意諷之，又豈非傷無知己者乎！○【趙次公曰】梁蕭子範直坊賦：何坊禁之寥闃，對芳夜之無永。

【校記】

〔一〕著，元本、古逸叢書本作「者」。

〔二〕丁，杜陵詩史、分門集注、補注杜詩作「子」。

〔三〕秤，古逸叢書本作「將」。

〔四〕駮，原作「駁」，據古逸叢書本改。

〔五〕苦，古逸叢書本作「若」。

〔六〕楚辭云，古逸叢書本作「江淹詩」。

貧交行

翻手作雲覆手雨，紛紛輕薄何須數。○【鄭卬曰】數，所矩切，計也。○【王洙曰】：「谷風誚輕薄。」【】詩谷風：刺朋友道絶，以天下俗薄故也。○劉孝標作絶交論，深斥勢利〔一〕之交。人之相交，貴相知心，不以喜怒貧富貴賤移所守，尚何至於翻覆無常，有始而無終耶？○【師古曰】甫之此詩，爲嚴武有激而作也。甫與武素相厚善，及武鎮西川，甫往依之，常醉登其床，曰：「嚴挺之乃有是兒？」武仗劍欲殺之。武母救止之。武始待甫甚厚，今以小嫌而欲殺之，豈非翻手作雲覆手作雨，其輕薄如此，又何足筭〔二〕數乎！○【趙次公曰】前漢嚴助傳：越人愚戇輕薄。○【王洙曰】沈休文詩：長安輕薄兒。

君不見管鮑貧時交，此道今人棄如土。○【趙次公曰】公言緩急人所有，而以有濟無，交友之道也。雲固爲雨矣，雲有渰以凄凄而後興雨，初〔三〕祁則雨所濟者久，雲氣不待族而雨，則雨所濟者微。今以翻覆手而雲遂爲雨，其俄傾〔四〕可知矣。管仲與鮑叔賈，而獨分財利，鮑叔弗與争，其悠久如是。蓋管、鮑之交真相知心，不以貧賤富貴易其節，豈翻覆手之間，爲片雲過雨之霑乎？○是道也，今人棄其信義如土芥然。今人者，指嚴武，不敢直斥之也。○【王洙曰】按列子力命篇：管夷吾與鮑叔牙二人相友甚戚。同處於齊。管仲嘗歎曰：「吾少窮困，嘗與鮑叔賈，分財多自與，鮑叔不以我爲貪，知我貧也。吾嘗與鮑叔謀事，而大窮困，鮑叔不以我爲愚，知時有利不利也。吾嘗三仕，三見逐於君，鮑叔不以我爲不肖，知我不遭時也。吾嘗三戰三走，鮑叔不以我爲怯，知我有老母也。公子敗，召忽死之，吾幽囚受辱，鮑叔不以我爲無耻，知我不羞小節，而耻功名不顯於天下也。生我者父母，知我者鮑叔也。」此世稱管、鮑善交者也。

【校記】

〔一〕勢利，元本、古逸叢書本作「利勢」。

〔二〕簒，古逸叢書本作「慕」。

〔三〕初，古逸叢書本作「祁」。

〔四〕傾，元本、古逸叢書本作「須」。

白絲行

○師古曰：按唐書，竇懷貞，右相德立〔一〕之子，少敦儉不爲豪侈事。後娶韋后乳媼王，所謂莒夫人者，故蠻婢也，世謂媼婿爲阿父者〔二〕，軒然不慚。以自媚〔三〕於后，又附宗楚客、安樂公主，以取貴仕，爲素義所斥。韋氏敗，太平公主干政，又傾已附離，素節盡矣。故甫作此詩以譏之。然有取於白絲者，絲之爲物，柔直而潔白，一爲所染，喪其素質。君子之行，一爲匪人所污，求其向之所謂潔白者，不可得矣。墨子所以悲絲，而曰「可以黃，可以黑」，亦是詩諷喻之意也。

繅絲須長不須白，○【鄭卬曰】繅，蘇曹切，繹繭爲絲也。○夫繅絲欲長，謂貪多也。不須白，言懷忠〔四〕不以潔白者爲可貴，徒附姦邪以貪爵禄之多也。越羅蜀錦金粟尺。○金粟尺，一作矜煇赫〔五〕。○【趙次公曰】越羅蜀錦，天下之奇紋也。金粟尺，邊幅尺度之尺也。尺以金粟飾之，貴家之物也。象牀玉手亂殷紅，○象，一作牙。○【鄭卬曰。又，趙次公注亦有此語，當是引鄭卬音義。】殷，烏閑切，赤黑色。萬草千花動凝碧。○【趙次公曰】言越羅蜀錦積在象牀之多，玉手擇取之，則赤黑之段相亂矣。萬草千花，言錦上羅上之繁文也。已悲素質隨時染，○染，一作改。絲本質素，既成羅錦，殷紅凝碧，侈靡如是，向之本質潔素，已爲采色所變矣。譬懷貞少年質儉，不爲豪侈，既附姦邪，爲彼所變，素節掃地，可不悲乎？淮南子：墨子見絲而泣之，爲其可以黃、可以黑也。裂下鳴機色相射。○【鄭卬曰】射，食亦切，弓弩發也。○【趙次公曰】謂素絲染織爲羅錦，而顔色相射也。美人細意熨貼平，○【鄭卬曰】熨，紆物切，火展帛也。○美人，謂莒國夫人也。裁縫滅盡針線迹。○喻與夫人其情糾密無間也。春天衣著爲君舞，○【趙次公曰】鮑照白紵歌：催絃急管爲君舞。蛺蝶飛來黄鸝語。○【趙次公曰】此因舞而言蛺蝶飛者，以况舞之輕。而黄鸝語者，以况歌之巧也。○懷貞既娶莒國夫人，交結宮人，阿附内宦，由是黨與日盛，如蛺蝶、黄鸝遊絲落絮之相溷〔六〕附，此必然之理也。落絮遊絲亦有情，隨風照日宜輕舉。○宜，一作疑，或作同。○【趙次公曰】此言舞之態，其身輕可舉而仙去也。香汗清塵污顔色，○一作「香汗清塵似微污」，一作「香汗清塵污不著」。奈何韋氏之敗，懷貞爲此所污，有似乎香汗清塵污漫其色也。開新合故置何許。○【趙次公曰】謂舞衣稍故以合之，以言人情之喜新，故言開新者矣，而合故不著，將於甚處置之，歎其必委棄也。○蓋開新以譬太平公主初得志也，合故以譬韋氏之敗也。殊不知士君子守其志行，皆終始如一，詎可以新故而變其所守哉！○【王洙曰】古詩：新人工織縑，故人工織素。將縑持比素，新人不如故。君不見才士汲引難，恐懼棄捐忍羈旅。○羈，當作羇。汲引者，汲水引綆。士遭汲引，須求其類，擇賢而附之。孔子不主癰疽與侍人瘠環，蓋以汲引爲難，不宜輕易故也。終孔子之世，忍爲一栖栖旅人耳，其可苟以趍媚匪人而爲素議所棄捐耶？○【師古曰】今懷貞爲韋氏、楚客之所汲引，雖得爵禄，奈公論之所棄忍〔七〕何？故甫託意於懷貞以戒後來也。

【校記】

〔一〕立，杜陵詩史、分門集注作「玄」。

〔二〕父者，新唐書作「爹」。

〔三〕媢，原作「婿」，據元本、古逸叢書本改。

〔四〕忠，元本、古逸叢書本作「貞」。

〔五〕煇赫，原作「赫煇」，據古逸叢書本改。

〔六〕涀，古逸叢書本作「依」。

〔七〕忍，元本、古逸叢書本作「捐」。

去矣行

○鮑欽止曰：天寶十四載，歲次乙未，公年四十四，在率府。數上賦頌，不蒙采録，故辭職，遂作去矣行。○【師古曰：「此詩爲嚴武而作。見前貧交行注。」】夢弼謂，此篇亦爲嚴武而作也。

君不見鞲上鷹，○【鄭卬曰：「鞲，古侯切，射臂決也。」】鞲，古侯切，臂衣也。一飽則飛掣。○【鄭卬曰：「尺列切。」】掣，昌列切，挽也。○【王洙曰】魏志：呂布因陳登求徐州牧，不得，怒，登喻之曰：「登見曹公，言待將軍譬如養鷹，飢則爲用〔一〕，飽則揚去。」焉能作堂上燕，銜泥附炎熱。野人曠蕩無靦顏，○【鄭卬曰】靦，他典切，面慙。○【趙次公曰】野人，甫自謂也。豈可久在王侯間。○甫素與武相善，武鎮成都，甫往依焉。武辟甫爲參謀檢校工部尚書員外郎，是飢鷹飽肉之譬也。甫嘗醉登武床，瞋視曰：「嚴挺之乃有是兒。」武杖劍欲殺之。賴武母救免。甫是以有去志，故作是詩。然甫嗜酒，既不爲飽鷹，亦不爲堂上之燕，依傍主人，但側媚以趨炎附勢。況甫之爲人，其性曠蕩，不能厚顏久依王侯，集嘗有詩曰：「本欲依劉表，還疑厭禰衡。」蓋因武激而爲是言也。未試囊中飡玉法，明朝且入藍田山。○玉者，陽精之純，屑而食之，令人色潤却老。仙家有飡玉法。藍田山出美玉。甫既不能媚附於嚴武，遂欲隱居藍田，試飡玉之法以經老焉，豈能靦其顏面而久任〔一〕王侯間哉。○【王洙曰：「魏書李預傳：預居長安，每羨古人餐玉之法，乃採訪藍田，躬往攻掘，得若環璧雜器形者大小百餘，稍得麄黑者亦篋盛以還。而至家觀之，皆光潤可玩。預乃推七十枚爲屑，日服食之，餘多惠人。後預及聞者更求於故處，皆無所見。馮翊公源懷等得其琢爲器佩，皆鮮明可寶。預服玉經年，云有效驗。而世事寢食不禁節之，又加之好酒損志，及疾篤，謂妻子曰：『服玉屏居山林，排棄嗜慾，或當有大神力。而吾猶色不絕，自致於死，非藥過也。然吾屍體必當有異，勿使速殯，令後人知餐服之妙。』時七月中旬，長安毒熱，預得停屍四宿，而體色不變。其妻常氏以珠玉二枚唅之，口閉，常謂之曰：『君自言食玉有神驗，何故不受含也？』言訖，齒啓納珠，因噓屬其口，都無穢氣。舉斂於棺，堅直不傾委。死時猶有遺玉屑數斗，橐盛納諸棺中。」】地理志：藍田出美玉，在長安。魏書李預傳：預居長安，每羨古人餐玉之法，乃採訪藍田，躬往攻掘，得若環璧者百餘以還，光潤可玩。預乃爲屑，日服食之。及死，遂不變，而無穢氣。

【校記】

〔一〕爲用，元本、古逸叢書本作「附人」。

〔二〕任，元本、古逸叢書本作「在」。

遣興五首

天用莫如龍，○易乾卦：時乘六龍以御天也。○【王洙曰】漢志：天用莫如龍，地用莫如馬。有時繫扶桑。○山海經：黑齒之北，曰湯〔二〕谷，有扶木，九日居下枝，一日居上枝，皆戴烏。郭璞云：扶桑也。十洲記：扶桑在碧海中，樹長數十丈，三千餘圍，兩樹同根，更相依倚，故曰扶桑。春秋命曆序：皇伯登扶桑日之陽，駕六龍以上下。○【趙次公曰】楚辭劉向九歎：維六龍於扶桑。頓轡海徒涌，○離騷：揔余轡乎扶桑。○【王洙曰】郭璞詩：六龍安可頓。○【杜田補遺】曹植與吳季重曰：日不我與，思抑六龍之首，頓羲和之轡。神人身更長。性命苟不存，英雄徒自强。吞聲勿復道，○【趙次公曰】鮑照詩：吞聲躑躅不能言。真宰意茫茫。○臣之事君，如龍之駕日。扶桑與海皆在東，喻安禄山之居范陽也。六龍擊觸扶桑之枝，遂使日車頓仆，而海水爲之涌溢，喻禄山叛，亦有激而言也。遂俾玄宗奔竄，頓轡于西蜀，而四海不獲安矣。海上有三神山，神人棲焉。海雖涌，不能淪溺神人，譬天子不爲禄山所陷也。性命苟不存，言禄山〔二〕之叛也。禄山之叛，亦天意有以使之，故曰「真宰意茫茫」。

【校記】

〔一〕湯，元本、古逸叢書本作「暘」。

〔二〕言禄山，元本、古逸叢書本作「害性命」。

地用莫如馬，○【趙次公曰】易坤卦：牝馬地類，行地無疆。無良復誰記。○良，謂良馬也。苟無良馬，何以記取之乎？此日千里鳴，追風可君意。○【趙次公曰】崔豹古今注：秦始皇有七名馬，一曰追風。君看渥洼種，○【王洙曰】漢武帝元鼎四年秋，馬生渥洼水中。態與駑駘異。不雜蹄齧間，○雜，一作在。逍遥有能事。○良馬以比君子，禄山既平，諸將争功，如駑駘之蹄齧也，唯郭子儀晏然謙退，故有是句。

陶潛避俗翁，未必能達道。觀其著詩集，頗亦恨枯槁。○【趙次公曰】因陶潛而有所悟，故於此詩，非直詆陶潛也。陶集中固有「恨枯槁」之語矣，如楚調〔二〕詩：夏日長抱飢，寒夜無被眠。飲酒詩：顔淵稱爲仁，長飢至于老。雖留身後名，一生亦枯槁。其他皆類是，豈不謂之「恨枯槁」乎！

達生豈是足，○達生者，謂陶潛不爲五斗米折腰，解印，賦歸去來也。按莊子有達生篇。默識蓋不早。○語述而篇：默而識之。有子賢與愚，何其掛懷抱。○【杜田補遺。又，分門集注、補注杜詩引「立之曰」：「山谷書：淵明文有與五子疏。又命子詩曰：夙興夜寐，願爾斯才。才之不才，亦已焉哉。」此即杜田補遺所引王立之詩話。】按陶集有責子詩：雖有五男兒，總不好紙筆。天運苟如此，且進盃中物。又有命子詩：夙興夜寐，賴爾斯才。爾之不才，亦已焉哉。此子美謂掛懷抱者，此也。黄庭堅曰：公嘗困於三蜀，蓋不知者詬病，以爲拙於生事，又往往譏議宗文、宗武失學，公故寄之淵明以解嘲耳。其詩名遣興，可解也。俗人不領，便以爲譏病淵明，所謂癡兒前說夢也。○或曰：甫謂陶潛非達道之士，以其詩恨朝廷不用，至於形爲枯槁之辭，蓋達士不求足，昔人有云，若以爲足，今不啻足矣，以爲不足，萬一寧有足耶？甫自傷默識此理不早，故有今日飄蕩之意，然亦有子以主後事，何足掛懷抱乎！

【校記】

〔一〕調，元本、古逸叢書本作「詞」。

賀公雅吳語，○【王洙曰：「賀知章。」】賀公謂知章，吳人也。○【杜田補遺。又，分門集注引作「大臨曰」。】世説排調篇：劉真長始見王丞相，既出，人問：「見王公云何？」劉曰：「未見他異，唯聞作吳語耳。」在位常清狂。○【王洙曰】知章性放曠，善談笑，爲秘書監，自號四明狂客。上疏乞骸骨，黃冠歸故鄉。○【王洙曰】天寶六年，知章因病請爲道士，求還鄉，詔賜鑑湖一曲。爽氣不可致，○【王洙曰】晉王徽之字子猷，爲桓沖參軍，嘗從沖行，沖曰：「卿在府日久，此當料理。」徽之不答，直高視，以手板拄頰曰：「西山朝來，致有爽氣。」斯人今則亡。○斯人謂知章也。○【王洙曰。又，分門集注、補注杜詩引作「魯曰」。】語雍也篇：今也則亡。山陰一茅宇，○山陰在會稽之東南。江海日凄涼。

吾憐孟浩然，短褐即長夜。○【修可曰：「短一作裋，見北征詩。」】褐，一作裋，音豎。○孟浩然嘗有詩曰：不才明主棄。玄宗怒曰：「子不求仕，朕何嘗棄子？」斥還家。不樂而終。短褐，言其賤也。長夜，謂死也。三齊略記：甯戚擊牛角，歌曰：「生不遭堯與舜祥〔一〕，短布單衣適至骭。從昏飯牛薄夜半，長夜曼曼〔二〕何時旦。」賦詩何必多，往往凌鮑謝。○【王洙曰。又，分門集注、補注杜詩引作「魯曰」。】鮑謂明遠，謝謂三謝，乃玄暉、靈運、惠連也。清江空舊魚，○一作「舊魚美」〔三〕。春雨餘甘蔗。○【趙次公曰：「浩然嘗有詩曰：『試垂竹竿釣，果見查頭鯿。』今言清江之內空有舊魚，而人不見。王士源爲浩然詩集序云：『灌園藝圃以全高。』然則春雨餘甘蔗，豈浩然嘗自營蔗區乎？惜無所明見。」】魯訔曰：浩然嘗有詩曰「試垂竹竿釣，果得查頭鯿」，王士源爲浩然詩集序，曰：「灌園藝圃以全高。」此二句想其漁鉤〔四〕、灌藝之舊餘跡也。每望東南雲，令人幾悲吒。○【鄭印曰】吒，陟駕切，嘆也。○【趙次公曰】浩然襄陽人也，襄陽在秦州之東南，公思之而不見，故望雲而空悲吒耳。○【杜田補遺，又分門集注、補注杜詩作「修可曰」。】郭璞遊仙詩：撫心獨悲吒。

【校記】

〔一〕祥，元本、古逸叢書本作「禪」。

〔二〕曼曼，古逸叢書本作「漫漫」。

〔三〕美，元本、古逸叢書本作「羡」。

〔四〕漁鈎，元本、古逸叢書本作「魚釣」。

高都護驄馬行

○高，謂適也。都護，官名也。○【師古曰】適初爲哥舒翰掌書記，甫嘗送以詩，有曰：「十年出幕府，自可持旌麾。」至是爲安西府都護，其言豈不有徵哉！

安西都護胡青驄，○【王洙曰】唐安西郡東至焉耆鎮，去交河郡七百里，南隣吐蕃，西連疏勒，去葱嶺七百里，北拒突厥，正觀中，初置安西都護府於西州，顯慶中，移於龜茲城。○胡青驄，言良馬出于胡地，有青白之色也。

聲價欻然來向東。○【趙次公曰：「欻音許勿反，有所吹起貌。」】欻，許勿切，忽也。○漢武帝元鼎中，南陽新野人景利長遭刑，屯田於渥洼，見群馬來飲水邊，中有奇者。先作土人特勒絆立，後馬慣習之，久之，利長因依土人收得馬以獻帝，欲神異之，云從水中出，於是作天馬之歌。渥洼在三危山下，謂此良馬從西而至，聲價歘然高大，非它馬之比也。○【王洙曰】顏延年赭白馬賦：聲價隆振。此馬臨陣久無敵，與人一心成大功。○馬與人一心，言其回旋曲折，馬順人情，人習馬意，故能臨陣無敵而成大功也。功成惠養隨所致，○惠養，謂護惜之。致，至也。都護有所至之處，常與馬相隨也。○【王洙曰】赭白馬賦：願終惠養，蔭本枝兮。飄飄遠自流沙至。○【王洙曰】飄，一作飖。○流沙，西域之地，其風惡，揚沙如流水然。都護乘此馬往安西府，今自流沙來至，飄飄然氣力不衰也。○【王洙曰。又，杜陵詩史、分門集注、補注杜詩引作「劉曰」。】天馬歌：天馬徠，從西極，涉流沙，九夷服。雄姿未受伏櫪恩，○伏櫪，言老馬無用，但伏食於槽櫪，酬其平日服乘之恩。○【趙次公曰：「言雖之皂棧，而非馬之本心，故思奮於戰場以爲利目。」】此馬雖老，其姿質雄健，未肯甘受伏櫪之恩，猶思戰場馳逐以收功利。○古人多以馬喻君子，取其有致遠之才。○【師古曰】按，高適年五十爲哥舒翰掌書記，加以十年，出幕府爲安西都護。集有甫送以詩云：「男兒功名遂，亦在老大時。」則知適之罷都護，年已老矣，猶欲爲國家立功，故甫有是句也。○【王洙曰】赭白馬賦：弭雄姿以奉引。魏武樂府：老驥伏櫪，志在千里。梁元帝謝馬啓：引伊伏櫪，彌結懷恩。猛氣猶思戰場利。腕促蹄高如踣鐵，○踣，匹候切，又匍覆切，踏也。○【趙次公曰：「腕欲促，蹄欲高，又穩如踣鐵，皆馬之奇也。」】言馬腕之促、蹄之高，踏地之聲鏗然如擲金也。按相馬經：馬腕欲促，促則健。蹄欲高，高則耐險峻。交河幾蹴曾冰裂。○曾與層同，積也。○【趙次公曰：

「今公言交河西邊之地有曾積之冰，馬幾度蹴踏之而破裂。」】適騎此馬，幾度與吐蕃戰于交河之地，而層積之冰爲之破裂也。○【王洙曰】按地理志：安西東至焉耆鎮，出交河郡七百里。五花散作雲滿身，○畫斷：玄宗時有浮雲、五花之乘。唐人亦尚翦騣馬，三騣者謂之三花，五騣者謂之五花。李白將進酒云：五花馬，千金裘。萬里方看汗流血。○【王洙曰】天馬歌〔一〕：霑赤汗，沫流赭。〔二〕長安壯兒不敢騎，○【趙次公曰】美都護之能騎也。〔三〕走過掣電傾城知。○【趙次公曰】言馬之疾如電，舉國皆知也。〔四〕○【王洙曰】李延年歌：一顧傾人城。青絲絡頭爲君老，○古樂府詩：青絲纏馬尾，黃金絡馬頭。〔五〕何由却出橫門道。○【趙次公曰。又，鄭卬曰：「橫音光。」】橫音光，門名。○【馬曰】方肅宗中興，安史之亂已平，吐蕃不敢入寇，故此馬老於絡頭，不敢再出橫門。甫願治之心，於兹可見也。○【趙次公曰】三輔黃圖：長安城北出西頭第一門曰橫門。〔六〕

【校記】

〔一〕元本、古逸叢書本「歌」下尚有「體容與迣萬里又曰」八字。

〔二〕元本、古逸叢書本「赭」下尚有：「顏延年賦曰：膺門沫赭，汗溝走血。應劭曰：大宛馬汗血霑濡也。杜云：周穆王傳：驊騮騄耳，馳三萬里。趙云：汗血之姿，非萬里無以見。」

〔三〕「美都」句，元本、古逸叢書本作「趙云以善高都之獨能」。

〔四〕「走過」句下注，元本、古逸叢書本作：「晉傅玄詩：童女掣電策，童兒挽雷車。」

〔五〕「青絲」句下注，元本、古逸叢書本無此條注文。

〔六〕「何由」句下注，元本、古逸叢書本作：「梁簡文帝紫騮馬詩：青絲縣玉蹬。又云：宛轉青絲鞚。」

天育驃騎歌

○【王洙曰：「天育，馬厩名。驃，匹妙切。」】驃，數妙切。天育，天子厩名。○甫見張景順之畫馬，歌而詠之，因以自喻也。〔一〕

吾聞天子之馬走千里，○天子馬，謂周穆王之八駿也。○【趙次公曰】按，穆天子傳：天子之馬走千里，勝猛獸。天子之駒走百里，執虎豹。〔二〕今之畫圖無乃是。○【趙次公曰】今張景順畫驃騎圖，無乃是穆天子之馬乎？〔三〕是何意態雄且傑，騣尾蕭梢朔風起。○騣，一作駿，趙作騣，今從之。騣尾之長，蕭梢動摇，則朔風凛列而生也。○【王洙曰】神異經：西南大宛丘有良馬，鬣至膝，尾委於地，則騣尾之長者，蕭梢然矣。〔四〕毛爲緑縹兩耳黄，○【鄭卬曰】縹，普沼切，青黄色也。○【王洙曰】穆天子傳：八駿曰赤驥、㴑驪、白義、渠黄、驊騮、騟輪、緑耳、山子。○紀年謂八駿皆因毛色以爲名號。魏時鮮于卑獻千里馬，色白而兩耳黄。〔五〕眼有紫焰雙瞳方。○方，一作光。○【王洙曰】伯樂相馬經：眼欲紫豔，瞳欲其方也。顔延年赭白馬賦：雙瞳夾鏡。〔六〕矯矯龍性合變化，○矯矯，一作矯然。一作「矯龍性逸合變化」，蘇子瞻寫作「含」。○【王洙曰】詩崧高篇：四牡矯矯。周禮：馬八尺以上爲龍。赭白馬賦：龍性誰能馴。〇天馬歌：化若鬼。顔師古注：變化若鬼神。〔七〕卓立天骨森開張。〇【師古曰】馬有龍性，負天然壯大之骨，殆非常馬之比，甫自喻於良馬，謂己之才非凡俗輩可擬也。〇伯樂相馬經：膝骨欲圓而張。馬援銅馬相法：肘腋欲開張。〔八〕伊昔太僕張景順，監牧攻駒閱清峻。〇一作「監牧牧駒」，一作「考牧神駒」，一作「考牧攻駒」。〇【王洙曰】唐兵志：監牧，所以蕃馬也。其官領以太僕。按，唐之初，得突厥馬二千匹，又得隋馬三千，命太僕少卿張萬歲之子景順領厩牧，置八坊，馬七十萬六千匹。收駒者，馬四歲遊牝，五歲責課，遂生駒。每年一百匹馬，課駒六十。〔九〕遂令大奴守天育，〇守，一作字，非是。〇【趙次公曰】趙子櫟曰：大奴王毛仲也。毛仲，父高麗人，坐事没爲官奴，守天育。則天育厩名也。〔一〇〕別養驥子憐神俊。〇【王洙曰】世説：支道林常養數匹馬，或言道人畜馬不韻，支曰：「貧道重其神俊。」〇景順之爲太僕監，諸牧坊收課馬子，閲視其神清骨峻者充天育厩，其他凡材，只備甲兵之用耳。〇【趙次公曰】張燕公作開元十三年隴右監牧頌德碑序曰：上顧謂太僕少卿張景順曰：『吾馬幾何？其蕃卿之力也。』時景順爲太僕少卿，兼秦州都督、監牧都副使。時王毛仲領内外厩使，馬蕃息。〔一一〕當時四十萬匹馬，〇【王洙曰】通典：麟德間，致八使，領九監，跨蘭、渭、秦、源四州之地，更析八監布於河西。其時天下以一縑易一馬。開元初，牧馬二十四萬匹。十三年，加至四十五萬匹。〔一二〕張公歎其材盡下。〇【王洙曰】自正觀以來，馬七十萬六千匹。迨玄宗時數數出師，馬遂耗折，僅存四十萬而已。張公嘆其所存者率皆凡馬，獨天育驃騎乃神駿耳。張公即景順也。莊子：臣之子皆下才也。〔一三〕故獨寫真傳世人，見之座右久更新。年多物化空形影，鳴呼健步無由騁。○故景順寫〔一四〕其形狀，以傳于世。然此馬已化，空留形影，雖披圖有健陟〔一五〕，何由騁其才爲世所用哉！今子美之詩言〔一六〕及此，蓋傷當世之乏才也。如今豈無騕褭與驊騮，○騕，於皎切。褭，奴了切。馬名。吕氏春秋：飛兔、騕褭，古之駿馬。穆天子傳：驊騮、騄耳，日馳三萬里。時無王良伯樂死即休。○【歐陽曰】孟子曰：齊景公使嬖奚與王良乘，返，命曰：「天下之良工也。」○莊子馬蹄篇：伯樂曰：「我善治馬。」陸德明音義：伯樂姓孫名陽，善馭馬。石氏星經：伯樂，天星名，主典天馬。孫陽善馭，故以爲名。○【王洙曰。又，杜陵詩史、分門集注、補注杜詩作「歐陽曰」。】戰國策：汗明見春申君，曰：「夫驥之齒至長，服鹽車而上〔一七〕太行，漉汁灑地，白汗交流，中坂遷延，負轅不能上。伯樂遭之，下車攀而哭之，解紵衣以幕之。於是俛而噴，仰而鳴，見伯樂之知己也。」○【歐陽曰】又，蘇代爲燕説齊，未見齊王，先説淳于髡曰：「人有賣駿馬，比三旦立市，人莫之知。往見伯樂，曰：『願子還而視之，去而顧之，臣請償一朝之賞。』伯樂乃還而顧之，去而視之。一旦市價十倍也。○【師古曰】余謂玄宗以楊國忠爲相，牛仙客爲尚書，皆庸人，不識字。賢人君子退黜不用，遂致禄山之亂。肅宗中興，正宜任賢〔一八〕使能，房琯以宰相器出爲邠州刺史，甫亦貶爲華州司功，何世無才，何才不可用，但恨無賢君耳。騕褭、驊騮，古之良馬，儻不遇王良、伯樂，終〔一九〕於老死而不得騁其長才，琯之與甫何以異是，故有是句。

【校記】

〔一〕題下注，元本、古逸叢書本作：「天育馬厩名。趙云：名驃，則所畫馬名。」

〔二〕「吾聞」句下注，元本、古逸叢書本作：「荀子曰：騏驥一日千里。穆天子傳曰：天子之八駿。漢文帝却千里馬。」

〔三〕「今之」句下注，元本、古逸叢書本作：「莊子曰：齊景公好馬，命使善畫者圖之，訪似者，朞年不得。」

〔四〕「騣尾」句下注，元本、古逸叢書本作：「選：朔風動秋草，邊馬有歸心。坡云：漢天馬曲曰：尾蕭梢，朔風起，足銀砧兮破層冰。」

〔五〕「毛爲」句下注，元本、古逸叢書本作：「普沼反，青黄色也。史：驥垂兩耳。」

〔六〕「眼有」句下注，元本、古逸叢書本作：「秦本紀：周穆王得騄耳之駟。相馬經曰：馬眼欲紫艷光，口中欲赤色。顔延年賦：雙瞳夾鏡，兩輔協月。」

〔七〕「矯矯」句下注，元本、古逸叢書本作：「一云『矯龍性逸』。崧高詩：四牡矯矯。顔延年詩：龍性誰能馴。」

〔八〕「卓立」句下注，元本、古逸叢書本作：「周官曰：凡馬八尺以上爲龍。魯國黄伯仁龍馬頌曰：稟神祇之純化，乃大宛而載育。杜云：蔡邕作庾侯碑曰：英風發於天骨。」

〔九〕「監牧」句下注，元本、古逸叢書本作：「一云『考牧神駒』，一作『老牧神駒閲清峻』。周穆王置太僕正，以伯冏爲之，掌侍御。唐龍朔二年，改太僕爲司馭，咸亨初復舊。光宅年，改爲司僕，神龍初復舊。天下監牧置八使五十六監。唐兵志：監牧所以蕃馬也，其制起於近世。唐之初起，得突厥馬二千疋，又得隋馬三千於赤岸澤，徙之隴西，監牧之制，始於此。其官領以太僕，初用太僕少卿。張萬歲，字景順，領群牧。趙云：唐兵志：監牧之制，其官領以太僕。」

〔一〇〕「遂令」句下注，元本、古逸叢書本作：「坡云：舊本作『太奴守天育』。子瞻題子美天育驃驥圖後作大奴。字天育，蓋天育爲大奴字也。今定猶有石本題云：大奴，王毛仲也。守天育，則唐兵志云：天育，廐名也。」

〔一一〕「別養」句下注，元本、古逸叢書本作：「宋顔延年天馬狀曰：降靈驥子，九方是選。梁元帝答齊國驤馬書曰：價匹龍媒，聲齊驥子。周王褒謝賚馬啓曰：漢時伯樂，偏愛權奇；晉世桑門，時求神俊。」

〔一二〕「當時」句下注，元本、古逸叢書本無。

〔一三〕「張公」句下注，元本、古逸叢書本作：「通典：貞觀初，僅有牡牝三千匹，從赤岸澤徙之隴右。十五年，始令太僕卿勾當群牧。至麟德四十年間，馬至七十萬六千匹，置八使，領九監，跨蘭渭秦原四州之地，猶爲隘狹。更拆八監，布於河西，其時天下以一縑易一馬。張公即景順也。儀鳳後，牧圉乖散。(自)〔洎〕乎垂拱，潛耗太半。開元，搜牧馬二十四萬匹，十三年，加至四十五萬匹。莊子：五臣之子，皆下材也。」

〔一四〕寫，元本、古逸叢書本作「畫」。

〔一五〕陟，元本、古逸叢書本作「步」。

〔一六〕詩言，元本、古逸叢書作「言詩」。

〔一七〕上，元本、古逸叢書本作「小」。

〔一八〕元本、古逸叢書本「賢」下多一「能」字。

〔一九〕儻不遇王良伯樂終，元本、古逸叢書本無。

驄馬行

○【九家集注杜詩依例爲「王洙曰」。杜陵詩史、分門集注、補注杜詩作「王彦輔曰」。集千家注批點杜工部詩集作「公自注」。按，宋本杜工部集卷一驄馬行題下有此注文，當是杜甫自注無疑。】太常梁卿〔一〕勑賜馬也，李鄧公愛而有之，命甫製詩。

鄧公馬癖人共知，○【趙次公曰】馬乃梁卿受賜於君，不可以予人，鄧公愛而取之，非是，故公詩以「鄧公馬癖」譏之也。○【王洙曰】晉王濟解相馬，又甚愛之，故杜預嘗稱濟有馬癖。初得花〔二〕驄大宛種。○【鄭卬曰】宛，於爰切，國名。○【王洙曰】西域傳：宛〔三〕别邑餘城多善馬。注：大宛國有高山，有馬不可得，因取五色母馬置其下，與集生駒，號天馬子。夙昔傳聞思一見，○【希聲曰】南史蕭摩訶傳：侯安都〔四〕謂摩訶曰：「卿驍勇有名，千〔五〕聞不如一見。」牽來左右神皆竦。雄姿逸態何崷崒，○【鄭卬曰】崷，自秋切。崒，昨没切。山峻貌。○【王洙曰】赭白馬賦：弭雄姿以奉引〔六〕。顧影驕嘶自矜寵。○顧影，謂無儔匹也。相馬經：馬有眄影而視者。張華馬賦：顧影自媚。隅目青熒夾鏡懸，○言瞳晶光也。○【杜田補遺。又，杜陵詩史、分門集注、補注杜詩引作「趙次公曰」。】西京賦：青駿〔七〕摯於韝下，韓盧噬於緤末。猛毅髬髵，隅目高棱〔八〕。注：隅目，謂目有角也。○【王洙曰】赭白馬賦：雙瞳夾鏡。肉騣碨礧連錢動。○騣，一作駿，非是。○【鄭卬曰】碨，烏罪切。礧，力罪切。石貌。○【杜田補遺】肉騣者，肉突起碨礧然也。連錢，謂馬文點綴如連錢也。唐開元滑州刺史李邕獻馬，肉騣驎臆。○【杜田補遺。又，杜陵詩史、分門集注、補注杜詩引作「王洙曰」。】爾雅釋畜：青驪驎驒。郭璞注：色有深淺斑駁，今連錢驄也。朝來少試華軒下，○少，一作久。未覺千金滿高價。○西域傳：武帝遣使者持千金以請宛善馬。赤汗微生白雪毛，○【王洙曰】天馬歌：霑赤汗，沬流赭。銀鞍却覆香羅帕。○【王洙曰】徐敬業詩：汗馬羅銀鞍。卿家舊賜公能取，○一作取之。○【王洙曰】一作有之。天厩真龍此其亞。○【趙次公曰：「天厩真龍，則天子所御之馬也。」】天厩，即天育之厩，乃天子之厩也。晝洗須騰涇渭深，朝趨可刷幽并夜。○涇、渭二水在西，幽、并二州在北，相去幾千里，晝洗涇、渭，夜刷幽、并，言其疾也。朝，一作夕。吾聞良驥老始成，○老，一作差，非。此馬數年人更驚。豈有四蹄疾於鳥，不與八駿俱先鳴。○【王洙曰】穆天子傳：赤驥、温驪、白義、渠黄、驊騮、騟騟〔九〕、騄〔一〇〕耳、山子。○王子年拾遺記：周穆王巡行天下，馭八龍之駿，名曰司地、翻羽、奔雷、越影、踰輝、超光、勝霧、挾翼，轍〔一一〕迹周於四海也。時俗造次那得致，雲霧晦冥方降精。○【王洙曰】馬者，目〔一二〕魄之精，故十二月始生。○造次即草次也〔一三〕。世俗淺近，安有此馬？雲霧冥晦，月精始降而生是馬〔一四〕。故武帝作天馬歌者，蓋言從天而降生也。近聞下詔喧都邑，知有驊騮地上行。○【王彥輔曰】：「肯使，一作知有。」知有，一作肯使。○【趙次公曰】謂時下詔取之，以爲天子之馬矣。○【希聲曰】甫托馬以喻鄧公非塵世所能容，將膺天子之詔而騰踏帝庭矣。

【校記】

〔一〕梁卿，元本、古逸叢書本作「楊梁」。宋本杜工部集作「梁卿」。

〔二〕花，元本、古逸叢書本作「駒」。

〔三〕宛，古逸叢書本作「大宛」。又，杜陵詩史亦作「大宛」。

〔四〕侯安都，元本、古逸叢書本作「安都侯」。

〔五〕千，元本、古逸叢書本作「十」。

〔六〕引，元本、古逸叢書本作「弓」。

〔七〕駿，元本作「驄」，古逸叢書本作「駮」。

〔八〕稜，古逸叢書本作「眶」。

〔九〕騟騟，古逸叢書本作「踰輪」。

〔一〇〕騄，元本、古逸叢書本作「緑」。

〔一一〕轍，元本、古逸叢書本作「振」。

〔一二〕目，據九家集注杜詩、杜陵詩史、分門集注、補注杜詩當作「月」。

〔一三〕「馬者」至「次也」，元本、古逸叢書本作：「月爲兔魄之精，故十二月始生。造次，謂淺近也。」

〔一四〕馬，元本、古逸叢書本作「焉」。

新定杜工部草堂詩箋斠證卷第八

天寶以來在東都及長安所作

題壁上韋偃畫馬歌

○朱景玄畫斷：韋偃，京兆人，寓居于蜀。偃畫馬、山川、竹樹、人物等，思〔一〕高格逸。居閑常以越筆點簇鞍馬，或齕或飲，或驚或止，或走或起，曲盡其妙，宛全其〔二〕真實，韓幹之亞也。名畫記、閣中集偃作鶠。按，此歌舊在成都詩中。

韋侯别我有所適，○【鄭卬曰】韋侯，謂偃也。知我憐君畫無敵。○【王洙曰】君，一作渠。戲拈禿筆掃驊騮，○【王彦輔曰】戲，一作試。欻見騏驎出東壁。○欻，許忽切，忽也。一匹齕草一匹嘶，○【鄭卬曰】齕，下没切，齧也。坐看千里當霜蹄。○【鄭卬曰】當，丁良切。○【王洙曰】莊子馬蹄篇：蹄可以踐霜雪，毛可以禦風寒。齕草飲水，翹足而陸，馬之真性也。時危安得真致此，與人同生亦同死。○【師古曰】韋偃，唐之善畫者也。取别於甫，甫試令於壁上作馬。末章寓意遭時艱危，安得此真馬以濟患難，免使甫困躓道路，故云「與人同生死」也。○按，公集有房兵曹胡馬詩曰「所向無空闊，真堪託死生」，與此同意。

【校記】

〔一〕思，元本、古逸叢書作「筆」。

〔二〕全其，古逸叢書本作「然如」。

戲題王宰畫山水圖歌

○【九家集注杜詩依例爲「王洙曰」。杜陵詩史、分門集注、補注杜詩引作「王彦輔曰」。】宰丹青絶倫。○朱景玄畫斷：王宰家于西蜀，貞元中，韋令公以客禮待之，山水於〔一〕石出於象外。名畫記：王宰多畫蜀山，玲瓏嵌空，巉嵯巧峭。胡仔謂：按益州畫記，王宰大曆中家于蜀川。公與宰同時，此歌又居成都時作，其許與蓋不妄發矣。

十日畫一水，五日畫一石，能事不受相促迫，王宰始肯留真跡。壯哉崑崙方壺圖，○壺，一作丈。史記禹本紀言崑崙山高三千五百餘里，日月所相避，隱爲光明也。○【王洙曰】

莊〔二〕子湯問篇：渤海之東有大壑焉，名曰歸墟，中有五山，一曰岱輿，二曰員嶠，三曰方壺，四曰瀛洲，五曰蓬萊。前漢郊祀志：蓬萊、方丈、瀛洲，此三神山傳在渤海中。掛君高堂之素壁。巴陵洞庭日本東〔三〕，○【王洙曰】巴陵郡，岳州也。洞庭湖在焉，海中〔四〕有日本國。赤岸水與銀河通，○赤，一作南。赤岸在廣陵南。○【杜田補遺】又，杜陵詩史、分門集注、補注杜詩引作「本中曰」。究州記：瓜步山東五里，江有赤岸山，南臨江中，濤水自海入江，衝激六七百里，至此岸側，其勢始衰。○山謙之南徐州記：京口，禹貢「北江」也。春秋分朔，輒有大濤至，激赤岸，尤更迅猛。中有雲氣隨飛龍。○【王洙曰】莊子逍遥遊篇：藐姑射之山，有神人。乘雲氣，御飛龍，而遊乎四海之外。舟人漁子入浦溆，○【鄭卬曰】溆，象吕切。○【趙次公曰】何遜詩：孤飛出浦溆，獨宿下滄洲。○【王洙曰】海賦：漁人舟子，徂南極東。山木盡亞洪濤風。○【王洙曰】亞，一作帶。○言浪高於山，風勢盛怒，是以漁人舟子盡入浦溆也。尤工遠勢古莫比，咫尺應須論萬里。○【王洙曰】論，一作千。○【薛夢符曰】南史：齊武帝孫賁，字文奂，扇上圖山水，咫尺之内，便覺萬里爲遥。焉得并州快剪刀，翦取吴松半江水。○【泰伯曰】甫託言永王璘反，漢中、吴松江爲之阻絶不通。時李光弼守并州，光弼，唐之良將，所攻必下，所戰必克，喻以快剪刀，言其斷也。甫意欲得光弼之將平漢中，以通吴松故也。

【校記】

〔一〕於，古逸叢書本作「樹」。

〔二〕莊，九家集注杜詩、杜陵詩史、分門集注、補注杜詩作「列」。

〔三〕來，元本、古逸叢書本作「東」。

〔四〕中，九家集注杜詩、杜陵詩史、分門集注、補注杜詩、集千家注批點杜工部詩集作「東」。

題李尊師松樹障子歌

老夫清晨梳白頭，○老夫，公自謂也。玄都道士來相訪。○道士，謂李尊。玄都，壇名，乃尊師之所也。東方朔十洲記：洲在北海上，有太〔一〕玄都，仙伯真公所治也。握髮呼兒延入户，○【九家集注杜詩依例作「王洙曰」。杜陵詩史、分門集注、補注杜詩引作「王彦輔曰」。】史記魯世家：周公戒伯禽曰：「我一沐三握髮，一飯三吐哺，起以待士，子謹無以國驕人。」手持新畫青松障。障子松林静杳冥，○【師古曰】言畫松無聲也。憑軒忽若無丹青。陰崖却承霜雪幹，○雪，一作霧。○【王洙曰】一作露。偃蓋反走虬龍形。○虬，渠幽切，無角龍也。老夫平生好奇古，對此興與精靈聚。已知仙客意相親，更覺良工心獨苦。松下丈人巾履同，○履，一作屨。東觀漢記：江革養母，幅巾屐履。偶坐似是商山翁。○【王洙曰】似，一作自。○【王洙曰：「南山四皓，隱於商山，避秦室之亂。」】商山翁，謂四皓也。前漢王貢傳序：漢興，有園公綺、里季、夏黄公、甪里先生。此四人者，當秦之世，避而入商雒深山，以待天下之定也。高祖召而不至。悵望聊歌紫芝曲，○【王洙曰】悵望，一作惆悵。○公集有曰：「隱士休歌紫芝曲。」又曰：「局促商山芝。」曰：「志士採紫芝。」曰：「五載商山芝。」○【王洙曰：「四皓歌曰：燁燁紫芝，可以療飢。」】按，皇甫謐高士傳：四皓見秦亂，作歌曰：「漠漠高山，深谷逶邐。暉暉〔二〕紫芝，可以療飢。唐虞世遠，吾將何歸？駟馬高車，其憂甚大。富貴之留〔三〕人，不如貧賤之肆志。」乃共入商山，隱地胏。時危慘淡來悲風。○【師古曰】甫傷時盜賊擾攘，悵望四皓，而想其高躅，故有是言也。

【校記】

〔一〕太，古逸叢書本作「大」。

〔二〕暉暉，古逸叢書本作「曄曄」。

〔三〕留，古逸叢書本作「畏」。

戲韋偃爲雙松圖歌

天下幾人畫古松，○【王洙曰】松，一作樹。畢宏已老韋偃少。○【鄭卬曰：「宏，大曆二年爲給事中。」】張彥遠名畫記：畢宏，大曆二年爲給事中。畫松石於左省廳壁，好事者皆詩詠之。改京少尹，爲右庶子。擅名於代。林木改步變古，自宏始也。○又云，韋鷗，宗〔一〕韋鑾之子。工山僧奇士，老松異石，筆力勁健，風格〔二〕高舉，人皆知鷗善畫馬，不知松石更工。咫尺千尋，駢幹攢影，煙霧翳薄，風雨颼颼，盡偃蓋之形狀也。**絶筆長風起纖末，**○【王洙曰】馬融長笛賦：其應清風也，纖末舊梢〔三〕。**滿堂動色嗟神妙。兩株慘裂苔蘚皮，屈鐵交錯迴高枝。白摧朽骨龍虎死，**○【師古曰】謂松枝也。**黑入太陰雷雨垂。**○【師古曰】謂松色暗碧也。○後漢張奐云：太陰之地，冰〔四〕厚三尺，木皮三寸。**松根胡僧憩寂寞，**○憩，起例切，息也。**厖眉皓首無住著。**○著，直略切，附也。○【趙次公曰。又，杜陵詩史、分門集注引作「修可曰」。】楞嚴經：名無住行，名無着行。**偏袒右肩露雙脚，**○【鄭卬曰】袒，徒旱切，肉袒也。○【師古曰】皆謂胡僧之狀也。○【王洙曰】金剛經：偏袒右肩，右膝著地。**葉裏松子僧前落。韋侯韋侯數相見，我有一匹好東絹。**○【王洙曰】東，一作素。○【師古曰：「東絹，謂山東大練也。」】東絹，謂關東之大練也。○梁庾肩吾答武陵王賚啓：關東之妙，纖纖陋其卷綃〔五〕。**重之不減錦繡段，**○【王洙曰】四愁詩：美人贈我錦繡段。**已令拂拭光凌亂，**○【趙次公曰】謝脁和劉繪詩：赫紫共彬駁，雲錦相凌亂。**請公放筆爲直幹。**○直，一作真。

【校記】

〔一〕宗，古逸叢書本作「者」。

〔二〕格，元本、古逸叢書本作「力」。

〔三〕舊梢，杜陵詩史、分門集注作「奮籍」。

〔四〕冰，古逸叢書本作「水」。

〔五〕卷綃，古逸叢書本作「蒼絹」。

魏將軍歌

將軍昔著從事衫，○【鄭卬曰】著，陟略切。○服衣於身也。○【趙次公曰】謂魏初爲幕官於元帥府耳。鐵馬馳突重兩銜。○陸佐公石闕銘：鐵馬千群。李善注：鐵甲之馬也。○【王洙曰】銜謂銜勒也。○【趙次公曰】馬勒重銜，則戰馬之謹〔一〕也。被堅執鋭略西極，○漢陳勝傳：將軍被堅執鋭，伐無道，誅暴秦。○【王洙曰】顔師古曰：堅，堅甲也。鋭，利兵也。爾雅釋地：西至於邠國，謂之西極。崑崙月窟東嶄巖。○【鄭卬曰】嶄，士咸切。○嶄巖，尖鋭貌。○【趙次公曰】郭璞崑崙丘贊：崑崙水精，月之靈府，惟帝下都，西羌之宇。○【王洙曰】揚雄長楊賦：西厭月窟，東征日域。司馬相如上林賦：嶄巖參差。君門羽林萬猛士，○謂禁苑之羽衛如林也。惡若哮虎子所監。○【趙次公曰】子，指魏也，謂魏將軍監殿前羽衛之軍也。○詩小雅〔二〕：闞如虓虎。五年起家列霜戟，○戟，棨戟也，言其刃之白如霜也。○【趙次公曰】門列棨戟，言魏將軍貴之驟也。○崔豹古今注：

棨戟，前驅之器也，以木爲之，王公以下通用之，以爲前驅也。詩衛風：伯也執殳，爲王前驅。殳戟之遺象也。隋書志：三品已〔三〕上，門皆列戟。唐制：勳至上柱國，門立戟。又，立戟率〔四〕有銀青階。一日過海收風帆。○【趙次公曰】言將軍東伐高麗而利於速戰也。平生流輩徒蠢蠢，長安少年氣欲盡。○長安少年一見將軍，而猛氣爲之盡喪矣。魏侯骨聳精爽緊，○言精神峭嶮也。○【趙次公曰。杜陵詩史、分門集注、補注杜詩引作「俯曰」。】謝承後漢：竇武上疏曰：奉承詔命。精爽隕越。華嶽峰尖見秋隼。○隼，聳尹〔五〕切，鷙鳥也。○【趙次公曰】此鷙鳥以清秋而健擊，故用以比魏將軍。○將軍爲群士之望也。星纏寶校金盤陀，○【時可曰】此言馬之裝飾也。○【趙次公曰。又，杜陵詩史、分門集注、補注杜詩、集千家注批點杜工部詩集引作「時可曰」。】顏延年赭白馬賦：具服金組，兼飾丹雘。寶校星纏，鏤章霞布。注以金組〔六〕青飾其裝具，如星霞之布也。○鮑照詩：金銅節盤陀，日照光蹀躞。夜騎天駟超天河，○此言魏將軍躍御賜之馬以討賊也。○【王洙曰】史記天官書：漢中四星曰天駟，旁〔七〕星曰王良，旁有八〔八〕星絶漢，曰天漢。攙槍熒惑不敢動，○【鄭卬曰】攙，初銜切，彗星也。槍，楚耕切，災星也。○【王洙曰】熒惑，南方火星也。○【趙次公曰】公以攙槍比寇亂，以熒惑比强暴。○言寇亂强暴皆畏將軍之威而不動也。按前漢天文志：石氏：見攙雲如牛。甘氏：不出，三月乃生天槍。石氏：見槍雲如馬，甘氏：不出，三月乃生天攙。翠蕤雲旓相蕩摩。○蕤，儒佳切。○【鄭卬曰】旓，所交切。○【趙次公曰】翠蕤雲旓，謂天兵儀衛旌旗之旒也。○【王洙曰】蕩摩，舒閑貌。○【薛夢符曰】司馬相如子虛賦：錯翡翠之葳蕤。張衡西京賦：捷〔九〕鳴鳶，曳雲旆。**吾爲子起歌都護，**○【王洙曰】漢遣王吉護匈奴南北兩道，故曰都護。○【趙次公曰】按古樂府有丁都護歌。○古今樂録云：丁都護歌者，彭城内史徐逵爲魯軌所殺，宋高祖乃使督護丁旿收殯之。逵妻，高祖長女也，呼旿至閣下，自問斂送之事，每問，輒嘆息曰：「丁都護！」其聲哀切，後人因其聲廣其曲焉。**酒闌插劍肝膽露。勾陳蒼蒼玄武暮，**○此比將軍之衛帝座也。○【趙次公曰】勾陳，星名。玄武，闕名。三輔舊事：未央宫北有玄武闕，以鈎陳則蒼蒼，以玄武則暮，言當酒闌插劍之時也。○【王洙曰】或謂隋天文志：鈎陳之星，在紫宫中。○【趙次公曰】漢揚雄甘泉賦：仗鈎陳使當兵。○張衡兩都賦「周以鈎陳之位」注引前漢書服虔音義：鈎陳，紫宫外營星也，宫衛之位亦象之。玄武亦星名。張衡思玄賦：玄武縮〔一〇〕於殼中兮，螣蛇蜿而自糾。**千秋萬歲奉明主，**○【趙次公曰】申言魏將軍監軍於殿前矣。**臨江節士安足數。**○【趙次公曰】趙子櫟曰：言魏將軍乃天子之節士，非特臨江氏〔一一〕節士而已。○【符曰】或曰：夔州號臨江軍。甫欲將軍效漢王吉都護蕃漢，而臨江節士又安足數也！甫自稱臨江節士。○【杜陵詩史、分門集注、補注杜詩、集千家注批點杜工部詩集引作「修可曰」。】杜田謂：臨江節士，史失其名，唯古樂府載宋陸厥臨江王節士歌曰「節士慷慨，髮上衝冠。彎弓挂弱水，長劍竦雲端」是也。

【校記】

〔一一〕謹，古逸叢書本作「勒」。

〔二〕小雅，元本、古逸叢書本作「常武」。
〔三〕已，元本、古逸叢書本作「以」。
〔四〕率，元本、古逸叢書本作「圖」。
〔五〕尹，元本、古逸叢書本作「刃」。
〔六〕組，元本、古逸叢書本作「鈿」。
〔七〕元本、古逸叢書本「旁」下有「有」字。
〔八〕八，元本、古逸叢書本作「六」。
〔九〕捷，古逸叢書本作「棲」。
〔一〇〕縮，元本、古逸叢書本作「東」。
〔一一〕氏，元本、古逸叢書本作「稱」。

贈陳二補闕

世儒多汩没，夫子獨聲名。○【趙次公曰】夫子，謂補闕也。獻納開東觀，○【王洙曰】謝朓詩：獻納雲臺表。後漢和帝幸東觀，覽書林，閲篇籍，博選術藝之士以充其選。君王問長卿。○【王洙曰】司馬相如字長卿，少好辭賦，客遊梁，乃著子虚賦。後歸成都。蜀人楊得意侍武帝，帝讀子虛賦而善〔一〕之，曰：「朕獨不得與此人同時。」得意曰：「臣邑人司馬相如自言爲此賦。」帝驚，乃召相如。皂鵰寒始急，○【師古曰：「皂鵰，御史，以比補闕。補闕，諫官也。」】鵰〔二〕之擊搏，寒乃愈迅，喻補闕之極諫。天馬老能行。○【趙次公曰。又，杜陵詩史、分門集注、補注杜詩、集千家注批點杜工部詩集引作「修可曰」。】天馬乃大宛汗血之馬。○【王洙曰：「所謂窮而益堅，老而益壯。」】日行千里，老而益壯，喻補闕之高年也。自到青冥裏，休看白髮生。

【校記】

〔一〕善，元本、古逸叢書本作「言」。

〔二〕元本、古逸叢書本「雕」上有「始或音試」四字。

贈獻納使起居田舍人澄

○【王洙曰】唐武后初置匭，以受四方之書，謂之知匭使。明皇改爲獻納使。

獻納司存雨露邊，○【趙次公曰：「雨露邊，則言天子施恩澤之地。」】謂其職近天子之雨露也。○【趙次公曰】唐制：獻納使掌封事以獻天子。蓋〔一〕取兩都賦「日月獻納」也。地分清切任才賢。○【趙次公曰】以田君爲起居舍人，從六品上，隸〔二〕中書省，斯爲近清禁矣。○【王洙曰】劉公幹詩：拘限清切禁。舍人退食收封事，○【趙次公曰】此言田君之職也。○詩：退食自公。漢儀〔三〕：密奏皂裘封版，故曰封事。魏相傳：故事，上書者皆有二封，署其一曰副，領尚書者先發副封。宮女開函近御筵。○【王洙曰】近，一作俸〔四〕。函，謂匭函也。宮女開函，以所投封事以奏天子也。曉漏追趨青瑣闥，○趨，卞刊〔五〕作飛。○【王洙曰：「青瑣，門也。」】青瑣，謂中書省門也。○【王洙曰】范彦龍詩：攝官青瑣闥。晴窗點檢白雲篇。○【趙次公曰：「點檢白雲篇，蓋言天子親昵田君如此。」】此言天子親昵田舍人，而用爲點檢帝翰也。○【薛夢符曰】漢武帝秋風詞曰：秋風起兮白雲飛。又淮南王安傳：武帝每報書及賜安，常召司馬相如等視草，乃遣。○或引穆天子傳「西王母燕穆天子于瑶池之上，賦白雲謡」，故曰「白雲篇」。揚雄更有河東賦，○【趙次公曰】公托揚雄以自謂也。揚雄字子雲，孝成帝時，客有薦雄文似相如，上召雄待詔承明之庭，從上甘泉，成帝追觀先代遺迹，思欲齊其德號，雄以爲臨川羨君〔六〕，不如退而結網。上自西嶽還，雄上河東賦以勸。唯待吹噓送上天。○【趙次公曰】今甫自比於揚雄，欲有諷諫，正賴田君爲獻納使，有以吹噓〔七〕薦拔之也。

【校記】

〔一〕蓋，古逸叢書本作「盡」。

〔二〕隸，元本、古逸叢書本作「肆」。

〔三〕儀，元本、古逸叢書本作「議」。

〔四〕俸，古逸叢書本作「捧」。
〔五〕刊，元本、古逸叢書本作「圜」。
〔六〕君，元本、古逸叢書本作「魚」。
〔七〕吹噓，古逸叢書本作「次第」。

贈翰林張四學士

○垍。○【黄鶴補注：「會要云：開元二十六年置學士院，在翰林院之南，别户東向。是年始改翰林供奉稱學士，俾專内命。於是太常少卿張垍與起居舍人劉光謙等首居之。」】按，大明宫翰林門内有學士院，開元二十年置，在翰林院。始以翰林供奉改稱學士，由是别建院，俾專内命，太常卿張垍、起居舍人劉光謙首居之。○貞元中，陸贄上疏：明皇之末，方置翰林，張垍因緣承寵遇，當時之議以謂非宜，然止於倡和文章，批答表疏，其間機密輒不得〔一〕預。○【九家集注杜詩引作「杜田補遺」。又，杜陵詩史、分門集注、補注杜詩引作「薛蒼舒曰」。】唐百官志：元宗初，置翰林待制，以張説、張九齡等爲之，掌四方表疏批答，應和文章。又選文學之士，號翰林供奉，分掌制誥書敕。又改供奉爲學士，專掌内命，其後號内相。内宴則居宰相之下，一品之上。○李肇翰林志：翰林院在銀臺門中，麟德殿西廂院南，别户東向，引鈴門外，雖宣事不敢入。始以翰林供奉改稱學士。○【杜田補遺】韋執誼翰林舊事曰：翰林院，右〔二〕銀臺門内，麟德殿西，學士院在翰林院南，後又置東院於金鑾殿西，隨上所在而還，取其近便。〇翰林故事曰：翰林，樞機宥〔三〕密地。漢尚書郎主作文書起草，更直於建禮門。青綾被或錦畫通中枕〔四〕，五日一羹食，下天子〔五〕等，與今翰林略同。併夜而宿，或內務不至，外宣已寂，可以深窮性理，養浩然之氣。故前輩傳楞嚴經一本〔六〕，每下直出門，相謔謂云「小三昧」，出銀〔七〕臺門乘馬，謂之「大三昧」。言如佛之繩縛，而自在翰林。白居易送獨孤郁起居遷擢丞相罷職臣院曰：碧落留雲住，清冥放鶴還。銀臺向南路，誰到此人間。翰林志：院在銀臺門中，麟德殿西廂。銀臺禁掖外，驚塵南步人間。

翰林逼華蓋，〇【九家集注杜詩引作「杜田補遺」。又，杜陵詩史、分門集注、補注杜詩引作「趙次公曰」。】晉天文志：大帝上九星曰華蓋，所以蔽覆大帝之座。天子之華蓋象之。〇【杜田補遺】崔豹古今注：黃帝與蚩尤戰於涿鹿，常有五色雲氣、金枝玉葉止於帝。上因作華蓋。〇劉歆遂初賦：奉華蓋於帝側。李善注：華蓋星覆北斗，王者法而作之。〇【鮑曰】張燕公說長子均，均弟垍，尚元宗寧親公主，陟〔八〕翰林學士，即禁中置內宅。〇故曰逼華蓋，逼近也。**鯨力破滄溟。**〇此喻張翰林才力之健也。古今注：鯨，海大魚也。鼓浪成雷，噴沫成雨。**天上張公子，**〇暗以張放比張垍也。子者，男子之通稱。〇【王洙曰】謂之公子，則公侯之子，所以美張翰林也。〇【趙次公曰：「凡詩人於姓張者，得曰張公子。蓋以前漢趙皇后傳有『張公子，時相見』。」】以其置宅禁中，故曰天上。前漢趙皇后傳：成帝時有童謡，歌曰：「燕燕尾涎涎，張公子，時相見。」謂富平侯張放也。宮中漢客星。◎又以張騫比張垍也。◎【趙次公曰】前漢張騫傳言騫奉使之遠，即無乘槎之説。惟〔九〕張華博物志説近世有人居海上，每年八月見浮槎來，不失期，賫糧乘之，忽至天河，見婦人織，丈夫牽牛飲。問之，答曰：「君至蜀問嚴君平。」因還，問君平。君平曰：「某年月日，客星犯牛斗。」未嘗指言張騫。宗懍作荆楚歲時記，乃引博物志，謂漢武令張騫窮河源乘查而去。予按宗懍所言既引博物志，而博物志不言張騫，則知宗懍之謬也。如庾肩吾奉使江州七夕詩：漢使俱爲客，星槎共逐流。乃相承訛謬矣。今公詩每作張騫爲使乘槎事，蓋亦承用然也。賦詩拾翠殿，◎此美其應和文章也。劉公幹贈五官郎詩〔一〇〕：賦詩連篇章，極夜不知疲。◎【趙次公曰：「拾翠在東内大福殿東南，望雲在西内景福臺西，以其應和文章，且禮遇内宴。」】長安志：拾翠殿在大明宮景福殿之東南，翰林門外，乃東内翰林院門比〔一一〕。佐酒望雲亭。◎此美其禮遇内宴也。漢高祖還過沛，置酒沛宮，悉召故人父老子弟佐酒。◎【趙次公曰】長安志：望雲亭在西内太極宮景福殿，殿之西也。紫誥仍兼綰，◎【王洙曰】謂翰林學士掌制詔，用紫泥以封印誥詞也。◎【九家集注杜詩引作「杜田補遺」。又，杜陵詩史、分門集注、補注杜詩引作「昱曰」。】隴右記曰：武都紫水有泥，其色紫而粘，貢之，用封璽書。◎【杜田補遺】漢唐〔一二〕舊儀曰：天子信璽六，皆以武都紫泥封。錦囊白素〔一三〕裏，兩頭端無縫。王子年拾遺記：元封元年，浮坼〔一四〕國貢蘭金之泥。此金出陽淵，金狀混混若泥，如紫磨之色，變白，有光如銀，名曰銀燭，常以此封函。漢世上將出征及諸使絶國，多以此泥爲印封。衛青、張騫傳〔一五〕，傅介子、蘇武之使，皆受金泥之璽以封也。◎集有贈太常張卿云：亨衢昭紫泥。賀陽城王太夫人加恩命詩云：紫詔鸞回紙。黃麻似六經。〇【王洙曰】謂寫誥詞於黃麻紙上，有似六經之書，言辭深厚也。〇唐開元六典：中書省册書用簡，制書、慰勞制書、發日〔一六〕敕用黃麻紙，敕旨、論事敕、牒用黃藤紙。〇【九家集注杜詩引作「杜田補遺引馮鑑續事始」。又，杜陵詩史、分門集注、補注杜詩引作「趙（次公）曰引馮鑑續事始」。】江左談賓録曰：正觀十年十月，始用黃麻紙寫詔敕。〇唐名臣録曰：白麻一〔一七〕行三字，黃紙始高宗，中書出敕使之，内庭唯用麻紙。〇【杜田補遺】又，高宗上元三〔一八〕年詔曰：敕制用白紙，多爲蟲蠹，自後並用黃紙。〇【趙次公曰】李肇翰林志：故事：中書舍人專掌詔誥，開元始置學士。大事直出中禁，不由兩省。凡制用白麻紙，詔用白藤紙，書用黃麻紙。〇【杜田補遺：「故事：中書黃麻爲綸命重輕之辨。近者所出，獨得用黃麻。有用白麻者，皆在此院。矧此院之置尤爲切近。」】韋執誼翰林舊事：唐故事：中書以黃、白二麻爲綸命重輕之辨。近者所出，獨得用黃麻。其白麻紙在北院，自非國重事，拜相、德音、赦宥，則不得用也。內分金帶赤，〇分，魯作頒。唐志：緋爲四品服，淺緋爲五品，並金帶，但銙數別耳。〇【趙次公曰】楊文公談苑：自樞宰、節度使賜金帶二十五兩。恩與荔支青。〇未詳。〔一九〕無復隨高鳳，〇美張垍之入爲翰林，有如鳳之飛鳴，必在於高岡，而遂得追隨之也。〇【趙次公曰：「此公自謂也。」】此已下皆公自序。〇【杜田正謬】詩卷阿：鳳凰鳴矣，于彼高岡。空餘泣聚螢。〇【王洙曰】晉車胤字武子，家貧，囊盛螢火以照書，以夜繼日焉。此生任春草，〇【趙次公曰】意言任春時之草生幾度，更不管年華之去矣。皆感激〔二〇〕之言。〇淮南招隱篇：春草萋萋，望王孫兮不歸。垂老獨漂萍。〇鄭玄：萍浮南北。儻憶山陽會，悲歌在一聽。○此公以張垍比嵇康也。○【趙次公曰】蓋預指他日隔闊之事，意謂山陽之會爲可憶，則今日悲歌宜在一聽也。○魏〔一二〕氏春秋：嵇康寓居河内之山陽，王戎自言與康居山陽二十年，未嘗見喜怒之色。康好鍛，向秀爲之佐，皆一時之會也。

【校記】

〔一〕得，元本、古逸叢書本作「可」。

〔二〕右，古逸叢書本作「在」。

〔三〕宥，元本、古逸叢書本作「寧」。

〔四〕枕，元本、古逸叢書本作「椀」。

〔五〕宋本此處空闕，疑爲「一」。

〔六〕本，元本、古逸叢書本作「奉」。

〔七〕銀，元本、古逸叢書本作「雲」。

〔八〕陟，元本、古逸叢書本作「涉」。

〔九〕惟，古逸叢書本作「推」。

〔一〇〕詩，古逸叢書本作「將」。

〔一一〕比，元本、古逸叢書本作「北」。

〔一二〕唐，疑當作「官」。

〔一三〕素，元本、古逸叢書本作「索」。

〔一四〕拆，元本、古逸叢書本作「折」。

〔一五〕「傳」字疑因下「傳」字而衍。

〔一六〕發日，原作「敕目」，據古逸叢書本改。

〔一七〕一，元本、古逸叢書本作「二」。

〔一八〕三，元本、古逸叢書本作「二」。

〔一九〕「恩與」句下注，元本、古逸叢書本作：「翰林拜命日，賜荔支、金腰帶。」爲「王洙曰」。

〔二〇〕激，元本作「默」，古逸叢書本作「歎」。

〔二一〕魏，元本、古逸叢書本作「呂」。

贈高式顔

○【趙次公曰】按高適集，式顔乃適之族姪也。

昔別是何處，○【王洙曰】是，一作人。相逢皆老夫。故人還寂寞，削迹共艱虞。○【王洙曰】莊子漁父篇：孔子削迹於衛〔一〕。自失論文友，空知賣酒壚。○【師古曰】故人論文友，指李白、高適也。昔嘗同入酒壚，論文酣詠，自亂離相失。○【趙次公曰】空知酒壚所在，不復別有人可與共飲，則亦沉滯塊處而已。○昔司馬相如與卓文君俱之臨邛，置酒舍，令文君當壚。平生飛動意，見爾不能無。○【趙次公曰】今見式顏，因思李白、高適之舊遊，則平生飛揚轉動之意不能自已，義〔二〕當如鳥之飛，如物之動。沈佺期李侍郎祭文：思含飛動，才冠卿雲。

【校記】

〔一〕衛，原作「街」，據元本、古逸叢書本改。

〔二〕義，古逸叢書本作「言」。

故武衛將軍挽詞三首

○挽詞者，因田橫死，門人傷之悲歌，言人如薤露易晞，亦言人死歸於蒿里，故有二章。李延年分爲二曲，薤露送王公貴人，蒿里送士大夫庶人，使挽之者歌之。

嚴警當寒夜，○謂軍中警備之嚴也。前軍落大星。○言將軍之没〔一〕也。○【王洙曰】晉陽春〔二〕秋〔三〕：有星赤而芒角，自東北西南流，投于諸葛亮營。三投再還，往大〔四〕還少〔五〕，而亮薨。壯夫思感決，○【趙次公曰】：「感決，疑是敢決。」】感，陳作敢。哀詔惜精靈。王者今無戰，○【趙次公曰】：「無戰、勒銘，言已收將軍之功而享此矣。」】言將軍爲國致太平也。○【王洙曰】鍾士季檄蜀文：王者之師，有征無戰。書生已勒銘。○【秦曰】書生，甫自謂也。○【王洙曰】班固爲竇憲德〔六〕勒燕山銘。封侯意疏闊，編簡爲誰青。

【校記】

〔一〕没，古逸叢書本作「薨」。

〔二〕春，古逸叢書本無。

〔三〕古逸叢書本「秋」下有「曰」字。

〔四〕大，元本作「内」。

〔五〕少，古逸叢書本作「小」。

〔六〕德，疑衍。

舞劍過人絶，○子路拔劍而舞。○【王洙曰】項莊請以劍舞。鳴弓射獸能。銛鋒行愜順，○銛，思廉切，利也。言兵威之行，寇無不欣然效順者。猛噬失蹻騰。○【鄭卬曰】蹻音喬。○【趙次公曰：「本音巨虐切。」】又巨虐切，壯貌。○言如猛虎之鬣噬而蹻騰者，爲之失喪其性命也。赤羽千夫膳，○羽，一作雨。言餽兵將以食也。○【趙次公曰。又，杜陵詩史、分門集注、補注杜詩作「修可曰」。】家語致思篇：子貢曰：「赤羽若日。」○【師古曰】或曰：赤羽謂葉落也。黄河十月冰。○前漢永平六年冬十月，河冰合，叛虜乘冰渡。後漢王霸傳：光武到滹沱河，候吏還白：「河水流澌，無船不可濟。」令霸往視之，詭曰：「冰堅可渡。」比至河，河冰亦合。横行沙漠外，○漢書音義：沙土曰漠，即今磧也。神速至今稱。○【趙次公曰：「兵機以速爲神。」】言兵之神速也。

哀挽青門去，○【王洙曰】漢書：霸城門，民間所謂青門。新阡絳水遥。路人紛雨泣〔一〕，○【王洙曰】諸葛亮亡，人皆野哭。○【趙次公曰】詩：泣涕如雨。○【杜田補遺。又，杜陵詩史、分門集注、補注杜詩引作「時可曰」。】曹子建作王仲宣誄〔二〕曰：延首歎〔三〕息，雨泣交頸〔四〕。天意颯風飆。部曲精仍鋭，匈奴氣不驕。○言匈奴畏其威也。無由覩雄略，大樹日蕭蕭。○日，或作月。○【王洙曰】後漢馮異傳：異謙退不伐，每所止舍，諸將並坐論功，異嘗〔五〕獨屏〔六〕樹下，軍中號曰「大樹將軍」。

【校記】

〔一〕泣，古逸叢書本作「位」，誤。

〔二〕誄，原作「耒」，據元本、古逸叢書本改。杜陵詩史、分門集注、補注杜詩亦作「誄」。

〔三〕歎，元本、古逸叢書本作「飮」。

〔四〕頸，古逸叢書本作「頭」。

〔五〕嘗，元本、古逸叢書本作「意」。

〔六〕屏，元本、古逸叢書本作「息」。

城西陂泛舟

○西陂，即渼陂也。

青蛾皓齒在樓船，○青蛾，謂眉也。宋玉笛賦：摛朱唇，耀皓齒。傅毅舞賦：騰清眸，發皓齒。西京雜記：漢武鑿昆明池，以習水戰。有戈船、樓船各數百艘，樓船上建樓櫓，戈船上建戈矛，四角悉〔一〕垂綵幡，旄葆麾蓋，照耀涯涘〔二〕。漢武秋風詞：携〔三〕佳人兮不能忘，泛樓船兮濟汾河。横笛短簫悲遠天。○【趙次公曰】江總梅花落詩：横笛短簫凄復切，誰知柏梁聲不絶。春風自信牙檣動，○【鄭卬曰】檣，帆柱也。○【趙次公曰】古詩歌辭：象牙作帆檣，綠絲何葳蕤〔四〕。遲日徐看錦纜牽。○【王洙曰】吴書：甘寧住止，嘗以繒錦纜舟，去輒割棄，以示奢侈。○隋煬帝錦纜龍舟。陳正見賦得雪映夜舟詩〔五〕：檣風吹影落，錦纜〔六〕雜花浮。魚吹細浪摇歌扇，○【程曰】歌扇所以掩口遮〔七〕羞也。燕蹴飛花落舞筵。○【鄭卬曰】蹴，子六切，蹋〔八〕也。不有小船能盪槳，百壺那送酒如泉。○詩：清酒百壺。○【師古曰】安西〔九〕有酒泉郡，其泉湧，甘香〔一〇〕如酒。

【校記】

〔一〕悉，古逸叢書本無。

〔二〕涘，元本、古逸叢書本作「俟」。
〔三〕携，古逸叢書本作「懷」。
〔四〕蕤，古逸叢書本作「毅」。
〔五〕賦得雪映夜舟詩，古逸叢書本作「賦夜舟得雪歌詩」。
〔六〕纜，元本、古逸叢書本作「浪」。
〔七〕遮，元本、古逸叢書本作「如」。
〔八〕蹋，元本、古逸叢書本作「開」。
〔九〕西，元本、古逸叢書本作「云」。
〔一〇〕甘香，古逸叢書本作「出味」。

與鄠縣源大少府宴渼陂得寒字

應爲西陂好，〇長安志：渼陂在鄠縣西五里。金錢罄一餐。〇金錢，一作千金。飯抄雲子白，〇【趙次公曰】雲子指言菰米飯也。西陂中則有菰矣。公集有詩云「秋菰爲黑稻，精鑿成白粲」是也。〇【九家集注杜詩引作「薛（夢符）曰」。又，杜陵詩史、集千家注批點杜工部詩集引作「師古曰」。又，分門集注、補注杜詩引作「時可曰」】：「漢武帝内傳：王母謂帝曰：『太上之藥，乃有玄光、梨角、風實、雲子。』〔二〕按漢武帝内傳：西王母謂武帝曰：「太上之藥，乃〔一〕有風實、雲子、玉津、金漿，有得服之，後天而老。」〇本〔二〕朝洪駒父詩：溪毛入饌光浮夾，雲子新炊滑溜匙。汪彦章詩：霜後木奴香噀手，秋來雲子滑流匙。或曰廬山記：康王〔三〕谷中有白石，號雲子。大者如棊子，小者如稻米。此乃鑿説也。**瓜嚼水精寒。無計迴船下，空愁避酒難。**〇【趙次公曰。按，此條杜詩趙次公先後解輯校失引。】言主人苦相勸酒，無計避之耳。**主人情爛熳，**〇相如上林賦：所以娱耳目、樂心意者，麗靡爛熳於前。**持答翠琅玕。**〇【師古曰】琅玕，喻主人投我爛熳之情意厚而且重，故我作此篇什以報之也。〇【趙次公曰：「意以篇什當之也。」】或謂主人待我情意爛熳，我持此詩當翠琅玕以答之矣。〇【王洙曰】四愁詩：美人贈我青琅玕，何以報之雙玉盤。

【校記】

〔一〕乃，古逸叢書本作「刀」。

〔二〕本，元本、古逸叢書本作「宋」。

〔三〕康王，元本、古逸叢書本作「度主」。

崔駙馬〇崔或作蕭。山亭宴集

蕭史幽棲地，〇【趙次公曰】蕭史，秦女弄玉之婿，故得以比駙馬也。〇【王洙曰：「蕭史，弄玉夫也。好吹簫，教弄玉作鳳鳴，而作鳳臺。一日夫妻皆隨鳳去。」】劉向列仙傳：蕭史者，秦繆公時人，善吹簫，能致孔雀白鶴〔一〕。繆公有女名弄玉，遂以妻焉。日教弄玉作鳳鳴，居數年，吹似鳳皇聲，鳳皇止其屋。公爲作鳳臺，夫妻止其上，不下數年。一日，皆隨鳳皇飛去。○謝靈運詩：恣此〔二〕永幽棲，豈伊年歲別。林間踏鳥毛。○即隨鳳飛去之謂也。洑流何處入，○【鄭卬曰】洑，房六切，洄流也。○海賦：潮〔三〕波汩起，洄洑萬里。〔四〕亂石閉門高，客醉揮金椀。○【趙次公曰】揮者，棄也。客既醉，遂以金椀與之。戴嵩詩：揮金留客坐。詩成得繡袍，○【趙次公曰】唐武后使東方虬、宋之問賦詩，詩先成者得錦袍。清秋多宴會，○【杜陵詩史、補注杜詩引作「王彦輔曰」。又，分門集注引作「王洙曰」。】一作賞樂。終日困香醪。○【王洙曰】香醪，酒也。

【校記】

〔一〕鶴，古逸叢書本作「鸖」。

〔二〕此，古逸叢書本作「志」。

〔三〕潮，元本作「朝」。

〔四〕海賦潮波汩起洄洑萬里，古逸叢書本作：「郭景純江賦：迅洑增澆。」

陪諸貴公子丈八溝攜妓納涼晚際遇雨二首

落日放船好，輕風生浪遲。竹深留客處，荷浄納涼時。○【趙次公曰】簡文帝晚景納涼詩：珠簾影空捲，桂〔一〕户向池開。鳥棲星欲見，荷浄月應來。公子調冰水，佳人雪藕絲。○【九家集注杜詩引「薛夢符、杜田補遺皆曰」】：「雪，拭也。」杜陵詩史、分門集注、補注杜詩引作「薛蒼舒曰」。】雪謂洗也。○朱超采蓮詩：摘除蓮上葉，拖出藕中絲。徐彦詩：折藕絲能脆，抽荷葉正圓。片雲頭上黑，應是雨催詩。○【趙次公曰】蓋戲言也。雲欲雨，當速歸，而詩未成，則將欲爲雨以催之矣。東坡蘇子瞻嘗用之曰：颯颯催詩白雨〔二〕來。

雨來霑席上，風急打船頭。○【王洙曰】急，一作惡。越女紅裙濕，燕姬翠黛愁。纜侵堤柳繫，○【趙次公曰】蓋雨急當避，進舟於岸旁，故侵堤柳而繫纜也。幔卷浪花浮。歸路翻蕭颯，陂塘五月秋。

【校記】

〔一〕桂，元本、古逸叢書本作「柱」。

〔二〕雨，元本、古逸叢書本作「雪」。

陪李金吾花下飲

勝地初相引，○世説任誕篇：王衛軍云：酒正自引人著勝地。余行得自娱。○【王洙曰：「徐，一作余。」趙次公曰：「徐行，所以對勝地，其作『余行』，非。」】余，一作徐。見輕吹鳥毳，○【鄭卬曰】毳，尺芮切，細毛也。○言走見金吾，骨輕似吹鳥毛之輕疾也。或謂此甫謙辭也。按劉向説苑：趙簡子遊於西河而樂之，歎曰：「安得賢士而與處焉。」舟人古桑曰：「此是吾君不好之也。」簡子曰：「吾左右客千人，朝食不足，暮收市征；暮食不足，朝收市征。吾可謂不好士乎？」古桑曰：「鴻鵠高飛遠翔，其所恃者六翮也。背上之毛，腹下之毳，無尺寸之數，加之滿把，飛不能爲之益高。不知門下客千人者，六翮之用乎，將盡毛毳也。」隨意數花鬚。○【鄭卬曰】數，所矩切，計也。○言遲留飲於花下而數其鬚蘂也。細草偏稱坐，○【趙次公曰】亦飲酒闌珊，而偏坐於細草之上而不思起也。香醪懶再沽。醉歸應犯夜，可怕李金吾。○酒懶再沽，恐飲而醉歸，晚而犯金吾夜禁之令。○【趙次公曰】此所以戲金吾也。○按後漢志：執金吾掌宫外，戒非常水火之事。吾猶禦也。注：胡廣曰：衛尉處〔一〕行宫中，則金吾徼於外，相爲表裏，以擒奸討猾。○【杜田補遺。杜陵詩史、分門集注、補注杜詩引作「時可曰」。】韋述西都新記曰：京城街衢有金吾，曉冥傳呼，以禁夜行。唯正月十五日夜敕許金吾弛禁，前後各一日。故中書侍郎蘇味道上元詩有曰：金吾不禁夜，玉漏莫相催。

【校記】

〔一〕處，古逸叢書本作「巡」。

九日曲江　○【趙次公曰】康駢劇談：曲江，秦隑州。開元中疏鑿，遂爲妙境。南紫雲樓、芙〔一〕蓉苑、西杏園、慈恩寺，花卉環列，煙水四際。○韋述常侍兩京記：曲江，昇道坊龍華寺南，流水屈曲，曰曲江。

綴席茱萸好，○【趙次公曰】西京雜記：漢武宮人賈〔二〕佩蘭，九月九日佩茱萸，食蓬餌，飲菊花酒，令人長壽焉。○【王洙曰】又風土記：俗於九月九日折茱萸房以插頭，言辟邪惡。浮舟菡萏衰。○【王洙曰】爾雅釋草：荷，芙蕖，其莖茄，其葉蕸，其本蔤，其華菡萏，其實蓮，其根藕，其中的，的中薏。季秋時欲半，○【王洙曰】一作「百年秋已半」。九日意兼悲。江水清源曲，○【王洙曰。杜陵詩史、分門集注、補注杜詩引作「瑱曰」。】西京雜記：以水源屈曲，故謂之曲江。荊門此路疑。○【師古曰】此公疑荊門龍山之景物與曲江相若也。○【王洙曰】桓温以九日宴從事於龍山，孟嘉落帽。龍山在荊州門外，今有落帽臺存焉。晚來高興盡，搖蕩菊花期。○【趙次公曰】此言是日之晚，在曲江賞翫之興已盡，則菊花期約又在明年矣。高興盡，乃子猷興盡而返之義也。○莊子天地篇：季徹曰：搖蕩人心。

【校記】

〔一〕芙，元本、古逸叢書本作「美」。

〔二〕價，古逸叢書本作「賈」。

九日楊奉先會白水崔明府

○長安志：唐開元之四〔一〕年縣豐山建睿宗橋陵，改奉先縣，屬京兆府。奉先，長安艮地。公起長安，東征驪山下，東北趨奉先。吕汲公攷曰：公天寶十四載十一月初，自京赴奉先。是月有禄山之亂。至次年改至德元載。五月，公避亂左馮翊，作白水縣崔少府高齋詩。七月，公命駕逆旅鄜畤。其月肅宗踐祚靈武。公西走靈武，陷賊，羈身輞川藍田，有九日藍田崔氏莊詩。觀此詩九月楊奉先、崔白水同會，則是詩作當在天寶十四載九日矣。

今日潘懷縣，○此指楊奉先，比潘岳也。○【王洙曰：「潘岳自河陽轉懷令。」】晉潘岳傳：岳字安仁，才名冠世。武帝時爲河陽懷縣令。同時陸浚儀。○此指崔白水，比陸雲也。○【王洙曰：「陸雲出補浚儀令，縣居都會之要，爲難理。雲到官肅然。」】晉陸雲傳：雲字士龍，少與兄機齊名，出補浚〔二〕儀令。坐開桑落酒，○【趙次公曰：「有劉墮者善造酒，熟於桑落之辰，故酒得名焉。水經載之詳矣。菊花枝出庾信從蒲州使君乞酒詩，曰：『蒲城桑落熟，灞岸菊花秋。』」】水經蒲坂注：後魏置河東郡，郡有民劉墮〔三〕，工釀。採挹河流，醞成芳酎。縣食同梏〔四〕枝之年，排〔五〕於桑落之辰，故酒得名焉。王公庶支〔六〕牽拂相招者，每云索郎有顧思同侶之語。索郎，返語桑落也。○蓋桑落酒出蒲中。○【蘇曰】故庾信就蒲州刺史乞酒詩曰：蒲城桑落酒，灞岸菊花秋。願持河朔飲，分勸東陵侯。○又信詩曰：忽逢桑葉落，正值菊花開。齊民要術：桑落酒法，用九月九日作水麴，米皆以九斗爲準。續古今注云：索郎酒者，桑落時美，故以爲言。按此即是反語爾。○【杜陵詩史引作「蘇曰」。】鄭卬又曰：桑落河出馬乳酒，羌〔七〕人兼葡萄壓之。晉宣帝〔八〕來獻，九日賜百寮飲焉。來把菊花枝。○西京雜記：九月九日佩茱萸，飲菊花酒，令人長壽。天宇清霜淨，○詩豳風：九月肅霜。公堂宿霧披。○【趙次公曰】公堂，乃楊奉先之公堂也。○宿霧披，言晴也。○【王洙曰】晉衛瓘見樂廣，曰：「若披雲霧而覩青天。」晚酣留客舞，鳧舄共差池。○差，初加切。○【王洙曰】差池，言舞之貌也。○今以王喬比楊，崔也。○【王洙曰】後漢王喬爲葉〔九〕令，朔望常詣臺〔一〇〕。朝臨，至輒有雙鳧自東南飛來，於是舉羅張之，但得一雙舄焉。

【校記】

〔一〕四，古逸叢書本作「萬」。

〔二〕浚，元本、古逸叢書本作「俊」。

〔三〕墮，原作「隨」，據古逸叢書本改。

〔四〕梏，古逸叢書本作「桔」。

〔五〕排，古逸叢書本作「耕」。
〔六〕支，古逸叢書本作「土」。
〔七〕酒羌，元本、古逸叢書本作「故土」。
〔八〕杜陵詩史、分門集注、補注杜詩「帝」下有「時」字。
〔九〕葉，元本、古逸叢書本無。
〔一〇〕元本、古逸叢書本「臺」下多一「臺」字。

天寶十五載丙申夏五月挈家避地鄜州作

白水縣崔少府十九翁高齋三十韻

○【王洙曰】天寶十五載五月作〔一〕。按地理志：白水縣屬左馮翊，同州屬縣。秦文公分清水爲白水，至漢爲彭衙縣。又名粟邑。○【鄭曰】十道志：同州白水縣，漢粟邑，南界臨白水，魏文帝改爲白水縣，昔漢彭衙縣也。○水經注：白水源出分水嶺西。○【鮑彪曰】明皇紀：天寶十五載夏六月辛未，賊禄山入潼關，法駕狩劍外。秋七月甲子，肅宗即位于靈武，建元至德。是年公在奉先，以舅崔公爲白水縣尉，故夏適通泉避亂，時有是詩。

客從南縣來，○【黃希曰：「白水在同州西北一百二十里，而同州又在京北東北二百五十里，公自奉先來，故以奉先爲南縣。」】南縣，謂奉先縣也。奉先在白水之南。○【王洙曰】古詩：客從南方來。浩蕩無與適。○【趙次公曰】浩蕩，悠遠不定之貌。○屈原九歌河伯篇：心飛揚兮浩蕩。旅食白日長，況當朱炎赫。高齋坐林杪，○【鄭卬曰】杪，亡招〔二〕切，木末〔三〕也。信宿遊衍闃。○【鄭卬曰】衍，于線切。闃，苦激切，寂靜也。○【王洙曰】左氏傳：再宿曰信。清晨陪躋攀，傲睨俯峭壁。○【鄭卬曰】睨，五計切，視也。○【王洙曰】海賦：馮夷倚浪以傲睨。崇岡相枕帶，曠野懷咫尺。○【王洙曰】懷，一作回。○一作迴。○【趙次公曰】言野雖曠遠，而懷之若咫尺也。始知主人賢，贈此遺愁寂。○主人指崔少府，以此景贈甫，登眺可以消遣愁寂也。危堦根青〔四〕冥，○【趙次公曰：「青冥者，青雲杳冥之際。」】此言齋館之高，據于青雲杳冥之際也。曾冰生淅瀝。○言高而冷潤之氣襲人如冰也。○【王洙曰】宋玉招魂篇：曾冰峩峩，飛雪千里。補注：神異經：北方有曾冰萬里，厚百丈。謝惠連〔五〕雪賦：霰淅瀝而生〔六〕集，雪紛揉而遂多。上有無心雲，○陶潛歸去來辭：雲無心以出岫。下有欲落石。○古詩：欲落未落江邊石。泉聲聞復急，○急，或作息。動靜隨所激。○激，一作擊，非是。陳〔七〕作激，正異同。鳥呼藏其身，有似懼彈射。○【鄭卬曰】射，食亦切，弓弩發也。○動靜，言景物或動或靜者，隨所目擊而生，如泉聲或聞或不聞，心靜則有聞，心動則無聲，泉聲之有無不在於泉，蓋因人之動靜如何耳。泉無情之物尚然，況鳥有知，一隱一見，豈不隨人。今聞其聲，不見其身，由懼彈射故也。鳥尚愁，况人之靈於物者，其可不避讒搆而隱爲吏乎！吏隱適情性，○適，一作道。○【王洙曰】一作通。兹焉其窟宅。○自古有市隱，有吏隱，費長房、葛仙翁賣藥於市，此隱於市廛者。老聃爲周柱下史，莊周爲漆園吏，此隱於吏者。崔少府避讒搆而隱於吏，不以簿書獄訟之煩，常欲樂適於性情，故卜窟宅于此，以爲宴遊之地。右皆序高齋〔八〕之趣也。○【王洙曰】海賦：靈仙之所窟宅。白水見舅氏，○白水，縣名。舅氏，指崔少府也。餘見題注。諸翁乃僊伯。○伯，長也，言崔氏爲神仙之伯焉。神仙傳：安少習尊貴，於是仙伯奏安不敬。杖藜長松陰，○【門類增廣十注杜詩引作「杜云」。又，杜陵詩史、分門集注、補注杜詩引作「修可曰」。】莊子讓王篇：原憲杖藜應門。作尉窮谷僻。○【王洙曰】昔漢梅福作尉，有神仙之術，故今人謂之仙尉。爲我炊雕胡，○【趙次公曰】雕胡，菰米也。○【王洙曰】長安人謂之雕胡。○【趙次公曰】宋玉風賦：主人之女爲臣炊雕胡之飯、露葵之羹，來勸臣食。逍遥展良覿。○良覿，良會也。崔少府講〔九〕主客相敬之禮，設雕胡飯以待之。○【王洙曰】謝靈運詩：搔首訪行人，引領冀良覿〔一〇〕。坐久風頗愁，○愁，一作怒。晚來山更碧。相對十丈蛟，○龍無角曰蛟。○【師古曰】十丈蛟，喻禄山也。此已下寓意禄山之叛。欻翻盤渦拆。○【鄭卬曰】渦，烏禾切，水坳也。○【王洙曰】海〔一一〕賦：盤渦谷轉。何得空裏雷，殷殷尋地脉。○【分門集注引作「鄭卬曰」。杜陵詩史引作「王洙曰」。】殷，於謹切，雷聲。○空裏雷，以喻禄山兵威之震。時京師陷於禄山，如盤渦爲蛟所翻，况兵威振赫，所向皆摧如雷聲，尋地脉而來也。煙氛藹崷崒，○崷，自秋切。崒，敢律切。高峻貌。兩都賦：巉峻崷崒。魍魎森慘戚。○言妖氣紛起而魍魎邪物皆附之而爲亂也。馬融廣成頌〔一二〕：捎罔兩。注引國語曰：木石之怪夔、罔兩。遊光，神也，兄弟八人。崑崙崆峒顛，○前注。回首如不隔。○如，一作知。言崑崙、崆峒之下，復恐吐蕃入寇，與之相連結故也。前軒頹反照，○【王洙曰】頹，一作摧。巉絶華嶽赤。○言晚日映旌旗之色，皆赤也。兵氣漲林巒，川光雜鋒鏑。知是相公軍，○【趙次公曰】相公，指哥舒翰也。天寶十四載，禄山反，帝召哥舒翰守潼關。明年，拜尚書左僕射、同中書門下平章事。鐵馬雲霧積。○【王洙曰】霧，一作煙。玉觴淡無味，胡羯豈强敵。○【趙次公曰。杜陵詩史、補注杜詩引作「本中曰」。分門集注引作「徐曰」。】黄庭内景經：淡然無味。長歌激屋梁，○【王洙曰】蘇武詩：長歌正激烈。○【趙次公曰。杜陵詩史、補注杜詩引作「晏曰」。分門集注引作「徐曰」。】宋玉神女賦：日朝出，照屋梁。淚下流衽席。○禄山本胡人，故云胡羯。甫宴于高齋，舉目與京城相對，遥思禄山僭逆，飲酒爲之無味，復思胡羯，終必敗亡，豈爲强敵，是以感慨，爲之長歌，激動梁塵，又爲之下淚，痛傷天子播越，生民不安其居也。人生半哀樂，天地有順逆。○人生哀樂相半，天地之氣亦逆順相混〔一三〕。臣之事君，其理爲順。今禄山以臣叛君，逆莫大焉。玄宗開元以前，民物阜康，可謂享其逸樂矣。天寶以後，天下大亂，其哀樂爲如何哉〔一四〕。哀樂所在，逆順隨之，天人之理豈不若影響然！慨彼萬國夫，休明備征狄。猛將紛塡委，○【王洙曰】李陵書：猛將如雲。劉公幹詩：鄙事相填委。廟謀畜長策。○【王洙曰】光武贊：明明廟謨。東郊何時開，○【王洙曰】書費誓：徐夷並興，東郊不開。帶甲且未釋。○未，王介甫作來。〔一五〕欲告清宴罷，○罷，一作疲。難拒幽明迫。三嘆酒食傍，○【九家集注杜詩、門類增廣十注杜詩引作「新添」。杜陵詩史引作「張孝祥曰」。杜陵詩史、分門集注、補注杜詩、集千家注杜工部詩集又引作「程曰」。】左氏傳：魏子曰：唯食忘憂，吾子置食間三嘆，何也？何由似平昔。○甫慨〔一六〕歎萬國之夫當國家休明之時不能推恩撫恤，反驅之征伐四夷，徒恃猛將如雲，廣謀長策，可以控御四方，一旦祿山乘隙反叛，東郊爲之不開，帶甲之夫何時得解甲而爲太平之民乎？當兵革之際，日夜憂迫於人，何暇晏然爲此宴會。甫欲告罷清宴，再三發歎，何得似開元之間邪！爲人君者居安慮危，在念治亂，其可忽諸？

【校記】

〔一〕「天寶」至「月作」，元本、古逸叢書本無。

〔二〕招，元本、古逸叢書本作「沼」。

〔三〕按，元本、古逸叢書本作「林」。

〔四〕青，元本、古逸叢書本作「清」。

〔五〕惠連，元本、古逸叢書本作「靈運」。

〔六〕生，元本、古逸叢書本作「先」。

〔七〕陳，元本、古逸叢書本作「東」。
〔八〕齋，古逸叢書本作「尚」。
〔九〕講，古逸叢書本作「謂」。
〔一〇〕覿，元本作「勤」，古逸叢書本作「覯」。
〔一一〕海，古逸叢書作「江」。
〔一二〕馬融廣成頌，元本作「比月縣員威頌」，古逸叢書本作「寄劉峽州翠虛」。
〔一三〕混，元本、古逸叢書本作「半」。
〔一四〕哉，元本、古逸叢書本作「設」。
〔一五〕未王介甫作來，元本、古逸叢書本作「未得解甲也」。
〔一六〕慨，元本、古逸叢書本作「自」。

白水明府舅宅喜雨得過字

吾舅政如此，古人誰復過。○【王洙曰：「喜雨之應禱，故美其政。」】美崔少府之善政，禱雨應期，古人所不能及也。碧山晴又濕，白水雨偏多。精禱既不昧，歡娛將謂何。湯年旱頗甚，○【王洙曰：「湯有七年之旱。」】莊子秋水篇：湯之時八年七旱，而崖不爲加〔一〕損。帝王世紀：成湯大旱七年，齋戒，剪髮斷爪，以己爲犧，禱於桑林之社，以六事自責。劉向說苑：湯之時大旱七年，雒拆〔二〕川竭，煎沙爛石。於是使人持六足鼎，祝之山川，曰：「政不節耶，使人疾耶，〔三〕苞苴行耶，讒夫昌耶，宮室營〔四〕耶，女謁盛耶，何不雨之極也！」言未已而天大雨。今日醉弦歌。

【校記】

〔一〕加，元本、古逸叢書本作「枯」。

〔二〕拆，古逸叢書本作「折」。

〔三〕使人疾耶，元本、古逸叢書本作「民失職耶」。

〔四〕營，元本、古逸叢書本作「崇」。

沙苑行

〇李吉甫郡國圖：沙苑，一名沙阜，在同州馮翊縣南十二里，東西八十里，南北三十里。

君不見左輔白沙如白水，〇一作白如水，一作遠如水。〇【王洙曰】前漢京兆尹、左馮翊、右扶風，謂之三輔。〇【趙次公曰】同州於昔爲馮翊郡，故謂之左輔，在州西北一百二十里有白水縣，以其水白因以名之。〇白沙即沙苑也，如至也。自沙苑至白水百有餘里。繚以周牆百餘里。〇繚，盧絞切，繞也。以牆圍繞牧馬監于此，以養群馬也。〇【王洙曰】班固西都賦：西郊則有上囿、禁苑，繚以周牆四百餘里，其中乃有大宛之馬。三輔故事：上林連綿四百餘里。張衡西京賦：繚垣綿延四百餘里。龍媒昔是渥洼生，○渥音握。洼，於佳切，水名。○【王洙曰】前漢禮樂志：元狩三年，馬生渥洼水中，作天馬歌曰：「天馬徠龍之媒。」汗血今稱獻於此。○【王洙曰】西域傳：宛别邑七十餘城，多善馬，汗血，其先，天馬子也。苑中騋牝三千匹，○【王洙曰】唐貞觀初，僅有牧牝三千匹，從赤岸澤徙〔一〕之隴右，命張萬歲爲監牧。詩：定之方中，騋牝三千。毛萇傳：馬七尺曰騋。騋馬與牝馬也。豐草青青寒不死。○【王洙曰】詩湛露：在彼豐草。漢童謡曰：千里草，何青青。古詩：青青河畔草。食之豪健西域無，○【王洙曰】食，音嗣，飼也。○【趙次公曰】寒時草當死，而沙苑之地宜草，雖寒而不死，以之食馬則豪健，雖西域食苜蓿之馬亦無此豪健也。每歲攻駒冠邊鄙。○【王洙曰：「攻，一作牧。」】攻，一作收。○謂每年課駒數爲最盛也。王有虎臣司苑門，○【王洙曰】周禮夏官：司馬，虎賁氏，掌守王閑〔二〕宫門。詩魯頌：矯矯虎臣。入門天廄皆雲屯。○言馬之多也。陸士衡詩：胡馬如雲屯。驌驦一骨獨當御，○【鄭卬曰】驌，息逐切。驦，色莊切。○又所兩切。良馬也。驌驦，本鳥名，馬似之也。○【王洙曰】左氏定公三年傳：唐成公有兩肅爽〔三〕馬，子常欲之，弗與。唐人竊馬而獻〔四〕子常。春秋二時歸至尊。○歸，一作朝。○【趙次公曰】虎臣所掌之馬雖多，而其中惟有驌驦一種之骨充御，故一年之中春秋兩次進之也。○至尊，乃天子也。至尊内外馬盈億，○鮑作「内外馬數將盈億」。○【王洙曰】開元初，牧馬二十四萬匹。十三年，加至四十五萬匹。伏櫪在坰空大存。○【趙次公曰】言櫪中坰外皆是凡材，空大存之，而不如驌驦之駿異也。○【王洙曰】魏武樂府：老驥伏櫪，志在千里。詩魯頌：駉駉牡馬，在坰之野。逸群絶足信殊傑，○【王洙曰】蜀志關羽傳：諸葛亮謂羽曰：「馬超未及髯之絶倫逸群也。」魏文帝與孫權書曰：此馬善〔五〕中國，雖饒馬其如此絶足亦〔六〕少。倜儻權奇難具論。○【鄭卬曰】倜，他歷切。儻，他朗切。不羈也。○權，高也。○【王洙曰】前漢禮樂志：天馬歌：志俶儻〔七〕，精權奇。顔延年賦：雄志倜儻〔八〕精權奇。纍纍塠阜藏奔突，○【鄭卬曰】塠，都迴切。○【趙次公曰】塠阜，言苑中之山塢可以藏馬之奔突也。往往坡陁縱超越。○【趙次公曰】坡陁，言苑中之沙汀可以縱馬之超越也。角壯翻同麋鹿遊，○【趙次公曰】言馬之角鬬，其壯可與麋鹿並其能，以麋鹿善走險也。○【王洙曰】顔延年赭白馬賦：分馳迴場，角壯永埒。浮深簸蕩黿鼉窟。○浮深，謂浴於水也。○【師古曰】此篇甫寓意於禄山而爲之，若曰：唐家諸將爲不少，玄宗皆以凡才視之，獨以兵權委之禄山，甚見寵貴，故云「驌驦一骨獨當御」。終使禄山難制，奔突超越，一旦反於范陽，河〔九〕北爲之震蕩，豈非簸蕩黿鼉窟之謂乎？○木玄虚海賦：戲廣浮深。泉出巨魚長比人，○馬之絶群者能化龍，魚之絶群者亦然。魚長比人，此魚之絶群者也。○【師古曰】甫既以馬比禄山，又以魚比史思明。蓋思明乃禄山之將，相繼而叛，故甫託意焉。○按，泉或作海。京房易傳：海出巨魚，邪人進，賢人疏。丹砂作尾黄金鱗。豈知異物同精氣，雖未成龍亦有神。○【趙次公曰：「龍或魚所化，或馬所爲，故異物同精氣也。出易：『精氣爲物。』〔二〕馬與魚龍異物而同精氣，縱未能成龍，亦有神靈所憑故也。○禄山雖非真龍，亦已有猪龍之質，故集有靈湫詩「復歸虚無底，化作長黄虬」，蓋謂是也。

【校記】

〔一〕徙，古逸叢書本作「從」。
〔二〕閑，元本、古逸叢書本作「閉」。
〔三〕肅爽，元本、古逸叢書本作「驌驦」。
〔四〕獻，元本作「斬」。
〔五〕善，古逸叢書本作「書」。
〔六〕亦，元本、古逸叢書本作「中」。
〔七〕儻，元本、古逸叢書本作「倘」。
〔八〕儻，元本、古逸叢書本作「倘」。
〔九〕河，古逸叢書本作「何」。

三川觀水漲二十韻

○【趙次公曰：「公自注。」按，見於大雲寺贊公房四首其四趙次公注。】天寶十五載七月中避寇時〔一〕作。○【王洙曰】〔二〕唐鄜州三川縣有華池水、黑源水、洛水同會，謂之三川。○非西周之三川也。按，華陰屬華州，華源屬耀州，平陸屬陝州。在州北五里有傅巖穴，即虞芮之人讓畔處。甫天寶十五載五月在白水縣崔少府高齋，是年七月，覩賊勢猖獗，復自白水將適邠州，偶值水漲，故作是詩。寓意於賊勢衝突，所嚮莫禦，觀之者可以意會。甫之意不在於水，可知也。

我經華源來，○柳宗元曰：自渭而北，至于華源，其驛凡九。不復見平陸。○謂平陸縣已陷于賊也。北上唯土山，連天走窮谷。○窮，或作穹，言逃竄窮僻之地也。火雲無時出，○【王洙曰：「一作出無時。」】一作無出時。飛電常在目。自多窮岫雨，行潦相豗蹙。○【鄭卬曰】豗，呼回切。相豗，相擊也。○【王洙曰】海賦：磊匒匌而相豗。○匒匌，重疊也。蓊匌川氣黃，○【鄭卬曰】蓊，烏孔切。匌，苦〔三〕答切，又音溘切〔四〕，匝也。○川氣黃，謂水混濁泥滓也。群流會空曲。○言四方不逞之徒皆附賊爲亂而聚于西都也。○【趙次公曰】鮑照芙蓉賦：繞金渠之空曲。清晨望高浪，○【趙次公曰】郭璞詩：高浪駕蓬萊。忽謂陰崖踣。○【鄭卬曰】踣，蒲北切。○言浪高，陰崖爲之沉蹶也。恐泥竄蛟龍，○【鄭卬曰】泥，乃計切，滯也，陷也。○龍無角曰蛟，喻君子奔竄避賊也。登危聚麇鹿。○喻小民携抱〔五〕老幼，聚于原野也。枯查卷拔樹，○查，與槎同。礧磈共充塞。○【鄭卬曰】礧，洛罪切。磈，口罪切。○【趙次公曰：「字書：礧磈，石也。」】礧〔六〕磈，沙石也。○水勢飄蕩，枯查與沙石同其隘塞也。聲吹鬼神下，○祿山之兵長驅而來，逾年而陷二京，其疾速如鬼神之下也。勢閱人代速。○唐諱「世」，改作「人」。京城民物焚劫殆盡，已非昔日繁庶，觀其勢，豈非人代變更若是之速耶！陸機歎逝賦：人何世而弗新，世何人之能改。不有萬穴歸，何以尊四瀆。○四瀆爲衆流之尊，故萬穴皆歸之，喻玄宗無容民蓄衆之德，宜萬方之民所不歸心，是使祿山得以長驅而來也。○【薛夢符曰】爾雅釋水：江、河、淮、濟，是爲四瀆。發源注海者也。及觀泉源漲，反懼江海覆。漂沙拆岸去，○【鄭卬曰】漂，匹妙切，浮也。○【王洙曰】海賦：漂沙礐石。○【趙次公曰】謝靈運詩：拆岸累崩奔。漱壑松柏禿。○【王洙曰】江賦：漱壑生浦。乘陵破山門，○廣雅：陵，乘也。宋玉風賦：乘陵高城。華原縣有三門山。迴斡裂地軸。○裂，一作倒。地有三千六百軸，是以能載。昔共工氏與顓頊戰，觸折天柱，踏翻地軸，天傾西北，地不滿東南。祿山之鋭〔七〕亦如之。○【杜田補遺】張華博物志：地示之位，起形於崑崙，高萬一千里。崑崙之東北，地轉下三千六百里，有八元幽都，方二千〔八〕餘萬里，下有四柱，廣十萬里，地有三千六百軸，互相牽制。抱朴子：地有三千六百軸，名山大川孔穴相通。○【王洙曰】海賦：狀如天輪，膠戾而激轉。又似地軸，挺拔而爭迴。交洛赴洪河，○寰宇記：鄜州洛交水在縣南一里，洛水交會之所。及關豈信宿。○關，謂潼關也。再宿曰信。唐地理志：潼關在華州之華陰縣，即右桃林塞也。應沉數州没，如聽萬室哭。○聽，他經切，聆也。自及觀泉源漲已下，皆喻禄山之攻略，北趨洛，西入〔九〕關，只在信宿之間，遂使數州沉沉，萬室號哭，不亦悲乎！穢濁殊未清，○言賊未平也。風濤怒猶蓄。○喻吐蕃復佐其威也。何時通舟車，陰氣不黲黷。○【鄭卬曰】黲，千敢切。黷，徒卜切。黲黷，泥黑也。○【趙次公曰：「何時得水落而舟車可通，且陰氣開朗而不黲黷。」】何時得盜賊寧息以通舟車，而殺氣清朗也。○【師古曰】此甫發歎厭亂願治之辭。浮生有蕩汩，吾道正羈束。人寰難容身，石壁滑側足。○【師古曰】謂當兵革擾攘，吾道拘而不得騁，武夫悍卒正得志之秋，天地雖大，若無所容。○寇盜乘時並起，雖山林之間側足而行，若恐摽掠聞知也。雲雷屯不已，○屯，一作此。艱險路更跼。○【鄭卬曰】跼，渠玉切，促也。普天無川梁，欲濟願水縮。○【王洙曰】魏文帝雜詩：欲濟河無梁。○謝玄暉詩：江漢根〔一〇〕無梁。因悲中林士，未脱葬魚腹。〔一一〕○【王洙曰】詩兔罝：肅肅兔罝，施于中林。赳赳武夫，公侯腹心。王康琚〔一二〕反招隱：今雖盛明世，能無中林士。○易曰：雲雷屯，君子以經綸。當是時，得賢人君子爲之梁棟舟楫之用，庶幾濟難涉險，安慮其爲魚者，故方雲雷之屯不已，世路艱險，轉見跼蹐難行，普天之民墊溺，當棟梁舟楫之任者其誰乎？是以中林之士未免爲魚之患也。○【王洙曰】屈原荅漁父曰：寧赴湘流，葬于江魚之腹中。舉頭向蒼天，安得騎鴻鵠。○鴻鵠一舉千里，何由騎跨鴻鵠，高飛遠舉，然後可以脱禍。但舉頭向彼蒼，無可奈何，而訴于天也。

【校記】

〔一〕時，元本、古逸叢書本作「所」。
〔二〕元本、古逸叢書本「唐」前多「按」字。
〔三〕苦，古逸叢書本作「若」。
〔四〕切，古逸叢書本無，杜陵詩史、分門集注、補注杜詩亦然。
〔五〕抱，元本、古逸叢書本作「持」。
〔六〕礧，元本、古逸叢書本作「磈」。
〔七〕鋭，元本、古逸叢書本作「亂」。
〔八〕千，古逸叢書本作「十」。
〔九〕入，元本、古逸叢書本作「潼」。
〔一〇〕恨，元本、古逸叢書本作「限」。
〔一一〕此句原脱，據古逸叢書本補。
〔一二〕康琚，元本、古逸叢書本作「子居」。

新定杜工部草堂詩箋斠證卷第九

至德元載公自鄜州赴朝廷遂陷賊中在藍田縣所作

哀王孫

〇【王深父曰】時安禄山破潼關，告急京師，玄宗驚駭，不與宰相謀，惟楊國忠勸帝幸蜀，夜半出延秋門。翌日，宰相大臣全無知者，時諸王公主皆不及知，不隨駕西幸。諸王流離乞丐，多爲賊所翦滅，故甫有哀王孫之什焉。〇詩國風：齊侯之子，平王之孫。蓋公侯之子，謂之公子。王者之孫，謂之王孫。〇【王洙曰】韓信傳：吾哀王孫而進食。

長安城頭頭白烏，〇頭白烏，下圜作「多白烏」。〇【王洙曰】或作頸白烏。〇按，後漢威帝初，京師童謡曰：城上烏，尾畢逋。三國典略：侯景令飾朱雀門，其日白頭烏萬計集門樓上。通俗文曰：白頭烏謂之鵲鶋。鶋，古八切。或曰：昔燕太子丹爲質於秦，秦曰：「烏頭白，放爾歸。」太子誠之所感，一時烏頭盡白，故有頭白烏也。夜飛延秋門上呼。○延秋門，京城之西門也。又向人家啄大屋，○【王洙曰】向，一作來。屋底達官走避胡。○烏棲於長安城頭，夜飛呼於延秋門上。時玄宗出奔，驚動棲烏，故烏爲之夜飛。詩云：瞻烏爰止，于誰之屋。烏之所止必於富家大屋，蓋富家大屋粱肉餘棄，烏賴以啄食焉。時達官避禄山之難，屋底無人，烏〔一〕盡下啄食。凡烏之啄食皆於無人之處，甫言及此，足見京城空虚，皆走避胡故也。禄山本胡人，故云避胡。然烏之類多矣，必取於烏者，蓋能反哺，謂之慈烏。玄宗西幸，不告使諸王公主，皆爲賊所戕〔二〕殺殆盡，豈非其不慈而有愧於烏乎？夫烏之飛鳴，蓋求其類故也。金鞭斷折九馬死，○方玄宗之出奔，急欲遠遁，鞭馬疾驅，不得停歇，故金鞭爲之斷折，十馬而死其九也。西京雜記：文帝自代來，有良馬九疋。骨肉不待同馳驅。○待，一作得。題注。腰下寶玦青珊瑚，○【趙次公曰】玦，古穴切。○佩如環而有缺，義取與訣别也。諸王流離于道，腰下寶玦其色如珊瑚之青也。魏文與鍾大理書：鄴騎既到，寶玦隨至。可憐王孫泣路隅。○謂失所也。問之不肯道姓名，但道困苦乞爲奴。○【趙次公曰】干寶晉紀總論：劉淵、王彌之亂，將相侯王交頸受戮，乞爲奴僕，而猶不獲。齊建王子真被誅，走入牀下，叩頭乞爲奴贖死，不從。河東王鉉聞，收至，欣然曰：「死生，命也。終不效乞爲奴而不得。」仰藥而死。已經百日竄荆棘，身上無有完肌膚。高帝子孫盡隆準，○隆，一作高。○【王洙曰】漢高祖爲人隆準而龍顏。注：準，鼻也。龍種自與常人殊。○【趙次公曰】隋文帝子勇，勇子儼，雲昭訓所生，乃雲定興女。

文帝喜曰：「皇太孫何謂生不得其地。」定興奏曰：「天生龍種，所以因雲而出。」豺狼在邑龍在野，○豺狼喻盜賊，龍喻天子。豺狼在邑，言盜賊得勢；龍在野，言天子失所也。○【王洙曰：「光武紀：讖曰：四夷雲集龍鬬野。」】光武紀：四七之際，龍鬬〔三〕野。王孫善保千金軀。○鮑照行路難：非我昔時千金軀。○【趙次公曰】沈約雜詩：坐喪千金軀。不敢長語臨交衢，○長，音仗，多也。且爲王孫立斯須。○立，一作泣。○【趙次公曰】長語，乃剩言也。交衢，謂路相交錯，要衝之所，甫與之問答，不敢私言，但共立少須，恐爲奸人窺伺故也。○李陵詩：長當從此別，且復立斯須。昨夜東風吹血腥，○【王洙曰】東，一作春。○謂殺戮多也。東來橐駝滿舊都。○橐，一作駱。○【鮑彪曰】舊都，乃長安也。○【王洙曰】按史思明傳：禄山陷兩京，以駞運御寶於范陽，不知紀極。朔方健兒好身手，○健兒，軍之總稱也。邠志：邠軍始鎮靈州，謂之朔方軍。有命則征伐，無命則入守。天寶以前，衆號十萬，實六萬。明皇晚年置長征健兒。天寶故事：禄山反，榮王琬統軍東征。内出錢〔四〕帛於京師，召募十萬衆，號曰「天武健兒」。旬日而集。○【趙次公曰】曹元首六代論：身手不能相使。昔何勇鋭今何愚。○【師古曰】哥舒翰領朔方兵守潼關，一日爲賊所敗，如入無人之境。昔禦吐蕃，稱爲天下精兵，今何敗北，皆歸於賊，故云愚也。竊聞太子已傳位，○太，一作天。○【王洙曰】謂明皇傳位于肅宗也。聖德北服南單于。○【鄭印曰】單，時連切。花門剺面請雪耻，○【薛夢符曰】剺，陵之切，剥也。○【師古曰】南單于即回紇也。花門乃回紇地名，回紇以花門自號。○【趙次公曰：「是時回紇有助順之心，故戒王孫勿出口於他人而狙往也。按，廣平王俶爲天下兵馬元帥，郭子儀副之，以朔方、安西、回紇、大食兵討安慶緒，在至德二載之閏八月。則公作此詩時，回紇初有助順之請，而剺面者，力剺割其面皮。蠻夷感恩而或喜或悲者，多然。」】剺面，謂剺其面皮示誠悃而來助順也。時回紇舉兵助肅宗收復兩京，以雪其恥，非聖德有以感之，何以至此。〇【王洙曰。又杜陵詩史、補注杜詩、集千家注杜工部詩集引作「薛夢符曰」。】後漢耿秉卒，匈奴聞之，舉國號哭，或至剺面流血。剺，與剺通。慎勿出口他人狙。〇狙，一作徂。師古曰：狙，竊聽也。甫欲王孫慎密其事，恐爲諜者所得。哀哉王孫慎勿疏，五陵佳氣無時無。〇明皇幸蜀，諸王流離，不見收録，安知五陵佳氣中無天子復興乎！故以勿疏爲戒也。〇【王洙曰】凡天子所葬，謂之山陵。漢高帝葬長陵，惠帝葬安陵，景帝葬陽陵，武帝葬茂陵，昭帝葬平陵，謂之五陵。〇【趙次公曰】後漢王伯阿望舂陵城曰：「氣佳哉！鬱鬱葱葱。」

【校記】

〔一〕烏，古逸叢書本作「足」。

〔二〕戕，古逸叢書本作「殲」。

〔三〕鬭，元本、古逸叢書本作「在」。

〔四〕錢，古逸叢書本作「財」。

九日藍田崔氏莊

老去悲秋强自寬，○强，居亮切。○【王洙曰】宋玉九辯：悲哉！秋之爲氣也蕭瑟兮。○【趙次公曰】列子天瑞篇：孔子見榮啓期鼓琴而歌，子曰：「善哉！能自寬也。」興來今日盡君歡。羞將短髮還吹帽，○【王洙曰：「孟嘉九日爲風吹帽。」】晉陶潛孟府君傳：嘉爲征西大將軍譙國桓温參軍。君色和而正，温甚重之。九月九日，温遊龍山，時佐吏畢集，並着戎服，有風吹君帽墮落，温目左右及賓客勿言，以觀其舉止。君初不自覺，良久如厠，温命取還之。温命孫盛紙筆令嘲之，文成，以着君坐。君歸見嘲，笑而請筆作答，了不容思。笑倩傍人爲正冠。藍水遠從千澗落，○【趙次公曰】水經：灞水，古滋水也，亦名藍谷水。有白馬谷水、勾牛谷水、園谷水、輞谷水、傾谷水、蓼水〔一〕、澗水等合入之。○【王洙曰】三秦記：藍田有洲，方三十里，其水北流，合溪谷之水爲藍水。玉山高並兩峰寒。○【晏曰：「玉山與秦山、華山峙立，故云『高並兩峰寒』。」】兩峰，謂秦山、華山也。○【趙次公曰】郭延生述征記：藍田山爲覆車之象，出玉，亦名玉山。明年此會知誰健，○【王洙曰】健，一作在。○公遭胡羯之亂，後會不可必，故有是句。醉把茱萸子細看。○【王洙曰：「醉，一作再。」】醉，一作更。○餘見前〔二〕注。

【校記】

〔一〕水，杜詩趙次公先後解輯校作「子」。

〔二〕前，元本、古逸叢書本作「題」。

崔氏東山草堂

愛汝玉山草堂靜，高秋爽氣多鮮新。有時自發鍾磬響，〇【師古曰】言無隣築也。落日更見漁樵人。盤剥白鴉谷口栗，〇栗，一作粟。長安志：藍田縣東有白鴉谷。翠微栗出白鴉谷翠微寺山口。飯煮青泥坊底芹。〇【石曰】坊，或作防，堤邊也。〇【趙次公曰】長安志：藍田縣南有青泥水，魏置青泥軍。〇水經注：青泥驛在縣郭下。何爲西莊王給事，柴門空閉鎖松筠。〇王給事，謂王維也。天寶時爲給事中。〇【趙次公曰：「唐史鄭虔傳：安禄山反，遣張通儒却置百官於東都。」】禄山反，遣張通儒却置百官於東都。〇【王洙曰：「王維時被張通儒禁在東山北寺，有所歎息，故云。」又，杜陵詩史、分門集注、補注杜詩引作「鮑彪曰」。】王維時被通儒禁在東山北寺。公以長安賊屯，羈身藍田輞川，蓋王維有别墅在輞川，故公感之而歎息也。

悲陳陶

○【趙次公曰。又，杜陵詩史引作「蘇曰」。】陳陶，唐書作陳濤斜。○【鮑彪曰】是歲天寶十五載，改元至德。十月辛卯，宰相房琯以車師戰祿山之黨於陳陶斜，敗績。癸卯，琯又以南軍戰，敗績。是時議者皆咎琯謀之不良也，故甫爲之悲嘆。○惜〔一〕夫，民爲本，況忠義所激，自爲團社，願隨官軍討賊，宜得良將統臨，料敵制變，無不成功。琯以宰相器而爲爪牙之用，用非所長，以至於敗，琯亦何罪。因作是詩以悲之。○【王洙曰：「唐書房琯傳：琯奉使靈武，立肅宗，因請將兵誅寇孽，收復京都。琯分爲三軍，遣楊希文將南軍自宜壽入，劉悊將中軍自武功入，李光進將北軍自奉天入，琯自將中軍爲前鋒。」又，分門集注引作「王彥輔曰」。】按，新書房琯傳：琯奉使靈武，玄、肅宗因請將兵誅寇孽，收復京師。琯起軍太白，分爲三軍，遣楊希文將南軍自宜壽入，劉悊將中軍自武功入，李〔二〕光進將北軍自奉天入，琯自將中軍爲前鋒。十月庚子，師次便橋。辛丑，二軍先逆〔三〕賊於咸陽縣之陳濤斜。○【王洙曰】時琯用春秋車戰之法，以車二千乘馬步夾之，既戰，賊順風揚塵鼓譟，牛皆震駭，因縛〔四〕蒭縱火焚之，人畜撓敗。乃〔五〕中使邢延恩等督戰〔六〕，倉黃失據，遂及於敗。爲賊所傷殺者四萬餘人，存者數千而已。

孟冬十郡良家子，○孟冬，即十月也。良家子，謂陝西民户團結精於馳射者，非召募之兵也。○【王洙曰】前漢趙充國傳：始爲騎士，以六郡良家子。血作陳陶澤中水。○戰敗流血，而澤水皆赤也。野曠天清無戰聲，○【王洙曰】曠，一作廣。清，一作晴。○言不交刃而敗也。四萬義軍同日死。○軍，一作兵，並見題注。群胡歸來血洗箭，○【杜詩趙次公先後解輯校引作「蔡伯世曰」。又，分門集注引作「王洙曰」。】血，一作雪。仍唱胡歌飲東市。○【王洙曰】仍唱，一作撚箭。都人迴面向北啼，○謂肅宗在靈武也。日夜更望官軍至。○【王洙曰】一作「前後官軍苦如此」。○【趙次公曰】趙子櫟曰：此言朔方、安西、回紇、大食兵相助討賊，然夷狄之性不無殘擾，故房琯雖喪兵矣，都人不願胡兵討賊，由望官軍至也。○師古曰：禄山陷京都，焚劫暴虐，靡所不至，都人〔七〕怨之而思唐德，遂有「更望官軍至」之句。肅宗一舉而復兩京，豈非因民謳吟思唐之心乎？

【校記】

〔一〕惜，元本、古逸叢書本作「息」。

〔二〕李，元本、古逸叢書本作「政」。

〔三〕逆，元本、古逸叢書本作「追」。

〔四〕縛，元本、古逸叢書本作「纏」。

〔五〕乃，古逸叢書本作「爲」。

〔六〕督戰，古逸叢書本作「所促」。

〔七〕人，古逸叢書本作「又」。

悲青坂

我軍青坂在東門，天寒飲馬太白窟。〇地理志：伊州在燉煌大磧之外，漢明帝始取伊吾盧地，後多爲屯田兵鎮之所，未爲郡縣。唐正觀初内附，乃置〔一〕伊州，或名伊吾郡，領縣三：其一曰伊吾，有天山，匈奴過之，皆下馬拜。一名雪山，一名太白，謂冬夏常有雪。青坂去太白山凡五里也。唐書志：鳳翔郿縣有太白山。〇【王洙曰】古樂府詩：飲馬長城窟。黄頭奚兒日向西，〇奚兒，胡兒也，以黄蒙其頭，即狐皮，其色黄也。禄山傳：更築壘范陽北，號雄武城，峙兵積穀，養同羅、奚、契丹、曳落河八千人爲假子。數騎彎弓敢馳突。〇我軍屯於青坂，吐蕃以數騎來，敢爾馳突，所以誘而挑戰也。〇【王洙曰】匈奴傳：力士能彎弓者盡爲甲騎。山雪河冰野蕭颸，〇野，一作晚。颸，一作颯。青是人煙白是骨。焉得附書與我軍，〇王粲從軍詩：逍遥河堤上，左右望我軍。忍待明年莫倉卒。〇【趙次公曰】：「房琯戰于陳陶斜，不利，猶欲持重，而牽於邢延恩所促戰，故敗。而公詩有『忍待明年』之戒，所以重傷之也。」】蕃兵耐寒，官軍所不堪。胡人每秋冬入寇，欺中國之兵不能耐寒。時肅宗已復兩京，史思明，禄山故將也，連結吐蕃數入寇，帝命郭子儀、李光弼禦之，屯軍於青坂。二人皆立大功，不相統攝。帝遣中官魚朝恩爲監軍使，中官不知兵，數趣戰。時雪寒甚，官軍皆僵凍，爲朝恩所督，故至於敗。甫意欲待明年冰泮，伺隙而與之戰，未爲晚也，何必倉卒冒寒驅人於萬死之地乎！

【校記】

〔一〕置，元本作「致」，古逸叢書本作「改」。

對雪

戰哭多新鬼，愁吟獨老翁。○老翁，甫自謂也。亂雲低薄暮，急雪舞迴風。○【王洙曰】洛神賦：若流風之舞迴雪。瓢棄樽無緑，○一作苔緣〔一〕緑，言無酒也。崔豹古今注：瓢亦瓠也。○【趙次公曰。分門集注、補注杜詩、集千家注批點杜工部詩集引作「杜修可曰」。】沈休文詩：憂來命緑樽。爐存火似紅。數州消息斷，○【趙次公曰】天寶十四載，安禄山反。今歲又陷東京。○駕幸劍南、靈武，公時妻子留鄜畤，弟姪又異縣，此之謂「消息斷」也。愁坐正書空。○【趙次公曰】世説：殷中軍浩被廢，在信安，終日恒書空作字，揚州吏民尋義逐之，切〔二〕視唯作「咄咄怪事」四字而已。

【校記】

〔一〕緣，古逸叢書本作「緑」。

〔二〕切，古逸叢書本作「竊」。

月夜

今夜鄜州月，○【鄭卬曰：「鄜，芳無切，今陜西路保大軍。」】鄜，芳無切，今陜西保大軍是也，去汴京一千九百里。閨中只獨看。○【趙次公曰】天寶十五載夏五月，公以家避亂鄜州。秋八月，挺身赴朝廷，獨轉陷賊中。閨中，指其家也。公在賊中而懷鄜州也。遥憐小兒女，未解憶長安。香霧雲鬟濕，清輝玉臂寒。何時倚虚幌，○【鄭卬曰】幌，户廣切，帷也。雙照淚痕乾。○【師古曰】賊陷京城，公故里焚劫蕩盡。虚幌，謂無人也。○【趙次公曰：「以言月照其夫婦相會之時也。」】雙照，以言月照其夫妻，相會之期在何時也？

遣興

驥子好男兒，○【王洙曰：「驥子，公子宗武也。見宗武生日詩注。」】按集，公幼子名宗武，字驥子。前年學語時。問知人客姓，誦得老夫詩。○【王洙曰】老夫，公自謂也。世亂憐渠小，家貧仰母慈。○仰，魚向切，恃也。鹿門携不遂，○昔龐公携妻子隱鹿門山，今甫雖欲隱而未遂其志，是以與妻子間隔也。○【王洙曰：「龐德公携妻子入鹿門山隱。公襄陽人，故云。」】後漢逸民傳：龐德公居峴山之南，夫妻相敬如賓。荆州刺史劉表延請，不能屈，後遂携妻子登鹿門山，因采藥而不反。

雁足繫難期。○言不得音書也。○【王洙曰】難，一作無。史記蘇武傳：武在匈奴中，昭帝遣使通和。常惠夜見漢使，教使謂單于曰：「天子射上林中，得雁，足有繫帛書『武等在某澤中』。」或本又作「鹿門攜有處，鳥道去無期」。天地軍麾滿，山河戰角悲。儻歸免相失，○儻，一作東。見日敢辭遲。○【王洙曰】日，一作爾。

至德二載丁酉在賊中所作

元日寄韋氏妹〔一〕

○至德二載春，公猶在賊中。

近聞韋氏妹，迎在漢鍾離。○【趙次公曰】春秋鍾離屬楚地，漢乃九江之縣，在唐爲濠州。郎伯殊方鎮，○郎伯，乃妹之郎伯，謂韋氏也。雖作鎮於遠方，不足爲榮也。京城舊國移。○【趙次公曰】謂安禄山之亂長安而帝西幸也。春城回北斗，○謂元日斗柄回指東，而天下皆春也。○【趙次公曰】京城上直北斗，故謂之「北斗城」。郢樹發南枝。○【趙次公曰】：「方春回於北斗之城，乃樹木發南枝於郢地之日，以紀元日。」謂元日南楚之木皆萌芽也。○【鄭卬曰】：「王彥輔云：『或云郢字誤。』印以意考之，當作嶺。」】或謂郢當作嶺，恐非是。○【趙次公曰：「公在長安而妹在鍾離也。」】蓋郢地乃紀妹氏之所寓也。不見朝正使，○正，避秦諱，讀爲平聲。啼痕滿面垂。○【趙次公曰：「以重紀亂離，四方之使隔絶。」】朝正之使以亂離阻隔而不來，是以消息斷絶，故甫爲之啼痕滿面也。

【校記】

〔一〕寄韋氏妹，杜陵詩史引作「王洙曰」。

蘇端薛復筵簡薛華醉歌

文章有神交有道，○【王洙曰：「孟子曰：交鄰國有道乎？」】孟萬章篇：其交也以道。端復得之名譽早。愛客滿堂盡豪翰，○翰，一作傑。開筵上日思芳草。○【王洙曰】日，一作月。○非是。○【師古曰】上日，謂日出時也，故下有「日落風來」之句。思芳草，歎無花可賞也，故繼有「遠移梅」之句。安得健步移遠梅，亂插繁花向晴昊。○東南地暖，梅花早開，西北地寒，故開晚，是以端復思醉於梅花也。千里猶殘舊冰雪，百壺且試開懷抱。○甫有詩云：冰雪相看有此君。古者有冰雪之交，言其歲寒不改也。今經兵革，隔闊千里，不獲會面，此日相覩，猶殘舊契，正好開懷飲酒故也。○【趙次公曰】詩：清酒百壺。謝靈運擬鄴中詩：副君命飲讌，歡娛寫懷抱。垂老惡聞戰鼓悲，○惡，烏路切。急觴爲緩憂心擣。○急觴者，謂以鳥羽致之酒上，羽沉則罰，以示其急飲。或云羽觴〔一〕。甫以憂心如擣，籍急觴故能寬其憂也。○【趙次公曰】謝靈運擬王粲詩：哀笑動梁塵，急觴盪幽默。○劉琨答盧諶詩：實消我憂，憂急用緩。○【王洙曰】詩小弁：我心憂傷，惄焉如擣。少年努力縱談笑，○【王洙曰】樂府詩：少壯不努力，老大徒傷悲。看我形容已枯槁。○【王洙曰】屈原漁父篇：顏色憔悴，形容枯槁。座中薛華善醉歌，歌辭自作風格老。近來海内爲長句，汝與山東李白好。○南部新書：李白，山東人，父爲任城尉，因家焉。俗謂蜀人，非也。何劉沈謝力未工，○【王洙曰】謂何遜、劉孝標、沈約、謝朓也。梁書：何遜甫〔二〕歲能賦詩，一文一詠。范雲期輒嗟〔三〕賞，沈約亦愛其文。遜文章與劉孝標並見重於世，世謂之何、劉。世祖著編〔四〕論之云：詩多而能者沈約，少而能者謝朓、何遜。又，劉孝標七歲能屬文，每作一篇，朝成暮編，好事咸誦諷，流聞絶域。又，沈傳：謝玄暉善爲詩，任彦昇工於文章，約兼而有之，然不過也。才兼鮑照愁絶倒。○美薛華善歌詩，使五子見之，當愁絶而倒地矣。○【杜田補遺：「宋景公筆録曰：今人多誤鮑照爲鮑昭，李商隱詩有『肥烹鮑照葵』之句。昔金陵人得地中石刻，作鮑照。蓋武后名照，唐人讀照爲昭爾。」又，杜陵詩史、分門集注、補注杜詩引作「修可曰」。】按鮑照祠堂記：鮑照字明遠，善詩，有集行于世。以唐武后諱照〔五〕，故唐人改爲昭〔六〕。○【王洙曰：「晉衛玠談道，平子絶倒。」】晉衛玠好言玄理，王渥字〔七〕平子，每聞玠言，輒嘆息絶倒，時人爲之語曰：衛玠談道，平子絶倒。諸生頗盡新知樂，

○【王洙曰】屈原九歌少司命篇：樂莫樂兮新相知。萬事終傷不自保。氣酣日落西風來，願吹野水添金杯。如澠之酒常快意，○【王洙曰：「左傳：有酒如澠。」】左氏傳昭公十二年：晉侯以齊侯宴投壺，齊〔八〕侯舉矢曰：「有酒如澠，有肉如陵。寡人中此，與君代興。」杜預注：澠水出齊國。亦知窮愁安在哉。○亦，王〔九〕作不。愁，一作達。喜新厭故，人之常情。新相知最樂，甫欲坐間舊友〔一〇〕且盡新知之樂，後會不可自保，是以相與痛飲〔一一〕，願吹野水以添金杯，使酒多如澠，常得快意，庶可以消窮愁也。忽憶雨時秋井塌，○塌，或作竭。古人白骨生青苔，如何不飲令心哀。○人生遇酒則笑樂，不可不飲，而令心哀也。按集有秋雨歎云：吁嗟呼蒼生，稼穡不可救。是時兵革擾攘，愁氣濃積，淫雨久作，餓莩盈野。甫今對酒思憶苦雨之災，秋井爲之穨塌，如何當此時不飲而尚令心哀者耶！

【校記】

〔一〕觴，元本、古逸叢書本作「子」。

〔二〕甫，元本、古逸叢書本作「五」。

〔三〕輒嗟，元本、古逸叢書本作「之差」。

〔四〕編，元本、古逸叢書本作「論」。

〔五〕照，原作「昭」，據古逸叢書本改。

〔六〕昭，原作「照」，據古逸叢書本改。

〔七〕字，元本、古逸叢書本作「子」。

〔八〕齊，原作「濟」，據元本、古逸叢書本改。

〔九〕王，元本、古逸叢書本作「一」。

〔一〇〕友，元本、古逸叢書本作「交」。

〔一一〕飲，元本、古逸叢書本作「之」。

春望

國破山河在，○【王洙曰】明無餘物矣〔一〕。城春草木深。○【王洙曰】春，一作荒。明無人矣。感時花濺淚，恨別鳥驚心。○【梅聖俞曰】花鳥平時可娛之物，今見之而泣，聞之而悲，則時可知矣。烽火連三月，○【趙次公曰】考是詩作於天寶十五載正月之末，蓋安祿山反於十四載之十一月，至是則烽火連三月矣。○按，漢書音義：邊方備胡寇作高土臺，臺上作桔臯〔二〕，桔臯頭〔三〕有兜鈴，以薪草致其〔四〕中，常低之。有寇則火然，舉之以相告，曰烽。又多積薪，寇至則燔之，以望其煙，曰燧。晝則燔烽，夜則舉燧。家書抵萬金。白頭搔更短，渾欲不勝簪。○【趙次公曰。又，門類增廣十注杜詩引作「杜云」。杜陵詩史、分門集注、補注杜詩引作「杜修可曰」。】鮑照行路難：白髮零落不勝簪。

【校記】

〔一〕矣，元本、古逸叢書本作「也」。

〔二〕桔臯，元本作「於槔桔」，古逸叢書本作「桔槔」。

〔三〕桔臯頭，元本作「臯頭」。

〔四〕其，元本、古逸叢書本作「於」。

送率府程録事還鄉

◎【王洙曰】程携酒饌相就取別。

鄙夫行衰謝，◎【王洙曰】鄙，賤也。◎行，將也。◎【王洙曰】：「自稱故曰鄙夫。」】甫自謙之辭。抱病昏忘集。◎忘，一作妄〔一〕。非。忘，巫放切，遺忘也。常時往還人，記一不識十。程侯晚相遇，與語才傑立。◎【王洙曰】後漢陳蕃對帝曰：「徐穉角立傑出。」薰然耳目開，◎言以教藥薰炙，吾耳目頓開也。頗覺聰明入。千載得鮑叔，◎【王洙曰】：「管仲與鮑叔爲友。」】甫得程録事如管仲之得鮑叔也。列子力命篇：管夷吾、鮑叔牙二人相友甚戚，世稱管、鮑善交。末契有所及。意鍾老柏青，◎【鄭卬曰】鍾，一作中。◎言勤意鍾聚如松柏青青，歲寒不改其色也。義動脩蚍蟄。◎【師古曰】言程録事辭官還鄉，如龍艷〔二〕之蟄，以藏身也，故其高義可以聳動於吾也。◎【王洙曰】易繫辭：龍蛇之蟄，以存身也。若人可數見，◎數，音朔，頻數也。◎【九家集注杜詩注爲「新添」。又，杜陵詩史、分門集注、補注杜詩引作「饒曰」。】語憲問篇：君子哉若人！尚德哉若人！尉我垂白泣。告别無淹晷，○言無一日之歡也。百憂復相襲。○復有離别之憂也。内愧突不黔，○言程公挈酒食來與甫話别，甫自愧竈突不黑，殊無烹爨以待客也。○【王洙曰】文子曰：墨子無黔突，孔子無煖席。○淮南修務訓：孔子無黔突，墨子無暖席。庶羞以賙給。○【王洙曰】一作「庶明似賙給」。○甫反荷程公以庶羞相賙給也。素絲挈長魚，碧酒隨玉粒。○玉粒，米也。王子年拾遺記：圓嶠之山名環丘，上有方湖千里，粟生穟高五丈，其粒皎然如玉也。途窮見交態，○富貴相追從，人誰不然。貧賤不改前〔三〕，萬無一也。甫當窮困際，朋舊皆見棄，獨感程公乃能以碧酒玉粒與夫長魚而見恤也。○【王洙曰】阮〔四〕嗣宗詩：窮途能無慟。前漢鄭當時傳：翟公爲廷尉，賓客填門。及廢，門外可設爵羅。後復爲廷尉，客欲往，翟公署其門曰：「一貧一富，廼知交態。一貴一賤，交情廼見。」世梗悲路澀。○梗，古杏切，謂禄山之亂梗阻不通，而行路爲難也。古今樂録〔五〕：途澀無行人，冒寒來往覓。若不信儂時，但看雪上跡。○【王洙曰】潘正叔詩：世故尚未夷，崤函方險澀。東風吹春冰，○【師古曰】禄山反於范陽，范陽在東而冰，有兵革之象也。○【王洙曰】月令：孟春之月，東風解凍，魚上冰。泱莽后土濕。○【師古曰】言率土之民皆陷於塗炭也。○按，泱莽當作泱漭，水貌。○【王洙曰】宋玉九辯：皇天淫溢而秋霖兮，后土何時而得乾。念君惜羽翮，既飽〔六〕更思戢。莫作翻雲鶻，聞呼向禽急。○【趙次公曰：「今云惜羽翮則飽而不復飛往也。末句則又戒之以莫聞人之所呼而急於向禽，又以終其惜羽翮之義。〔二〕程公當此時更宜護惜毛羽，戢翼隱居，飽聽高卧，乃明哲保身之術。莫學飢鶻翻飛雲漢，徒馳逐急於得禽，恐不免矯激〔七〕之禍。甫意戒程公亂世艱於行役，勿爲趨利之徒而汲汲於奔走也。

【校記】

〔一〕妾，元本、古逸叢書本作「妄」。

〔二〕艷，元本、古逸叢書本作「體」。

〔三〕前，元本、古逸叢書本作「節」。

〔四〕元本、古逸叢書本「阮」前有「晉」字。

〔五〕録，元本、古逸叢書本作「府」。

〔六〕飽，元本、古逸叢書本作「醉」。

〔七〕矯激，元本、古逸叢書本作「矰繳」。

憶幼子

○【王洙曰】甫之幼子字驥子，名宗武，時隔絶在鄜州。

驥子春猶隔，鶯歌暖正繁。〔一〕別離驚節換，聰慧與誰論。澗水空山道，柴門老樹村。○【趙次公曰】指言鄜州羌村寄家之地。憶渠愁只睡，○只，王作即。○【王洙曰】睡，一作卧。炙背俯晴軒。〇【王洙曰】炙背，乃負暄也。

【校記】

〔一〕「鶯歌」句下，元本、古逸叢書本尚有：「師古曰：假鶯歌以對驪子也。」

一百五日夜對月

無家對寒食，〇【趙次公曰】時公寄家鄜州而身陷賊中，此所以嘆其無家也。〇【王洙曰：「世說：寒食去冬至一百五日。」又，補注杜詩引「黄鶴補注」曰：「荆楚歲時記曰：去冬至一百五日，即有疾風甚雨，謂之寒食。」然蔡夢弼草堂詩箋成書於南宋寧宗嘉泰四年（一二〇四），黄氏補注杜詩成書於寧宗嘉定九年（一二一六），或爲補注杜詩引用草堂詩箋注文。】荆楚歲記：去冬至一百五日，即有疾風甚雨，謂之寒食。有淚如金波。〇【王洙曰】前漢郊祀歌：月穆穆以金波。〇顏師古曰：言月光穆穆如金之波流也。斫却月中桂，〇虞喜安天論：俗傳月中有仙人桂樹，今〔一〕視其初生，見仙人足漸已成形，桂樹後生。舊傳月中有桂，有蟾蜍，有兔擣藥。〇【趙次公曰】酉陽雜俎云：月桂高百丈，下有一人，常斫之，樹創隨合。人姓吴名剛，西河人，學仙有過，謫令伐樹。清光應更多。〇【杜田補遺】世說：人語徐孺子曰：「若令月中無物，當極明朗。」仳離放紅蘂，〇仳，匹婢切，別也。仳離，別離也。紅蘂，桂華也。放，猶言無心於玩弄也。○【趙次公曰】詩王風：有女仳離。想像嚬青蛾。○嚬，音頻，笑也。或謂頻當作矉，扶真切。通俗文：蹙頞〔二〕也。説文：很〔三〕，張目也。○【趙次公曰：「舊作青蛾，當作青娥，翠眉之謂也。」】蛾，或作娥。○【師古曰】甫對月蛾〔四〕而有思於妻子也。○按淮南子覽冥〔五〕訓：后羿請不死之藥於西王母，恒娥竊以奔月。許慎注：恒娥，羿妻。羿請不死之藥於西王母，未及服之，恒娥盗食得仙，奔入月中，爲月精也。牛女謾愁思，秋期應渡河。○【趙次公曰：「因月祈感，故起牽牛、織女之興，言二星離而終聚，其在我未知如何耳。」又，杜陵詩史、分門集注、補注杜詩引「師古曰」：「牛、女猶有會之期，甫久別家，曾牛、女之不若也。」則草堂詩箋拼合二注而成。】公因月所感，故起牽牛、織女之興，言二星離而終猶有聚會之期，我久與家別，曾牛、女之不若也。○按，周處風土記：七月七日河鼓、織女此二星神當會見天漢中，有奕奕正白氣，有光耀五色，以此爲驗。爾雅：河鼓謂之牽牛。○【趙次公曰】又，續齊諧記：桂陽成〔六〕武丁忽謂其弟曰：「七月七日織女渡河，諸仙悉還宫，吾向已被召。」弟問：「織女何事渡河？」答曰：「暫詣牽牛。」○世人至今言織女嫁牛郎也。曹植九詠詩：乘回風兮浮漢渚，目牽牛兮眺織女。交有際兮會有期，嗟痛吾子兮來不時。

【校記】

〔一〕令，元本、古逸叢書本作「令」。

〔二〕頞，古逸叢書本作「頻」。

〔三〕很，元本、古逸叢書本作「頫」。

〔四〕蛾，古逸叢書本作「娥」。

〔五〕覽冥，原作「冥覽」，據元本、古逸叢書本改。

〔六〕成，元本、古逸叢書本作「城」。

雨過蘇端

○【王洙曰】端置酒。○卞圜曰：端時白衣。唐科名記：端明春始及第。公時在左掖，妻孥尚客鄜畤，春後始還京。

雞鳴風雨交，○雨，一作雲。○【師古曰】雞鳴，乃思君子之詩，甫寓意憶蘇端，故乘雨而過之也。○【王洙曰】詩鄭國風：思君子也。風雨凄凄，雞鳴喈喈。久旱雨亦好。○雨，一作雲。杖藜入春泥，無食起我早。諸家憶所歷，一飯跡便掃。○【王洙曰】飯，一作飽。○便，一作更。○【王洙曰】謂交態之薄也。蘇侯得數過，○數，音朔，頻數也。過，古和切，經也。懽喜每傾倒。○晉書：王夫人謂其弟曰：「王家見二謝來，傾家倒寫。見汝來，平平爾。」也復可憐人，○一作復也。呼兒具梨棗。濁醪必在眼，盡醉攄懷抱。紅稠屋角花，碧委墻隅草。○委，一作秀。親賓縱談謔，○縱，一作絶。喧鬧慰衰老。○慰，一作畏。杜〔一〕田謂：上句作絶，則下句當作畏。上句作縱，則下句當作慰。況蒙霈澤垂，糧粒或自保。妻孥隔軍壘，○【師古曰：「天寶十五年，甫携家三川。是詩末章云『妻孥隔軍壘』，則知此詩之作在至德二載也。是年八月，始許往三川迎家，有北征詩。」】公天寶十五載挈家避亂鄜州之三川，遂有三川觀水漲詩。○【趙次公曰】阮籍詠懷詩：一身不自保，何况戀妻子。撥棄不擬道。○不，一作未。○【趙次公曰】：「『撥棄不擬道』，亦自淵明『撥置且莫念』之變也。魏文帝雜詩云：棄置勿復陳。」】魏文帝雜詩：棄置勿復陳。陶潛還隱居詩：撥棄且莫念。

【校記】

〔一〕杜，原作「牡」，據元本、古逸叢書本改。

哀江頭

○蘇轍曰：此詩詞氣如百金戰馬，注城〔一〕驀澗，如履平地也。

少陵野老吞聲哭，○【王洙曰】野老，甫自謂也。○長安志：少陵原在萬年縣南四十五里。鮑照行路難：吞聲躑躅不敢言。春日潛行曲江曲。○【王洙曰】西京雜記：朱雀街東第五街，皇城之東第二街，昇道坊龍華寺南，有流水屈曲，謂之曲江。司馬相如弔秦二世文云：臨曲江之隑州。蓋其所也。江頭宮殿鎖千門，細柳新蒲爲誰緑。○【師古曰】京城曲江在秦時爲宜春苑，在漢時爲樂遊苑，唐玄宗開元中鑿池引水，環植花木，爲京都勝賞之地，敕公卿豪族遷居其左右，欲以壯觀其所，行宮別館，擬漢武千門萬户之遊。遭禄山焚劫之後，荒凉可知。○中興收復以來，史思明未剪滅，復連結吐蕃入寇，肅宗未得高枕而無憂也。以甫憂爲國家傷感之，不敢放聲而哭。自京師收復，士大夫皆稱賀，甫獨以爲未也。潛行曲江頭，見細柳新蒲空自緑而已，因追思開元之治，痛今日之蕭條也，以隱忍而哭焉。○【王洙曰】康駢劇談録：曲江池本秦隑州，開元中疏鑿爲勝境，花卉周環，煙木明媚，都人遊玩盛於中和節。江側菰蒲葱翠，柳陰四合，碧波紅蕖，湛然可愛。**憶昔霓旌下南苑，**○【趙次公曰】曲江南即芙蓉苑。○黄帝内傳有「飛空霓旌」。西都賦：虹旍霓旌。**苑中萬物生顔色。**○憶昔玄宗虹霓旌仗，臨曲江之南苑，草木亦爲之生光輝也。古長歌行：陽春布德澤，萬物生光輝。**昭陽殿裏第一人，**○【鄭卬曰】昭陽，漢殿名。○【王洙曰】李白詩有曰：漢宫誰第一，飛燕在昭陽。喻楊貴妃也。○夢弼謂：昭陽本趙飛燕女弟，得幸爲昭儀，居昭陽。今李太白以爲飛燕居昭陽，誤矣。○【王洙曰】後漢孝成趙皇后傳：飛燕召入宫，大幸，有女弟復召入，俱爲倢伃，貴傾後宫。乃立倢伃爲皇后。皇后既立後，寵少衰，而弟絶幸，爲昭儀，居昭陽舍，其中庭彤朱而殿上髹漆，自後宫未嘗有焉。**同輦隨君侍君側。**○【趙次公曰】：「漢成帝常欲與班姬同輦載。以託言貴妃也，詩人類皆取古事之似者以爲譬。」昭陽，喻楊貴妃也。當時貴妃與帝同車，甚見愛寵。【黄希曰】：「漢成帝遊於後庭，嘗與班婕妤同輦載。班辭曰云云，上善其言而止之。」按孝成班倢伃傳：成帝遊於後宫，嘗與倢伃同輦。倢伃辭，上善其言而止。**輦前才人帶弓箭，**○【王洙曰】才，一作詞。○帝遣宫人佩帶弓箭以侍行輦。○【王洙曰】唐制：内宫才人七人，正四品。**白馬嚼齧黄金勒。**○【王洙曰】嚼，一作唯〔二〕。○禄山爲貴妃義子，乘白馬，以黄金爲勒，馬驕故嚼勒也。○【趙次公曰】明皇雜録：上幸華清宫，貴妃姊妹各購名馬，以黃金爲銜勒，組繡爲泥障，同入禁中。翻身向天仰射雲，○天，一作空。○【鄭卬曰】射，食亦切，弩矢發也。一箭正墮雙飛翼。○【王洙曰：「一作笑。」】箭，正異作笑。○蔡君謨作發。禄山本胡人，善騎射。帝命禄山射，一箭墜雙翼，帝與貴妃愈愛幸之。明眸皓齒今何在，○【王洙曰】傅武仲舞賦：眄盤旋則騰青眸，吐哇咬則發皓齒。血污遊魂歸不得。○【趙次公曰：「公此詩作於至德二載之春。血污遊魂，則天寶十五載六月丁酉，上皇車駕次馬嵬，賜貴妃自盡。」】天寶十四載十一月，禄山反。十五年六月，帝西幸蜀。陳玄禮總兵禦賊，以貴妃爲唐家亂本，不殺貴妃，無以塞責天下。由是貴妃爲亂兵所殺，死於馬嵬山〔三〕。○方貴妃以色見寵，今日明眸皓齒果何在耶！但見血污馬嵬，遊魂無所歸也！清渭東流劍閣深，○【王洙曰：「山海經注：渭水出隴西首陽縣鳥鼠同穴山。左思蜀都賦：緣以劍閣。注云：劍閣，谷名。自蜀通漢中道。」】水經注：渭水出隴西首陽縣鳥鼠同穴山，東北過狄道縣，南上邽縣，北陳倉縣，南武功縣，北槐里縣，南與澇、澧二水合，東西〔四〕高陵，與涇水合。華陽國志：諸葛亮相蜀，鑿石架空爲飛梁閣道，即古劍閣道也。去住彼此無消息。○【趙次公曰：「此言明皇既幸蜀矣，長安與蜀相望於數千里之間，去蜀與住長安者皆不知消息也。渭北在京城，劍閣在蜀。時明皇西幸，尚留蜀也。」】渭水即京城之水，劍閣在蜀，甫覩渭水東流，翻思玄宗既入劍閣，彼此消息斷絕，深咎肅宗不能迎父歸大内，以盡孝道故也。人生有情淚沾臆，江水江花豈終極。○【王洙曰】水，一作草。○孝經：父子之道，天性也。孩提之童幼而知愛其親，莫非自然之性。人生天地間，皆有自然之性。肅宗與父間隔，恬不留意迎還，曾江水江花之不如乎？夫花落於水，尚與水同流，無有終極，况父子而可彼此無消息哉？凡民生有性者，皆爲之沾臆，豈天子所宜滅天性耶？王粲七哀詩：羈旅無終極。黄昏胡騎塵滿城，○淮南天文訓：日至于虞淵，是謂黄昏。至于蒙谷，是謂定昏。欲往城南忘南北。○【王洙曰】一作望城北。○非是。○【黄曰】甫朝哀江頭，暮又聞吐蕃入寇，欲往城南省家，倉皇之際，心曲錯亂，忘南而走北也。甫家居城南。○當時爲之語：「城南諸杜，去天尺五。」宋玉九辯篇：中瞀亂兮迷惑。王逸注：思念煩惑，忘南北也。

【校記】

〔一〕城，古逸叢書本作「坡」。

〔二〕唯，古逸叢書本作「噍」，九家集注杜詩、杜陵詩史、分門集注、補注杜詩同此。

〔三〕山，古逸叢書本作「坡」。

〔四〕西，古逸叢書本作「過」。

大雲寺贊公房四首

○魯訔曰：長安大雲寺在懷遠坊。按，長安志：大雲寺，帝城朱雀街西。○【趙次公曰：「後別有宿贊公房詩。」】贊公後謫秦州。按，集有宿贊公房詩。

燈影照無睡，○衆僧坐禪也。心清聞妙香。○衆僧入定也。○【杜田補遺。又，門類增廣十注杜詩引作「杜云」。杜陵詩史、分門集注、補注杜詩、集千家注批點杜工部詩集引作「修可曰」。】維摩經：有國名衆香，佛號香積。其界皆以香作樓閣，香氣比於十方諸佛世界。人天之香最爲第一。其國如來無文字説，但以衆香令諸天人得入律行。菩薩各坐香樹下，聞斯妙香，即獲得藏三昧。○楞嚴經：香嚴童子宴坐清齋，見諸比丘燒沉水香，寂然來入鼻中，塵氣倏滅，妙香密丸，我從香嚴得阿羅漢。夜深殿突兀，○煙雲收斂也。風動金琅璫。○院宇悄寂也。金琅璫，乃殿角懸風〔一〕鈴以驚鳥雀也。天黑閉春院，○人迹罕至也。地清棲暗芳。○塵埃不可入也。玉繩回斷絶，○回，一作迥〔二〕。○【王洙曰】玉繩，星名。○【趙次公曰】玉繩斷絶，則夜欲向晨矣。○【王洙曰】按，春秋元命苞：玉衡兩星爲玉繩。謝玄暉詩：玉繩低建章。鐵鳳森翶翔。○【趙次公曰】鐵鳳翶翔，謂於殿脊之上設鐵鳳，令張兩翼，舉頭敷尾也。○【王洙曰】陸倕石闕銘：蒼龍玄武之制，銅爵鐵鳳之工。梵放時出寺，○【趙次公曰】梵放，謂唱和演揚梵音而聲聞于寺外也。○或曰：梵乃梵唄也，梵唄已放，時有出寺而幹事者。鍾殘仍殷床。○殷，於謹切，雷聲也。或曰盛貌。鍾殘，謂齋鍾聲斷，仍各赴堂床，即堂内長連床也。明朝在沃野，○謂辭去也。苦見塵沙黄。○【王洙曰。又，杜陵詩史、分門集注、補注杜詩引「饒曰」：「時西郊逆賊拒官軍未已。」】時西郊逆賊與官軍接戰，飛揚塵土也。

【校記】

〔一〕風，元本、古逸叢書本作「金」。

〔二〕迴，元本、古逸叢書本作「迴」。

兒童汲井華，○【杜田補遺。又，門類增廣十注杜詩引作「杜云」。杜陵詩史、分門集注、補注杜詩、集千家注批點杜工部詩集引作「修可曰」。】本草：井華水令人好顏色，謂平旦第一汲者。慣捷瓶在手。霑灑不濡地，掃除似無篲。○童行早起汲水灑地，款款掃除，似無篲痕，謂其善掃地，故無飛塵。祿山之亂，諸將養寇以自固，曾無毅然掃除之志，何兒童之不若乎！明霞爛複閣，○【王洙曰】明，一作晨。○【薛夢符曰】複，重也。○景福殿賦：復閣重闈。霽霧搴高牖。○搴，拓開也。○【趙次公曰。又，門類增廣十注杜詩引作「杜云」。杜陵詩史、分門集注、補注杜詩引作「修可曰」。】梁元帝詩：能令雲霧搴。側塞被徑花，飄颻委墀柳。○墀，一作堦。艱難世事迫，隱遁佳期後。○夫僧居林下，複道高牖，足以安身，徑花墀柳，足以娛目，而甫遭此難，世事崩迫，雖欲爲隱遁之期，已輸贊公先下〔一〕鞭矣。○【王洙曰】郭璞遊仙詩：山川隱遁棲。晤語契深心，那能總鉗口。○【鄭卬曰】鉗，其廉切〔二〕。○晤語，謂甫與贊公會晤笑語，二人之心深相契合，甫安能鉗口獨無一言以贈之，是以作此詩也。奉辭還杖策，○奉辭，謂相奉而辭別之也。暫別終回首。○【王洙曰】王粲詩：南登灞陵岸，回首望長安。泱泱泥污人，○譬生民塗炭也。一作浹浹，鮑作殃殃。听听國多狗。○【鄭卬曰】听，魚斤切。○按，字當作㹞㹞，犬吠聲也。㹞與狺通。譬盜賊繁興也。○【王洙曰】宋玉九辯：猛犬狺狺而近吠兮，關梁閉而不通。皇天淫溢而秋霖兮，后土何時而得漧。既未免羈絆，○絆，博渙〔三〕切，摯也。○【王洙曰】絆，一作寓。時來憩奔走。○憩，起例切，息也。○【鮑彪曰】或曰：天寶十五載，賊將張通儒收録衣冠，污以僞命，不從者殺之。公時奔走，來此憩息，故有「泥污人」、「國多狗」之句也。近公如白雪，執熱煩何有。○【趙次公曰：「於此未免羈絆，則僅能時來憩息耳。」】甫之意厭亂，欲作住山計，尚爲妻子羈絆。自古士大夫多與浮屠氏相游從，亦取其清淡〔四〕脱俗，可以消人名利之憂，况當亂世，生靈塗炭，盜賊繁興，時來憩息于此，豈不如執熱得一濯於白雪乎？○【趙次公曰】詩小雅：誰能執熱，逝不以濯。

【校記】

〔一〕下，古逸叢書本作「著」。

〔二〕切，元本、古逸叢書本作「反」。

〔三〕渙，元本、古逸叢書本作「换」。

〔四〕淡，元本、古逸叢書本作「談」。

心在水精域，○【王洙曰：「清淨境土也。」】公自謂心在乎莊嚴清淨之境土也。○按後漢西域傳：大秦國宮室皆以水精爲柱，食器亦然。其王日遊一宮。述異記：吳王闔閭造水精宮，尤極珎〔一〕

怪，皆出自水府。樓炭經：毗沙門居水府精舍，管欲界六天焰磨羅、二十八藥叉大將。○【趙次公曰】江總大莊嚴寺碑：遥拖宛虹，光遍水精之域。衣霑春雨時。洞門盡徐步，深院果幽期。○【師古曰】甫與贊公有期於洞門，徐步以待，雖春雨沾衣，不爲之避，禮遇之誠可見矣。到扉開復閉，○到扉，或作倒屣。撞鍾齊及兹。○甫來到扉，則撞鍾鳩〔二〕衆以出迓也。醍醐長發性，○【王洙曰】釋經言：聞正法如食醍醐。○【杜田補遺。又，杜陵詩史、分門集注引作「趙次公曰」。】陶隱居云：佛經稱乳成酪，酪成酥，酥成醍醐。醍醐乃酥之精液也。○【杜田補遺。又，杜陵詩史、分門集注、集千家注批點杜工部詩集引作「洪覺範曰」。】世説載張世錫之言曰：桑椹甘香，鴟鴞革響，淳酪發性，人無妬心，則醍醐之能變性，抑可知矣。此釋經所以取喻正法也。飲食過扶衰。○飲，一作飯。過，一作遇。然内有正法以養其性，外有醍醐以養其軀，甫衰病賴此以支持也。把臂有多日，○言交之久也。開懷無愧辭。○【王洙曰：「開懷，言露底裏。」】開懷，謂露盡底藴也。黄鸝度結構，○結構，指贊公房也。鶯有遷喬木之意，喻甫舍卑晦而趍於高明，善擇友也。紫鴿下罘罳。○罘罳，一作芳菲。罘音浮，罳音思。鴿性不棲芳菲，依樓觀而巢，甫自喻去紛華而親贊公也。○【余曰】顔師古漢書音義：罘罳謂連闕曲閣也，以覆重刻垣墉之處，其形罘罳然，一曰屏也。○余按崔豹古今注：罘罳，屏也。罘者，復也。罳者，思也。臣朝君，至屏外復思所奏之事於其下。劉熙釋名：罘罳在門外。罘，復也。臣將入請事，於此復重思也。張揖廣雅曰：復思謂之屏及觀。禮記疏：屏。注云：屏，謂之樹，今浮思也。刻之爲雲氣蟲獸，如今闕上爲之矣。正義曰：屏謂之樹。以此考之，則浮思小樓也，故城隅闕上皆有之。

然則屏上亦爲屋以覆屏牆，故稱屏曰浮思。或稱屏，則闕也。王彦輔曰：善禪師養紫鴿。愚意會所適，○愚，一作芳。言自怡不拘主禮也。花邊行自遲。湯休起我病，○【趙次公曰】沙門惠休姓湯，善詩與文，以比贊公也。○論語：起予者商也。微笑索題詩。

【校記】

〔一〕弥，元本作「弥」。

〔二〕鳩，古逸叢書本作「鳴」。

細軟青絲履，○崔豹古今注：履，屨〔一〕之不帶者。方言：絲作謂之履，麻作謂之不借。顔師古注急就章：單底爲履。或以絲爲之履底而有文者，謂之舄。晉令：士卒百工履色無過緑青白，奴婢衣食客履色無過純青。青絲履於唐制沙門道人無嫌也。光明白氎巾。○【鄭卬曰】氎，達協切，毛布也。○後漢南蠻傳：儋耳出帛疊〔二〕。注：外國傳曰：諸薄國女子織作白疊〔三〕花巾。○【杜田補遺。又，杜陵詩史、分門集注、集千家注批點杜工部詩集引作「時可曰」。】南史：高昌國多草木，有草實如繭，其中絲如細纑，名爲白氎。國人取織以爲布。○唐書環王傳曰：吉貝巾也。緝其花爲布，粗曰具，精曰氎。○【杜田補遺】仇池翁贈清京和尚詩有曰：會須一洗黄茆瘴，未用深藏白氎巾。蓋用公詩也。深藏供老宿，取用及吾身。○【王洙曰】履與布本檀施以供贊公年老宿德之用，以植福田，今反蒙贊公用及我之身。○【趙次公曰】所以言贊公待我之厚也。自顧轉無趣，交情何尚新。道林才不世，○【王洙曰】晉沙門支遁，字道林。惠遠德過人。○晉高僧惠遠，與陶潛爲社外交。予謂公以道林、惠遠比贊公也。雨瀉暮簷竹，風吹青井芹。○【王洙曰】青，一作春。○芹即青泥坊芹菜也。按，贈崔氏草堂詩「飯煮青泥坊裏芹」是也。天陰對圖畫，○【師古曰】公二人相對如畫圖中人也。最覺潤龍鱗。○【師古曰】又言時攀輔贊公而有所滋潤也。○揚子淵騫篇：攀龍鱗，附鳳翼。

【校記】

〔一〕屨，元本、古逸叢書本作「履」。

〔二〕帛疊，元本、古逸叢書本作「白氎」。

〔三〕疊，元本、古逸叢書本作「氎」。

喜晴

皇天久不雨，既雨晴亦佳。出郭眺西郊，蕭蕭春增華。○蕭蕭，一作肅肅。青熒陵陂麥，○【王洙曰】揚雄校獵賦：眩曜青熒。莊子外物篇：青青之麥，生於陵陂。窈窕桃李花。○【王洙曰】李，一作杏。○窈，鳥了切。窕，徒了切。○【王洙曰】毛萇詩傳：幽閑也。詩召南：華如桃李。阮籍詩：夭夭桃李花。春夏各有實，我飢豈無涯。○【趙次公曰：「言飢豈浩蕩無涯際乎？蓋有不飢之時矣。」】言麥與桃李皆結實，亦可以療飢也。我飢腸從此有所賴，豈無涯涘乎？干戈雖横放，○【鄭卬曰】横，户孟切。慘澹鬭龍蛇。○龍喻天子，蛇喻禄山。龍蛇相鬭，天下爲之慘澹不樂也。甘澤不猶愈，且耕今未賒。○甘澤僅足愈人之困病，且宜耕稼自給，未可賒遠而行役也。丈夫則帶甲，婦女終在家。力難及黍稷，得種菜與麻。○奈何丈夫出戰，惟婦女在家，力弱助寡〔一〕，雖耕難及黍稷，但種菜麻而已。按，集有詩云：縱有健婦把犁鋤〔二〕，禾生長〔三〕畝無東西。蓋亦歎世亂而廢耕也。千載商山芝，○【杜田補遺】皇甫謐高士傳：四皓並河内軹人，見秦亂，作歌曰：「莫莫高山，深谷逶迤。曄曄紫芝，可以療飢。」乃共入商山隱地肺。往者東門瓜。○【王洙曰】蕭何傳：召平者，故秦東陵侯。秦破，爲布衣，貧，種瓜長安城東。瓜美，故世謂東陵瓜。從召平始。晉阮籍詩：昔聞東陵瓜，近在青門外。其人骨已朽，○【王洙曰】朽，一作滅。史記老子傳：孔子適周，問禮於老子。老子曰：「其人骨已朽矣。」此道誰疵瑕。○【趙次公曰】以四皓採芝於商山，邵〔四〕種瓜於東門，皆避秦之亂。其人已亡，其道爲不可少貶也。英賢遇轗軻，○轗，苦感切。説文：車不平也。軻，苦賀切，或音可，折軸車也。○【王洙曰：「楚詞：轗軻不遇。坎與轗同。」】一曰：轗軻，不遇也。東方朔七諫：然轗軻而留滯。轗或作坎，軻或從土〔五〕，義同。遠引蟠泥沙。○【王洙曰】揚冏神篇：龍蟠于泥。顧慙昧所適，迴首白日斜。○【師古曰】甫自愧昧於所適，不能脱身晦迹，回首自愧恨年已老矣。漢陰有鹿門，○【王洙曰】後漢逸民傳：龐德公居峴山之南，未嘗入城市，妻子相敬如賓。荆州刺史劉表延請，不屈，後携妻子登鹿門山，因采藥不返。○襄陽記：鹿門山，舊名蘇嶺山。習郁立神廟於山，刻二石鹿，夾神祠道口，俗因謂之鹿門山。滄海有靈查。○靈，一作雲。○【鄭卬曰：「音槎。」】查，與槎同，浮木也。○【九家集注杜詩引作「王洙曰」。又，杜陵詩史、分門集注、補注杜詩引作「趙次公曰」。】按，張華博物志載舊説，天河與海通，世有人居海渚者，年年八月見浮槎，去來不失期。人有奇志，立樓閣於查上，多齎糧乘查而去，奄至一處，遥望宫中有織婦，見一丈夫牽牛渚次飲之，牽牛人驚問曰：「何由至此？」人説來意，并問此是何處，答曰：「君還至蜀，訪嚴君平，則知之。」後至蜀，問君平，曰：「某年月日客星犯牛宿。」計年月日，正〔六〕是人到天河時也。○又王子年神仙拾遺記：堯時有巨查浮于四海，查上有光若星月，查浮四海，十二年一周天，名貫月查，又名挂星查。羽仙棲息其上，餘見「查上似張騫」注。焉能學衆口，咄咄空咨嗟。○【王洙曰】空，一作同〔七〕。○當禄山之亂，賢人君子道消，豈不能爲浮海住山之計乎？既不能效龐德公、張騫輩，徒咄咄嗟嘆，書空以傷亂世，果何益哉！甫厭亂之意可知矣。○【王洙曰】世説：殷中軍浩被廢，在信安，終日恒書空作字，揚州吏人尋義逐之切視，唯作「咄咄怪事」四字而已。

【校記】

〔一〕助寡，元本、古逸叢書本作「寡助」。

〔二〕犁鋤，古逸叢書本作「鋤犁」。

〔三〕長，元本、古逸叢書本作「隴」。

〔四〕元本、古逸叢書本「邵」下有「平」字。

〔五〕土，元本作「坷」，古逸叢書本作「坷」。

〔六〕正，元本、古逸叢書本作「至」。

〔七〕同，元本、古逸叢書本作「日」。杜陵詩史、分門集注、補注杜詩皆作「同」。

得舍弟消息

風吹紫荆樹，色與春庭暮。花落辭故枝，風迴返無處。○詩人多以風雨喻患難，如曰「風雨所飄摇」是也。風吹，謂禄山之亂方作。春回，謂禄山之亂已平。紫荆，兄弟之比也。色暮，甫自謂顔色已衰也。花喻弟，枝喻兄，花與枝辭，謂弟與兄〔一〕别。甫既丁暮年，只恐患難平後，弟得還鄉，又遭甫已老死，無處可依歸故也。○【王洙曰】：「田真兄弟欲分，其庭前三荆便枯，兄弟嘆之，却合，樹還榮茂。」【吴筠齊諧記】：田真兄弟欲分財，唯堂前紫荆花葉美茂，夜議斫〔二〕分取爲三，曉欲伐，即枯死。真嘆曰：「樹本同株，聞得分斫，所以憔悴，人何不如！」兄弟因不復分。陸士衡豫章行：三荆歡同株。劉良注：昔有田廣、田真、田慶兄弟三人，將别，明日欲分。庭有荆樹，經宿萎黄，乃相謂曰：「荆樹尚然，况我兄弟乎！」遂不分。○【王洙曰】周景式孝子傳：古有兄弟，忿欲分異，出門見三荆，因株接葉連陰，歎曰：「木猶欣聚，况我而殊哉！」骨肉恩書重，○淮南子説山訓：親莫親於骨肉，節族之屬連也。漂泊難相遇。猶有淚成河，經天復東注。○河漢之水，經天而西行，又旋而東注。蓋水之性，萬折必歸諸東，不忘本也。人之性亦然。○【王洙曰】世説：人問顧長康哭桓宣之狀如何，曰：「鼻如廣漠風，眼如懸河決。聲如振雷破山，淚如假〔三〕河注海。」

【校記】

〔一〕弟與兄，元本、古逸叢書本作「兄與弟」。

〔二〕斫，元本、古逸叢書本作「所」。

〔三〕假，古逸叢書本作「傾」。

晦日尋崔戢李封

朝光入甕牖，○【趙次公曰】儒行篇：儒有環堵之室，蓬户甕牖。○音義曰：以蓬爲户，以甕爲牖。尸寢驚弊裘。○【王洙曰】尸，一作方。○或作宴。甫正此〔一〕尸寢，忽〔二〕見晨光入牖，驚起而衣弊〔三〕裘也。○【王洙曰】論語：寢不尸。起行視天宇，○【王洙曰。又，杜陵詩史、分門集注、補注杜詩引作「黄曰」。】陶潛夜行途中詩：昭昭天宇闊。春氣漸和柔。興來不暇懶，○【王洙曰：「一云得興。」】興來，一作乘興。今晨梳我頭。○按，集有詩云：「百年渾得〔四〕醉，一月不梳頭。」今興來不懶，是以梳頭而有所尋也。出門無所待，○不待車〔五〕從也。徒步覺自由。○【王洙曰】徒，一作徙。杖藜復恣意，○【趙次公曰。又，杜陵詩史、分門集注引作「修可曰」。】莊子讓王篇：原憲杖藜而應門。免值公與侯。○謂道遇公侯，免相揖也。晚定崔李交，會心真罕儔。○【杜田補遺。又，杜陵詩史、分門集注引作「黃曰」。】古樂府後周徐謙短歌：意氣青雲裏，爽朗煙霧外。不重一囊金，唯重心襟會。每過得酒傾，○【王洙曰】傾，一作喫。○【鄭卬曰】過，古禾切，經也。二宅可淹留。喜結仁里歡，○【逢原曰】論語：里仁爲美。○【趙次公曰】張衡思玄賦：匪仁里其焉依兮，匪義路其焉追。況因令節求。○謂晦日尋崔、李也。○【黃鶴曰】唐以正月晦日爲令節。李生園欲荒，○謂百物凋零也。舊竹頗脩脩。○【王洙曰】舊，一作有。○喻李生有歲寒之節也。引客看掃除，隨時成獻酬。崔侯初筵色，○【逢原曰】詩：賓之初筵，左右秩秩。已畏空樽愁。○崔於筵初其色惟恐酒盡，不足延客，其相愛如此也。○【王洙曰】孔融傳：坐上客常滿，樽中酒不空。未知天下士，至性有此不。○【王洙曰】至，一作忘〔六〕。不，芳鳩切，弗也。草牙既青出，○牙，一作茅，非也。蜂聲亦暖遊。○謂晦日已有春色，動、植皆得其性也。思見農器陳，何當甲兵休。○謂欲休兵，使民皆樂其業也。家語：鑄劍戟爲農器。上古葛天氏，○【趙次公曰：「葛天氏，氏一作民。」】或謂「氏」當作「民」。○帝王世紀：女媧〔七〕氏没，有大庭氏，至葛天氏、陰康氏、無懷氏，皆襲庖犧氏之號，曰炎帝。相如上林賦：葛天氏之歌。注：葛天氏，其樂二〔八〕人持牛尾而歌。

此非時有葛天氏之民歟。不貽黃屋憂。○傷今俗薄人詐，動輒爲亂，故使天子蒙塵也。○【王洙曰】黃屋，一作綺。○謂園公、綺里季、夏黃公也。○【王洙曰】按，范蔚宗詩：黃屋非堯心。漢書音義：黃屋，車上之蓋，天子之儀，以黃繒爲裏也。至今阮籍等，熟醉爲身謀。○甫自賊竄〔九〕歸謁肅宗，肅宗授以拾遺，甫自負經世意，遂諫不宜廢黜宰相房琯，坐是見斥，是以酣飲自污，爲明哲保身之術，以比阮籍熟醉獲免當世之咎也。○【王洙曰】阮籍傳：籍本有濟世志，屬晉、魏之際，天下多故，名士少有全者，籍由是不與世事，遂酣飲爲常〔一〇〕。文帝求婚於籍，醉六十日，不得言而止。鍾會欲以時事問之，因其可否而致之罪，以酣醉獲免。故顔延年詠阮步兵詩：阮公雖淪迹，識密鑒亦洞。沉醉似醒然〔一一〕，寓辭類託諷。威鳳高其翔，○【王洙曰】一作「威鳳自高翔」。○一作「威鳳高高翔」。○【王洙曰】言崔、李當亂世，隱居如威鳳之遯世也。漢宣帝紀：南郡獲威鳳爲寶。○揚子問明篇：君子在治亂曰若鳳。長鯨吞九州。○【王洙曰：「謂盜賊縱横，如長鯨之吞併九州也。」】喻祿山吞噬天下也。○崔豹古今注：鯨，海魚也。大者長千里，小者數丈，鼓浪成雷，濆沫成雨，水族畏之，皆逃匿。地軸爲之翻，○言率土不安居也。昔共工與帝頊争，踏翻地軸。張華博物志：崑崙東北地轉下有八元幽都，方二十萬里。地下有四柱，廣十萬里。地有三千六百軸，互相牽也。○【王洙曰】木玄虚海賦：又似地軸，挺而争迴。百川皆亂流。○喻群盜不知朝宗之義也。當歌欲一放，淚下恐莫收。濁醪有妙理，○【師古曰】自古賢人君子不遇，多適意于酒，況濁醪之有妙理乎？庶用慰沉浮。○【王洙曰】浮沉，猶言盛衰也。世説：顧邵謂龐統曰：「聞子知人，吾與足下孰愈？」曰：「陶冶一世，與時沉浮〔一二〕，吾不如子。」

【校記】

〔一〕此，元本、古逸叢書本作「北」。
〔二〕忽，元本、古逸叢書本作「或」。
〔三〕弊，元本、古逸叢書本作「被」。
〔四〕得，元本、古逸叢書本作「是」。
〔五〕車，古逸叢書本作「裹」。
〔六〕忘，古逸叢書本作「志」。
〔七〕媧，原作「嬌」，據元本、古逸叢書本改。
〔八〕二，元本、古逸叢書本作「三」。
〔九〕竄，古逸叢書本作「巢」。
〔一〇〕常，古逸叢書本作「當」。
〔一一〕醒然，古逸叢書本作「埋照」。
〔一二〕沉浮，元本、古逸叢書本作「浮沉」。